JN043623

マーガレット・アトウッド
鴻巣友季子 訳

誓願

MARGARET ATWOOD

THE TESTAMENTS

早川書房

誓願

THE TESTAMENTS
by
Margaret Atwood

Translated by
Yukiko Konosu
First published 2020 in Japan by
Hayakawa Publishing, Inc.
This book is published in Japan by
arrangement with
O. W. Toad Ltd. c/o Curtis Brown Group Limited
through The English Agency (Japan) Ltd.

装画／Noma Bar
装幀／早川書房デザイン室

「女は誰もみな同じような動機をもっていると思われているのよ、さもなければ怪物とみられるのよ」

——ジョージ・エリオット『ダニエル・デロンダ』（第3巻、淀川郁子訳、松籟社）

「われわれが互いの顔を見るとき、そこに憎むべき顔だけを見るのではありません。われわれは鏡をのぞきこんでいるのです。（中略）はたしてあなた方は、自分を、（中略）われわれの中に見出さないのでしょうか」

——SS少佐のリースから年老いたボリシェヴィキへの問いかけ。

ワシーリー・グロスマン『人生と運命』（第2巻、齋藤紘一訳、みすず書房）

自由は、それを担おうとする者にとって、実に重い荷物である。勝手の分からない大きな荷物である。（中略）自由は与えられるものではなくて、選択すべきものであり、しかもその選択は、かならずしも容易なものではないのだ。

——アーシュラ・K・ル＝グウィン『ゲド戦記2　こわれた腕環』（清水真砂子訳、岩波書店）

目　次

I

石像

アルドゥア・ホール手稿

1

石像を建ててもらえるのは故人だけだが、わたしは一度、生きているうちにそれを経験した。わたしはすでに石化しているということだ。

〝あなたの貢献の数々に対するささやかな感謝の印として〟と表彰状には書かれており、この文を読みあげたのは、ヴィダラ小母(おば)だった。上層部からこの役目を仰せつかったはずだが、ありがた迷惑だったに違いない。わたしは謙虚なものごしで彼女に礼を述べてから、ロープを引いた。わたしの像を包んだ布がするするとほどけ、地面に落ちて波のように広がると、そこにわたしの石像が現れた。ここアルドゥア・ホールでは、騒がしく喝采を送ることは禁止されているが、慎ましやかな拍手ていどは起きた。わたしは頭をさげてそれに応えた。

わたしの石像は実物より大きく――像というのはたいていそうだが――近ごろのわたしよりも若く、

細身で、スタイル良く出来ている。石像のわたしは背筋を伸ばして立ち、胸を張り、口元の曲線は厳しくも慈愛あふれる微笑みを表現していた。わたしの理念、任務遂行へのたゆまぬ献身、どんな障害も物ともせず進んでいく決意を表すとおぼしき崇高な綱紀でも浮かんでいるのか、目は中空の一点にひたと据えられている。中空に浮かぶなにかが彫像の目に見えるなどと言うつもりはない。その石像はいまもこのとおり、アルドゥア・ホールの前を通る小径脇に広がる陰気な木立と茂みのなかに建っている。わたしたち小母は石像になっても、でしゃばってはいけないのだ。

その像の左手をぎゅっと握っているのは、七つか八つの少女で、信頼のまなこでじっとわたしを見あげている。わたしの右手は傍らに平伏する女性の頭におかれている。女性は頭髪をヴェールで覆い、怯懦(きょうだ)とも感謝ともとれる眼差しを下からわたしに向けている。わたしたちの〈侍女(ハンドメイド)〉のひとりだ。わたしの後ろには、〈真珠女子(パールガールズ)〉のひとりがいて、伝道の旅に出かけようとしている。わたしが腰につけたベルトには、電気ショック銃のテーザーがさがっている。この武器を見るとおのれの不首尾を突きつけられる。もっと効果的な指導ができていれば、こんな手段に訴える必要はなかったろう。声ににじむ説得力だけで充分だったはずなのだ。

この彫像は、群像作品としては大成功とは言いがたい。ごちゃごちゃと人が多すぎる。できれば、もっとわたしが目立つように造ってほしかった。とはいえ、少なくとも石像のわたしは正気に見える。へたをすると、こうは行かなかったかもしれない。作者である高齢の女彫刻家は――没後、篤信者として崇められているが――敬虔な信仰熱を表現するのに、像をギョロ目にする傾向があった。彼女の手になるヘレナ小母の胸像は狂信者めいているし、ヴィダラ小母のそれはホルモン過多で興奮したみたいだし、エリザベス小母のそれはいまにも爆発しそうだ。

石像のお披露目に際して、女彫刻家は緊張していた。リディア小母の石像は実物より充分に良くできているだろうか？　気に入ってくれるだろうか？　少なくとも、気に入った顔をしてくれるだろうか？　覆いの布がはずれた瞬間、しかめ面をしてみようか、などと面白半分に考えたが、考えなおした。わたしにだって思いやりというものがある。「真に迫っていますね」と、言っておいた。

それが、九年前。あれから、わたしの石像は雨風にさらされてきた。ハトの糞に飾られ、じめついた罅（ひび）には苔が生えている。このごろは信奉者たちが足もとに捧げものを置いていくようになっていた。多産を願って卵を、妊娠成就の御守りとしてオレンジを、月のものを象徴してクロワッサンを。パンの類は放っておいたが——おおかたは雨に濡れている——オレンジはポケットに入れる。オレンジは清涼剤になる。

わたしがこれを書いているのは、アルドゥア・ホールの図書館内にある聖なる秘所だ——ここは、国じゅうで熱狂的な焚書（ふんしょ）が行われてなお残った数少ない図書館のひとつ。腐敗し血塗られた過去の指紋は拭きとり、道徳的に純潔な来たるべき次世代のために、清潔なスペースを空けておくべし。そういう理屈なのだ。

とはいえ、血塗られた指紋のなかにはわたしたち自身がつけたものもあり、そう簡単に拭きとれるものではない。長年にわたり、わたしは多くの〝骨〟を埋めてきた。最近、それらを掘り起こしてやりたい気持ちになっている——あなたの知識向上にしか役立たないとしてもだ、見知らぬ読者よ。あなたがいまこれを読んでいるなら、この手記は少なくとも失われずにすんだということだ。夢想にすぎないかもしれない。もしかしたら、だれにも読まれないかもしれない。壁に向かって話しているようなものかもしれないのだ。いろいろな意味で。

さて、今日の落書きは、もうこのへんでいいだろう。手が痛み、背中が疼くし、寝るまえのホットミルクが待っている。この手記は、監視カメラを避けて、隠し場所にしまっておこう。監視カメラはこのわたしが設置したのだから、どこにあるかぜんぶ把握している。これだけ用心しても自分のこの行動がどんなリスクを伴うかは承知のうえだ。文を書き残すというのはそれぐらい危険なことなのだ。どんな裏切りが、その結果どんな弾劾が、わたしを待ち受けていることやら？　アルドゥア・ホール内にも、この手記を喉から手が出るほど欲しい者は何人もいるはずだ。

まあ、お待ちなさい。わたしは胸のうちで語りかける。いまに、もっとひどいことになるから。

Ⅱ　大切な花

証人の供述369Aの書き起こし

2

ギレアデ共和国に生まれ育つのは、自分にとってどんなことだったか、語ってほしいということですね。そうすることが社会の役に立つと言うし、自分でも役に立ってほしいと思います。ずばり〝ホラー〟のような内容を期待されているのでしょうが、実のところ、ギレアデでもよそと同じで、子どもたちの多くは愛され大切にされていました。ギレアデでもよそと変わらず、大人の多くは——ときに誤りを犯すとはいえ——やさしくしてくれました。

みなさんも心に留めておいてほしいのです。わたしたちはみんな、なんであれ子どものころにふれた優しさにちょっとしたノスタルジアを抱いています。そうした子どものころの境遇が、他の人たちにはどんなに奇異に感じられたとしても。ギレアデは消滅すべきだという意見には、賛成です——あそこには悪い面が多々あるし、間違いが多々あるし、神さまのご意思に間違いなく逆らうことが多々あるから——けれど、この先喪われていく善き人たちをいくらか悼むことはご容赦いただきたいのです。

わたしたちの学校では、ピンク色は春と夏のための色で、プラム色が秋と冬のための色だった。白は特別な日のための色で、たとえば、日曜日と祝典の日。腕はさらしてはだめ、髪の毛も覆うこと、スカートは膝丈と決められていた。これは五歳までの決まりで、それ以降は、くるぶしから二インチ以上短いスカートは禁止された。なぜって、男性の性衝動はすさまじいものだから、抑えておく必要がある。男性の目というのは、トラの目といっしょで、つねにあたりをきょろきょろ眺め、サーチライトのように獲物を探しているんだ、と。だから、目もくらむような女性の誘惑パワーから遮断しておかなくてはいけない。どんなものであれ——形の良い脚、やせっぽちの脚、ぽっちゃりした脚や、すらりとした腕、ぎすぎすした腕、ソーセージみたいな腕、桃の実みたいな肌や、しみだらけの肌、巻き毛のもつれたつややかな髪や、ごわごわで乱れた頭髪や、藁みたいに細い三つ編み、なんであれ隠すこと。体形や顔の造作がどうであれ、女性というのは自分にその気がなくても、罠となり、誘惑となるという。わたしたちには罪も咎もないのに、女性のもつ女性らしさが男性をして欲望に狂わせ、その結果、男性はついふらふらと、千鳥足で、一線をゆらりと踏み越えてしまい——なんの一線？わたしたちは首をかしげた。崖みたいなものかな？——そうなると、男は火だるまになって真っ逆さまに落ちていくしかないらしい。怒れる神の手が投げつけた燃えさかる硫黄の雪玉のように。わたしたち女性は、自分の中にある、見えないけれどかけがえのない宝物の管理人であり、同時にガラスの家の中でしっかり護られるべき大切な花でもある。護っておかないと、町のどこに潜んでいるか知れない貪欲な男たちに、待ち伏せして襲われ、花びらをむしられ（処女を奪うことの比喩）、宝物を盗まれ、びりびりに引き裂かれ、踏みつけにされてしまう。罪悪が蔓延し、鋭い刃を向けてくる、この広い世界に出ていったとたんに。

いつも鼻をぐずぐずさせているヴィダラ小母に学校で教わったのは、こういうことだった。わたしたちはハンカチや、足載せ台や、額に入れる図案にプチポワン刺繡をほどこしながら——花瓶にさした花や、鉢に盛った果物が人気のモチーフ——、小母の訓戒を拝聴した。でも、先生として生徒にいちばん人気のあったエスティー小母は、ヴィダラ小母はやりすぎです、娘たちが恐怖でパニックになったら元も子もないでしょう、と言うのだった。そういう反感情を植えつけたばかりに、将来の円満な結婚生活にわるい影響が出ないともかぎらない、と。

「男性のみんながみんな、そうではないんですよ」エスティー小母はよくそう言って不安をなだめてくれた。「上等な部類になれば、すぐれた人格をもっています。つつしみと自制心がある男性もいます。結婚してみれば、感じ方もだいぶ変わりますよ。そんなに恐ろしいものではなくなります」とはいえ、エスティー小母が結婚についてなにか知っているわけではなかった。未婚だったのだから。小母たちは結婚を許されていなかった。だからこそ、文書や本を手にできた。

「時期がきたら、わたしたち小母と、あなたがたのお父さん、お母さんで、賢明な夫選びをしてあげますからね」エスティー小母は言ったものだ。「だから、怖がらなくていいんですよ。学ぶべきことを学び、目上の人たちの言動を最善と信じること。そうすれば、ものごとは成るべくして成る。そのようにお祈りしておきましょう」

ところが、いくらエスティー小母がえくぼをつくって気さくな笑顔で語っても、出回るのは、ヴィダラ小母が吹きこむバージョンだった。それはわたしの悪夢にも出てきた。ガラスの家が粉々になり、服を引きはがれ、引き裂かれ、蹄で踏みつけられ、あとにはピンクと白とプラム色のわたしの欠片が地面にちらばっている。わたしは大きくなって、結婚する年齢になるのが怖かった。小母たちのいう「賢明な選択」なんて信じていなかった。結局、盛りのついた山羊（好色男）と結婚させられるんじゃないかと思うと恐ろしかった。

ピンクと白とプラム色の制服は、わたしたちのような特別な娘のためのものだった。一方、〈平民家族（エコノファミリー）〉の娘たちはいつも同じ格好をしていた。母親世代と同じような、あのみっともない多色使いの縞柄の服と、グレーのマント。小母によれば、プチポワン刺繍やかぎ針編みすら習わず、かんたんな裁縫とペーパーフラワー作りみたいな、つまらない家事しかできません、とのこと。なぜなら、とっておきの男性――〈ヤコブの息子〉などの司令官やその息子たち――と結婚するために予（あらかじ）め選ばれた娘たちではないから。わたしたちとは違う。もっとも、水準以上の美人であれば、ある年齢になれば選抜されることもあるかもしれないけど。

こういうことは、だれも口にしない。自分の美貌を鼻にかけたり、他人の美貌を目に留めたりするのはいけないこと。それは慎みに欠けることです、と言われた。とはいえ、わたしたち娘は真実を知っていた。ブスより美人のほうが良いということを。小母たちだって、きれいな子には、より目をかけた。けど、予め選ばれた娘であれば、美貌はそれほど問題ではなかった。

わたしはハルダのようにやぶ睨みではなかったし、シュナマイトみたいに情けないしかめっ面を張りつけているわけでもないし、ベッカみたいに有るか無しかの貧相な眉毛というわけでもなかったけれど、なにしろ未完成だった。焼き菓子の生地みたいな顔。わたしのお気に入りのズィラという〈マーサ〉（司令官の家の手伝い）がおやつによく作ってくれたクッキーには、レーズンの目と、カボチャの種の歯がついていたけど、そんな顔だった。とはいえ、とりたてて美人でなくても、わたしは選り抜きの存在だった。二重の意味で選ばれていた。司令官の結婚相手としてだけでなく、そもそも母のタビサによって選ばれていた。

少なくとも、母のタビサからはそう聞いていた。「ある日、森に散歩に出かけたのよ。そうしたら魔法のお城があって、中にはたくさんの少女たちが閉じこめられていた。みんな、お母さんがいない子で、邪悪な魔女の呪いをかけられていたの」母はそう語った。「わたしはお城の錠を開ける魔法の指輪を持っていたけれど、助けだせる女の子は一人だけ。だから、女の子たちをよくよく見て、全員のなかから選んだのがあなただった！」

「残りの子たちはどうなったの？」わたしは訊いたものだ。「ほかの女の子たちは？」

「べつのお母さんが助けだしたんでしょう」母はいつも言った。

「ほかのお母さんたちも魔法の指輪を持ってたの？」

「もちろん、そう。お母さんになるには、魔法の指輪が必要ですからね」

「魔法の指輪って、なあに？」わたしは必ず訊く。「いまはどこにあるの？」

「この指にはまっている指輪がそれよ」母はそう答えて、左手薬指をさす。これは心臓とつながった指なのよ、と。「でも、これは一つだけ願いを叶えられる指輪で、わたしはそれをあなたと会うのに使った。だから、いまでは、普通のどこにでもあるお母さんの指輪ってことね」

このとき初めて、わたしはその指輪を着けさせてもらった。金のリングにダイヤモンドが三粒はめこまれていた。大きいのが一粒と、その両脇に小さめの粒が一つずつ。たしかに、昔は魔法の指輪だったと言われれば、そう見えるような気がした。

「わたしを抱っこして、運んだの?」わたしはいつも訊く。「森のなかから?」お話の筋は暗記していても、何度でも聞きたがった。

「いいえ、あなたは抱っこするには、もう大きすぎた。抱えて歩いたら咳が出て、魔女たちに気づかれてしまったでしょう」それはそうだと思った。母はよく咳をした。「だから、わたしはあなたと手をつないで、魔女に聞きつけられないように、忍び足でお城を出たのよ。ふたりで、〝しーっ、しーっ〟と言いながら」——ここで母は必ず人さし指を唇にあてる。わたしも同じように指をあて、「しーっ、しーっ」と言ってはしゃぐ——「いじわるな魔女から逃げるのに、森を一目散に駆けなくてはならなかった。お城の扉を出るときに、魔女のひとりに見つかっていたから。わたしたちは駆けて、駆けて、木のうろに隠れた。危機一髪!」

だれかに手を引かれて森を駆けていく記憶が、おぼろげにあった。木のうろに隠れたんだっけ? たしかに、どこかに隠れた気はする。だったら、本当なのかもしれない。

「それからどうなったの?」わたしはきまって尋ねる。

「それから、わたしはあなたをこの美しいおうちに連れてきた。ここで暮らせて幸せじゃない? わたしたちみんなに、とても大事にされて! あのときあなたを選んで、おたがい運が好かったわね?」

わたしが母に身をすり寄せると、きまって母は肩に腕をまわし、わたしはその痩せた体に頭をあずけたものだ。ごつごつとあばらの出た脇腹。片耳が母の胸のあたりに押しつけられ、奥から心臓の鼓動が聞こえてきた――わたしがなにか口にするのを待つ母の鼓動は、どんどん速くなるように思えた。わたしは自分の答えが力をもっているのを知っていた。母が微笑むかどうかは、その答え次第だ。
どちらの質問にも「うん」と答える以外にあったろうか？　うん、幸せだよ。うん、運が好かったね。いずれにしろ、それは事実だった。

3

あのとき、わたしは何歳だったんだろう？　たぶん、六歳か、七歳。あれ以前ははっきりした記憶がないから、特定するのはむずかしい。

タビサのことは大好きだった。痩せすぎだったけれど、とても綺麗で、何時間でもわたしと遊んでくれた。住んでいた家に似せたドールハウスもあった。そこには、居間があり、ダイニングルームがあり、〈マーサ〉たちが立ち働く広いキッチンがあり、デスクや本棚をそなえた父の書斎もあった。本棚にさしてあるミニチュアの本は、どれも中身は白紙だった。どうして中身がないの、とわたしが尋ねると――本というもののページにはなにか印が並んでいるはずだと、ぼんやり思っていたから――、その本は飾りだからね、と母は答えた。花瓶に活けたお花みたいなものなの。

わたしのために、母はどれだけの嘘をつくはめになったんだろう！　わたしの身を護るために！とはいえ、母はそういうことに向いていた。発想がすごく豊かだった。

ドールハウスの二階には、広くてすてきな寝室があった。カーテンがさがり、壁には壁紙が張られ、絵画――果物や花を描いたちゃんとした絵――が掛かり、そのほかに小さめの寝室が三階にもあって、バスルームはぜんぶで五つもあった。そのうちの一つは化粧室だったけれど――どうしてそういう名前なの？　〝けしょう〟ってなあに？――それから食料品を貯蔵する地下セラーも。

このドールハウスにあるべき人形はすべてそろっていた。〈司令官の妻〉（ギレアデ共和国での女性の身分の一つ）の青い服を着たお母さんの人形、小さい女の子の人形——わたしみたいに、ピンク、白、プラムと三色の服を持っている——それから、くすんだ緑の服にエプロンをつけた三人の〈マーサ〉人形。キャップをかぶった〈信仰の保護者〉（司令官の私的な警護員であり召使）は運転手役も芝刈り役も兼ねている。屋敷に侵入して家族を傷つける者を追い払うため、プラスチックのミニチュア銃をもった二人の〈天使〉（ギレアデ国軍の兵士）たちが門の脇に立っている。それから、ぱりっとした司令官の制服に身を包むお父さん。お父さんはあまり口をきかないけれど、部屋をしょっちゅう行ったり来たりし、長い食卓ではご主人さまの位置に座り、〈マーサ〉たちがお盆に料理をのせて運んでくる。食後、司令官人形はすぐ書斎に入ってドアを閉めてしまう。

わたしの実物の父、カイル司令官もその点は同じだった。わたしににっこりと笑いかけ、良い子にしていたかい、と尋ねると、すぐに姿を消してしまう。違いは、司令官人形のほうは書斎に入っても、〈コンピュトーク〉（ギレアデ国の通信機器）と山のような書類が置かれたデスクを前に座っているのが見えるけど、生きている父の行動はうかがい知れなかった。わたしが書斎に入ることは禁じられていたから。

でも、お父さんは書斎でとても重要なことをなさっていると言われていた。男性だけができる重要なこと、ものすごく重要なので、女は口出ししてはいけない。なぜなら、女の脳みそは男性より小さくて、大きな問題を考える能力はないからだと、〈宗教〉の担当教師であるヴィダラ小母に教わった。〈手芸〉を教えているエスティー小母は、「そんなの、猫にかぎ針編みを教えるようなものですよ」と言って、わたしたちを笑わせた。ありえないよね！　猫には指もないんだから！

つまり、女性が指でするようなことを、男性は頭でやっているんです。ただし、娘たちが持っていないような指ですよ。これですっかり説明がついたでしょう、とヴィダラ小母は言い、わたしたちはそれ以上質問したりしなかった。小母の口元はかたく引き結ばれ、ほかに言いたいことがあっても、口にしてはいけないと告げていた。みんなに「ほかに言いたいこと」があるのはわかっていた。だって、その当時でさえ、猫のたとえは不適切に思えた。猫はかぎ針編みなんかしたがらないし、わたしたちは猫じゃない。

　禁じられたものは想像力を誘う。だから、イヴは「知恵の実」を食べてしまったんです。ヴィダラ小母はそう言った。想像力過多。世の中には、知らないほうが良いことがあるということです。それを守らないと、花びらを散らすことになりますよ。

　ドールハウスのボックスセットには、〈侍女〉の人形も一体ついていた。赤いドレスを着たお腹はふくらんでいて、白い帽子で顔を隠している。でも、わが家には〈侍女〉は必要ないと、母は言った。うちにはもうあなたがいるのだし、かわいい女の子がいるのに、もっとほしいと欲張るのはいけないことだ、と。そういうわけで、わたしたちは〈侍女〉人形をティッシュに包んでしまった。タビサは、こんなにすてきなドールハウスを持っていない女の子のお友だちがいたら、いずれこの〈侍女〉人形を差しあげて、使ってもらいなさい、と言った。

　わたしは〈侍女〉人形を箱にしまえてほっとした。実物の〈侍女〉を目にすると、なんだか緊張したから。彼女たちとは、学校の校外活動のときにすれ違うことがあった。そんなとき、わたしたちは長い二列になって歩き、列の先頭と最後尾に一人ずつ小母がついた。行先は、教会か、そうでなければ公園で、公園ではサークルゲーム（輪になって遊ぶこと。アトウッドが女性同士の関係を描く詩作や小説におけるキーワード）をしたり、池のアヒルを眺めたりした。エスティー小母によれば、あなたがたももう少し大きくなったら、白い服とヴェールを着けて、〈救済の儀〉や〈祈禱集会〉に参加を許され、絞首刑や結婚式を見られますが、いまのあなたがたはそういう行事に臨むには未熟なのです、とのことだった。

公園のひとつにはブランコがあったけれど、スカート姿で乗ったら、風で裾がめくれ、中が見えかねないから、ブランコに乗るなんて不埒なことは考えてもいけない。そういう自由を味わえるのは男の子だけだった。宙に舞いあがり、急降下できるのは、男の子だけ。空を飛べるのは男の子だけだった。

わたしはその後も、ブランコに乗ったことがない。いまだに、人生の願いの一つ。

わたしたちが通りを行進していくと、二人組になった〈侍女〉が二組、買い物かごをさげて歩いてくる。彼女たちはこちらを見てきたりしない。少なくとも、じっくりと、もろに見てくることはないし、わたしたちも彼女たちを見ないことになっていた。〈侍女〉をじろじろ見るのは不躾なことです、とエスティー小母は言った。体の不自由な人や、ふつうと違う人をじろじろ見るのが不躾であるのと同じです、と。いずれにせよ、わたしたちには〈侍女〉に関する質問は許されていなかった。

「そういうことは、年頃になればすっかりわかるから」ヴィダラ小母はよくそう言った。〈侍女〉も「そういうこと」の一部らしい。だったら、悪いことなんだろう。傷つけるようなこと、あるいは、傷つくようなこと。どっちでも同じかもしれないけど。〈侍女〉もかつてはわたしたちみたいな娘で、白とピンクとプラムの服を着ていたんだろうか？　軽率なことをしたんだろうか？　欲情をそそるような体の部位を見せてしまったんだろうか？

〈侍女〉になってからの彼女たちは、容姿がほとんど見えない。白い帽子をかぶっているので、顔すら見えない。みんな同じように見える。

うちのドールハウスには、小母の人形も一体あった。もっとも、厳密にいうと、〈小母〉というのは、家庭の一員ではなく、学校にいる人だった。というか、アルドゥア・ホールに住んでいると言われていた。ドールハウスで独り遊びをするときには、小母人形は地下セラーに閉じこめてしまった。なんてひどいわたし。小母がドンドン、ドンドン、扉をたたき、「出しなさい」と金切り声をあげても、少女人形とお手伝いの〈マーサ〉人形は知らん顔で、ときどき嘲笑(あざわら)ったりしていた。

人形相手のいじめとはいえ、なにもこんな仕打ちを記録して得意がっているわけではない。わたしの性質のなかに、残念ながら抑制しきれない復讐傾向があったんだと思う。こうして記録するときには、ほかの行動と同じで自分の過ちも細かく語ったほうがいい。そうでないと、その人がなぜそういう決断をするに至ったか伝わらないだろうから。

自分に正直になることを教えてくれたのは、タビサだった。彼女が数々の嘘をついてきたことを思うと、なんだか皮肉なことだ。公平を期して言うと、タビサも自分のことになると正直だったのだろう。ああいう状況下でも、なるべく善き人であろうと努めていたと思う。

毎晩、タビサはお話をひとつ聞かせてから、わたしをベッドに寝かしつけ、お気に入りのぬいぐるみを横に置いてくれ——それはクジラで、なぜかといえば、クジラは海で遊ぶように神さまが造られた生き物だから、子どもの遊び道具になってもかまわない——タビサとわたしはお祈りをした。お祈りは歌になっていたので、声を合わせて歌った。

いま、わたしは横たわり眠りにつきます。
主よ、わたしの魂をお守りください。
目覚める前に、ことされていたら、
主よ、わたしの魂を導いてください。

わが寝床のまわりに立つ四人の天使。
足のほうに二人と、頭のほうに二人。
一人は見守り、一人は祈り、
あとの二人がわが魂を運んでいく。
（十八世紀に作られた子どものための就寝前のお祈り）

タビサは銀のフルートのような美声の持ち主だった。いまでも、夜、寝入りばなに、ときどき彼女の歌声が聞こえる気がする。

とはいえ、この歌には、気になることが二つあった。まずは、天使たち。ここに出てくるのは、白い長衣を着て、翼をはやした類の天使だとわかっていても、わたしの脳裏に浮かぶのはそういう天使ではなかった。思い浮かぶのは、この国の〈天使〉だった。黒い軍服に布製の翼を縫いつけ、銃をたずさえた男たち。わたしが眠っているベッドを、銃を持った四人の〈天使〉が囲んでいる図を想像するとぞっとした。彼らは〈天使〉と言ったって男なのだし、毛布から、わたしの体の一部がはみ出したりしたらどうするんだろう？　たとえば、足とか。例の性衝動に火がついたりしないの？　いや、きっとつく。つくに決まってる。そんなわけで、四人の〈天使〉を思うと、平静ではいられなかった。

それに、寝ている間に死ぬなどという言葉を、お祈りで唱えるのは気が進まなかった。そんなことになるとは思わなかったけれど、もし本当に死んでしまったら？　それに、わたしの魂ってどんなものなんだろう？　天使たちが運んでいくというそのものは。タビサが言うには、魂は精神の一部で、肉体が死んでも死なないのだとか。わたしを元気づけようとして言ったんだろう。

でも、それってどんな見た目をしてるの？　わたしの魂って？　わたしは、自分そっくりの、ただしうんと小さくしたものを思い浮かべた。ドールハウスにいる少女人形ぐらい小さい。魂がわたしの中にあるなら、「気をつけて護りなさい」とヴィダラ小母が言っていた、あの「かけがえのない宝物」とたぶん同じものじゃないだろうか。まかり間違うと、魂を失くすことになると、ヴィダラ小母は鼻をかみながら言っていた。そうなると、それはふらっと一線を越えて、真っ逆さまにどこまでも墜ちていき、火だるまになるんだ、と。まるで好色な男性たちのように。なんとしても、それは避けたかった。

4

これからお話しする次の時代が来るころには、わたしは八歳か、ひょっとしたら九歳になっていたはずだ。これらの出来事はよく覚えているけれど、自分の年齢は定かではない。暦の日付を正確に思いだすのは難しい。暦のない暮らしをしていたわたしたちにはとくに。でも、自分にできる最善の方法で語りつづけよう。

わたしの当時の名前は、アグネス・ジェマイマといった。アグネスは「子羊」を意味すると、母のタビサに聞いた。彼女はよくこんな詩をそらんじていた。

子羊よ、だれがおまえを造ったか？
おのれの創造主を知っているか？（ウィリアム・ブレイク『無垢の歌』より）

本当はもっと長いのだけれど、先は忘れてしまった。

ジェマイマというのは、聖書のお話からとった名前だった。ジェマイマはとても特別な女の子。なぜなら、こういうことだ。父親のヨブが神から試練（テスト）の一環として凶運をあたえられ、なかんずく酷いことに、子どもたちを全員殺されるという目にあった。息子も、娘も、一人残らず殺された！　この話を聞くたびに、背中に寒気が走った。その知らせを受けたときのヨブの苦しみは、凄絶なものだったに違いない。

しかしヨブは神の試練に合格し、また何人かの子ども——幾人もの息子と、三人の娘——を神に授かり、そうしてまた幸せになった。その三人娘の一人がジェマイマだ。「神さまはヨブにその子をあたえたように、わたしにはあなたをあたえたもうた」母はそう言った。

「お母さんにも不運なことがあったの？　わたしを選ぶ前に？」

「ええ、そう」母は言ってほほえんだ。

「お母さんもテストに合格したの？」

「そのようね」母は言った。「でなければ、あなたみたいにすてきな娘は選べなかったでしょう」

このお話を聞いて、わたしは満足していた。はたと考えこんだのは、あとになってからだった。ヨブはどうしてまた、神に新しい子どもを一絡げ(から)つかまされ、神の思惑どおり、死んだ子たちをなかったことにしてしまえたんだろう？

学校がなく、家で母と一緒に過ごすときは——母と過ごせる時間はどんどん減り、階上の寝室で横になって、〈マーサ〉たちのいう「お休み」をとる時間が増えていったが——キッチンに入り浸って、〈マーサ〉たちがパンやクッキーやパイを焼いたり、スープやシチューを煮たりするのを眺めた。〈マーサ〉たちは十把一絡げに〈マーサ〉と呼ばれていた。なぜなら、〈マーサ〉は〈マーサ〉だからで、みんな同じような服を着ていたけれど、それぞれファーストネームもあった。うちにいたのは、ヴェラ、ローザ、ズィラ。三人も〈マーサ〉がいたのは、わたしの父がとてもえらい人だったから。

ズィラは話し方がやさしいので、わたしのお気に入りだった。それに引き換え、ヴェラはしゃがれ声だったし、ローザはいつもおっかない顔をしていた。わざとやっているわけではなく、生まれつきそういう顔だっただけだけれど。ローザはあとの二人より年上だった。

「お手伝いしようか？」わたしはいつも〈マーサ〉たちに訊いた。すると、三人はおもちゃ代わりにパン生地の切れ端をくれ、わたしはそれで男の形を作り、すると、三人はなにかをオーブンで焼くついでに、それも焼いてくれた。わたしがパン生地で作るのは、きまって男性だった。女性は一度も作らなかった。焼きあがったら食べることになり、男に対して密かな力をもった気になれた。次第にはっきりわかってきたこと。それは、女のわたしは男たちに衝動をかきたてるとヴィダラ小母が言うけれど、ほかの点では、まるで男たちに力を及ぼせないということ。

「わたしも生地を作るところから、パン作りをやっていい？」わたしはある日、ズィラが粉と水を混ぜようとボウルをとりだしているときに訊いた。生地をこねるのは何度も見てきたから、自分でもできる自信があった。

「わざわざそんなことしなくても」と、ローザがしかめ面をさらにしかめて言った。

「どうして？」わたしは言った。

ヴェラがしゃがれ声で笑った。「お嬢さんにもいずれ、こんなことはぜんぶやってくれる〈マーサ〉がつくんですよ。ふとっちょのやさしいだんなさんを選んでもらった時点でね」

「ふとっちょじゃないよ」太った夫なんかまっぴらだった。

「違いますとも。言葉のあやですよ」ズィラが言った。

「買い物だってする必要がない」ローザがまた言った。「おたくの〈マーサ〉がやるんだから。それとも、〈侍女〉か」

「この子に〈侍女〉は必要ないかもしれないね」ヴェラが言った。「母親のことを考えると――」

「それ、言わないで」ズィラが言った。

「なあに?」わたしは言った。「お母さんがどうしたの?」母になにか秘密があるのはわかっていて――〈マーサ〉たちが「お休み」というときの口ぶりに関係したこと――それが怖くてならなかった。

「だって、お母さんは自分の子を持てたわけですから」ズィラがとりなすように言った。「だから、お嬢さんも持てるんじゃないかなって。赤ちゃん、ほしくないですか?」

「ほしいよ」わたしは答えた。「でも、だんなさんはほしくない。いやな感じがするもん」そう言うと、三人は笑いだした。

「そういう男性ばかりではないですよ」ズィラが言った。「お嬢さんのお父さんだって、〝だんなさん〟でしょう」そう言われると、返す言葉がなかった。

「親がかならず良い相手を選ぶよ」ローザが言った。「古狸みたいなだんなを選ぶわけない」

「沽券にかかわるからね」ヴェラが言った。「娘に下方婚はさせない、それは間違いない」

それ以上、〝だんなさん〟のことは考えたくなかったから、わたしは話題を変えた。「それでも、将来、わたしがやりたいって言ったら? パン作りのことだけど」内心傷ついていた。三人が自分たちの周囲に輪を描いて、わたしを閉めだそうとしている気がしたから。「ねえ、わたしが自分でパンを作りたいって言ったらどうなるの?」

「そうしたら、〈マーサ〉はさせてあげるしかないですね」ズィラが答えた。「そのときはお嬢さんが一家の奥さまになるんですから。でも、そのことで見くびられるかもしれませんよ。それに、〈マーサ〉は自分の正当な立場を奥さまに奪われるように感じるでしょう。自分たちがいちばん熟練している仕事を。彼女たちに、そんなふうに思われたくないでしょう？」

「だんなさんもいい顔しないでしょうし」ヴェラが言って、またしゃがれた笑い声をたてた。「手も散々なことになる。この手をごらんなさい！」と言って、両手をさしだしてきた。その指は節くれだち、肌は荒れて、短く切られた爪は甘皮がささくれていた。お母さんの魔法の指輪をはめた、ほっそりして優美な手とは大違いだった。「力仕事だから、手は荒れるばっかりです。だんなさんだって、奥さんからパン生地の匂いがしたら、いやがりますよ」

「それとも、漂白剤の臭い」ローザが言った。「磨き掃除でしみつくあれだ」

「だんなさんは奥さんには刺繍とかそういう仕事以外はしてほしくないはずですよ」ヴェラが言った。

「プチポワンってやつ」ローザが言った。声には嘲（あざけ）りがあった。

刺繍はわたしの特技とはいえなかった。目がゆるいとか、雑だとか、始終注意されていた。「プチポワンなんて、だいきらい。わたし、パン作りをしたい」

「したいことを、つねにできるとは限らないんですよ」ズィラはやさしい声で言った。「お嬢さんでも」

「だったら、させてくれなくていいよ！」わたしは言った。「〈マーサ〉たちのいじわる！」そう言って、キッチンを飛びだしていった。

このときには、もう泣きだしていた。お母さんの邪魔をしてはいけないと言われていたのに、そうっと階上にあがって寝室に忍びこんだ。母は白地に青い花柄のすてきな上掛けをかけていた。目をつむっていたけれど、わたしの足音が聞こえたんだろう。目を開けた。その目は見るたびに、ますます大きく、ますます輝きを増して見えた。

「どうしたの、アグネス？」母は言った。

わたしは上掛けの下にもぐりこみ、母に身をすり寄せた。その体は熱かった。

「こんなの、おかしいと思う」わたしはすすり泣いた。「わたし、結婚なんかしたくない！　どうしてしなくちゃいけないの？」

母はヴィダラ小母のように、「あなたの務めだからです」とは言わなかった。あるいは、エスティー小母のように、「時がくれば、したくなりますよ」とも。初めは、なにも答えなかった。ただ、わたしを抱きしめて、髪をなでてくれた。

「あなたを選んだときのこと、思いだして」母は言った。「大勢の子どもたちのなかから」

でも、わたしはもう、そんな「選ばれた物語」は信じられない年頃になっていた。鍵のかかったお城、魔法の指輪、邪な魔女たち、逃走劇……。「ただのおとぎ話でしょう」わたしは言った。「わたしはお母さんのお腹から出てきたんだよね。ほかの赤ちゃんみたいに」母は「そうよ」とは言わなかった。なにも答えなかった。そのことが、なぜか恐ろしかった。

「そうでしょ！　違うの？」わたしはたたみかけた。「シュナマイトから聞いたよ。学校で。お腹のこと」

母はわたしをいっそうきつく抱きしめ、「なんにしても」と、しばらくしてから口をひらいた。

「わたしがあなたを愛してきたということは、いつまでも忘れないでね」

5

つぎにわたしが語ることは、もう察しがついていると思う。それがちっとも楽しい話ではないことも。

母は死にかけていた。それは、わたしを除くだれもが承知していたのだった。

わたしがそれを耳に入れたのは、「あなたの親友よ」と言うシュナマイトからだった。わたしたちは〝親友〟は作ってはいけないことになっていた。エスティー小母によれば、仲良しグループを作るのはよろしくない。輪に入れなかった子は仲間外れにされた気がするし、あなたがたは出来るかぎり完璧な娘になれるよう、おたがい助けあうべきだからです。

ヴィダラ小母はこう言った。親友というのは、ひそひそ話や企みや内緒ごとにつながり、企みやら秘密やらは神さまへの反抗につながり、反抗は反逆に発展し、反逆する娘は反逆する女性になります。反逆的な女性というのは、反逆的な男性よりいっそう悪いのです。反逆心のある男性は謀反人になりますが、反逆心のある女性のなれの果ては姦婦(かんぷ)だからです。

そこで、ベッカがハツカネズミみたいな細い声で発言した。こう尋ねたのだ。「カンプってなんですか？」わたしたち女生徒はみんなびっくりした。ベッカが質問することなんて滅多になかったから。彼女のお父さんはわたしたちの父のような司令官ではなかった。歯医者にすぎなかった。とはいえ、とびきり最高の歯科医で、司令官の家族はみんなそこに通っていた。だから、ベッカもこの学校に入れたのだった。でも、それはこういうこと——みんなベッカを下に見て、自分たちにへつらうものと思っている。

その日、ベッカはわたしの隣の席に座っていた——シュナマイトに押しのけられないかぎり、きまって隣に座ろうとした——ので、彼女が震えているのがわかった。生意気な質問をしたといって、ヴィダラ小母にお仕置きされるんじゃないかとわたしは怯えたが、おとなしいベッカを「生意気」だと咎(とが)めることは、だれにも——さすがのヴィダラ小母にも——できなかったろう。

わたしをはさんで反対側の隣にいたシュナマイトが、ベッカにひそひそ声で言った。「ばかなこと訊かないでよ！」ヴィダラ小母はこれまで見たこともないほどにっこりして、その言葉の意味をベッカが身をもって知ることがないよう願っています、と言った。なぜなら、姦婦となり果てた女性は石打ちの刑か、さもなければ、首に麻縄をくくりつけられて絞首刑に処されるからです、と。過度に少女たちを怯えさせる必要はないでしょう、とエスティー小母は注意したのち、微笑んで、あなたがたは大切なお花なんです。反逆する花なんて聞いたことがないでしょう？　と付け足した。

わたしたちは純真無垢の証として、なるたけ目を真ん丸にし、こくこくと頷いてエスティー小母に同意した。反逆する花はここにはおりませーん！

シュナマイトの家には〈マーサ〉は一人だけだけれど、うちには三人いる。つまり、わたしの父のほうが彼女のお父さんよりえらいということ。彼女がわたしの親友になりたがったのはこういう理由だと、いまではわかる。ずんぐりした娘で、か細くて短い三つ編みのわたしからするとうらやましいような長くて太い三つ編みを左右にさげ、黒い眉のおかげで、実際よりもおとなびて見えた。すぐけんか腰になる面があったけれど、それは小母のいないところでだけ発揮された。娘たちの間で言い合いになると、きまって彼女が正しいことになってしまう。シュナマイトに反論したところで、彼女は最初に出した意見を、さらに大声で繰り返すばかりだったから。多くの女子を――とくにベッカを――邪険にあつかったけれど、恥ずかしながらわたしは気が弱すぎて、シュナマイトの鼻柱をくじくなんて無理だった。同年代の女子と接していると、どうも気が弱くなってしまう。家にいるときは、〝がんこ娘〟と〈マーサ〉たちに言われていたのに。

「ね、あなたのお母さん、死にそうなんですって？」シュナマイトがお昼休みに、声をひそめて話しかけてきた。

「そんなことないよ」わたしは小声で言い返した。「ちょっとご不調があるだけ！」いつも〈マーサ〉たちはそういう言い方をしていた。お母さまはご不調があるから。だから、こんなに休んでばかりいるし、咳が出るのだと。近ごろでは、食事も〈マーサ〉たちがお盆にのせて寝室に運んでいた。でも、お盆の料理はほとんど手つかずのまま返ってくる。

わたしはもはや、母の部屋にはあまり入れてもらえなくなっていた。入っていっても、部屋は薄暗かった。お母さんらしい匂いは、もうしなかった。庭で百合に似た花を咲かせるギボウシのような、ほのかな甘い香りはせず、饐えた臭いの汚らしいよそ者が忍びこんできて、ベッドの下に隠れているようだった。

わたしはベッドサイドに座ると、青い花柄を刺繍した上掛けの下で背を丸める母の、魔法の指輪をはめた細い左手をとって、お母さんのご不調はいつ治るのと尋ねる。すると、母はいつも、早く苦しみが終わるようお祈りしていると答えた。それを聞いて、わたしは安心した。お母さんは良くなるっていうこと。それから、母はきまって、良い子にしている？　幸せ？　と尋ねてきた。わたしは「うん」と答え、すると、母はわたしの手をぎゅっと握って、あなたもいっしょに祈ってねと言い、ふたりで、ベッドのまわりに立つ天使たちの歌をうたった。歌いおわると、母は「ありがとう」と言い、一日の面会はそこでおしまいになった。

「本当は死にそうなんだって」シュナマイトはひそひそ声でさらに言った。「〝ご不調〟ってそういうことなんだよ。死にそうってこと」

「そんなの、うそよ」わたしが言い返した声は少し大きすぎた。「お母さんは良くなっているし、苦しみはもうすぐ終わる。そう言ってお祈りしてたもの」

「娘さんがた」エスティー小母が言った。「昼食の最中、口は食べるのに使うものです。しゃべるのと嚙むのを同時にはできませんよね。みなさんは、こんなにおいしいお昼を食べられて好運ではありませんか？」その日の給食は卵サンドで、わたしの好物だった。でも、たったいまは、匂いだけで吐きそうだった。

「うちの〈マーサ〉に聞いたんだけどね」エスティー小母の目がそれたところで、またシュナマイトが耳打ちしてきた。「彼女はあなたんちの〈マーサ〉から聞いたんだって。だから、本当だよ」

「どの〈マーサ〉から？」わたしは訊いた。お母さんが死にそうだなんてデマを流すような裏切り者の〈マーサ〉がうちにいるとは思えなかった。あの渋い顔のローザでも考えられない。

「どれかなんて、わかるわけないでしょ？　〈マーサ〉は〈マーサ〉なんだから」シュナマイトは言って、長くて太い三つ編みを後ろにはらった。

その午後、〈保護者〉の運転する車で学校から帰ると、わたしはまっすぐキッチンに入っていった。ズィラがパイ生地をこねていた。ヴェラは鶏肉を刻んでいた。奥のガス台では、鍋に入ったスープがぐつぐつ煮えていた。この刻んだ鶏肉と、くず野菜や鶏ガラも、スープに追加されるだろう。うちの〈マーサ〉たちは料理の腕がたち、食材をまったく無駄にしなかった。

ローザは大きなダブルシンクで皿をゆすいでいた。食洗器はあったものの、司令官たちの晩さん会がうちでひらかれるときしか、〈マーサ〉はそれを使わなかった。すごく電気を食うからね、とヴェラは言っていた。いまは戦時中だから電気不足だ、と。〈マーサ〉たちはいっかな沸かないその戦争を〝鍋待ち戦争〟と呼んでいた（「鍋はじっと見て待っているとなかなか沸かない、待つ身はつらい」ということわざから）。あるいは、回るだけでどこにも行きつかないので、〝エゼキエルの車輪戦争〟（旧約聖書「エゼキエル書」より、空中で回りつづける車輪）とも。でも、そんなのは仲間内での符丁だった。

「シュナマイトから聞いたんだけど、あなたたちのだれかがむこうの〈マーサ〉に、お母さんが死にそうだと言ったって」わたしは前置きもなく切りだした。「だれが言ったの？　うそばっかり！」

三人とも、その場でぴたりと静止した。わたしが魔法の杖をふって、凍らせてしまったかのようだった。ズィラはのし棒を持ちあげた姿勢で、ヴェラは片手に肉切り包丁、もう片手に生白く長い鶏の首を持った姿勢で、ローザは大皿を布巾で拭いている姿勢で。おもむろに三人はたがいに顔を見あわせた。

「お嬢さんも知っていると思っていたんですよ」ズィラがやさしい声で言った。「お母さまご本人がお話しされているものと」

「それとも、お父さまか」ヴェラが言った。そんなばかな。だって、父がいつそんなことできただろう？　最近ではほとんどうちには寄りつかず、家にいても、ダイニングで独り食事をしているか、書斎にこもって重要なお仕事をしているかだった。

「ほんとに申し訳なかった」ローザが言った。「あなたのお母さんは善き女性だよ」

「模範的な〈妻〉だし」ヴェラが言った。「弱音ひとつ吐かず、苦しみに耐えてこられた」この時点で、わたしはすでにキッチンテーブルに突っ伏し、両手で顔をおおって泣いていた。

「わたしたちはみな、神の試練として遣わされた苦境に耐えなくてはなりません」ズィラが言った。

「希望を持ちつづけなくてはなりません」

なんの希望を？　わたしはそう思った。どんな望みが残っているというの？　そのとき、わたしの前に広がっているのは、喪失と暗闇だけだった。

それから二日後の夜のうちに、母は亡くなった。わたしが知ったのは、朝になってからだった。死ぬほどの重病なのに話してくれなかった母に、わたしは怒っていた。けれど、ある意味、母は伝えていたのだった。「早く苦しみが終わるようお祈りしている」と言っていたのだから。その祈りは聞き遂げられた。

いったん怒りがおさまると、自分の小さな一部が切りとられてしまったような、心臓の一部が欠けたような感覚に陥った。欠けた部分はきっともう死んでいるだろう。ベッドを囲む四人の天使がとうとう本当にあらわれて、母を見守り、魂を運んでいってくれたことを願った。あの歌のように、天使たちが母を天高く、高く、つれていって、黄金色の雲の中に消えるさまを思い描いた。でも、本心では、そんなこと信じられなかった。

Ⅲ　讃美歌

アルドゥア・ホール手稿

6

ゆうべ、寝支度をしながら、残り少ない髪の毛を留めているピンを抜いたときに考えた。わたしは小母たちに喝を入れる説教を折々に行うが、何年か前、虚栄心を戒めたことがある。虚栄心はいくら自制しても忍びこんでくるのだと。「人生とは毛髪の問題にあらず」と、わたしは冗談半分に言った。それはそうなのだが、毛髪が人生の問題であるのも確かなのだ。頭髪とは肉体という蠟燭の炎であり、それが小さくなるにつれ、肉体も縮んで融けていっている。かつては、頭のてっぺんで髷(まげ)が結えるほどたっぷり髪があった。髷という言い方をした時代には。シニヨンの時代にはシニヨンが結えた。それなのに、いまやわが頭髪はここアルドゥア・ホールの食事のごとしだ。だいぶさみしく、乏しい。わたしの人生の炎は消えつつある。まわりのだれかさんたちが望むほど速くはないが、おそらく思いのほか速いスピードで。

鏡に映る自分の姿を眺めてみた。鏡の考案者に恩恵を受けた者はわずかだろう。自分の姿を知る前の時代のほうが、人間は幸福だったはずだ。とはいえ、いまはまだましな方だろう。わたしは自分に言い聞かせた。顔には衰弱の兆候は見られないし、あいかわらず革のようにしなやかな質感があり、顎にはわたしの個性となっているホクロ、そして見慣れた皺が刻まれている。若いころも、浮かれるほど美人ではなかったが、〝ハンサム〟ではあった。それが、いまは当てはまらない。強いていえば、〝貫禄がある〟ぐらいが精々のほめ言葉だろう。

わたしはどのように人生を終えるのだろう？　だんだん骸骨化しながら生き永らえ、やさしく放置された老境にあまんじるのか？　自身が栄えある石像のようになって？　それとも、この政体もろともわたしも転覆し、わたしの石像も手荒に片付けられ、骨董品として売り飛ばされてしまうだろうか？　庭の芝生の飾り物として、身の毛もよだつキッチュ趣味の置物として？　あるいは、政権の化け物として裁判にかけられ、銃殺隊によって処刑され、死体は街燈にでも吊るされて晒しものになるかもしれない？　それとも、暴徒に八つ裂きにされ、頭部だけポールに括りつけられて街をパレードし、やんやの喝采と嘲弄をうけるとか？　それぐらいの怒りは人々に焚きつけてきたはずだ。

この死に方の問題に関して、いまのところ選択の余地はまだ残っている。死ぬことは決まっていても、いつ、どのようにかは選ぶことができる。それはある種の自由と言えまいか？

そう、それから、だれを滅亡の道連れにしてやるか。これについてはリストを作ってある。

この手記を読む人よ、あなたにどんなふうに思われるかはよくわかっている。そう、わたしの〝名声〟が先々まで残っていて、わたしが何者か、何者であったかをあなたがすでに読み解いているならば。

現在のわたしはひとつの伝説だ。生きた伝説という以上に生きており、死者以上に死んでいる。わたしの顔は額に入って、教室の後ろに飾られている。教室がもてるほど地位の高い娘たちの教室、ということだが。額の中のわたしは厳粛な笑みを浮かべ、無言で人々を戒める。いうなれば、〈マーサ〉たちが幼い子たちを脅かすのに使うオバケであり――お行儀よくしないと、リディア小母さんが捕まえにくるよ！――同時に、人びとが倣うべき完璧な道徳規範でもあり――リディア小母ならどうしなさいと言うだろう？――ももやと想像する天の審問における裁判官、すなわち審判者でもある――そんなことしたら、リディア小母がなんと言うだろう？

わたしが権力で膨れあがってきたのはたしかだが、権力により雲のように摑みどころのない存在にもなっている――無定形で、つねに形(なり)を変えて。わたしは至るところにいると同時に、どこにも存在しない。司令官たちの心にさえ動揺の影を投げかける。どうしたら自分をとりもどせるのか？　どうしたら自分の元の大きさにもどれるのか？　ふつうの女性の大きさに。

だが、そうするには、もう手遅れなのだろう。最初の一歩を踏みだしたら、困ったことにならないよう、次の一歩も踏みだすしかない。わたしたちのいるこの時代には、進む方向は二つしかない。昇るか、墜落するか。

今日は三月二十一日以降、初の満月だ。世界中のよその場所では、羊を殺して食べているのだろう。イースターエッグも消費される。新石器時代の――だれも名前を覚えようとしない――肥沃の神々に関する理由で。

ここアルドゥア・ホールでは、羊肉を食すのは省くが、イースターエッグの習慣は維持されている。この時季の特別な愉しみとして、卵の着色も許可される。色は、ベイビーピンクとベイビーブルー。これを読んでいるあなたにはわからないだろう、食事のために〈食堂〉に集った小母と見習いの〈誓願者（サプリカント）〉たちに、この卵がどれだけの歓びをもたらすか！　わたしたちの食生活は単調だから、ささやかな変化でもありがたいのだ。たんなる色彩の変化でも。

パステルカラーの卵を盛りつけたボウルが運びこまれ、感嘆の声があがると、つましい饗宴を始める前に、わたしが恵みの祈りを唱え——この食物をわれらに与え、われらが道を過（あやま）たぬよう、主よ、ひらきたまえ——その後には、特別な〈春分の祈り〉をつづける。

月日がめぐり、春が展（ひろ）がるにつれ、われわれの心もひらきますように。われらが娘に、われらが〈妻〉に、われらが〈小母〉と〈誓願者〉に、伝道の務めで国境（くにざかい）を越えていくわれらが〈真珠女子（パールガールズ）〉に、主の恵みあれ。堕落した〈侍女〉の姉妹たちに、父の恵みが降り注がんことを。彼女らが神の思召しに従い、肉体を捧げ、苦役（レイバー）（分娩の意味も）に耐えたことで、罪から救われんことを。

そしてまた、謀反者の〈侍女〉の母に盗みだされ、カナダの不信心者によって匿われている〈幼子ニコール〉に恵みあれ。ニコールをはじめ、無垢ながら邪者の手で育てられる運命にあるすべての子らに恵みあれ。われわれの思いと祈りが、その子らと共にありますように。〈幼子ニコール〉がわれわれの元にとり返されますように。われわれは祈ります。主があの子を返してくれますように。

ペル・アルドゥア・クム・エストルス（直訳すれば「生殖周期による苦闘を経て」）。アーメン。

こんな上っ面ばかりのモットーをでっち上げたのは、楽しかった。〝アルドゥア〟が意味するのは、「苦難」だろうか、「女性のお産」だろうか？　〝エストルス〟はホルモンや月経に関することか、異教徒の春の儀式にでも関することか？　アルドゥア・ホールに住まう女たちはそんなことは、知らないし、気にもしない。正しい語を正しい語順で復唱していれば安全、というだけだ。

さて、ここで〈幼子ニコール〉の登場だ。わたしがニコールをお返しくださいと祈るあいだ、女たちの目はわたしの背後の壁にかけられた彼女の写真に注がれていた。なんとも使いでのある〈幼子ニコール〉。その存在は、信徒を鞭打ち、われわれの敵に対する憎しみを焚きつけ、ギレアデ国内での裏切りの気配や、〈侍女〉たちの悪企みや奸計の証人にもなる。そう、〈侍女〉というのは決して信用ならない人々だ。ニコールの利便性は今後も尽きないだろう、とわたしは思った。わたしの手にかかれば――いつかこの手に転がりこんできさえすれば――〈幼子ニコール〉には輝かしい未来が用意されるだろう。

幼気（いたいけ）な〈誓願者〉のトリオが美しいハーモニーで終曲の讃美歌を歌うなか、わたしが考えていたのはそんなことだった。三人の声は汚（けが）れがなく澄んで、わたしたちは陶然としてその歌に聴き入った。この手記を読む人よ、あなたがどう考えようと、ギレアデに所有されるという美の形があったのだ。それを望まずにいられたはずがないではないか？　結局、みな人の子だったのだから。

いま、わたしたちのことを過去形で語っていた自分に気づく。

そのとき流れていたのは、古い讃美歌のメロディーだったが、歌詞はわたしたち独自のものに替えられていた。

主の眼差し(アイズ)のもと、われらが真実の光はまばゆく輝き、
わたしたちの目にすべての罪がさらけだされます。
わたしたちは、あなたの出入りを目に留めます。
一人一人の心から、密かな邪心をもぎとります。
祈り、涙を流して、生贄を定めます。

わたしたちは従順を誓い、服従を命じます。
決して正しい道から逸れません!
つらいお務めにも、進んで手を貸し、
お仕えすることを願って已みません。
あらゆる怠惰な考え、あらゆる快楽を鎮め、
自我を捨て、無私無欲に生きます。

こういう歌詞の、陳腐で、魅力に欠けること。わたしなら、そう言っても許されるだろう。歌詞を書いた本人なのだから。けれど、こういう讃美歌というのは、もともと詩的効果は狙っていない。讃美歌を歌う人々に、定められた道を踏みはずしたらこんな高い代償を払うことになるぞ、と念押しするのが目的なのだ。ここアルドゥア・ホールでは、たがいの過失に対して寛容ではない。

讃美歌が終わると、〝饗宴〟が始まり、女たちはもそもそ食べだす。エリザベス小母は自分の取り分より一つ多く卵をとり、ヘレナ小母は一つ少なくとって、その善行にみんながちゃんと気づくようにふるまっていた。わたしはそうしたことも見逃さなかった。ヴィダラ小母はぐずつく鼻にナプキンをあて、縁の赤らんだ目で、エリザベス小母とヘレナ小母をちらちら見ていた。なにを企んでいるのか？　さて、猫はどっちに飛ぶだろう？（事態はどっちにころぶか？という意味）

ささやかな祝祭が済むと、わたしはホールのはるか突き当たりにある〈ヒルデガード図書館〉へと、夜の行脚に出かけた。月影のさす静かな通路をゆき、ぼんやりと浮かびあがる自分の石像の横を通りすぎた。図書館に入り、夜勤の司書にあいさつをし、〈一般室〉を通ると、三人の〈誓願者〉が最近身につけた識字能力で本と格闘していた。さらに、〈閲覧室〉を抜けていく。ここはより高い権限をもつ者しか入ることができない。聖書のセットが鍵のかかったケースの暗がりに鎮座しており、神秘的な熱を帯びて輝いている。

そこを抜けると、こんどは鍵のかかったドアを開け、分類されたファイルがぎっしり並ぶ〈血統系図公文書保管室〉を縫って歩いていった。だれがだれの類縁であるかを記録するのは必要不可欠なことだ。表向きの記録も、その内実も。〈侍女〉制度があるため、エリート階層の夫婦の子どもには、その母親のみならず公式の父親とすら、生物学的な繋がりがないことがある。妊娠に至らず追いつめられた〈侍女〉は、どんな手を使っても受精しようとすることが間々あるからだ。親者同士の交わりは避けねばならないので、わたしたちは職務柄、知っておく必要がある。いまでさえ、〈不完全児（アンベイビー）〉がたくさん生まれているのだから。そしてこの情報が外に漏れないようがっちり護ることも、アルドゥア・ホールの役割だ。この公文書館はアルドゥア・ホールの鼓動する心臓部と言えよう。

やっと、〈世界文学禁書〉セクションの奥深くにある、わたしの秘所にたどりついた。わたしだけの本棚には、下位の小母には手が出せない禁書の私的セレクションが並べられている。シャーロット・ブロンテ『ジェイン・エア』、レフ・トルストイ『アンナ・カレーニナ』、トマス・ハーディ『ダーバヴィル家のテス』、ジョン・ミルトン『失楽園』、アリス・マンロー『娘たちと女たちの生活』――〈誓願者〉たちの間に流出したら、どんな道徳的パニックが起きるだろう！　ここにはもう一つ、ごく限られた者しか閲覧できないファイル群が保管されていた。わたしはこれを「ギレアデの秘史」とみなしている。こういう膿んだ傷たちは金貨こそないが、通貨とは違う形で利益に変えることができる。知識は力を生む。とくに不名誉な事実の知識というのは。このことに気づいたのも、可能であれば、これにつけこんで利用したのも、わたしが最初ではない。世界中の諜報機関が、大昔から知っていることだ。

秘所に引っこむと、わたしは書きだしたばかりの原稿をとりだした。エックス線検査済みの書物の中を四角くくりぬいて、そこに隠してある。ニューマン枢機卿の『わが生涯の弁明（アポロギア・プロ・ヴィータ・スーア）』だ。この大部の著はいまではだれも読まない。カトリックは異端であり、ブードゥー教と紙一重とみなされているから、だれものぞきもしないのだ。もしのぞかれたら、わたしは頭を撃ち抜かれたのも同然。早すぎる埋葬ならぬ、早すぎる銃弾だ。わたしは旅立つ準備がまだ全然できていないのだから。準備ができた日には――そんな日が来るなら――バーンと、もっと派手な銃声とともに別れを告げようと思っている。

本のタイトルは熟考のうえで選んだ。わが生涯の弁明をするという以外、ここでなにをするというのだろう？　わたしが歩んできた人生。この人生に——これまで自分に言い聞かせてきたが——ほかに選択の余地はなかったのだ。かつて、現体制が誕生する前には、自分の人生の弁明をするなど、考えたこともなかった。そんな必要があるとは思えなかった。当時、わたしは家庭裁判所の判事で、それは必死の思いで何十年も勤務し、険しいキャリアの階段を昇って手に入れた地位であり、その職務を力のかぎり公正に遂行していた。世の中を良くするために行動していたのだ。そのような改善は実際、自分の仕事の範疇だと考えていたから。慈善事業にも協力したし、国政選挙でも州議会選挙でも投票した。世のためになる意見をもち、自分は高潔な生き方をしていると思っていた。やがては、その徳をそこそこ称賛されるだろうと思ってもいた。

しかし、この点についても、ほかの多くの点についても、大間違いだったと気づいたのは、自分が〝逮捕〟された日だった。

Ⅳ　ザ・クローズ・ハウンド

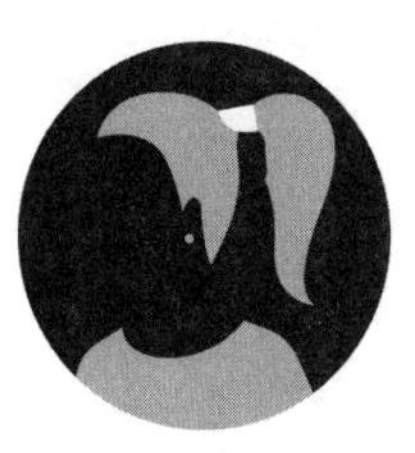

証人の供述369Bの書き起こし

7

傷跡は残るだろうって言われましたが、もうだいぶ良くなってます。そう、だから今なら体力的にも話せると思う。今回の件にわたしがどうして絡んでいたのか、それを聴きたいんですよね。やってみるけど、どこから始めればいいかな。

じゃあ、誕生日っていうか、誕生日だと思いこんでた日の直前から。生まれた日については、ニールとメラニーが嘘をついてたんだよね。それなりの理由があって、ほんとに善意でしてくれたんだけど、はじめて知ったときはふたりにたいして怒りでいっぱいだった。でも、怒りの感情は長続きしなかった。その時点でふたりとも死んでたから。亡くなった人にたいして怒りの感情を抱くことはできるけど、その人たちがしたことについてはもう話し合えない。だいたい、一方の立場にしか立てないし。それに、わたしは怒っていたけど、罪悪感も抱いていた。ふたりは殺されていて、殺されたのはわたしのせいだってそのときは思い込んでたから。

わたしは本当の年はともかく、十六歳の誕生日をむかえるところだった。運転免許を取るのをなによりも楽しみにしていた。誕生日パーティなんて子どもっぽいと思う年齢になっていたのに、メラニーは毎年ケーキとアイスクリームを用意して、〝デイジー、デイジー、きみのほんとうの返事を聞かせてよ〟という、わたしが子どものころ大好きだったけど、いまでは恥ずかしくなるような歌をうたってくれた。あ、ケーキはあとでちゃんと出してもらいましたよ――チョコレートケーキとバニラアイス、わたしの好物の。でも、そのときは喉を通らなかった。メラニーの姿はもうそこにはなかった。

その誕生日当日に、自分がにせものだったと知ったんです。にせものっていうか、なんちゃってマジシャンっていうか。見せかけのアンティーク品みたいに、見せかけの存在。わたしはある目的のために作られた偽造品だった。ほんのちょっと前のことのように思えるけど、いま思うと当時のわたしはお子さまだったな。でも、今はもう子どもじゃない。人の顔つきって、あっというまに変わってしまう。まるで木彫りをして固めたみたいに。夢見がちな目をぱっちり開いた昔のわたしはどこにもいない。わたしは以前よりも鋭くなり、ぼんやりしなくなった。のびのびできなくなったとも言える。

そう、わたしの両親はあのニールとメラニーだった。ふたりは〈ザ・クローズ・ハウンド〉という店で、おもに中古の服を扱っていた。〝ユーズド〟(中古品)だと、〝搾取される〟という意味になるからって、メラニーは〝愛顧品〟とか呼んでたけど。表の看板には、フリルのスカートをはいて頭にリボンをつけたプードル犬が、にっこり笑ってショッピングバッグを提げている絵が描いてあった。その下には、〝**わかりっこない!**〟という、引用符で囲まれたイタリック体の宣伝文句。それって、うちの古着は品質がいいから中古品だとわからないということだけど、うそもいいところ。店の服はほとんどくたびれていた。

その店、メラニーが自分のおばあさんから相続したって聞いた。看板が時代遅れなのはわかっているけど、みんなその看板に慣れ親しんでいるし、自分の代で変えたら失礼でしょって。

店があったのはクイーン・ウェスト地区で、メラニーによれば昔は同じような店が何ブロックも軒を連ねていたらしい――布地、ボタンや装飾材料、安物のリネン類、一ドルショップなんかが。でも、最近は高級化しちゃって。オーガニックのフェアトレード品を出すカフェとか、一流ブランドのアウトレット、有名ブティックが店を出してる。そういうのに追いつこうと、メラニーは〝身にまとう芸術（ウェアラブル・アート）〟なんてプレートを店のウィンドウに吊るしたけど、店のなかは、〝ウェアラブル・アート〟とはとても呼べないしろものであふれ返ってた。ブランドものみたいな売り場も隅にあったけど、そもそも値の張る服がうちの店に持ち込まれることはなかった。それ以外はなんでもあり。それに、バーゲン品や掘り出しものを求めて、それとも冷やかし半分に、お年寄りから若い人まであらゆる人が出入りしていた。服を売りに来る人もいたし、ホームレスの人たちだって、ガレージセールで手に入れた服をわずかばかりのお金に換えようとやって来た。

メラニーはメインフロアの担当で、オレンジやショッキングピンクなんかの派手な色の服を着て働いていた。そういう色はポジティブで生き生きした雰囲気づくりに役立つし、自分の性分は〝放浪の民〟に近いものがあるからと言ってたな。いつもハキハキして愛想がよかったけど、万引きには目を光らせてた。店の営業時間が終わると、仕分けをしたり、梱包したり。これは慈善事業に回す、これはぼろ切れにする、これはウェアラブル・アートに、という感じ。仕分けをしながら、ミュージカルの曲を口ずさんでたっけ——ずいぶん昔の古いやつ。〝ああ、なんと美しい朝〟（「オクラホマ」より）というのと、〝きみが嵐のなかを歩くとき〟（「回転木馬」より）というのがお気に入りだった。メラニーが歌っているのを聞くと、なんだかイライラした。でも、そんな風に思ってしまったことを、いまでは後悔してる。

メラニーが頭を抱えることもあった。服がありすぎるって。もう海みたいに、服の波が押し寄せてきて、おぼれさせようとする。カシミヤですって！　だれが三十年ものカシミヤなんか買うのかしら。年とともによくなることなんてないのに。あたしみたいにね、なんて言ってた。

ニールはひげを生やしてたけど、しらがが混じりだしてて、あまり手入れはしていなかった。髪は薄くなってきてたし。ビジネスマンって見た目ではなかったけど、ふたりが〝金銭関係〟と呼んでいた仕事の担当だった。送り状の作成、経理、税務処理。ゴムの滑り止めつきの階段をのぼった二階に彼の仕事場があって、パソコン、ファイルキャビネット、金庫がなかったら、あまり仕事場らしく見えないような部屋だった。店と同じで、ごちゃごちゃして散らかってて。ニールはものを集めるのが好きだった。ねじ巻き式のオルゴールをいくつも持ってて、置時計も、いろいろな種類のものがたくさんあった。ハンドルで動かす昔の加算器もあったかな。床の上で歩いたり跳びはねたりする、クマやカエルや入れ歯なんかのプラスチックのおもちゃも。もうだれも持っていない、カラースライド専用のスライド映写機も。それに、カメラも——大昔のカメラがニールの好みだった。最近のものよりもいい写真が撮れることがあるんだって。棚がまるごと一段、カメラ専用になっていたぐらい。

あるとき、金庫の扉が開けっ放しになっていたので、わたしはなかをのぞいてみた。札束があるかと思ったのに、金属とガラスでできた小さな物体が入ってた。どうせ、跳びはねる入れ歯とかそういうおもちゃだろうと思ったけどねじもついていないし、すごく古そうだったので、触っていいか迷って。

「これで遊んでもいい?」とニールに訊いてみた。

「なにで遊ぶって?」

「金庫のなかにあるおもちゃだよ」

「今日はだめだ」ニールはにこやかだった。「きみがもっと大きくなったら、考えようか」それから、彼は金庫のドアを閉め、以来わたしはその小さなおもちゃのことはすっかり忘れていた――その存在を思い出して、それがなんだったのか理解するそのときまで。

ニールはいろいろなものを修理しようとしては、たいてい部品が見つからずに挫折する。それで、ものがそのままほったらかしにされて、メラニーに〝ゴミの山〟だって言われる。あなたはなにひとつ捨てたくないのね、って。

仕事場の壁には古いポスターが貼ってあった。〝口がすべると船が沈む〟(「口は災いのもと」という意)と書いてある昔の戦争のポスター、つなぎを着た女の人が腕に力こぶを作るようなポーズをして、女性にだって爆弾が作れるとアピールしているもの(これも同じ昔の戦争のポスター)。それから、男の人と旗が描いてある赤と黒のポスターは、ニールによると、今のロシアになる以前のロシアのものだとか。ポスターはどれも、ウィニペグに住んでいたニールのひいおじいさんのものだった。ウィニペグと言われても、わたし、すごく寒いところだということぐらいしかわからなかったけど。

子どものころのわたしは〈ザ・クローズ・ハウンド〉が大好きだった。宝物が詰まった洞窟みたいなものだったから。でも、わたしはひとりでニールの仕事場に入ってはいけないことになっていた。

〝あちこち触って〟壊すかもしれないから。でも、だれかが見ていれば、ねじ巻き式のおもちゃやオルゴールや加算器で遊ばせてもらえた。でも、カメラはだめと。すごく高価なものだし、どっちみちフィルムも入れてないから使えないじゃないかと、ニールに言われた。

わたしたちは店の上に住んでいたわけじゃなくて、家はずっと離れたところにあった。古ぼけた平屋や、平屋が取り壊されたところに建てられた、新しくて大きな家が立ち並ぶ住宅地に。家は平屋ではなくて、二階に寝室がある造りだったけど、新しい家ではなかった。黄色いれんが造りの、ごく普通の家。人が振り返って見る特徴はなにもないような。いまにして思えば、きっとそれが狙いだったんだな。

8

毎週土曜日と日曜日は、わたしはたいてい〈ザ・クローズ・ハウンド〉にいた。メラニーはわたしを家でひとりにしておきたがらなかったから。どうして家にいたらだめなのか、十二歳になると彼女に尋ねるようになった。すると、メラニーは、なぜって、火事でもあったらどうするの。それに、子どもを家にひとりで残しておくのは法律違反じゃない、と。それを聞いて、わたしはもう子どもじゃないと言い張ったんだけど、メラニーはため息をついて、子どもかおとなかなんてあなたはまだよくわかっていないし、子どもにたいしては大きな責任を伴うもので、そのうちわかるようになるからと、言った。そのあとには必ず、あなたは困った子ねとつづいて、ようやく、わたしたちは彼女の車に乗り込み、店に向かう。

わたしは店の仕事を手伝ってもいいことになっていて、Tシャツをサイズごとに分けて値段を貼ったり、洗濯が必要なものや廃棄するものを分別したりしていた。そういう作業は好きだった。店の奥にあるテーブルに陣取って、防虫剤のかすかなにおいを嗅ぎながら、店に入って来る人を眺めたり。

店を訪れる人たち全員がお客さんというわけではなかった。なかには、スタッフ用のトイレを貸してくれと言うホームレスもいたし、とくに冬は、知っている人であれば、メラニーはトイレを使わせてあげた。しょっちゅうやって来るじいさんがひとりいて、メラニーがあげたツイードのオーバーコートと毛糸のベストを着ていた。わたしはティーンエイジャーになるころには、この人、キモいなと思うようになっていた。学校で小児性愛者についての授業を受けたから。ジョージという名前の人だった。

「ジョージにトイレを貸さないで。あの人、変態だよ」わたしはメラニーに言った。

「デイジー、意地悪なことを言うのね。どうしてそんな風に思うの？」わたしたちは家のキッチンにいた。

「だってそうなんだもん。いつもうろついてるでしょ。店の真ん前で通行人にお金をせびってるしさ。それに、メラニーにつきまとってるし」わたしにつきまとっている、と言ってもよかったかもしれない。そうすれば、警戒度がぐっと上がったと思うけど、嘘をつくわけにもいかないし。ジョージはわたしには見向きもしなかった。

　メラニーは笑ってこう返してきた。「そんなことないわよ」わかってないなあと思った。なんでも知っていたはずの両親がなんにも知らない人へと突如として変化する年ごろに、わたしはさしかかっていた。

　店にしょっちゅう出入りする人物はほかにもいたけど、彼女はべつにホームレスではなかった。年齢は四十か、五十歳手前ぐらいかな。大人の年齢ってよくわからなかった。その女性はいつも黒い革ジャンに黒いジーンズ、足元はごついブーツという格好で、長いダークヘアをうしろで結び、ノーメイクだった。いかにもバイク乗りって見た目だったけど、実際には違って——まあ、広告に出てくるバイク乗りってイメージ。彼女は店の客ではなく、裏口から入ってきて慈善事業用の服を回収していった。メラニーによれば、そのエイダとは昔からの友人だから、頼まれたらいやとは言えないんだとか。どっちみち、エイダには売り物にならない服ばかりあげてるんだから、それがだれかの役に立つのならいいことじゃないとメラニーは言っていた。

エイダは慈善事業者のタイプには見えなかった。毎回長居はせず、そっけなくてにこりともしないし、体型は骨っぽい体つきで、のしのし歩きまわってた。毎回長居はせず、店で売れない服が詰まった段ボール箱をいくつか持ち出して、裏の路地に停めた車に積み込む。わたしが座っているところからは、彼女の車がよく見えたけど、毎回ちがう車だった。

〈ザ・クローズ・ハウンド〉にやってきてなにも買わない第三の人たちがいた。丈の長いシルバーっぽいワンピースを着て、白い帽子をかぶって、自分たちは〈真珠女子(パールガールズ)〉という、ギレアデのために聖職についている伝道師だと言った。彼女たちは、ジョージよりも数倍気味が悪かった。ダウンタウンで活動をしていて、ホームレスに話しかけ、店に入ってはうるさがられていたから。彼女たちに乱暴な態度をとる人もいたけど、メラニーはちがった。そんなことをしたってなんにもならないじゃないと言って。

〈真珠女子〉は必ず二人組で現れた。白い真珠のネックレスをして、とてもにこやかなんだけど、心からの笑顔じゃない。持参したパンフレットをいつもメラニーに手渡していた。パンフレットには、ゴミひとつない街並みとか、しあわせそうな子どもたちとか、朝日の写真なんかが印刷されていて、ギレアデにおびき寄せようとたくらむ言葉が踊ってた――〝道を誤った？　それでも神さまはお赦しになります！〟、〝ホームレスですか？　ギレアデにはあなたの家(ホーム)があります〟。

何種類もあるパンフレットには、〈幼子ニコール〉にかんするものが必ず一部は混じっていた。〝〈幼子ニコール〉の返還を！〟、〝〈幼子ニコール〉はギレアデ国民です〟。わたしたちも学校で〈幼子ニコール〉のドキュメンタリーを見せられたことがあった。母親は〈侍女〉で、その母親が彼女をギレアデから逃亡させたんだとか。〈幼子ニコール〉の父親は、ギレアデの司令官のなかでもトップクラスで、性格もめっちゃわるかったから、騒ぎが大きくなって、ギレアデは〈幼子ニコール〉を法律上の両親のもとに返すよう要求した。初めはカナダもギレアデへの協力を渋っていたけど、そのうち屈して、できるだけの努力をすると表明した。でも、そのころには〈幼子ニコール〉は行方不明になっていて、それからずっと消息がわからないって話だった。

〈幼子ニコール〉はそのうちギレアデの〝広告塔〟になった。〈真珠女子〉が配っているパンフレットには、毎回同じ彼女の写真が必ずどこかに入っていた。とくに変わったところのない普通の赤ちゃんなのに、ギレアデでは事実上、聖人あつかいなのですと、先生も授業で言ってた。わたしたちにとっても彼女は象徴的存在だった。カナダで反ギレアデのデモがあるときは、かならず〈幼子ニコール〉の写真が使われて、〝〈幼子ニコール〉は自由のシンボル！〟だとか、〝〈幼子ニコール〉が新たな道を切り拓く〟みたいなスローガンが掲げられた。幼子に道が切り拓けるわけないじゃんと、わたしは内心思ってたけど。

〈幼子ニコール〉のレポートを書かされたせいで、わたしはこの赤ん坊が基本苦手だった。〈幼子ニコール〉はどっちの国にもいいように使われている、彼女をさっさと返還することが最大多数の最大幸福につながると主張して、C評価をつけられた。あなたは人の痛みがわからないのだ、他人の権利や気持ちを尊重できるようにならなければいけませんと先生からお小言も。ギレアデの人たちだって人間なんだから、彼らの権利や気持ちも尊重されるべきじゃないですかと、わたしは反論した。すると、先生は憤慨して、もっと大人になりなさいと言ってきた。先生の指摘ももっともではある。わたしはわざとそういういやな態度を取ってたから。でも、C評価をつけられてむかついたんだからしょうがない。

〈真珠女子〉が来るたびに、メラニーはパンフレットを受け取り、売り場に置いておくようにすると約束した。ときどき、古くなったやつを彼女たちに返すことまでしていた。彼女たちは、残りものを他国で使うために回収するらしい。

「なんでそんなことするの？」政治への興味が増した十四歳のときに、わたしはメラニーに訊いてみた。「うちの家族は無神論者だって、ニールは言ってるよ。メラニーのやってることは、あの人たちを応援することになるじゃない」学校ではすでに三つの授業でギレアデについて学んでいた。それはおぞましい、ひどい国で、女性は職に就けないし、車も運転できないし、〈侍女〉は牝牛のように妊娠させられる。というか、牝牛のほうがよっぽどいい扱いを受けてるけど。ギレアデの一味になったら、みんな人間ばなれしてしまうんだろうか。とくに女性は。「どうしてあの人たちに、そんなことするのは人でなしだって言ってやらないの？」

「あの人たちと言い争っても仕方ないのよ」メラニーは答えた。「狂信者なんだから」

「それなら、わたしが言うよ」当時のわたしは、他人の、とくに大人のなにがいけないのか自分にはお見通しだと思っていた。わたしなら間違いをただすことができるんだって自信があった。〈真珠女子〉はわたしより年上だった。子どもじゃあるまいし、どうしたらあんな馬鹿げたことを信じられるわけ？

「だめ、だめ」メラニーがきつい口調で言った。「あなたは引っ込んでいなさい。あの人たちとは話さないで」

「どうしてだめなの？　わたしならうまく――」

「あの人たちは、あなたぐらいの年ごろの女の子をだましてギレアデに連れて行くの。〈真珠女子〉は女性や少女の味方だからと言いくるめてね。相手の理想に訴えかけて」

「そんなの、ひっかからないし！」わたしは頭にきて言った。「しょうもない能無しなんかと一緒にしないでよね」わたしは普段メラニーやニールの前で汚い言葉づかいをすることはなかった。でも、たまにそういう言葉が思わず口をついて出ることがあった。

「言葉に気をつけなさい」メラニーが言った。「感じが悪いわよ」

「ごめんなさい。でも、わたしはだまされたりしない」

「そりゃあそうでしょうよ。でも、あの人たちのことは放っておきなさい。パンフレットさえ受け取れば、姿を消すんだから」

「あの真珠は本物かな？」

「にせものよ」メラニーは答えた。「彼女たちにまつわるすべてが、にせものなの」

9

メラニーはいつも親切にしてくれたけど、どこかよそよそしいにおいがするのも確かだった。遊びにいったよその家で出される、花の香りがするお客さん用せっけんのような。なにが言いたいかというと、自分のお母さんのようなにおいがしなかったということ。

小さいころお気に入りだった学校の図書館の本に、オオカミの群れにまじって暮らしていた男の人の物語があった。この人は入浴ができない。群れのにおいを洗い流してしまうと、オオカミに仲間と認めてもらえないから。メラニーとわたしも、そういう群れのにおいっていうか、わたしたちだけのにおいが——ふたりを結びつけるものとして——しみこんでいてもいいはずだった。でも結局そんな風にはならなかった。ふたりで仲良く身を寄せあうようなことって、あんまりなかったしね。

それに、ニールとメラニーは、わたしが思うような、子を持つ親のイメージとはかけ離れてた。ふたりとも、こわれものを扱うみたいな態度で、血統書つきの猫でも預かっているみたいだった。自分の飼い猫だったら、当たり前の存在だから気楽に接するけど、ひとさまの猫となると話はべつ。もしその猫をなくしたら、きっとぜんぜんちがう罪悪感にさいなまれると思う。

理由はほかにもある。学校のほかの子たちは自分の写真を持っていた——それも、たくさん。親がわが子の人生を一瞬たりともものがすまいと撮りまくるから。生まれる瞬間の写真まで持っていて、その写真を授業に持ってきて発表する子もいた。わたしには無気味にしか見えなかったけど——血やらぶっとい太ももやらが写っていて、そのあいだから小さな頭がのぞいているなんて。さらに、赤ちゃんのときの写真も山のように持ってた。こういう子たちはそれこそげっぷするたびに、大人がカメラを向けてきて、もう一度げっぷしてなんて言ってきたんだろうな。——人生を二倍、生きてきたようなものだよ。最初は現実の、二度目は写真のための人生を。

わたしはそういうこととは無縁だった。ニールはアンティークカメラのすばらしいコレクションを持っているのに、まともに動くカメラは家に一台もなかった。幼いころのわたしの写真はすべて火事で焼けてしまったとメラニーに聞かされていた。そんなことを信じるのはお馬鹿さんだろうけど、わたしもその一人だった。

じゃあ、つぎは、わたしが馬鹿をやらかした件と、それが招いた結果について。そのとき自分がとった行動には胸を張れない、というか、いま思えば、あほかと思う。でも当時はまるでわかっていなかった。

誕生日の一週間前に、ギレアデに抗議するデモ行進が行われることになっていた。最近の一斉処刑のようすを記録した映像がギレアデから流出して、ニュース番組で放映されたせいだった。異端や背教、それから、ギレアデの法律では反逆罪とされる、子どもを国外逃亡させようとした罪で、女の人たちが絞首刑になっている映像。うちの学校では、上級の二学年の生徒が、〈社会の意識を向上させる国際運動〉の一環としてのデモ行進に参加できるように、学校の授業が一部免除された。

わたしたちはプラカードを作成した。〝ギレアデとの交易を撤廃せよ！〟〝邪悪な国偽隷悪手(ギレアデ)に住む女性たちに正義を！〟、〝〈幼子ニコール〉は導きの星！〟ほかにも、環境問題にかんするプラカードを作った子たちもいた。〝ギレアデは気候学をねじ曲げている〟、〝ギレアデはわたしたちを焼き殺す気か！〟という言葉に、森林火災や死んだ鳥、魚、人間の写真が添えられていた。安全のため、先生とボランティアの親が何人か付き添ってくれることになっていた。デモ行進に参加するのははじめてだったので、わたしはわくわくした。それなのに、ニールとメラニーが行ってはいけないと言ってきた。

「なんでだめなの？　ほかのみんなは行くんだよ！」わたしは訴えた。

「絶対にだめだ」ニールが言った。

「自分の主義主張はちゃんと訴えないといけないって、いつも言ってるくせに」

「それとこれとはちがうんだ、デイジー。安全とは言えない」

「人生は安全なものじゃないって、自分でも言ってるくせに。とにかく、先生もたくさんついて来るんだよ。それに、これは学校の活動の一環だから――もし参加しなかったら、成績にひびくよ！」最後の部分については、ちょっと嘘も入っていたけど、ニールとメラニーは良い成績をとらせたいに決まってる。

「行かせてあげてもいいんじゃない？」メラニーが言った。「エイダに一緒に行ってもらうよう頼めば」

「お子ちゃまじゃあるまいし、ベビーシッターなんていらないよ」

「寝ぼけたことを言わないでくれ」ニールがメラニーに言った。「この子がマスコミにたかられてもいいのか。ニュースに出るんだぞ！」ニールは残り少ない頭髪を引っ張っていた――不安になると出る癖だった。

「そのために行くんですけど」わたしは言った。デモ行進で掲げるポスターはすでに完成していた――大きな赤い文字と黒い骸骨を組み合わせたデザインで、〝ギレアデ＝心の殺人〟と書いてあった。

「そもそもニュースにするためにやってるんだから！」

メラニーは両手で耳をふさいだ。「ああ、頭痛がしてきた。ニールの言うとおりよ。やっぱり、だめです。わたしも許可できない。午後は店の手伝いをすること、以上」

「上等だね、わたしを閉じ込めておけば」わたしは大きな足音を立てて自分の部屋に向かい、ドアをバタンと閉めた。そんなこと、させるもんか。

わたしが通っていたのは、ワイルスクールという学校だった。校名は昔の彫刻家、フローレンス・ワイルにちなんだもので、彼女の肖像画が学校のエントランスホールに飾ってあった。メラニーからは、創造性を伸ばす学校だと聞いていて、ニールからは、民主主義的自由の理解と自分で考えることを重んじる校風だと言われていた。そういう理由でわたしを通わせることにしたらしいけど、ふたりは私立校というものに賛同しているわけではなかった。地域の公立校の水準が低すぎた。もちろん、そういう学校制度を良くするために努力はすべきだけど、とりあえず、ヤクの売人の若者に娘をナイフで刺されたりはしたくないわけで。今では、この学校を選んだ理由はほかにあったんだと思う。ワイルスクールは出席にとても厳しかった。学校をサボるなんて、不可能だった。だから、メラニーとニールはつねにわたしの居場所を把握しておけた。

学校は大好きというほどじゃなかったけど、きらいでもなかった。将来につながる自分なりの道を学校で見つけられると思っていたし、その道筋がもうすぐ見えてきそうだった。ちょっと前まで小動物専門の獣医になりたかったんだけど、そういう夢はなんだか幼稚に思えてきた。その後、こんどは外科医になることにしたものの、学校で手術の映像を見て吐きそうになった。ワイルスクールの生徒のなかには、歌手とかデザイナーとか、クリエィティブな職業を目指す子たちもいたけど、わたしはすごい音痴だし、手先も不器用だった。

学校には友達もそれなりにいた。噂話をする女の子たちや、宿題を交換する相手がそれぞれ数名。わたしは成績が実力よりも低くなるよう気をつけていた——目立ちたくなかったから。だから、わたしの宿題はたいして市場価値がなかった。でも、体育やスポーツとなるとべつで、運動ができるのは問題ない。わたしはバスケットボールのように、背の高さとスピードが求められるスポーツは得意だったから、チームを組むときは引っ張りだこだった。でも、学校の外では制約だらけの暮らしを送っていた。ニールとメラニーはかなり神経質だった。麻薬中毒者がたむろしているから、ショッピングモールをうろついてはいけないと、メラニーには言い渡されていた。ニールはニールで、怪しい男が潜んでいるかもしれないから、公園に行くなと。そんなわけで、わたしの友達づきあいはないも同然だった。〝友達づきあい〟というのは、もっと年上にならないとわたしには許可されないことばかりで成り立っていたから。わが家でのニールの魔法の言葉は〝だめ〟だった。

でも、そのときばかりは、引き下がるつもりはなかった。なにがあってもデモに参加するつもりだった。学校は生徒を乗せるバスを何台か手配していた。メラニーとニールは先回りして、校長先生に電話を入れ、うちの子はデモに参加させないと伝えた。それで、校長先生に学校に残るよう言われたので、わたしは、わかりました、大丈夫です、母が車で迎えに来るのを待ちますと答えた。でも、生徒の名前をチェックしていたのはバスの運転手だけで、彼にはだれがだれだかわからないし、生徒はひしめきあっていて、親や先生もろくに注意を払っていないから、わたしが不参加のはずだなんてだれも知らず、そうしてわたしは、デモへの参加を渋っていたバスケットボール部の子とＩＤカードを交換して、まんまとバスに乗り込み、にんまりしたのだった。

10

最初のうち、デモ行進はスリル満点だった。行進が行われたのはダウンタウンの議会ビルの近く。行進といっても、人がいっぱいで身動きが取れず、歩ける状態じゃなかった。会場ではスピーチが行われた。ギレアデのコロニーで危険な放射性物質の除染作業に従事していて亡くなった女性のカナダ人親族が、強制労働について語った。〈ギレアデ国立自治区大虐殺生存者の会〉のリーダーが、ノースダコタまで強制的に歩かされた経験を語った。ノースダコタでは、人々は水も食料も与えられず、フェンスで囲まれたゴーストタウンに羊のようにぎゅうぎゅうに詰め込まれて、何千人もの人が命を落とし、命がけで冬にカナダ側の国境まで歩いて逃げようとする人もいたと言う。彼はそこまで話すと、指が欠けた手を上げて言った。「そのときの凍傷です」

つぎに、ギレアデから逃亡した女性のための難民保護施設〈サンクチュケア〉の人が、自分の子どもを奪われた女性たちのことを話した。それがいかに残酷なことか、そして、子どもを取り戻そうとすれば神を冒瀆する行為だと糾弾されるということも。音響システムがときどき途切れたので、スピーチをすべて聞き取れたわけじゃないけど、言いたいことはしっかり伝わってきた。いたるところに〈幼子ニコール〉のポスターが貼られていた。〝ギレアデのすべての子どもは〈幼子ニコール〉だ！〟

それから、わたしたちの学校のグループがいろいろ叫びはじめて、プラカードを掲げた。ほかの人たちも、それぞれのプラカードを持っていた。〝邪悪な国ギレアデのファシストを打倒せよ！〟、〝今こそ安全な避難所を！〟するとそのとき、デモに反対する人たちが別のプラカードを掲げて登場した。〝国境の閉鎖を！〟、〝ギレアデはてめえらの女子供を外に出すな、こっちは手一杯だ！〟、〝侵攻をやめろ！〟、〝変態野郎は帰れ〟そのなかには、シルバーのワンピースを着て、真珠のネックレスをつけた〈真珠女子〉の一団もいた——〝乳児誘拐犯に死を〟、〝〈幼子ニコール〉を返還せよ〟というプラカードを手にしていた。うちらの参加者たちが、彼女たちに卵を投げつけはじめ、ひとつが命中すると歓声が上がったけど、その〈真珠女子〉はあいかわらず鏡面みたいな笑みを張りつけていた。

乱闘が始まった。顔を覆った黒ずくめの集団が、店のウィンドウを割りはじめた。と思うと、もうそこには暴動鎮圧用の装備で身を固めた警官が大勢いた。どこからともなく湧いてきたみたいに。彼らは盾で人ごみをかき分けて前進し、警棒で生徒やほかの人たちを殴りつけた。

わたしはそれまでの高揚した気分から一転して、震えあがった。その場から離れたくても人がいっぱいで、身動きが取れない。同じ学校の子たちの姿はどこにも見あたらないし、デモ隊はパニックに陥っていた。人々はあっちに押し寄せたかと思うと、こっちになだれこんで、悲鳴や叫び声が響きわたってた。なにかがわたしのお腹を直撃した。だれかの肘だったのか、呼吸が速くなり、目から涙がこぼれるのがわかった。

「こっちだよ」背後からしゃがれ声がした。エイダだった。彼女はわたしの襟をつかむと、そのまま引きずっていった。どうやって道を開けさせたのかわからない。人の脚をがんがん蹴りつけたのかもしれない。それから、わたしたちは暴動――あとからテレビでそう報道されていた――から離れた通りに出た。そのテレビ映像を見たとき、暴動のまっただなかにいるのがどんな感じか、いまのわたしにはわかると思った。おぼれるような感じ。といっても、わたしは実際におぼれたことはないんだけど。

「あんたがここにいるかもってメラニーに言われたから」エイダが説明した。「家まで送るよ」

「大丈夫、でも――」わたしはおじけづいていることを認めたくなかった。

「今すぐに。大至急。問答無用」

その晩、わたしは自分がテレビのニュースに映っていることに気づいた。プラカードを掲げ、叫んでいる。ニールとメラニーに大目玉をくらうと覚悟していたのに、ふたりとも怒っていなかった。不安そうにしていた。「なんでこんなことをしたんだ」ニールに言われた。「俺たちの言うことが聞けなかったのか？」

「不正義にたいして立ち上がらないといけないって、いつも言ってるじゃない」わたしは反論した。「学校でもそう言われてる」してはいけないことをしたんだって、わかっていたけど、あやまるつもりはなかった。

「この先どうする？」メラニーが口を開いた――わたしにではなく、ニールに向かって。「デイジー、水を持ってきてくれない？　冷蔵庫の氷も入れてね」

「そんなにまずいことにはならないんじゃないか」ニールが言った。

「運頼みは危険よ」メラニーがそう言っているのが聞こえた。「昨日みたいに、迅速に行動しないと。

エイダに電話をするわ。彼女ならヴァンを手配できる」

「代替案が用意できてない」ニールが答えた。「それじゃ予定のものが……」

わたしは水を注いだグラスを手に部屋に戻った。「どうしちゃったの?」

「宿題があるんじゃないのか?」ニールが言った。

11

三日後、〈ザ・クローズ・ハウンド〉が何者かに押し入られた。警報装置はあったけど、侵入者は警備が来る前にいなくなっていて、これが警報装置の問題なのよ、とメラニーがこぼした。メラニーが店に現金を置かないようにしていたので、お金は盗られなかったものの、〈ウェアラブル・アート〉が何枚か持っていかれ、ニールの仕事場が荒らされていた——床にファイルが散らばっていた。収集品も一部なくなった——置時計や古いカメラがいくつか、それにアンティークのねじ巻き式ピエロが一体。侵入者は放火していったけど、ニールによれば素人の仕事だったので、火はすぐに消し止められた。

警察がやって来て、ニールとメラニーに事情聴取し、敵になるような人はいないかと訊いた。そんな人物に心当たりはなく、なにも問題はなかった、きっとドラッグを買う金欲しさのホームレスによる犯行では——ふたりはそう答えていた。でも、ふたりとも動揺しているのがわかった。わたしには聞かれたくないときの口調だったから。

「あのカメラを持っていかれた」わたしがキッチンに入っていくと、ニールがメラニーに言っていた。

「どのカメラのこと?」わたしは尋ねた。

「いや、ふつうの古いカメラさ」ニールはまたもや髪の毛をひっぱりながら言った。「でも、レアものだったからね」

その事件のあと、ニールとメラニーはますます用心深くなった。ニールは店用に新しい警報システムを手配した。メラニーは、別の家に引っ越すことになるかもと口走り、でも、それについてわたしが訊きはじめると、たんなる思いつきよと言う。ニールは、盗みに入られたことについて「実害はなかった」と言っていた。何度もそう言うので、わたしはかえって、ニールの大切なカメラがなくなったほかに、ほんとはどんな被害があったんだろうと考えるようになった。

店に泥棒が入った翌日の晩、わたしが部屋に入っていくと、ニールとメラニーがテレビを見ていた。普段、ふたりはテレビなんてほとんどまともに見ない——テレビはいつもつけっぱなしで——でも、そのときは食い入るように見ていた。「エイドリアナ小母」とだけ身元が判明している〈真珠女子〉が、ペアを組む仲間と一緒に借りているマンションの一室で遺体となって発見されたというニュースだった。自分のシルバーのベルトを首に巻き、それがドアノブに引っかかっていたとか。法医学の専門家によれば、死後数日が経過していた。異臭に気づいて通報したのは、マンションのべつな住人で、警察は自殺と断定していた。そうやって首を吊るのは、自殺の方法としてはめずらしいものではないと。

亡くなった〈真珠女子〉の写真が画面に現れた。わたしはその写真をまじまじと見つめた。この人たちは例の服装のせいで、見分けがつきにくいんだけど、ついこの間〈ザ・クローズ・ハウンド〉にやって来て、パンフレットを差し出したあの人だと気づいた。彼女の相方で、「サリー小母」とされる女性の顔も見覚えがあった。ニュースキャスターによれば、こっちの人は行方不明になっているということだった。彼女の写真も出てきて、目撃したら通報してくださいという警察からの呼び掛けがあった。ギレアデ領事館からは、まだなにもコメントが出ていないと。

「これはひどい」ニールがメラニーに言った。「気の毒に。なんて痛ましい」

「どうして？」わたしは口を開いた。「〈真珠女子〉はギレアデの一味だよ。わたしたちを憎んでる。そんなのだれでも知ってるじゃない」

そのとき、ふたりはそろって顔をこちらに向けた。そのときの顔つきといったら、どう表現したらいいのか？〝悲惨〟を絵に描いたみたい。わたしはめんくらった。どうしてふたりがこの事件を気にするんだろう？


最悪なことは、誕生日当日に起きた。いつもとなにも変わったところのない朝だった。わたしは目を覚まし、ワイルスクールの緑のチェック柄の制服を着て——制服がある学校だって言ったっけ？——緑色の靴下をはいた足に黒い編み上げ靴をはき、校則の許すスタイルを選んで、髪をきっちりポニーテールに結うと——髪の毛を少し下ろしたままにするのは禁止——一階に降りていった。

メラニーはキッチンにいた。そこには、みかげ石のアイランド型調理台があった。そういうんじゃなくて、学校のカフェテリアにあるような、トップが再生樹脂でできているタイプの方がいいのに——透明な樹脂板は、なかに詰まったものが見える。カフェテリアにはアライグマの骨が透けて見えるカウンターもあって、眺めていられるから目のやり場に困らない。

うちは、食事はたいていこのアイランドで済ませていた。食卓のあるリビング兼ダイニングは別にあった。それはディナーパーティ用ということになってたけど、メラニーとニールはパーティなんて開くことはなくて、ミーティングをよく開いていた。いろんな〝主義〟に関わる話し合い。その前の晩も、何人か来ていた。テーブルにはまだコーヒーカップがいくつか、クラッカーのかけらや、しなびたぶどうが載った大皿が置きっぱなしになっていた。わたしはその人たちの姿は見てない。二階に引っ込んで、自分がやらかしたことの余波が降りかかってくるのを避けようとしていた。それは明らかに、ちょっと言いつけに逆らったというのでは済まない、重大事らしかった。

わたしはキッチンに入り、アイランドの席についた。メラニーは背中を向けたまま、窓の外を眺めていた。その窓からうちの庭がよく見える——ローズマリーを植えたセメントの丸いプランター、屋外用テーブルと椅子が並べてあるパティオ、それに、家の前を走る通りの曲がり角。

「おはよう」わたしが言うと、メラニーははっとして振り返った。

「あら、デイジー！　気づかなかった。誕生日おめでとう！　スウィート・シックスティーンね（成人前だが女性が大人の仲間入りをするとされる年齢）」

ニールが朝食の席に姿を現さないまま、わたしが学校に行く時間になった。彼は二階で電話中だった。わたしはちょっぴり傷ついたけど、たいしたことはなかった。ニールって、よくうっかりするんで。

いつもどおり、メラニーが車でわたしを送ってくれた。彼女はわたしがひとりでバス通学するのをいやがった。バス停はうちのすぐそばだったのに。毎度同じ彼女の言い分によれば、どうせ〈ザ・クローズ・ハウンド〉に出勤するついでだから、送るわよと。

「今夜はバースデーケーキとアイスクリームでお祝いするでしょ」と、メラニーが言った。語尾が上がり調子で、まるで質問しているみたいだった。「放課後、迎えに行くから。あなたも大きくなったことだし、ニールとわたしは伝えておきたいことがあるの」

「わかった」とわたしは答えた。学校でもさんざん言われているように、男の子との関係や、合意とはどういうものかについて念を押されるんだろうなと思った。ぎごちない会話になりそうだけど、通らなければならない道なんだろう。

デモ行進に行ったりしてごめんなさいと言いたかったけど、そう思っているうちに学校に着いたので、結局言えなかった。わたしは無言で車から降りた。メラニーは、わたしが入り口に着くまでそのまま待っていた。わたしが手を振ると、振り返してくれた。あのとき、どうして手なんか振ったのかな——普段はそんなことしないのに。ある意味、謝罪のつもりだったのかも。

その日の学校でのできごとは、あまり思い出せない。そんなの、覚えてるはずがない。だって、ごく普通の一日だったから。普通っていうのは、車窓から外の景色を眺めるようなもので、いろいろなものがたいした意味もなく目の前をすぎていく。人はそんな時間を記憶に残そうとはしない。歯磨きみたいに、習慣だから。

カフェテリアでランチを食べている最中に、宿題友達が〝ハッピーバースデー〟の歌でお祝いしてくれた。ほかの子たちも何人か手拍子を打ってくれた。

それから午後になると、空気はどんよりとして、時計の針の進みがゆっくりになった。わたしはフランス語の授業に出ていた。『踊り子ミツ』というコレットの中篇小説から一ページを読むことになっていた。衣裳戸棚のなかに二人の男を隠しておいたミュージックホールの踊り子のお話。フランス語の勉強と同時に、女性の人生が昔はどれだけつらいものだったかを教える目的もあったけど、わたしにはミツの人生がそれほどひどいものには思えなかった。ハンサムな男の人をクローゼットにかくまうなんて、そんなこと、わたしにもできたらいいのに。でも、そういう男性と知り合ったとしても、どこに隠せばいいんだろ？　自分の部屋のクローゼットじゃ、だめそう。どうせメラニーにすぐにばれるし、気づかれなくても、彼に食事を与えないといけない。わたしはそのことについてちょっと考えてみた。どんな食べ物なら、メラニーに気づかれずに持ち出せるかな？　チーズとかクラッカーか、やっぱり。でも、その人とセックスするなんて、絶対に無理。クローゼットから出てきてもらうのは危険すぎるし、彼が入っているクローゼットにわたしもむりやり入りこむスペースなんてないし。わたしは授業中によく、そういう白昼夢にふけっていた。時間つぶしに。

でも、それは人生の大問題でもあった。わたしはまだだれともつきあったことがなかった。つきあいたくなるような人との出会いがなかったから。そういう出会いは望み薄だった。ワイルスクールの男子は問題外。だって、小学校のときから一緒で、その子たちが鼻くそをほじくる姿も目撃してるし、おもらししてた子もいるし。そういう姿が頭に焼きついていると、恋愛モードにはならない。

そのころにはだんだん気分が沈んできていた。これって、誕生日ならではの現象で、なにもかも魔法みたいに変わるって期待していたのに、なんにも起こらない。わたしは眠ってしまわないように、右耳のうしろの髪の毛を、いちどに二、三本ずつ引っ張りはじめた。同じところばかり引っ張りすぎるとはげをつくる危険性があるとわかっていたけど、その癖が始まったのは、つい二、三週間前のことだった。

ようやく授業が終わり、下校時間になった。わたしは磨かれた廊下を、学校の正面玄関目指して歩き、外に出た。小雨が降っていた。レインコートは用意していなかった。通りに目をやったけど、車で待っているメラニーの姿は、そこにはなかった。

突然、黒い革ジャン姿のエイダがわたしのとなりに現れた。

「行くよ。車に乗って」彼女が言った。

「なに？」わたしは尋ねた。「どうして？」

「ニールとメラニーのこと」わたしは彼女の顔を見て察した。なにか、すごく悪いことが起こったんだ。わたしがもうちょっと年上だったら、なにがあったのかその場で問いただしていたと思う。でも、答えを知る瞬間を先延ばしにしたいから、なにも尋ねなかった。物語を読んでいて、〝得体のしれない恐怖〟という表現に出会ったことがある。そのときはたんなる言葉に過ぎなかったものをまさに体験していた。

　車に乗り込むと、エイダはすぐに発進した。「だれか心臓発作でも起こしたの？」わたしは話しかけた。それぐらいしか思いつかなかった。

「そうじゃない」エイダが答えた。「よく聞いて。それから、あたしの前で取り乱さないでね。あんたの家にはもう戻れない」

　みぞおちのあたりに嫌な予感が広がった。「なにがあったの？　火事とか？」

「爆発があった」エイダが説明した。「自動車爆弾で。〈ザ・クローズ・ハウンド〉の前で」

「なにそれ。店はめちゃくちゃになった？」このあいだ泥棒に入られたばかりなのに、さらにこんなことになるなんて。

「メラニーの車だった。彼女とニール、ふたりとも車のなかにいた」

　わたしはそのまま一分ぐらいなにも言わずに座っていた。それがどういうことなのか、理解不能だった。いったい、どんな頭のおかしい人が、ニールとメラニーを殺そうとするんだろう？　あんなに普通の人たちを。

「それで、ふたりは死んだの？」わたしはようやく声を出した。がたがた震えながら。爆発のようすを思い浮かべようとしても、なにも出てこない。真っ黒な画面しか。

V ヴァン

アルドゥア・ホール手稿

12

この手記を読んでいるあなたはだれだろう？　そして、いつのことだろう？　もしかしたら明日かもしれない、いまから五十年後かもしれない、あるいは、これは永遠に読まれないかもしれない。

あなたはアルドゥア・ホールの小母の一人で、偶然この手記に出くわしたのかもしれない。わたしの罪深さに一瞬震えあがったのち、わたしの敬虔な理想像を傷つけないよう、これらの紙類を燃やしてしまうだろうか？　それとも、世にあまねくある権力への渇望に屈し、わたしのことを通報すべく〈目(アイズ)〉（ギレアデ国の諜報部門）にすっ飛んでいくだろうか？

それともあなたは国境のむこうの調査員で、政権が倒れたとたんにやってきて、アルドゥア・ホール所蔵の公文書を漁っているのだろうか？　その場合、わたしが長年しまいこんでいた数々の告発文書のお宝は、わたしの裁判で目玉になるばかりか——残酷な運命のいたずらで、わたしが生き延び、そんな裁判の目玉になれたらの話だが――ほか多くの人々の裁判でも大々的に扱われるだろう。わたしは〝屍〟の埋められた場所を知るのも務めと思ってやってきた。

そろそろあなたは不思議に思っていることだろう。なぜわたしはあの幹部たちに粛清されずに済んでいるのかと。わりあい初期のギレアデとは違い、少なくともいまのこの国は骨肉相食む社会として成熟を見ている。そうした社会ができるまでには、往時の傑物たちが〈壁〉(ギレアデの絞首刑場)に数々吊るされた。野心家の不満分子に追い落とされることがないよう、最高幹部らが念入りに始末したのだ。女性であるわたしはこの手の選別にはとくに不利だったのではないか。あなたはそう思うかもしれないが、それは違う。わたしは女であるというだけで、高位簒奪の危険人物リストからは除外されていた。なぜなら、女性が司令官議会の一員になれる可能性はなかった。だから、その面では、皮肉にもわたしは安全だったのだ。

わたしの政治権力が永らえたことには、ほかに三つの理由がある。一つ、政権がわたしを必要としていること。わたしは女性のお先走った面を鉄拳で抑えつけ――手に着けているのは革のボクシンググラブだが、見かけは毛糸のミトン――秩序をたもつ。ハーレムの宦官のようなもので、この職務は余人をもって代えがたい。二つめに、わたしが指導者たちのことを――下劣なこともふくめて――知りすぎており、文書記録としてどのように処理されているか不安なのだ。わたしを吊るし首にしたら、その恥部がなにかの拍子に外に漏れたりしないだろうか? こちらが用心のためにバックアップをとっていると思っているかもしれない。それは、ご明察。

三つめに、わたしは思慮深い。最高幹部の男性諸氏も、秘密はわたしに託せば安心とつねに感じてきたろう。しかし——すでに遠まわしながら明言したが——それは、わたしの身の安全が守られているかぎりに於いてだ。わたしは昔から、牽制機能というものを信奉する者である。

このような保障手段があっても、ゆめゆめ油断は禁物だ。ギレアデでは、いつ足を滑らすかわからない。不測の事態が始終起きる。わたしの葬儀での頌徳文（しょうとくぶん）はすでにだれかが書いているはずだ。言うまでもない。ああ、身震いがする。わたしの墓の上を歩いているのはだれだ？（なぜか急にぞっとしたときに言う常套句）時間を、とわたしは天に乞う。あともう少しの時間を。それさえあれば。

きのう、ジャド司令官から突然、一対一での話し合いの場に呼ばれた。このような呼び出しを受けるのは、これが初めてではない。大昔の面談では不愉快な思いをしたこともある。もっと最近では、双方の利益になる面談もあった。

アルドゥア・ホールと〈目〉本部をつなぐ道には柔い芝生が植えられている。それを踏んで歩いたのち、丘の斜面につくられた荘厳な白亜の階段をいささか苦労しながら登り、支柱の林立する正面玄関へむかっていきながら、わたしは今回の面談はどの類になるだろうと考えていた。正直なところ、ふだんより胸の鼓動が速まっていた。階段のせいばかりではない。あの特別な玄関を入っていった者は、だれもが出てこられるとはかぎらないのだ。

〈目〉は大図書館だった建物を占拠している。現在ここには、〈目〉所有の書籍以外は保管されていない。もとの蔵書は焚書されたか、高価なものであれば、手癖のわるい各種司令官の私的蔵書に加えられた。わたしはギレアデの〈聖書〉を徹底して仕込まれているので、主の禁じられる略奪行為の害悪についても、正確に諳んじられるが、偉功というのはおおかた思慮分別から成るものなので、やめておく。

喜ばしい話をひとつすると、この建物内部の階段の両側面に描かれていた壁画は、だれにも消されなかった。死した兵士たち、天使たち、勝利の花飾りなどが描かれているので、信心深い絵柄とされ、「ふさわしい」と判断されたのだ。ただし、右側に描かれたかつてのアメリカ合衆国の国旗は、上からギレアデ共和国の国旗に塗りつぶされていた。

ジャド司令官は、わたしが初めて知ったころからすると、ずいぶん出世していた。ギレアデの女たちを矯正する任務では、彼の本領は発揮されず、充分な信望は得られなかった。しかし、現在の彼は〈目〉の担当司令官として、広く恐れられていた。ジャドの執務室は建物の奥まったところにあるが、かつての図書館では畏(かしこ)くも書庫と閲覧ブースに充てられていた場所だ。ドアの真ん中には、瞳に本物のクリスタルを嵌めこんだ大きな〈目〉が一つ、ついている。これを通してジャドには、来訪者がノックをする前から、だれが来たのか見えているのだ。

「入りなさい」わたしが片手を上げかけたところで声がした。付き添ってきた二人の〈下級職員(ジュニア)〉はこの声を機に、持ち場を離れていった。

「ようこそ、リディア小母」ジャドはそう言って、ばかでかいデスクのむこうから笑いかけてきた。「つましいわたしの執務室にお出ましいただき、感謝するよ。元気でやっているといいが」

そんなこと願っていないくせに。と思うが、聞き流しておく。「主に感謝を。そちらはいかがです？　それから、奥さまは？」今回の〈妻〉はいつもより長続きしていた。ジャドの〈妻〉は死ぬのが慣わしなのである。ダビデ王や中米の諸々の麻薬王と同様、ジャドもごく若い女性には強壮効果があると大いに信じている。そのため、それなりの期間、妻の喪に服すと、幼な妻を求める告知をする。

誤解なきよう言っておくと、彼が告知する相手はわたしである。

「わたしも〈妻〉も元気でやっているよ。主に感謝を」ジャドは言う。「あなたにすばらしい報せがある。まあ、お座りなさい」わたしは腰をおろし、謹聴の姿勢をとった。「カナダにいるわれわれのエージェントが、最も活動的であった〈メーデー〉（秘密組織）の工作員二名の身元をつきとめ、消すことに成功した。トロントのいかがわしい界隈で、表向きは古着屋を営んでいた。店舗への事前調査によると、このふたりはあの〈地下女性鉄道〉を支援、教唆する中心的役割を担ってきたようだ」

「神のお恵みがあったのですね」わたしは言った。

「任務を遂行したのは、熱意あふれるわれらが若いカナダ人エージェントたちだが、おたくの〈真珠(パール)女子(ガールズ)〉たちが手引きをしてくれたのだ。女性の勘による落穂拾い的な情報取集の成果を共有してくれて、じつに助かっているよ」

「彼女たちは洞察力に富み、よく訓練されているうえ、従順です」わたしは言った。〈真珠女子〉という伝道組織はわたしの発案によるものだった——ほかの宗教には伝道団があるのですから、わたしたちも送りだしましょう。そうして伝道者は人々を改宗させてきました。わたしたちもそう致しましょう。さらに伝道者たちは諜報活動に役立つ情報を収集するものです。わたしたちもそうしましょう——が、わたしも馬鹿ではないので、少なくともその手の馬鹿ではないので、この伝道諜報活動の手柄はジャド司令官のものにしておいてやろう。〈真珠女子〉が公式に報告を入れてくるのは、わたしだけだ。活動の性質からいって女の仕事の詳細に司令官が関わるのは、体裁がわるいのだろう。とはいえ、必要不可欠とわたしが判断した情報は、むろんなんであれジャドにも伝える義務がある。その量があまり多いと、こちらも管理しきれなくなるが、あまり少ないと、疑いをかけられるだろう。

〈真珠女子〉の魅力的な勧誘パンフレットは小母たちが編集・組版し、デザインと印刷は、アルドゥア・ホールの地下預蔵庫の一室にある手狭な印刷所で行われていた。

〈真珠女子〉の創設をわたしが提案したのは、折しもジャドが危機に直面していたときだった。彼が打ちだした〈国立自治区〉（黒人やマイノリティの「移住計画」とされたが、事実上の殺戮だった。ノースダコタのゴーストタウンへ追いやられ食糧供給も絶たれた）という大がかりな愚策の失敗が否めなくなっていたのだ。多くの国際人権団体に大虐殺（ジェノサイド）として告発されたのもまずかったし、ノースダコタの〈国立自治区〉から国境を超えてカナダに押し寄せる難民が後をたたず、そのうえ、ジャド発案の〈証言証書〉という馬鹿げたシステムも、文書偽造と贈収賄にまみれて崩壊していた。まさに〈真珠女子〉の組織立ちあげで、彼は命拾いしたのだ。とはいえ、あのとき救ってやったのが、政治的に吉と出たのかどうか、あれ以来ずっと考えている。ジャドに貸しはできたが、それが不利に働きかねない。だれかに借りがあるのを嫌がる人間もいるものだ。

ともあれ、そのときのジャド司令官は満面の笑顔だった。「まさに、彼女たちは〈高価な真珠〉（新約聖書「マタイによる福音書」第13章45–46節より）だよ。それに、あの〈メーデー〉の工作員二人が任務を抜けただけでも、あなたの手間がだいぶ省ける——〈侍女〉の逃亡も減るだろう。そう願いたいね」

「主に感謝を」

「例の狙いすました解体作業と浄化の遂行については、われわれからは公に騒ぎたてずにおこう。言うまでもないが」

「ええ、カナダおよび国際メディアがなにか非難してきた場合は、いずれにしろわたくしたちが責を負います。当然ながら」

「わたしたちのほうは否認する。当然ながら」

一瞬の沈黙があり、わたしたちはデスクを挟んで見つめあった。対局するチェスプレイヤーのようとも言えるし、昔なじみの同士のようとも言えるだろう。なにしろ、わたしたちは三回にわたる粛清の波を乗りきってきたのだ。その事実だけで、ある種の絆が生まれていた。

「しかしながら、妙な点があってね」ジャドは言った。「その〈メーデー〉のテロリスト二人には、ギレアデ側に連絡員がいるはずなのだ」

「本当ですか？　あり得ません！」わたしは声を高くした。

「既知の脱出ルートはすべて分析済みだ。なのに、あの成功率の高さは、わずかな情報漏洩でもないかぎり説明がつかない。ギレアデのだれか――われわれの警備の配置態勢について知ることができる者だ――その人物が〈地下女性鉄道〉に情報を流しているに違いない。どのルートに見張りがいて、どのルートなら安全そうか、そういった情報を。あなたも知ってのとおり、戦争によって、とくにヴァーモント州とメイン州では、陸路の人員が手薄になっている。ほかで人手を要してきたからな」

「ギレアデにそんな裏切り行為をできる者がいるでしょうか？」わたしは言った。「わたくしたちの未来を売るような真似を！」

「目下、調査中だ」ジャドは言った。「その間に、なにかアイデアを浮かんだらぜひ……」

「もちろんお伝えします」わたしは言った。

「もう一つ、話があるんだが」ジャドは言った。「エイドリアナ小母のことだ。トロントで死体で発見されたあの〈真珠女子〉の……」

「はい、衝撃でした」わたしは言った。「その後、なにか情報は？」

「領事館からの続報を待っているところだ」ジャドは言った。「なにか入れば、知らせる」

「お手伝いできることがあれば、なんなりと」わたしは言った。「安心してお任せください」

「あなたはあらゆる面で頼れる人だよ、リディア小母。ルビー以上の値打ちだ（きわめて貴重の意。聖書の決まった言い回し）。主に感謝を」ジャドは言った。

わたしもお世辞を言われれば人並みにうれしいので、「ありがとうございます」と述べた。

わたしの人生はまったく違うものになっていたかもしれない。まわりをよく見て、もっと視野を広げてさえいれば。ほかのだれかのように、もっと早くに荷物をまとめ、国を出ていさえいれば……。その国は自分が長年帰属してきたのと同じ国だとまだ思っていたのだから、愚かなものだ。

こんな後悔をしても、なんの役にも立たない。わたしは選択をし、選択をすることで、選択の幅を狭めてしまったのだ。黄色い森で道が二本に分かれ、わたしは足跡（そくせき）がたくさんついている方を選んでしまった（ロバート・フロスト「選ばなかった道」のもじり）。その道には――道とはそういうものだが――屍が累々と横たわった。しかしすでにお気づきだろうが、わたしの屍はそのなかにはない。

消えてしまったあのわたしの国は長年にわたり、負のスパイラルに陥っていた。洪水、森林火災、トルネード、ハリケーン、旱魃（かんばつ）、水不足、地震……。これが多すぎ、あれが少なすぎる。インフラの老朽化――どうして手遅れになる前に、ああいう原子炉をだれか廃炉にしておかなかったんだ？　悪化する一方の経済、失業問題、下がりつづける出生率。

人々は不安になっていた。そのうち怒りだした。

希望のある救済策は出てこない。責める相手を探せ（「責める相手を探して見つからないことはない」という国際的人材紹介会社ロバート・ハーフの言葉より）。

それでも、なぜわたしは平常運転のまま行けると思ってしまったのだろう？　そんなことは長年聞き飽きていたからではないか。人は空が落ちると言われても信じないものだ。実際に、その欠片か降ってくるまでは。

わたしが逮捕されたのは、あの〈ヤコブの息子〉による襲撃の直後だった。これにより、連邦議会は解散に追いこまれたのだ。当初は、イスラム教テロリストの仕業とされていた。全米緊急事態宣言が出されたが、通常の生活をつづけるべし、憲法はすぐに効力を回復する、緊急事態はじきに収束すると言われていた。そのとおりだった。しかし、それはわたしたちが想定した形とは異なっていた。

忌々しいほど暑い日だった。裁判所はその前から閉所していた――有効な命令系統と法治体制が再制定されるまでの一時的なことだと聞いていた――が、それでも職場に出向く者もいた。空き時間を使ってでもさばくべき書類はいくらでも溜まっていた。というのは口実で、わたしはだれか話し相手がほしかったのだ。

妙なもので、男性の同僚でそう感じる人はいなかったようだ。おそらく、妻や子に慰めを見いだしていたのだろう。

社会福祉関係の書類を読んでいると、年下の同僚の一人であるケイティがわたしのオフィスに入ってきた。任命されたばかりの判事で、三十六歳、精子バンクを使って懐妊し、妊娠三カ月だった。

「わたしたち、出ていく必要があります」と、いきなり彼女は言った。

わたしはぽかんとしてケイティを見つめた。「どういう意味？」

「この国を出るんです。なにか起きてます」

「まあ、起きているでしょうね――緊急事態だし――」

「それどころじゃないんです。わたし、銀行のキャッシュカードを使用中止にされました。クレジットカードもです。飛行機のチケットをとろうとして、気がついたんです。リディア、今日は車ですか？」

「なんですって？」わたしは言った。「どうして？　人のお金の出し入れを止めるなんて、簡単にできないでしょう！」

「それが、できるみたいなんです」ケイティは言った。「その人が女性なら。航空会社にそう言われました。つい先日、臨時政府が新しい法を成立させたって。女性のお金は最近親の男性の所有になるそうです」

「思ったよりひどいことになってる」横からそう言ったのは、アニータという少し年上の同僚だった。彼女もオフィスに入ってきていた。「ずっとひどいよ」

「わたし、最近親の男性なんていないけど」わたしは啞然として言った。「こんなこと、完全に憲法違反じゃないの！」

「憲法をもちだしてもむだよ」アニータが言った。「そんなもの、あいつらが廃止にしたらしい。銀行でそう聞いた。わたしがお金をおろそうとしたら……」アニータは泣きだした。

「しっかりして」わたしは言った。「みんなで考えなくちゃ」

「親戚をたどれば、どこかに一人ぐらい男性はいるでしょう」ケイティが言った。「あの人たち、きっと何年も前から企んでいたんですよ。わたしの〝最近親の男性〟は十二歳の甥だそうです」

フロントのドアが蹴り開けられたのは、そのときだった。入ってきたのは、五人の男たちだ。二人、二人、一人に分かれて、それぞれが軽機関銃をかまえながら。ケイティとアニータとわたしがオフィスから出ていくと、総合受付係のテッサが悲鳴をあげ、デスクの陰に身を伏せた。

五人の男のうち二人は二十代ぐらいだろうか、若かったが、あとの三人は中年だった。若い二人は身体が引き締まっていたが、中年の三人はビール腹だった。五人とも、映画から抜けだしてきたような迷彩服を着ており、軽機関銃がなければ吹きだしてしまうところだった。じきに女性の笑い声はめったに聞こえなくなると知りもせずに。

「いったい、なにごとですか？」わたしは尋ねた。「蹴らずにノックすればよかったでしょうに！ドアは開いていましたよ！」

男たちはわたしの言うことを無視した。なかの一人の、おそらくリーダーが、相棒に言った。「リストは？」

わたしはもっと険呑な声を出そうとした。「この破損の責任者はどなたです？」ショックがじわじわと襲ってきた。ぞっと寒気がする。これは強盗なのか？ わたしたちを人質にとるつもりなのか？

「ご用件は？ ここには現金は置いていませんよ」

アニータがわたしを黙らせようと、肘でつついてきた。すでにこの事態を、わたしよりよく把握していたからだ。

二番手の副司令官役が一枚の紙を掲げた。「妊婦はどいつだ？」わたしたち三人は顔を見あわせた。ケイティが前に進みでて、「わたしです」と言った。

「夫はなし。そうだな？」

「おりません。わたしは……」ケイティはお腹を守るように両手を前で組んでいた。彼女はシングルマザーになることをみずから選んだのだ。当時、多くの女性がそうしたように。

「こいつは高校へ」リーダーが言った。若者二人が前に進みでた。

「いっしょに来てもらおうか」片方が言った。

「どうして?」ケイティは言った。「いきなり押し入ってきてこんなこと――」

「来てもらおうか」もう片方も言った。ふたりはケイティの手をそれぞれ摑んで、引っぱった。彼女は悲鳴をあげたが、それでも引きずられるようにしてドアを出ていった。

「あんなこと、させないで!」わたしは言った。廊下に出たケイティの声がまだ聞こえていたが、だんだん小さくなっていった。

「命令を出すのはわたしだ」リーダーが言った。メガネをかけ、自転車のハンドルのようなカイゼルひげをはやしていたが、だからといって、優しい叔父さんのようには見えなかった。いまのわたしはギレアデ共和国でのキャリアなるものを通じて、こういう事例を見てきたので、急に権力を与えられた下っ端こそが、往々にしてその最悪の濫用者になるということを知っている。

「心配するな。危害は加えんから」二番手が言った。「彼女は安息の地に向かってる」

彼はリストを見ながらわたしたちの名前を読みあげた。身元を否認しても仕方がない。すでに知られているのだから。「受付係はどこだ?」リーダーが尋ねた。「このテッサというのは」

見るも気の毒なテッサがデスクの陰からあらわれた。恐怖で震えていた。

「どこにします?」リストを手にした二番手が訊いた。「ディスカウント店か、高校か、スタジアムか」

「あんた、いくつだ?」リーダーが訊いた。「ああ、わかった。ここに書いてある。二十七歳だな」

「チャンスをやりますか。じゃ、ディスカウント店で。結婚したがる男もいるかもしれない」

「そこに立ってろ」リーダーはテッサに言った。

「げぇっ、漏らしてるわ、あいつ」三番目の男が言った。

「悪態をつくな」リーダーが言う。「けっこうじゃないか。怖がり屋なら、きっと言うなりになるだろう」

「まさか」三番目の男が言う。「やつら、女ですよ」ジョークを飛ばしているつもりらしい。

ケイティを連れて出ていった若い二人がもどってきた。「ヴァンに乗せました」片方が言った。

「で、あとの二人の女流判事とやらはどこにいるんだ?」リーダーが訊いてきた。「このロレッタと、ダヴィダというのは?」

「ランチに出てる」アニータが答えた。

「なら、われわれはこの二人だけ連れていくか。あとの二人がもどるまで、その受付の女と待機してくれ」リーダーはテッサを指しながら言った。「二人がもどったら、受付の女はディスカウント店行きのヴァンに押しこめろ。それからランチ女たちも連行だ」

「ここにいる二人は、ディスカウント店ですか、スタジアムですか?」

「スタジアムだ」リーダーは言った。「一人は年齢オーバーだし、どちらも法学位を取得しており、女流判事である。命令は聞こえたな」

「ことによると、無用の長物かもしれませんがね」二番手がアニータのほうを顎でしゃくりながら言った。

「神の御心にて定まる」リーダーは言った。

アニータとわたしは男たちに連れられて階段を五つぶん降りた。エレベーターは動いていなかったのかって？　わからない。下につくと、ふたりとも前で両手に手錠をかけられ、黒いヴァンに押しこめられた。わたしたちと運転手は窓のないパネルで間を仕切られ、黒っぽいスモークをかけたウィンドウの内側にはメッシュのカーテンがかけられていた。

道中、わたしたちはどちらも無言だった。いったい、なにを話せばいい？　助けを求めて叫んでも、応えがないのは目に見えていた。大声でわめこうが、ヴァンの壁に体当たりしようが、どうにもならない。エネルギーの無駄づかいに終わるだろう。だから、わたしたちはじっと待っていた。

少なくとも、エアコンは効いていた。座るシートもあった。

「彼ら、なにするつもりなんだろう？」アニータが小声で話しかけてきた。窓の外は見えなかった。おたがいの姿も、ぼんやりした輪郭しか見えなかった。

「なんだろう」わたしは答えた。

ヴァンが停止し――たぶん検問所だろう――また動きだし、また止まった。「目的地だ。降りろ！」という声がした。

後部座席のドアがひらいた。アニータが先によじり降りた。「おい、次」と、べつな声がした。手錠をかけられたままヴァンから降りるのは困難だった。だれかに片腕を掴まれて、引っぱられ、わたしはどさっと地面に投げだされた。

ヴァンはまた発車し、わたしはよろけながら、あたりを凝視した。わたしがいるのはひらけた空間で、人々が――女性ばかりがいくつものグループを作っていた。そして、銃を持った大勢の男たちがいた。

そこは、スタジアムだった。いや、もはや違う。いまでは刑務所と化していた。

Ⅵ　六つで死んで

証人の供述369Aの書き起こし

13

母の死をめぐる経緯を話すのはつらく、なかなか決心がつかなかった。わたしは間違いなくタビサに愛されていたし、その母が亡くなると、自分をとりまく何もかもが揺らぎ、確かなものは何もないように感じた。わたしたちの家、庭、自分の部屋までが、いまや現実感を失い、霞のなかに融けて去ってしまったようだった。わたしはヴィダラ小母が暗記させた聖書の一節を、繰り返し心のなかで諳んじていた。

一千年の月日も、過ぎればあなたの目には昨日のごとし、なんのことなく過ぎていきます。あなたは人々を洪水で押し流します。彼らは夜の夢のごとく、朝に萌えでる葦のごとし。朝に萌えでて生繁り、夕には伐られてしおれます（旧約聖書「詩編」第90編4–6節）。

しおれます（ウィザーレス）。しおれます。なんだか舌足らずの子どものよう——まるで、神さまがはっきり発音できないみたい。暗誦のさいも、この語のところで多くの生徒が噛んでしまうのだった。

母の葬儀用に、わたしも黒い喪服をあたえられた。式には、よその司令官とその〈妻〉たちが何組か参列していた。それから、うちの〈マーサ〉たちも。母の亡骸を納めて蓋をした棺があり、その横で、父が母を〈妻〉として褒めたたえる短い挨拶をした——いつのときも自分のことは措いて他者を思いやり、ギレアデの全女性の模範でありました。そう述べてから、〈妻〉を苦しみが解き放ってくれた神さまへの感謝の祈りを唱え、参列者は「アーメン」と斉唱した。ギレアデでは女性の葬儀は大げさにしない。高位の人だとしても。

えらい人たちが墓地からわが家へもどってきて、ささやかなもてなしの席が設けられた。その軽食にズィラは得意料理のひとつであるチーズパフを焼き、わたしにも手伝わせてくれた。それで少しは慰められた。エプロンをつけるのを許可され、チーズを摺りおろして、絞り口から天板に生地を絞りだすところもやらせてもらえたし、オーブンのガラス窓を覗いて、生地がふくらむのを眺めることもできた。わたしたちはこれをぜんぶ、お客さんが到着して、軽食をお出しする直前に焼いたのだった。

チーズパフが焼きあがると、わたしはエプロンをはずし、父に指示されたとおり、黒い喪服姿でもてなしの場に入っていき、これまた父の指示どおり、静かにしていた。わたしの存在を気にとめる人はほとんどいなかったけれど、〈妻〉の一人でポーラという女性とだけ話をすることになった。夫に先立たれた彼女は、ちょっとした有名人だった。夫のソーンダーズ司令官が書斎で〈侍女〉に、料理用の焼き串で刺し殺されたから。前年は学校もこのスキャンダルの内緒話でもちきりだった。〈侍女〉が書斎でなにをやってたんだろう？　だいたい、どうやって入ったの？

　ポーラ版の説明では、その娘は頭がおかしく、ある夜更け、階段を忍び降りると、キッチンから焼き串を盗みだし、ソーンダーズ司令官が書斎のドアを開けたところを不意打ちにして――常日頃、彼女と彼女の職務に敬意をもって接していた司令官を殺した、ということだった。〈侍女〉は逃亡したが、捕まって絞首刑になり、見せしめに〈壁〉に吊るされた。

　もう一つ、巷に出回っていたのは、自分のうちの〈マーサ〉から聞きつけてきたシュナマイトのバージョンで、その〈マーサ〉はソーンダーズ家の〈マーサ〉頭（がしら）から聞いたらしい。なんでも、道ならぬ男女関係があり、カッとなって暴力沙汰に、という話だった。きっと、司令官がなにかの拍子に〈侍女〉にそそられ、家族が寝静まる夜更けにそっと階下へ降りてくるよう、彼女に指図したんだろう。そうして〈侍女〉は書斎にするりと入りこみ、そこで彼女を待っていた司令官は、懐中電灯みたいに目をぎらぎらさせている。〈侍女〉にどんないやらしい要求をしたのやら？　異様で、〈侍女〉がカッとなるような要求のあれこれ。常軌を逸した要求でなくても、カッとなる女もいるだろう。ただでさえ、ご法度すれすれの線だったんだから。でも、とにかくその要求はいつもよりやばかったんだよ、きっと。考えるのも耐えがたいね、と〈マーサ〉たちは口にした。とはいえ、ほかのことは考えられないぐらいのようすだった。

　朝、夫が朝食の席にあらわれないので、ポーラは探しにいき、ズボンを脱いだ姿で床に横たわる彼を発見した。〈天使〉たちを呼ぶ前に、ズボンを穿かせたという。そのためには〈マーサ〉の一人に手伝いを命じなくてはならなかった。死体というのは、硬直しているか、へなへなしているかで扱いにくいが、ソーンダーズ司令官は大柄なうえ、不格好な体つきだった。シュナマイトいわく、うちの〈マーサ〉に聞いたんだけど、ズボンを穿かせるのに死体と格闘したポーラは血まみれになったんだって。鋼の神経の持ち主だよね。体面を保つためにやるべきことをやり通すなんて。

ポーラ版よりシュナマイト版のほうが、わたしの好みだった。葬儀後の会食の場で、父からポーラを紹介されているときにも、そのことを考えていた。ポーラはチーズパフを食べながら、わたしのことを探るような目で見てきた。こういう目つきは見たことがあった。ヴェラがケーキにストローを刺して、焼きあがったかどうか確かめるときのような目だ。

おもむろにポーラはにっこりすると、「アグネス・ジェマイマね。すてきなお名前」と言って、五歳の子を相手にするようにわたしの頭をなで、新品のドレスが着られてうれしいでしょう、と言った。わたしは噛みついてやろうかと思った。新品のドレスなんかが、お母さんの死の埋め合わせになるとでも思うの？　とはいえ、本音は口にせず、黙っているのが得策だった。いつもはそれが出来ないのに、このときばかりはうまくいった。

「ありがとう」わたしは言った。頭のなかに、床の血だまりに膝をついて、死んだ男にズボンを穿かせようとしているポーラの図が思い浮かんだ。その作業のせいでみっともない体勢になっていたので、わたしはちょっと溜飲を下げた。

母の死から数ヵ月後、父は未亡人のポーラと結婚した。ポーラの指に、母の魔法の指輪がはめられた。お父さんは指輪をむだにしたくなかったんだ、とわたしは考えた。こんなに綺麗で高価な指輪がすでにあるのに、どうしてもう一つ買う必要がある？

〈マーサ〉たちはこの件について、文句を言っていた。「あの指輪、お母さんはあなたにあげるつもりだったんだよ」ローザが言った。とはいえ、彼女たちにはどうしようもなかった。わたしも腸（はらわた）が煮えくり返りそうだったが、どうしようもなかった。わたしは内にこもって不貞腐れていたが、父もポーラも気にかけるようすはなかった。ふたりはわたしに〝ご機嫌うかがい〟なることをするようになり、それは実質、わたしの不機嫌さにとりあわないことを意味した。そうすることで、いくらわたしが強情に黙りこもうと、ふたりにはさらさら影響がないことを思い知らせようとしたのだ。ふたりはわたしの目の前でさえ、わたしを三人称で呼びながら、自分たちの教育術について論じたものだ。なるほど、アグネスはまた例の不機嫌モードらしいな。そうね、お天気みたいなもので、そのうち晴れるでしょう。思春期の女の子はいつもそうだもの。

14

父がポーラと結婚して間もないころ、学校でショッキングなことがあった。それをここに語るのは、グロテスク趣味なんかではなく、わたしの心に深い印象を残す出来事だったから。それに、あの頃あの場にいた者の一部は、なぜああいう行動をとったのか、その説明の足しになると思うから。

その出来事は〈宗教〉の時間に起きた。前にも話したけれど、その授業はヴィダラ小母の受け持ちだった。小母はうちの学校だけでなく、うちと同じような他校もいくつか担当していて、その学校群は〈ヴィダラ・スクール〉と通称されていた。各教室の後ろに飾られたヴィダラ小母の写真は、リディア小母のそれに比べると小さかった。いちばん上にあるのは、〈幼子ニコール〉の写真だった。彼女の無事な帰還を毎日祈りなさいという意味だ。つぎがエリザベス小母、そのつぎがヘレナ小母、それからリディア小母、そしてヴィダラ小母の順番。〈幼子ニコール〉とリディア小母は金の額縁に入っていたけれど、あとの三人は銀の額しかあたえられていなかった。

もちろん、わたしたちはその四人の小母がどういう人たちか知っていた。〈創始者〉と呼ばれる人たち。でも、なんの創始者なのか、よく知らなかったし、あえて訊こうともしなかった。訊けばヴィダラ小母の小さめの写真にみんなの注目が集まって、小母が気分を害したら困る。シュナマイトによると、リディア小母の写真の目は、教室のどこにいても追いかけてくるし、なにを話してもリディア小母に聞かれているという。でも、シュナマイトは話を脚色したり、作ったりする癖があった。

その日、ヴィダラ小母は教師用の大きなデスクに腰かけた。あなたたちの顔をよく見たいから、と言って。みんな、机をもっと前に出して、もっとくっつきなさい。そう呼びかけると、あなたがたはもう所定の年齢に達したので、聖書で最も大事なお話の一つを聞かせましょう、と切りだした——なぜ大事かというと、それが神さまから女子と女性だけに送られた特別なメッセージだからです。しっかり聴くように。「十二片に切り分けられた側女（そばめ）」というお話です。

わたしの隣に座っていたシュナマイトが耳打ちしてきた。「この話、知ってる」反対側の隣にいたベッカは、机の下でわたしの手のほうにじわじわと手を伸ばしてきた。

「シュナマイト、静かになさい」ヴィダラ小母が注意した。そして鼻をかむと、このような物語を話して聞かせた。

ある男性の側女が——側女というのは、〈侍女〉のようなものです——その所有者のもとから逃げだして、父親の住む家に帰りました。じつに反抗的なことです。男性は彼女を迎えにいきました。やさしく寛容な人だったので、もどってきてくれれば、それでいい、と言ったのです。父親は掟をよく知っていましたから、二つ返事で承諾しました。わが子の不従順なふるまいにいたく落胆していたのです。ふたりの男性は合意を祝って夕餉をともにしました。しかし、そのために男性と側女の出立が遅れ、途中で暗くなってきたので、知り合いがだれもいない町（この男性はレビ人であり、ここはベニヤミン族の町）で一夜の宿りをすることにしました。気前のいいひとりの町民が、うちにきてお泊りなさい、と申し出ました。

ところが、罪深い欲望に駆られたほかの町民が幾人かその家にやってきて、旅人をさしだせと迫りました。よそ者の男性に破廉恥なことをしようとしていたのです。みだらで罪深いことですが、男性同士で行うとなると、ことさら邪な行為です。ですから、気前のいい男と旅人は側女を家の前にさしだしました。

みなさん、この女はバチが当たったと思いませんか？　ヴィダラ小母は言った。「そもそも逃げだしてはいけなかったのです。この側女が他の人たちにどれだけの苦しみをあたえることになったか！」小母は語りつづけた――朝になって、旅人が家のドアをあけると、すぐ目の前に側女が倒れていました。「起きなさい」男性は呼びかけましたが、女は起きなかった。死んでいたからです。罪深い男たちに殺されたのです。

「どうやって？」ベッカが蚊の鳴くような声で質問した。わたしの手をぎゅうっと握りながら。「どうやってその女性を殺したんですか？」ベッカの頬には、ふた条の涙が流れていた。

「大勢の男性がいっぺんにみだらなことをしたので、娘は死んでしまったのです」ヴィダラ小母は答えた。「この聖書のお話は、わたしたちは自分の運命に甘んじ、それに逆らってはいけないということを、神さまならではの方法で、お教えくださっています」女性というのは、所有主の男性の名誉となるべきものである、と。さもないと、こういう結末が待っている。神さまはつねに罪に見あった罰をあたえられるのです、と小母はつづけた。

わたしがその説話の続きを知ったのは、あとになってからだった――この旅人は側女の亡骸を十二片に切り分けて、一つずつイスラエルの十二部族に送り、この人殺しどもを処刑することで、自分の側女が辱められたことへの復讐をしてほしいと呼びかける（このときイスラエルの部族は団結したが、唯一戦士を送ってこなかったのがギレアデのヤベシュという町だと言われる）。ベニヤミン族はこれを拒否した。例の殺害者たちはベニヤミン族だったからだ。つづく復讐戦で、ベニヤミン族はほとんど壊滅状態になり、部族の妻や子どもたちは皆殺しにされた。ここで、ベニヤミン族以外の十一部族は、この部族を壊滅させるのは良くないと考え、殺戮をやめた。生き残ったベニヤミン族の男がほかの部族の女性と結婚して子どもをつくることは——他部族がこれを拒否する宣誓をしていたので——公式には不可能だった。しかし、若い女を盗んできて、非公式に結婚するならよいと言われたため、彼らはそれを実行したのだった。

そういう話の続きがあったのだけれど、あのときはベッカがわっと泣きだしてしまい、先を聞けなくなってしまった。「ひどい、ひどすぎます！」ベッカは言った。教室の生徒たちは固まって動けなくなった。

「落ち着きなさい、ベッカ」ヴィダラ小母は言ったが、ベッカは泣きやまなかった。あんまり激しく泣くので、息が止まるんじゃないかと思った。

「ベッカに、一回だけハグしてもいいですか？」やむにやまれず、わたしは訊いた。女生徒は仲間のために祈ることは奨励されていても、触れあうのは褒められたことではなかった。

「まあ、いいでしょう」ヴィダラ小母は渋々という顔で言った。わたしが両腕で抱きしめると、ベッカは肩にもたれて泣いた。

ヴィダラ小母はベッカのパニック状態を面倒に思う反面、心配してもいた。ベッカの父親は司令官ではなく、ただの歯科医だけれど、一流の歯科医であり、ヴィダラ小母も虫歯があったから。小母は立ちあがって、教室を出ていった。

何分かすると、エスティー小母がやってきた。生徒を落ち着かせたいときに、きまって呼ばれる小母だった。「心配いらないのよ、ベッカ」エスティー小母は話しかけた。「ヴィダラ小母さんは怖がらせようとして話したんじゃないの」これは事実とは言えなかったけれど、ベッカは泣きやんで、ヒックヒックとしゃくりあげだした。「このお話にはべつな見方もあるでしょう。その側女は自分のしたことを反省して、贖おうとし、みずから犠牲になることで、そのやさしい男性が悪党たちに殺されるのを防いだのではないですか」ベッカは少し顔を少し横に向けた。エスティー小母の話に耳を貸しはじめたのだ。

「その側女は勇敢で気高いと思いませんか?」ベッカは小さくうなずいた。エスティーはひとつ、息をついた。「わたしたちはみんな、他者を助けるために自己犠牲を払います」小母は快い声音でつづけた。「男性は戦地で犠牲を払い、女性はその他の方法で犠牲を払います。世の中はそのように分類されているのです。さあ、みなさん、元気が出るように、ささやかなごほうびをいただきましょうね。オートミールクッキーを持ってきましたよ。みなさん、仲良くおあがりなさい」

〝仲良く〟と言われても、それぞれの席でオートミールクッキーを食べるだけだった。「ちょっと、幼稚なことしないでよ」シュナマイトが乗りだしてベッカに小声で言った。「ただの作り話でしょ」

ベッカは聞こえていないようだった。「わたし、ぜったいに、ぜったいに、結婚しない」と、独り言のように言っていた。

「いつかは、するよ」シュナマイトが言った。「みんなするんだから」

「しない人たちだっているよね」ベッカがわたしだけにつぶやいた。

15

ポーラと父の結婚から数カ月後、わが家に〈侍女〉が届いた。名前は「オブカイル」。父の名前がカイル司令官なのでこうなる（of kyle は「カイルの所有物」の意）。「その人、前は違う名前だったはずだよ」シュナマイトが言った。「べつな男性の名前。あの人たちって、赤ちゃんができるまで使い回しにされるんだ。どっちにしろ、ふしだら女だから本名なんて要らないんだって」〝ふしだら女〟とは夫以外の男性たちともつきあう女のことだと、シュナマイトは説明した。とはいえ、〝つきあう〟というのがなにを意味するのか、おたがいよくわかっていなかった。

それに〈侍女〉って、二倍もふしだらだよね。シュナマイトはつづけた。だって、そもそもだんなさんがいないんだから。しかし、とヴィダラ小母は洟を拭きながら常々こう言っていた。あなたがたは〈侍女〉につらく当たったり、〝ふしだら女〟呼ばわりしたりすべきではありません。彼女らは罪を贖うことで共同体に奉仕しているのです。その点、わたしたちはみな〈侍女〉に感謝すべきなのです。

「ふしだら女になるのが、どうして社会奉仕になるのか、意味わからない」シュナマイトが小声で言ってきた。

「赤ちゃんよ」わたしは囁きかえした。「〈侍女〉は赤ちゃんを産めるから」

「ほかにも産める女性はいるでしょ」シュナマイトは言った。「でも、その人たちはふしだら女じゃない」確かにそうだった。〈妻〉のなかには赤ちゃんを産む人もいる。〈平民妻（エコノワイフ）〉のなかにもいる。実際、お腹をふくらませた〈妻〉たちを見かけたこともあった。けど、多くの女性は赤ちゃんを産めない。すべての女性には赤ちゃんが必要なのですよ、とエスティー小母は言った。小母でも〈マーサ〉でもない女性ならだれでも。なぜなら、小母でも〈マーサ〉でもなく、赤ちゃんもいなければ、その女性はいったいなんの役に立つというのです？

　こうして〈侍女〉が来たのは、継母（けいぼ）のポーラが赤ちゃんをほしがっているという意味だった。わたしのことはわが子と思っていないから。わたしに言わせれば、母はタビサだけだった。でも、カイル司令官はどう思っていたろう？　どうも、わたしは司令官にもわが子とは思われていないようだった。ふたりにとって、わたしは透明人間みたいなものだった。ふたりがこちらを見ても、その視線はわたしを素通りして、壁を見ていた。

〈侍女〉がうちにやってくるころ、わたしはギレアデの規定で成人女性とされる年齢にさしかかっていた。身長が伸び、顔が面長になり、鼻が高くなっていた。眉毛も黒々としてきた。シュナマイトのようなゲジゲジ眉毛でもなく、ベッカのようなぽやぽやした貧相な眉でもなく、きれいな半円を描き、睫毛も黒かった。髪の毛も子どものころよりふさふさとして、ネズミみたいな茶色からつややかな栗色に変わっていた。そのどれもがわたしにとっては嬉しいことで、ギレアデでは虚栄心を戒められているのに、鏡に映る新しい像を見ては、顔をあらゆる角度に向けて眺めた。

　それより動揺したのは、胸がふくらんできたこと、それから女性があまり考えてはいけない体の各所に毛が生えてきたことだった。脚、腋の下、そして数多の婉曲語をもつ恥部にも。身体にそういう変化が始まったとたん、少女は〝大切な花〟ではなく、はるかに危険な生き物に変わる。

こういうことに関しては、学校であらかじめ授業を受けていた――身体にまつわる女性の役割と務め、つまり既婚女性の役割を説明するという連続講義を、ヴィダラ小母が気恥ずかしいイラストを交えて行ったのだけれど、その講義はあまり説明になっていなかったし、安心感を生みもしなかった。ヴィダラ小母が「なにか質問は？」と訊いても、なにも出なかった。だって、どこから訊けばいいのだろう？　どうしてこんな身体になる必要があるのか訊きたかったけれど、答えは訊かなくてもわかっていた。「神さまのご意思です」と言われるだけ。なにがあっても、小母たちはそうやって言い抜けるのだから。

わたしもじきに脚の間から血が出るんだろう。学校でも、それがすでに来た子はたくさんいた。神さまも、血を出さないやり方はできなかったんだろうか？　でも、神さまは血に特別な思い入れがある、ということは、小母が〈聖書〉の一節を読みあげたから、わたしたちも知っていた。出血とは浄化、さらなる出血はさらなる浄化。穢れたものを清めるために血を流すのです。とはいえ、手で触れてはいけません。血は、とくに娘の身体から出た血は、触れると穢れます。神さまはかつてご自身の供物台にそれが流れることを好まれました。のちにその習慣はおやめになり――と、エスティー小母は言った――いまでは果物や野菜などの物言わぬ捧げ物や、人びとの善行を好まれます。

わたしにわかるのは、おとなの女性の身体とは、ひとつの大きな地雷だということ。そこに穴があれば、何かを突っこむことになっていて、そうすると、中からべつな何かが出てくる。あらゆる種類の穴という穴は、そのようになっているらしい。壁の穴、山の斜面に空けた穴、地面に空けた穴。おとなの女性の身体というのは、いろんなことをされるし、間違いも多く起きるようなので、いっそそんな身体はないほうが楽だと思うようになってしまった。絶食をして身体を小さくすることも考えた。丸一日はがんばったものの、あまりの空腹に決意が揺らいでしまい、真夜中にキッチンへおりて、スープ鍋に入った鶏ガラから、くず肉をむしって食べた。

自分のぴちぴちした身体だけが悩みの種ではなかった。学校における自分の地位が目に見えて下落したこと。わたしはまわりから一目置かれることも、告白されることもなくなった。女生徒たちはわたしが近づいていくと会話をやめ、変な目で見てくるようになった。露骨に顔をそむける子までいた。ベッカはそんなことはしなかった——相変わらず隣に座ろうとした——けれど、いつもまっすぐ前を向いて、机の下で手を握ってきたりしなくなった。

シュナマイトはいまも「あなたの友だち」だと言っていた。それはひとつに、ほかの子たちに人気がなかったからに違いない。ところが、そのころには、「仲良くしてあげている」のはわたしではなく、彼女のほうだった。わたしはこういうこと全てに傷ついたものの、空気が一変した理由はまだわかっていなかった。

でも、ほかの子たちはわかっていた。みんなの口から口へと噂が流れたに違いない——継母のポーラから、決してなにも見逃さないうちの〈マーサ〉たちを経由して、買い物の途中で出会うよその〈マーサ〉たちへ。そこから、彼女たちの家の〈妻〉たちへ、〈妻〉たちからその娘、すなわちわたしのクラスメイトへ。

では、どんな噂が？　わたしが有力者である父に気に入られていない、ということが一つ。母のタビサが生前はなにかとかばってくれた。その母を亡くしたうえ、わたしは継母にも望まれていなかった。家では、いつもわたしを無視するか、叱りつけてくるかだった――それを拾いなさい！　もたもたしない！　わたしはなるべく継母の視界に入らないようにしたが、自室のドアを閉めているだけでも無礼にあたるらしかった。ドアのむこうに、悪辣なことを考えているわたしが隠れているのはお見通しだったんだろう。

でも父の愛情を失ったとはいえ、この価値の下落は説明がつかなかった。そう、新たな情報がみんなの間をまわっていたのだ。それは、わたしはひどく傷つけるものだった。

伝えるべき秘密が出てくると、とくにそれがショッキングなものであれば、シュナマイトがはりきってメッセンジャーになった。

「ねえ、すごいこと聞いちゃった」ある日、昼休みにサンドウィッチを食べていると、彼女がそう切りだした。天気の良い午どきだった。生徒たちは校内の芝生に出て、ピクニックをすることは許されていた。校庭は高いフェンスに囲まれ、フェンスの上には有刺鉄線が張られ、外門には警護の〈天使〉が二名立っており、外門は小母たちの車が出入りするとき以外施錠されていたので、生徒の安全はしっかり保障されていた。

「どんなこと？」わたしは訊いた。サンドウィッチに入っているチーズは、うちの学校が本物の代替品として使っている人工化合物だった。本物のチーズは兵隊さんが必要としているから。日射しは暖かく、芝生は柔らかで、その日はポーラに見つからずに家を出てこられたので、わたしはいっとき、人生に少しばかり満足を覚えていた。

「あなたのお母さんは産みの親じゃないんだって」シュナマイトは言った。「あなた、実の母親のところから連れられてきたんだよ。ふしだら女の。でも、気にしなくていいよ。あなたのせいじゃないし。まだ子どもだから、知らされなかったんだね」

わたしは胃がよじれそうになって、口の中のサンドウィッチを芝生の上に吐きだした。「嘘よ！」怒鳴るような声を出していた。

「落ち着いてよ」シュナマイトは言った。「あなたのせいじゃないって言ってるじゃない」

「あんたの言うことなんか信じない」

シュナマイトはご満悦で、憐れむような笑みを向けてきた。「本当のことなのに。うちの〈マーサ〉がそっちの〈マーサ〉からすっかり話を聞いたんだから。ちなみに、そっちの〈マーサ〉は継母さんから聞いたんだって。〈妻〉たちはそういうこと知ってるんだよ。彼女たちも、そうやって子どもをもつことがあるし。でも、わたしは違うよ。わたしはちゃんと生まれた子だから」

この瞬間、わたしはシュナマイトが大嫌いになった。「だったら、わたしの本当のお母さんはどこにいるの？」わたしは詰め寄った。「なんでも知ってるなら教えてよ！」ほんとに、ほんとに、意地悪な子、と言ってやりたかった。なるほど、わかってきた。この子に陰口をたたかれていたんだ。いまわたしに言う前から、校内で言いふらして。そのせいで、みんなの態度が冷たくなった。汚名を着せられたってこと。

「さあ、亡くなったのかもね」シュナマイトは言った。「あなたをギレアデから盗みだして、逃亡していたんだって。森を抜けて国境を越えようとしたところで、捕まって、あなたは救出された。運が良かったね！」

「救出されたって、だれに?」わたしは力ない声で訊いた。こんな話をしながら、シュナマイトはサンドウィッチを食べつづけていた。わたしの運命が立ち現れるその口元を見ると、オレンジのチーズもどきが歯にはさまっていた。

「だれって、あの人たちよ。〈天使〉とか〈目(アイズ)〉とかそういう人たち。あなたを救いだして、子どものできないタビサにあげたんでしょ。ねえ、助けてもらってよかったじゃない。そんなふしだら女のもとにいるより、ずっと良いおうちに来られたんだから」

ある確信がじわじわと沸きあがり、身体が痺れていくようだった。タビサがいつも話してくれた、わたしを救いだし邪悪な魔女たちから逃げるという、あの物語は部分的に事実だったんだ。でも、幼いわたしがつないでいた手は、タビサの手ではなかった。実の母の手だった――わたしの生みの親、ふしだら女の。それに追いかけてくるのは魔女ではなく、男たちだった。銃だって持っていただろう。そういう男たちはかならず持っているんだから。

けど、タビサがわたしを選んだのは間違いない。母や父から引き離された大勢の子どもたちのなから、わたしを選んだ。わたしを選び、大切に育ててくれた。愛してくれた。その部分は真実だ。

でも、わたしは母のいない子になってしまった。だって、実のお母さんはどこ? それに、父のいない子でもあった――いまやカイル司令官は月に住む人と同じぐらい縁遠い存在だった。カイル司令官がわたしを許容してきたのは、タビサが着手した計画(プロジェクト)であり、大切な遊び道具であり、可愛いペットだと思っていたから。

ポーラとカイル司令官が〈侍女〉を求めたのは当然だろう。わたしではなく、本当のわが子が欲しかったのだ。わたしはだれの子でもなかった。

シュナマイトは相変わらずもぐもぐやりながら、自分の報せがわたしの頭にしみこんでいくのを満足そうに見つめていた。「わたしはこれからもあなたの味方だよ」と、最高に殊勝ぶった嘘くさい声で言った。「こういうことがあっても、あなたの魂は汚れたりしない。すべての魂は天国では平等だって、エスティー小母は言ってる」

天国に行けばね、とわたしは思った。そして、ここは天国じゃない。人を転落させる蛇がいて、人びとを分ける階層の梯子があり、以前のわたしは生命の樹にたてかけられた梯子の上段にいたけれど、蛇を踏んで滑り落ちてしまった（「蛇と梯子」というすごろく式のボードゲームに喩えている。梯子のマスに止まると近道して先に進め、蛇のマスだと逆戻りするルール）。わたしの失墜を目の当たりにして、まわりの子たちはどれだけほくそ笑んだことだろう！ こんなに威力抜群で爽快なニュースだもの、シュナマイトが広めずにいられなかったのも当然。早くも自分の背後から嘲笑が聞こえてくる気がした。ふしだら女、ふしだら女、ふしだら女の子。

ヴィダラ小母とエスティー小母も知っているに違いない。あのふたりは最初から知っていたんだろう。小母たちはこういう類の秘密を握っているものだ。うちの〈マーサ〉たちによれば、だから小母たちは権力を持っているのだとか。秘密を握ることで。

だったら、リディア小母は――みっともない褐色の制服を着て、けわしい笑みを浮かべた写真が金の額に納められ、教室の後ろに飾られているあの人は――全員の秘密をだいたい知っているんだろう。いちばんの権力者なんだから。リディア小母がわたしの苦境を知ったら、なんと言うだろう？ 手を差しのべてくれるだろうか？ わたしの悲しみを理解し、わたしを救ってくれるだろうか？ でも、リディア小母って、そもそも人間なのかな？ 実物を見たことがない。神さまのような存在かも。現実の存在であり、同時に非現実のなにか。夜寝る前に、神さまではなくリディア小母に祈ってみたらどうだろう？

その週の後日、やってみようとした。でも、一人の女性に祈るなんて、ちょっと考えにくいことだから、やめておいた。

16

その日の散々な午後を、わたしは夢遊病者のようにやり過ごした。授業では、小母たちに贈るハンカチにプチポワン刺繡をほどこした。花の図案と、それに合わせて名前も縫いとる。エリザベス小母にはキク科のエキナセア、ヘレナ小母にはヒヤシンス、ヴィダラ小母にはヴァイオレットの柄という具合に。わたしはリディア小母のハンカチにライラックを刺繡している最中、気づかないうちに針を半分がた指に刺しこんでしまい、シュナマイトに「プチポワンに血がたれてるよ」と言われて初めて気がついた。ガブリエラという痩せぎすで口の達者な子がいて、最近父親が〈マーサ〉を三人もらえる身分に昇格したことで、以前のわたしのように人気者になっていたのだけれど、小声でこう言った。

「彼女にもやっと生理が来たんじゃない。指に」すると、みんなわっと笑いだした。クラスの大半は、もうそれが来ていたから。ベッカですらも。ヴィダラ小母は笑い声を聞くと、本から目をあげて、「いいかげんになさい」と言った。

エスティー小母がわたしを洗面所に連れていき、ふたりで手についた血を洗い流すと、指に絆創膏をはってくれたが、プチポワン刺繡をしたハンカチは冷水にさらすしかなかった。とくに白い布に血がついたときはこうしなさいと教えられていたから。血のしみの落とし方は、〈妻〉として知っておかねばならないことです、とヴィダラ小母は言っていた。女性の務めの一環だからです。〈マーサ〉

たちがしっかり血のしみを落とすよう監督しなくてはなりません。すると、ここでエスティー小母が言葉を添えた。血などの身体から出たものの洗濯は、人のお世話をする女性の務めの一部なのですよ。とくに幼子やお年寄りに対しては。エスティー小母はどんなことでも、前向きに聞こえる言い方をした。それは女性がもつ才能であり、特別な脳の働きによるものです。女性の脳は男性のように、固くて、一直線のものではなく、柔らかで、しっとりと、温かで、包みこむような、まるで……まるで、なにかしら？　小母はそこで言葉を切った。

まるで、陽にあたった泥んこ、とわたしは思った。頭に浮かんだのはそれだった。あったまった泥んこ。

「なにかあったの、アグネス？」エスティー小母はわたしの指を洗い終わると、そう尋ねてきた。いいえ、とわたしは答えた。

「だったら、どうして泣いていたのですか？」知らずに泣いていたらしい。堪えようとしていたのに、涙はわたしの目から、わたしのしっとりした泥んこの頭から、流れでていたんだろう。

「痛かったからです！」わたしはすすり泣きながら答えた。なにが痛かったのか、エスティー小母は訊かなかったけれど、刺繍針を刺したからではないのはわかっていたんだろう。わたしの肩に腕をまわし、きゅっと抱き寄せてくれた。

「痛いことは、いくらでもあります」小母は言った。「だけど、わたしたちは務めて明るく振る舞わなくてはね。神さまは明るさを好まれます。神さまはわたしたちがこの世にある素敵なものを愛でることを好まれます」授業では、神さまの好きなもの嫌いなものについて、担当教師の小母たちからよくよく聞かされていた。神さまとごく親しいらしいヴィダラ小母からはとくに。一度、シュナマイトがヴィダラ小母に、神さまは朝ごはんになにを食べるんですか、と質問すると言いだし、そんな度胸のない女子たちの度肝を抜いたが、実際には質問しなかった。

神さまは母親たちのことはどう考えているんだろう。わたしはその点が気にかかっていた。本物の母親も、そうでない母親も。けど、わたしの生みの親はだれなのか、タビサはどうやってわたしを選んだのか、あるいは、選ばれたときわたしは何歳だったのか、そんなことすらエスティー小母に訊いても仕方がないのはわかっていた。小母たちは、学内で生徒たちに両親の話をするのはいっさい避けていた。

その日、家に帰ると、キッチンでビスケットを焼いていたズィラを隅に追いつめ、昼休みにシュナマイトに言われたことをそのまま並べたてた。

「そのお友だちはおしゃべりですね」というのが、ズィラの答えだった。「もっと口を閉じておくようにすべきです」いつになく彼女の口から厳しい言葉が出た。

「けど、本当のことなの？」わたしは問いつめた。ズィラがこの話を全否定してくれるのを、まだなかば期待していたのだ。

ズィラはため息をついた。「ビスケット作りをお手伝いしませんか？」

でも、わたしはそんな単純なお楽しみに釣られるほど幼くなかった。「はっきり答えて。お願いだから」わたしはそう言った。

「まあ、お嬢さんの新しいお継母（かあ）さんによれば、そうなりますね。お友だちの話は本当です。だいたいのところは」ズィラは言った。

「だったら、タビサはわたしのお母さんじゃないのね」わたしはこみあげてくる新たな涙を堪え、平静な声を保った。

「それは〝お母さん〟という語の意味にもよります」ズィラは言った。「あなたを産んだ人か、あなたをだれより愛している人か？」

「わからないけど」わたしは言った。「たぶん、だれより愛しているほう？」

「だったら、タビサさんがお母さんでしょう」ズィラはビスケットの型抜きをしながら言った。「それに、わたしたち〈マーサ〉もお嬢さんの母ですよ。やはりお嬢さんを愛していますから。そう思えないときもあるかもしれないけど」ズィラは丸いビスケットをパンケーキ用のフライ返しで、一つずつすくうと、天板の上にのせていった。「わたしたちはなによりお嬢さんのためを思ってやっているんですよ」

これを聞いて、ズィラにちょっと不信感が生まれた。ヴィダラ小母も「なによりあなたがたのためを思って」などと似たようなことをよく言うから。たいていは生徒をお仕置きする前に。女生徒に屈んでスカートをめくらせ、ふだんは見えない脚の部位を、ときにはもっと上の部分を鞭打つのをヴィダラ小母は好んだ。ときには、一人の女生徒に対してクラス全員の前でやることもあった。

「その女の人はどうなったの？」わたしは訊いた。「わたしのもうひとりのお母さんは？　森を駆けて逃げた人は？　わたしが連れていかれたあと」

「本当のところはわかりません」ズィラはわたしの顔を見ず、ビスケットをオーブンに入れながら答えた。わたしは焼きあがったら一枚もらえるか訊きたかった——あつあつのビスケットが大好きだから。でも、こんな深刻な会話の最中に訊くのは子どもっぽい気がしたのでやめた。

「その人たちが撃ったの？　殺したの？」

「いいえ、まさか」と、ズィラは否定した。「そんなことはしなかったはずです」

「どうして？」

「だって、また赤ちゃんを産めるかもしれない。その前に、あなたを産んだわけでしょう？　産める体だって証です。本当にやむを得ないとき以外は、そういう有用な女性は殺さないものですよ」ズィラはそこで間をおき、わたしに理解する時間をあたえた。「おそらく彼らが試みたのは、彼女を矯……その、〈ラケルとレアのセンター〉（侍女たちの訓練・再教育所。レアとラケルは旧約聖書に出てくるヤコブの妻となる姉妹）に送って、小母たちが彼女のことを祈り、まずは説諭して、改心の余地があるか探ったのでは」

〈ラケルとレアのセンター〉の噂は学校でも流れていたが、漠然とした内容だった。その内部でなにが行われているのか、だれも知らなかった。それでも、小母の集団に祈られるというだけで恐ろしかった。小母はみんながみんなエスティー小母のようにやさしくはない。「もし改心させられなかったら？」わたしはさらに訊いた。「そしたら、殺すの？　やっぱり、死んだの？」

「いいえ、きっと改心させたと思いますよ」ズィラは言った。「小母たちは上手ですから。心とか考えとか――そういうのを変えさせるのが」

「だったら、その人はいまどこにいるの？」わたしは訊いた。「わたしの、本当の、もうひとりのお母さんは？」そのお母さんはわたしのことを覚えているだろうか。覚えていないわけがない。わたしを愛していたに違いない。愛していなければ、逃げだすときに連れていこうとしないだろう。

「それは、だれにもわかりません」ズィラは言った。「いったん〈侍女〉になったら、以前の名前はすてることになります。それに、あの出で立ちでは、顔もろくに見えませんから、ちっとも区別がつきません、同じに見えます」

「その人、〈侍女〉だったってこと？」わたしは訊いた。だったら、シュナマイトの言うことは本当だったんだ。「わたしのお母さんは？」

「そういうことをする場所ですからね、あのセンターは」ズィラは言った。「あれやこれやの方法で、〈侍女〉に仕立てるんです。捕まえた人たちを。さあ、おいしいあつあつのビスケットを一枚、いかがですか？　いまバターを切らしていますが、特別に蜂蜜をつけてあげましょう」

わたしはズィラに礼を言って、ビスケットを食べた。わたしの母は〈侍女〉だったんだ。だから、シュナマイトは〝ふしだら女〟呼ばわりしたんだ。〈侍女〉というのは、以前ふしだらなことをした女の仕事だというのは、ギレアデの常識だった。それに、〈侍女〉になっても、べつの意味で、ふしだらであることに変わりはない、と。

その日から、わたしは〈侍女〉に魅せられた。彼女が初めてうちに来たときには、言いつけどおり無視した。ローザによれば、それがあの人たちにとっては、いちばんありがたい態度だという。あの人たちは赤ちゃんができれば、よそへ移っていくし、赤ちゃんができなくても、どっちみちよそへ移るから、いずれにしてもこの家に長くいることはないんだ、と。だから、むしろ愛着が——とくに家の子どもたちに——沸くのは、彼女たちにとって良くないこと。そういう愛情関係をじきに手放すはめになるんだから、どんなにつらいか考えてみて。

だから、オブカイルがあの赤いドレスでキッチンにすーっと入ってきて、買い物かごを手にとり、散歩に出かけていくときも、わたしは顔をそむけて、気づかない振りをしていた。〈侍女〉はみんな毎日、二人ずつ二組で散歩にいく。歩道を歩いている姿を、わたしたちも見かける。だれも彼女たちにかかずらわったり、話しかけたり、触ったりしない。〈侍女〉はある意味、不可触民（アンタッチャブル）だから。

でも、いまのわたしは折りにふれ、オブカイルを目の端でじっと捉えていた。青白い卵形の顔は表情がなく、手袋をはめた犯人の指紋のようになにも語らなかった。わたしも無表情の作り方は心得ていたので、あの顔の下がまるで無感情だとは思わなかった。この人にも、まったくべつの人生があったんだろう。〝ふしだら女〟だったころは、どんな容貌だったんだろう？ 〝ふしだら女〟は複数の男性とつきあうらしいけど、何人の男性とつきあっていたんだろう？ 男性と〝つきあう〟って具体的にどういうことなのか、どんな男性たちだったのか？ それとも、身体のある部分が服から出ちゃっていたんだろうか？ もしや、男性みたいにズボンを穿いていたとか？ それはあんまりにも冒瀆的で、想像がつかないぐらいだけど！ でも、それをやっちゃうって、どれだけ大胆なの！ いまとはまったく違う人だったんだろう。もっともっと溌剌としていたんだろう。

わたしはオブカイルが外出すると、いつも窓からその姿を追った。うちの庭を抜け、敷地内の小径を歩いて、正門から外へ。それを見届けると、靴を脱ぎ、廊下をそうっと歩いて、三階の奥まったところにある彼女の部屋に忍びこんだ。独立したバスルームのついた中くらいの大きさの部屋だった。組み紐製のラグが敷かれ、壁には、花瓶に活けられた青い花の絵が掛かっていた。タビサの持ち物だった絵が。

継母が自分の視界に入らないよう、絵をここに移したんだろうと、わたしは思っていた。新しい夫の一番めの〈妻〉の俤（おもかげ）を髣髴させるものが室内の目につくところにあると、かたっぱしから〝粛清〟していたから。おおっぴらにはやらず、さり気ないやり方をしていたけれど――動かしたり捨てたりするのは、一度に一つだけ――わたしにはちゃんとわかっていた。これでまたひとつ、ポーラが好きになれなくなった。

遠まわしに言うこともないだろう。もうそんな必要はない。わたしはポーラが好きではないどころか、大嫌いだった。憎しみというのは魂を凝固させてしまうとても悪い感情だと、エスティー小母に教えられていたから、自慢するわけじゃないし、お赦しくださいと神さまにいつも祈っていたけど、彼女に抱いていたのは憎しみに他ならなかった。

わたしは〈侍女〉部屋に入ってドアを静かに閉めるや、部屋の中をあさりだした。オブカイルは本当はどんな人なの？　もし、あの人こそが離れ離れになったお母さんだったら？　そんなのは夢物語だとわかっていたけど、わたしはそれぐらい孤独だった。現実にそうだったらどんなことになるだろうと、想像するのが好きだった。きっとおたがいの腕に飛びこんで、抱きしめあい、こんなふうに再会できるなんてと感極まるだろう……でも、そのあとは？　その後、どんなことが起きるのか、想像はそこで行き止まりだったけれど、面倒なことになりそうな、ぼんやりした予感はあった。

オブカイルの部屋には、彼女の身元をほのめかすようなものは何もなかった。クローゼットには、例の赤いドレスがきちんと一列に掛けられ、飾り気のない白の下着類や、頭陀袋のような寝間着が、きれいに畳まれて棚の上におかれていた。ウォーキングシューズがもう一足と、スペアのマントと白いボンネットが一つずつ。持ち手が赤い歯ブラシもあった。それらの所持品を入れてきたスーツケースがあったけれど、中は空っぽだった。

17

うちの〈侍女〉がとうとう妊娠した。そう知らされる前から、わたしは気づいていた。〈マーサ〉たちの彼女への態度が変わったから。お情けで置いてやってる迷い犬みたいな扱いをしていたのに、まめまめしく世話を焼き、彼女に運ぶ料理は盛りがよくなったし、朝食の盆には、小さな花瓶に花を活けて添えるようになった。わたしはオブカイルのことばかり考えていたから、そんな細かいこともできるかぎりチェックしていた。

わたしがキッチンにいるのに気づかないまま〈マーサ〉たちが興奮しておしゃべりしているときは、じっと耳を傾けた。聞き取れないこともあったけれど。わたしの前だと、ズィラはしょっちゅう独りで忍び笑いをし、ヴェラは教会にいるみたいに、しゃがれ声をひそめ、ローザまでがお澄まし顔をしていた。まるで、格別においしいオレンジを食べたけど、内緒にしようとしているみたいに。

継母のポーラはというと、なんだか輝いていて、わたしにも以前よりやさしく接してくれた。彼女とは家の中ではなるべく鉢合わせしないようにしていたから、そういう機会も偶にしかなかったけれど。なにしろわたしは、朝食はキッチンでそそくさと食べたら、すぐ車で学校に送られていったし、夕食時も、宿題があるからと言って、なるべくさっさと席を立つようにしていた。プチポワン刺繡や編み物やお裁縫が残っているとか、スケッチの仕上げがあるとか、水彩画を描かなくてはいけないとか。ポーラは決して引き留めたりしなかった。顔を合わせていたくないのは、わたしと同じだったんだろう。

「オブカイルに赤ちゃんができたんでしょ？」わたしはある朝、とうとうズィラに尋ねた。勘違いだといけないので、さり気ない口調で訊くようにした。ズィラは不意をつかれたようだった。

「どうして知ってるんです？」と、聞き返してきた。

「わたしはちゃんとものが見えてるから」というえらそうな答えは、さぞ癪に障ったことだろう。そういう年頃だった。

「それに関しては、まだなにも言えません」ズィラは言った。「三月（みつき）を過ぎないとね。最初の三カ月が危険期間なんです」

「どうして？」わたしは訊いた。前に、ヴィダラ小母が洟をすすりながら、胎児に関するスライドショーを見せてくれたが、結局、たいした知識はつかなかった。

「もし、〈不完全児（アンベイビー）〉だったら、その三カ月のうちに……早く生まれすぎることがあるんです」ズィラはそう言った。「そうなると、その子は死んでしまいます」〈不完全児〉については、わたしも知っていた。学校で教えられたわけではないけれど、ひそひそ囁かれていた。たくさんいるようだった。ベッカのうちの〈侍女〉は女の子の赤ちゃんを産んだが、脳のない子だったという。ベッカは妹をほしがっていたので、ずいぶん憤慨していた。「それのためにお祈りしましょう。その赤ちゃんのために」と、そのときズィラは言った。赤ちゃんのことを「それ」と言ったのを、わたしは聞き逃さなかった。

まだ時期尚早というのに、ポーラはよその〈妻〉たちに、オブカイルの妊娠をほのめかしていたに違いない。わたしの学内の地位がいきなりまた急上昇したから。シュナマイトとベッカは以前のように、競ってわたしの気を引こうとしたし、ほかの子たちも、わたしの後ろに見えないオーラでも出ているのか、やけに恭しく接してくれた。

来るべき赤ちゃんは、関係者みんなを輝かせた。まるで、金色の靄がわが家を包んでいるようで、時がたつにつれ、その靄はますますまばゆく、ますます黄金の輝きを増すようだった。三カ月の期限が来ると、キッチンで内輪のお祝いが催され、ズィラがケーキを焼いた。当のオブカイルはというと、ボンネットの奥にちらりと見えたかぎりでは、喜ぶというよりほっとした顔をしていた。

この控えめなお祝いのさなか、ひと片の暗雲となっているのはわたし自身だった。オブカイルのお腹にいるこの見知らぬ赤ちゃんは、すべての愛情を独り占めしている。わたしのぶんはどこにも残っていない気がした。わたしは独りぼっちだった。そして、嫉妬していた。その子にはお母さんができるのに、わたしにはこの先もずっと母がいない。〈マーサ〉たちの視線までが、わたしから逸れ、オブカイルのお腹から出る光に向けられていた。赤ちゃんに嫉妬していたなんて！　認めるのも恥ずかしいけれど、それは事実だった。

ある出来事が起きたのは、このころだった。忘れたほうがいいので、割愛すべきなのだけれど、じきにわたしが行う選択に影響をおよぼした出来事なので話しておきたい。いまはわたしもそれなりの年齢になり、外の世界をもっと見たから、人によってはそれほど重大視する出来事ではないかもしれないと理解できるけれど、当時のわたしはギレアデの若い娘で、そういう状況に晒されたことがなかったから、ささいなことには思えなかった。それどころか、怖くてならなかった。恥ずかしくもあった。恥ずかしいことをされると、その恥を移された気がする。自分が穢れた気がする。

出来事の序章は、小さなことだった。年に一度の歯科健診に行く時期になった。歯科医はベッカの父親で、グローヴ先生といった。ヴェラによれば、最高級の歯医者だという。トップクラスの司令官とその家族は、みんなその先生にかかっている、と。その診療所は、医院と歯科医院が開業する〈健康の恵みビル〉の中にあった。ビルの表には、笑顔の心臓と、笑顔の歯の絵が掲げられていた。

以前は、医者や歯医者にかかるときには、いつも〈マーサ〉のひとりが付き添ってきて、待合室で待っていてくれた。「そのほうがまっとう」だから。理由の説明はなかったけれど、タビサはそう言っていた。ところが、ポーラには〈保護者〉がビルまで車で送ることしかできないと言われた。今後の準備——というのは赤ちゃんのこと——に必要な室内の模様替えなどを考えると、〈保護者〉にはやってもらう家の作業がいくらでもあるし、〈マーサ〉を付き添いに出すのは時間の無駄だ、と。

わたしはそれでかまわなかった。むしろ、ひとりで行くほうが、ぐんとおとなになった気がした。わたしは〈保護者〉が運転する車の後部座席で、ほこらしげに背筋を伸ばしていた。ビルに着くと中に入り、エレベーターの前で、歯が三つ描かれたボタンを押し、正しい階で降りて、正しいドアを開けて入り、待合室に座って、壁に掛かった透明な歯のイラストを見ながら待った。わたしの番が来ると、奥の診療室へと、助手のウィリアムさんに言われたのでそれに従い、診療台に腰かけた。グローヴ先生が入ってきて、ウィリアムさんは先生にカルテをわたすと、診療室を出てドアを閉め、グローヴ先生はわたしのカルテを見て、なにか歯のトラブルはありますかと尋ね、わたしは「いいえ」と答えた。

先生はいつものように、わたしの口のなかを尖った用具や小さな鏡でつつきまわした。いつものように、先生の目が間近に迫ってくるのが見えた。メガネを通して拡大された目には、青い瞳があり、血走っていて、瞼は象の膝みたいに皺しわで、わたしは先生が息を吐くときに息を吸わないように気をつけた。先生の息はこれまたいつものように、タマネギ臭かったから。先生は平凡な目鼻立ちの中年男性だった。

先生は伸縮性のある白い医療用手袋をすぽんとはずすと、わたしの後ろにあるシンクで手を洗った。「申し分ない。申し分ない歯です」先生はそう言ってから、「お姉さんらしくなってきたね、アグネス」と付け足した。

そして、わたしの小さいながら膨らみだしていた胸に片手をあてた。夏だったので、わたしは夏の制服を着ていた。ピンクで、薄いコットン素材でできていた。

わたしはぎょっとして固まってしまった。やっぱり、聞いていたことは本当なんだ。男性の獰猛で激しい衝動。歯科医の診療台に座っているだけで、その対象になってしまうなんて。わたしは恐ろしくとまどった――こんなとき、なにを言うべきなんだろう？　わからなかった。だから、ひたすら何事も起きていないふりをした。

グローヴ先生はわたしの後ろに立っていて、わたしの左の胸を触っているのは先生の左手だった。先生の姿は、その左手だけしか見えなかった。大きくて、手の甲に赤みがかった毛が生えていた。それは熱を帯びて、茹だった大きなカニみたいに、わたしの胸にのっかっていた。どうしたらいいのかわからない。この手を摑んで、胸からどけるべきだろうか？　そんなことをしたら、欲望にさらに火がついて、突進してくるんじゃないか？　逃げだす手段を考えるべきじゃないか？　と思っていると、その手が胸をぎゅっと摑んだ。指がわたしの乳首を探りあててつまんだ。画鋲をさされたみたいな痛みだった。わたしは上半身を前に倒して、診療台からとにかくすばやく降りなくてはと思ったものの、大きな手にがっちり押さえこまれた。と思うと、急に手が離れていき、グローヴ先生の姿が視界にあらわれた。

「そろそろこういうものを目にしてもいい時期だ」いつもとまったく変わらない口調で、先生は言った。「じきにきみもこういうものを中に入れるようになるからね」先生はわたしの右手をとると、自分のその部分に持っていった。

そこからどんなことが起きたか話す必要はないと思う。先生は手元にタオルを用意していて、それで自分のものを拭くと、付属物をズボンの中にしまった。

「さて」と、先生は言った。「良い子だったね。痛くなかったろう」そう言って、良き父のように、わたしの肩をぽんとたたいた。「一日二回の歯磨きと、その後のデンタルフロスを忘れずに。ウィリアム助手が新しい歯ブラシをくれるからね」

わたしは胃のものをもどしそうになりながら、診療室を出た。待合室にいたウィリアムさんは、謙虚な三十がらみの顔に、なんの表情も浮かべていなかった。ボウルに入ったピンクとブルーの新品の歯ブラシをさしだしてきた。わたしはピンクを選ぶぐらいの分別はあった。

「ありがとうございます」わたしは言った。

「どうしたしまして」ウィリアムさんは言った。「虫歯はあった?」

「いいえ」わたしは言った。「今回はなかったです」

「それは、よかった」ウィリアムさんは言った。「甘いものは控えてね。そうすれば、一生、虫歯知らずかもしれない。腐敗とは無縁。だいじょうぶかな?」

「はい」わたしは答えた。ドアはどこだっけ？

「顔色がわるいよ。歯医者恐怖のある人もいるからね」いま、この人、にやっと笑った？　診療室であったことを知っているのでは？

「顔色、わるくないです」と、わたしは馬鹿みたいな返答をした。そんなこと、どうして自分でわかるんだろう？　わたしはドアノブを見つけ、まごつきながら外に出ると、エレベーターにたどりつき、階下行きのボタンを押した。

これからは歯医者にかかるたびに、こういうことが起きるんだろうか？　グローヴ先生にはもう診てもらいたくないと言うなら、理由を話すことになるだろうし、理由を話せばねやっかいなことになるとわかっていた。学校で小母たちからは、だれか男性に不適切な触り方をされた場合は、当局の者に――つまり小母たちに――報告するよう指導されていたけれど、わたしたちもそんなことを騒ぎたてるほど馬鹿ではなかった。とくに、相手がグローヴ先生のような尊敬をあつめる人物の場合は。それに、今回、父親のことを報告されたら、ベッカはどうなるだろう？　赤恥をかくだろう、けちょんけちょんにされるだろう。彼女に対するひどい裏切りになるんじゃないか。

この手のことを通報した子たちもいる。ある子は、そこの〈保護者〉に両手で両脚をなでられたと言った。べつな子は、平民のゴミ回収者が自分の目の前で、ズボンのファスナーをおろしたと言った。一番目の子は、嘘をついたというので、脚の裏側を鞭で打たれ、二番目の子は、品行方正な娘は男性のくだらないおふざけなど目に留めず、ただそっぽを向くものだと言われた。

でも、わたしはそっぽを向こうにも向けなかった。目をそむけようがなかったから。

「夕ごはん、いらない」わたしはキッチンでズィラに言った。彼女は鋭い目つきで見てきた。

「歯科健診は問題ありませんでした？」ズィラは言った。「虫歯は？」

「ないよ」わたしは言って、弱々しく笑おうとした。「申し分ない歯だって」

「お具合でもわるいんですか？」

「風邪っぽいかも」と、わたしは言った。「ちょっと横になりたい」

ズィラはレモンと蜂蜜の入った温かい飲み物を作ってくれ、お盆にのせて部屋に持ってきてくれた。

「わたしが付き添うべきでした。でも、歯医者としては最高の先生です。それはみんなも認めています」

ズィラはわかっていたんだろう。少なくとも、勘づいていた。そのうえで、わたしに口外しないよう注意していたということ。〈マーサ〉たちはよくそういう暗号めいた言い方をした。「わたしたち女性はみんな」というか。ポーラも知っているんだろうか？　グローヴ歯科医院に行けば、そういうことが起きると見越していたんだろうか？　だから、わたしを独りで行かせたの？

きっとそうだ。わたしはそう結論した。わざと独りで行かせて、胸をつままれ、あの汚らわしいものを目の前につきだされる経験をさせたんだ。わたしを穢そうとして。それは聖書に載っていた言葉だった。〝穢す〟。きっといまごろ、想像して意地悪く笑っているんだろう。自分が仕掛けた質のわるいジョークを思って。ポーラにしてみたら、こんなの〝ジョーク〟のうちに違いない。

その日以来、ポーラに感じる憎しみに対して、神に赦しを乞う祈りをするのはやめた。憎んで当然じゃないの。この人の言動を悪いようにとる理由はそろったことだし、遠慮なくそうすることにした。

18

お産までの月は満ちていった。忍び足と盗み聞きの毎日はつづいていた。わたしは見られずに見ること、自分の話は聞かれずに聞くことに務めた。閉まりきっていないドアとドア枠の間の隙間を見つけ、廊下や階段途中の立ち聞きスポット、壁が薄くなっている箇所などを探りあてた。耳に入ってくるのは、たいていきれぎれの言葉や、沈黙だったりしたけれど、そうした言葉の欠片をつぎあわせ、人々が言葉に出さない空白部分を埋めることに長けてきた。

わが家の〈侍女〉オブカイルはだんだん大きくなってきて――つまりお腹が――、彼女が大きくなるにつれ、うちのみんなはますます有頂天になった。女性たちが、という意味だ。カイル司令官はというと、どんな気持ちでいるのかわからなかった。いつでも木彫りのお面みたいな顔をしていたし、いずれにせよ、男性は泣いたり、それどころか大声で笑ったりするような感情表現さえ慎むべしとされていた。司令官仲間との食事会のときなどは、ドアを閉めたダイニングルームで、多少声をあげて笑うことはあった。司令官お得意の――ワインを飲み、手に入るときはホイップクリームも飾ったパーティ仕様のデザート――ズィラお得意の――を食べながら。ともかく、オブカイルの風船のようにふくらむお腹を前に、司令官までが少なくとも控えめな興奮を覚えていたと思う。

わたしはときおり、実の父はわたしのことを知ったらどう思っただろう、と考えた。実の母については、少しは知っている——わたしを連れて逃げ、その後、小母たちによって〈侍女〉にさせられた——けれど、実の父のことはひとつも知らなかった。わたしにも父がいたはず。だれにでもいるんだから。その空白は理想の父親像で埋めたと思われるかもしれないが、そういうことはなく、空白は空白のままだった。

オブカイルはいまや大したセレブだった。〈妻〉たちは卵を一つ借りたいとか、ボウルを返すとか、なにかと口実を設けては、自分の〈侍女〉をよこしてきたが、実のところ、オブカイルのようすを尋ねるのが目的だった。〈侍女〉たちは家に入るのを許され、するとオブカイルが階上から呼ばれて、〈侍女〉たちはその丸いお腹に手をあてさせてもらい、赤ちゃんが蹴ってくる感触を味わった。この儀式を行っている彼女たちの表情たるや、ずいぶんの見ものだった。まるで奇跡を目の当たりにするかのような感嘆ぶり。オブカイルにできるなら、自分にもできるという希望。まだ自分にはできないことをしている者への妬み。それから、自分もぜったいこうなりたいという憧れ。そして、自分には叶いそうにないという絶望。妊娠できると診断されたのに、派遣先でずっと授からなかったら、その〈侍女〉はどうなるのか、わたしはまだ知らなかったけれど、良いことにならないのは薄々予想できた。

ポーラはよその〈妻〉たちを招(よ)んで、さんざんお茶会をひらいた。〈妻〉たちは彼女に祝福の言葉を捧げ、ほめそやし、羨ましがり、するとポーラは嫣然(えんぜん)と微笑んで、祝辞を謙虚にうけ、みなさんにも神のお恵みがありますようにと述べると、オブカイルをリビングに呼び、〈妻〉たちはその目で妊婦を見ることができて、その姿に嬌声をあげて大騒ぎした。〈妻〉たちはオブカイルを「ディア」と親しく呼びもした。こんなことは、並みの、お腹が膨らんでこない〈侍女〉には決してしないことだった。それから、きまってポーラに、あなたの赤ちゃんになんと名づけるつもりなの、と尋ねる。「あなたの赤ちゃん」。オブカイルの赤ちゃんではなく。オブカイルはそのことをどう思っているんだろう。でも、彼女がなにを考えていようと、興味をもつ人はいなかった。みんなが興味をもつのは、オブカイルのお腹だけだった。みんながそのお腹をなでて、ときには耳をあてて音を聴く一方、わたしは細くひらいたリビングのドアの陰に隠れ、オブカイルの顔を観察しようと、隙間から覗いていた。彼女はとことん平静な顔をしようとしていたけど、うまくいくとはかぎらなかった。うちに初めてきたころより顔は丸くなり、腫れていると言ってもよかった。それがわたしには、彼女が泣くのを堪えて溜めた涙のせいに思えた。あの涙を人知れず流したりしないんだろうか？ こっそりオブカイルの部屋の前まで行き、ドアに耳をつけてみたけれど、彼女の声は聞こえてこなかった。

こうして部屋の前に潜んでいると、わたしはいつも腹が立ってきた。わたしはお母さんのもとにいたのに、奪いとられて、タビサにわたされたんだ。この赤ちゃんがやがてオブカイルからひったくられ、ポーラにわたされるように。そうすることになっているから。それが慣わしだから。ギレアデの未来の発展のために、そうするのが決まりだから。少数は多数のために犠牲になれ。そういう考えのもとに小母たちは合意し、生徒を指導していたけれど、わたしはこの部分に関しては、いまだに正しいと思えなかった。

でも、奪ってきた子を受けいれたからといって、タビサを恨むことはできなかった。そんな世の中にしたのはタビサではないし、彼女はわたしの母親だった。わたしは彼女を愛し、彼女もわたしを愛してくれた。わたしはいまでもタビサを愛していたし、きっと彼女も亡くなったいまでも、わたしを愛してくれている。だれにもわからないことかもしれない。でも、きっとタビサの白銀に輝く魂はわたしのもとにいて、わたしの頭の上あたりに漂いながら、見守ってくれている。わたしはそんなふうに思いたかった。

そう思わないと、やっていられなかった。

とうとう〈出産日〉がやってきた。わたしはついに初潮を迎えており、お腹が差しこむように痛かったので、学校を早退していた。ズィラが湯たんぽを用意し、鎮痛効果のある軟膏をすりこんで、痛みを和らげるお茶を淹れてくれた。わたしが自分を憐れんでベッドで丸くなっていると、〈出産車〉のサイレンが通りのむこうから近づいてきた。わたしはベッドから飛びおり、窓辺に寄った。ほら、赤いヴァンがうちの門を入り、ヴァンから〈侍女〉たちがぞろぞろ降りてくる。一ダースか、それ以上はいるだろう。顔の表情は見てとれなかったけれど、ふだんよりすばやい動きからして、興奮状態なのはうかがえた。

それにつづき、〈妻〉たちの乗った車が何台か到着しはじめ、寸分違わぬ青いマントをまとった姿で、やけに慌ただしくうちに入ってきた。小母の車も二台やってきて、それぞれの車から小母が降りてきた。どちらも、わたしの知らない小母だった。二人ともわりあい年配で、一人は赤い羽根のついた黒い鞄をさげており、その鞄には、結ばれた蛇と月の紋様がついていた。つまり、〈救急医療処置バッグ〉（事故や災害時に最初にかけつけて対応する第一処置者用）の婦人支部用ということだ。正式の医者ではないが、第一処置者および助産婦としての訓練を受けている小母は多い。

わたしは〈出産〉の場に立ち会えないことになっていた。少女と、結婚適齢期の若い女性は――わたしも初潮を迎えてその一人になったばかりだったが――お産のようすを見るのも、知るのも許されなかった。そうした現場の光景や声はわたしたちにふさわしくないし、害になりかねない。つまり、嫌悪感や恐怖心を与えかねないという配慮だった。お産における深紅の知識は既婚者と〈侍女〉、そして、もちろん助産婦を教育する小母たちだけのもの。でも、当然ながら、わたしはお腹の痛みをこらえ、ガウンをはおって部屋履きをはき、三階につづく階段をそっと真ん中あたりまで昇った。まわりから死角になったスポットだった。

〈妻〉たちは一階のリビングでお茶会をしながら、重大な瞬間を待ちかまえていた。いったいどんな瞬間なのか、わたしには正確にわからなかったけれど、〈妻〉たちが笑いながらおしゃべりをする声が聞こえていた。お茶だけでなく、シャンパンも飲んでいたようだ。キッチンに空いたボトルと、使用済みのグラスがあるのを、あとで見つけた。

〈侍女〉たちと、派遣されてきた小母ふたりだけが、オブカイルに付いていた。オブカイルがいるのは自分の部屋ではなく――大勢がつめかけるには狭かったから――二階にある主寝室だった。獣のようなうなり声と、〈侍女〉たちが「いきんで、いきんで、いきんで、吸って、吐いて、吸って、吐いて」と斉唱する声が聞こえ、その合間に、だれのものともわからない――といっても、オブカイルのものに違いない――声がした。「おお、神さま、神さま」井戸の底から響くような、深く、暗い声だった。身の毛がよだった。わたしは階段に座りこんで、身体に両腕を巻きつけた。震えがきた。なにが起きているの？　どんな拷問？　どうやって痛めつけてるの？　なにをされてるの？

そうした音や声がずいぶん続いた気がしたころ、廊下を駆けてくる足音が聞こえてきた。なにやら言いつけられたものを届け、持ち去る〈マーサ〉たちの足音。夜になって洗濯室をこっそり覗いたところ、それらの一部は血まみれのシーツとタオルだと判明した。

そのとき、小母のひとりが廊下に出てきて、〈コンピュトーク〉にがなりはじめた。「至急来て！　できるだけ早く！　血圧がものすごく下がっているのよ！　出血多量なの！」

絶叫があがり、またもう一度あがった。小母のひとりが階段の下に向かって〈妻〉たちに大声で呼びかけた。「早く来て！」ふだん小母たちはそんなふうに怒鳴ったりしない。どやどやと何人もの足音がし、急いで階段をあがってくる。だれかが、「ああ、ポーラ！」と言いながら。

そこへ、またサイレンの音がした。さっきとは違う種類の。わたしは二階の廊下を覗いて、だれもいないのを確認すると、自分の部屋にちょこまかと駆けこみ、窓から外を見た。黒い車が停まっていた。赤い羽根と蛇のマークが見えたが、縦長の金色の三角形もついていた。本物の医者の車だ。医者は跳ぶようにして車を降りると、ドアをバタンと閉め、玄関の上り段を駆けあがった。

医者がこう言うのが聞こえた。「くそ！　くそ！　くそ！　神さまのくそ！」

そのこと自体が吹っ飛ぶような衝撃だった。わたしはおとなの男性がこんなことを口にするのを聞いた例しがなかった。

男の子が生まれた。ポーラとカイル司令官の健康な坊や。マークと名づけられた。でも、オブカイルは死んだ。

〈妻〉や〈侍女〉などの来訪者が帰っていくと、わたしはキッチンに集まった〈マーサ〉たちの横に腰かけた。〈マーサ〉たちはパーティの残りものを食べていた。パンの耳を落とした品のいいサンドウィッチ、ケーキ、代替品でないコーヒー。わたしにもごちそうのお裾分けを差しだしてくれたが、食欲がないと言って断った。お腹の痛みはどうですか、と尋ねられた。あしたにはましになっていますよ。しばらくすれば大したことなくなります。どっちみち慣れてきますからね。〈マーサ〉たちはそう言った。でも、わたしの食欲がないのはそのせいではなかった。

お乳をあげる乳母が必要になると、〈マーサ〉たちは言った。赤ちゃんを亡くした〈侍女〉が来ることになるだろう、と。それか、粉ミルクだね。まあ、粉ミルクがイマイチなのは世に知られているけど。それでも、おチビさんの命はつなげるから。

「気の毒にね」と、ズィラが言った。「あんなに苦しんだのが水の泡……」

「少なくとも、赤ちゃんの命は助かったじゃないの」ヴェラが言った。

「どっちにしろ、お腹を切るはめになったけどね」ローザが言った。

「わたし、もう寝る」と、わたしは言った。

オブカイルの亡骸はまだ家から運びだされていなかった。〈侍女〉の部屋に、シーツにくるまれて横たわっていた。これは、裏手の階段をそっとあがって確かめたことだった。

わたしは顔にかかったシーツをめくった。真っ白で、ぺちゃんこの顔。体中の血液を失くしてしまったみたいに。眉毛はブロンドだった。柔らかで、きれいな形で、驚いたみたいに吊りあがっていた。目はひらかれて、わたしを見ていた。わたしを見たのは、それが初めてだったろう。わたしは彼女のひたいにキスをした。

「あなたのこと、ぜったい忘れない」わたしは話しかけた。「ほかのみんなは忘れても、わたしは忘れないって約束する」

われながら、メロドラマ調だと思った。やはり、まだ子どもだったのだ。でも、ごらんのとおり、わたしは約束を守った。彼女のことはいまも忘れていない。彼女、オブカイル、名もなき人は、小さな四角い墓石の下に埋葬された。ほとんどなにも刻まれていない空白同然の墓石だった。わたしが〈侍女〉たちの墓地にその墓を見つけたのは、何年もあとのことだ。そのころわたしは〈血統系図公文書保管室〉で彼女のことを調査できる権限を手に入れると、それを実行し、見つけだしたのだった。彼女の元の名前を。きっと彼女を愛しながら切り裂かれた人たちならともかく、知っても詮のないことだろう。でも、わたしにとっては、洞窟の壁についた手形を見つけたようなものだった。ある種の署名であり、メッセージだった。〝わたしはここにいた。わたしは存在した。生身の人間として〟という。

なんという名前だったか？　もちろん、知りたいだろう。

クリスタルという名前だった。わたしはいまもその名で彼女を記憶している。クリスタルという人として。

クリスタルの葬儀がささやかに執り行われた。わたしも参列を許可された。初潮を迎えて、公式におとなの女性と認められたから。お産の場に立ち会った〈侍女〉たちも、参列を許可されたので、うちは一家そろって式に臨んだ。カイル司令官までが、敬意を表して参列していた。

わたしたちは讃美歌の「卑しきを高め」と「子孫は幸いなるかな」の二曲を歌い、伝説のリディア小母がスピーチをした。小母を初めて見たわたしは、まるで写真が歩きだしたようなその姿に目を丸くした。やっぱり、実在していたんだ。写真より老けて見えたけれど、写真ほど怖そうではなかった。リディア小母はこう述べた。神に仕えるわれらがシスター、〈侍女〉オブカイルは究極の犠牲を払って亡くなり、女性としての気高い名誉に浴して、かつての罪多き人生を贖い、輝ける手本となったのです。

スピーチをする小母の声は震えていた。ポーラとカイル司令官は殊勝で神妙な顔つきで、ときおりうなずき、〈侍女〉たちのなかには泣きだす者もいた。

わたしは泣かなかった。すでに泣きたいだけ泣いてあった。じつのところ、小母たちは赤ちゃんをとりだすために、クリスタルのお腹を切り裂き、それで彼女は命を落としたのだった。彼女自身が選んだことではなかった。みずから進んで、〝女性としての気高い名誉に浴して死んだ〟わけでも、輝ける手本になったわけでもなかったのに、だれもそのことには口にしなかった。

19

学校でのわたしの地位は、以前低下したときよりさらに下落した。追放の身となった。自分のうちに来た〈侍女〉が死ぬというのは、女生徒たちの間では、不吉な運命の徴（しるし）と信じられていたから。迷信に惑わされる子たちだった。ヴィダラ・スクールには、二つの宗教があった。小母たちが教える、神さまと女性の特別な世界についての宗教が公式のもの。もう一つの非公式の宗教は、ゲームや歌を通じて女生徒から女生徒へと伝わるものだった。

若い娘たちは数え歌を山ほど知っていた。「一つ編んだら、一つ裏編み。あなたにぴったりのだんなさまをどうぞ。二つ編んだら、一つ裏編み。だんなさま、殺されちゃったら、つぎをどうぞ」というような。まだ幼気な娘たちにとって、夫とは現実の存在ではなかった。家具のようなものだから交換可能。子どものころのドールハウスでそうだったように。

なかでも女生徒たちに一番人気だったのは、「吊るそう」という歌だった。こんな歌詞だ。

〈壁〉に吊るされているのはだあれ？　あらまあ、おやまあ、おどろいた！
あれは〈侍女〉。名前はなあに？　あらまあ、おやまあ、おどろいた！
むかしは「　　」（ここに女生徒の名前を入れる）だったけど、いまはちがうよ。あらまあ、おやまあ、おどろいた！
ぽんぽんに赤ちゃんいたのにね（ここで膨らみのない自分のお腹をトンとたたく）。あらまあ、
おやまあ、おどろいた！（日本では「線路は続くよ、どこまでも」として知られるアメリカ民謡の替え歌になっている）

二人の子が歌いながら両手でつくったアーチを、女生徒たちが唱和しながら一人ずつくぐっていくというものもあった。「一つ、人殺し、二つ、口づけ、三つ、赤ちゃん、四つで行方不明。五つ、生きて、六つ、死んで、七つで捕まえた、現行犯（レッド）、現行犯（レッド）、現行犯（レッド）！」（「一羽なら悲しみ」という鴉を数える歌の替え歌になっている）七番目になった子はカウント役の二人に捕まり、円を描いて引きまわされた後、頭をぴしゃりと叩かれる。これで彼女は〝死んだ〟ことになり、つぎのカウント役二人を選ぶことができる。不吉かつ浮薄に聞こえるだろうけれど、子どもというのは、なんであれ周囲にあるものから遊びを作りだすものだ。

小母たちはおそらく、こういうゲームには戒めと威しが教育的なていどに含まれているので吉と考えていたんだろう。とはいえ、どうして一つめが人殺しだったのか？　どうして口づけをする前に殺すことになるのか？　口づけのあとのほうが、自然な感じがするけれど？　これについては折々に考えてきたものの、答えは出ていない。

学校にいる間にやってもいいゲームはほかにもあった。「蛇と梯子」というすごろくもやった。〝祈り〟のマスに止まると、生命の樹にかけられた梯子を登ってマスを飛ばせるが、〝罪〟のマスに止まると、悪魔の蛇をつたって逆戻りすることになる。ぬりえ帳もあたえられていて、いろいろな店の看板――〈肉、パン、魚、なんでもそろう〉（聖書より。『侍女の物語』に出てくる店の看板でもある）――を習ったとおりに色づ

けした。人々の衣服の色も塗った。〈妻〉たちのは青に、〈平民妻〉のは縞柄に、〈侍女〉のは赤に。ベッカは一度、〈侍女〉の服を紫に塗ってしまい、ヴィダラ小母にとっちめられた。
　年長の子たちの間では、迷信は歌ではなく囁き声で伝わり、もはや遊びではなかった。真剣に受けとられていた。その一つにこういうものがあった。

　もしおたくの〈侍女〉があなたのベッドで死んだら、
　血で汚れたあなたが犯人にされる。
　もしおたくの〈侍女〉の赤ちゃんが死んだら、
　あなたの人生は涙とため息ばかりに。
　もしおたくの〈侍女〉がお産で死んだら、
　地の果てまで呪いがついてまわる。

オブカイルは産褥で亡くなったので、わたしは呪われた子とみなされた。それと同時に、赤ちゃんのマークは生き延びて元気だし、そんな弟をもったわたしは、稀に見る幸運な子とみなされもした。女生徒たちはあからさまに苛めてはこないものの、わたしを避けた。ハルダはわたしが近づいてくるのを見ると、目を細めて天井を仰いだ。ベッカはくるりと後ろを向いたが、昼休みにはだれも見ていない隙に、ランチをこっそり分けてくれた。シュナマイトは〈侍女〉の死からくる恐怖か、弟誕生ゆえの妬みか、それが綯(ない)交ぜになったものかわからないが、わたしに寄りつかなかった。
　家では、すべての関心は、それを要求してくる赤ちゃんに向けられていた。大きな声で泣く子だった。ポーラは赤ちゃん――しかも男の――をもつことの特権をぞんぶんに楽しんではいたけれど、根っから母親に向くタイプではなかった。小さいマークを友人たちの前に連れだして披露するものの、そんなひとときでさえ、ポーラは子どもをもてあまし、母乳要員の乳母にそそくさとわたしてしまうのだった。乳母は丸々として、見るからに悲しそうな〈侍女〉で、最近まではオブタッカーという名だったが、いまではもちろん、オブカイルと呼ばれていた。

マークはお乳を飲むか、眠るか、人に披露されていないときには、キッチンで過ごし、〈マーサ〉たちの人気者になった。彼女たちはマークにお湯をつかわせたり、マークのちっちゃな指や、ちっちゃな足先、ちっちゃなえくぼや、ちっちゃな男性器――ここから、じつに驚くようなおしっこの噴水を出すこともあった――を見て感嘆の声をあげたりしていた。小さくても強い男だね！と。

わたしもその崇敬の輪にくわわるよう促され、賞讃にいまひとつ熱がこもっていないと、ふてくされるのはよしなさいと諭された。そのうちお嬢さん自身も赤ちゃんをもったら、幸せいっぱいになりますよ。それは、大いに疑問だった。幸せいっぱい以前に、赤ちゃんをもつという部分が。わたしはなるたけ自分の部屋で過ごすようになり、キッチンでの明るい光景を避けて、世界の不公平さについて鬱々と考えていた。

Ⅶ　スタジアム

アルドゥア・ホール手稿

20

クロッカスは暑さでぐったりし、ラッパズイセンは紙のように萎れ、チューリップは魅惑のダンスを繰り広げてきたが、スカートがめくれるように花びらがめくれ、やがてすっかり花を落とした。クローバー小母と半ベジタリアンのまめな園芸家集団によって、アルドゥア・ホールの隅で育てられているハーブたちは、いまが盛りだ。園芸家たちは言う。でも、リディア小母、このミントティーはぜひ召しあがってみて。嘘みたいに消化が良くなるんですよ！　もう、わたしの消化のことなどほっといてくれ。彼女たちにぴしゃりと言ってやりたい。しかしながら、善意の申し出だし、とわたしは自分に言い聞かせる。ところで、たとえひどい結果になっても、善意と言いさえすれば、言い訳として立派に通るものなんだろうか？

わたしだって善意でやってきたのだ。ときおり心のうちでつぶやく。最善の結果のために、少なくとも、現状で可能な最善の結果のために。この二者は同じものではない。それでも、わたしがいなければ、いまよりどれほどひどいことになっていたことか。

馬鹿いうな、そう言い返す日もある。一方、自画自賛する日もある。一貫性が美徳だなどと言ったのはどこのだれだ？

花々のワルツ、つぎの出番はなんだった？　ライラックか。じつに頼れるやつだ。花びらがひらひらと派手で。香りが強くて。じきにわたしの宿敵ヴィダラ小母がくしゃみをしだすだろう。たぶん目も腫れてくるから、わたしのことを目の端で盗み見て、仕損じや、弱点や、神の教えにそむく些細な過ちを見つけだして追い落とそうという彼女の企みも挫けるだろう。

まあ、あきらめずにいなさい。わたしはヴィダラ小母に胸のうちで話しかける。自慢じゃないが、つねにあなたより一つ先の地点に跳んでいるのがわたしだ。いや、一つどころじゃない。三つも四つも先に。わたしを倒してみろ、この神殿ごと倒壊させてやる。

わが読者よ、ギレアデは積年の問題を抱えている。「地上におりた神の王国」と言うわりには、他国への移住率が恥ずかしいほど高い。たとえば、〈侍女〉の流出。逃げだす者が多すぎる。ジャド司令官の逃亡分析によると、われわれが脱出ルートを見つけてつぶしたとたん、べつなルートが開拓されるとか。

緩衝地帯を抜けるのはじつにたやすい。メイン州とヴァーモント州のところどころに残る深い森林と山岳の地域が、監視管理の行き届かないリミナルスペース（閾上の空間）となっているためだ。そこに住む先住民は——過度に敵対的ではないにしろ——異端の風習をもつ傾向にある。わたしは経験上知っているが、彼らは婚姻というネットワークで密に連携しており、そのさまはシュールな編み物にも似て、侵害されると報復に出てきやすい。そのため、仲間を裏切らせるのは至難の業だ。だいぶ前から、この先住民のなかに〝ガイド〟がいる疑いがある。ギレアデを出し抜こうというアンチの行動か、あるいは、たんなる強欲のためかもしれない。〈メーデー〉という組織は、報酬を出すことで知られている。われわれの手に落ちたヴァーモントの住民は、こういう諺があると語った。「〈メーデー〉はペイデー（給料日）」。

丘陵と湿地帯、曲がりくねった川、岩場だらけの湾が長くつづき、その先には波の高い大海がある――そうした環境が一つになり、隠密活動の温床と化しているのだ。ここの郷土史には、酒の密輸入屋や、タバコの暴利商人、麻薬の密輸入屋や、ありとあらゆる違法な売人がうようよいる。連中にとっては、国境線などなんの意味もない。するりと出入りし、親指を鼻につけて笑い（馬鹿にした仕草）、金銭がやりとりされる。

わたしの叔父の一人が、そんなことを盛んにやっていた。うちの一族はハウストレーラーで暮らし、警察を嘲笑い、刑事司法制度の裏社会とつるむような人々で、父親はそれを自慢にしていた。しかしわたしのことは自慢の種ではなかった。女であるばかりか、もっと悪いことに、思いあがった女だったから。父はわたしのそういう自惚れを、拳で、ブーツで、とにかく手近にあるもので、叩きつぶすしかなかった。しかしギレアデが勝利の日を迎える前に、喉を切られて死んだ。そんなことでもなければ、わたしがその手配をしてやるところだった。だが、あんな人たちの思い出話はもういい。

ごく最近、エリザベス小母、ヘレナ小母、ヴィダラ小母が、より良い管理体制のための詳細な計画書を提出してきた。それは、〈北東沿岸領土における女性の流出問題を根絶するための計画〉。カナダへ逃亡しようとする〈侍女〉を罠にかけて捕らえるために必要なステップが概説され、全国緊急事態宣言の発令と、追跡犬の数の倍加、より効果的な尋問体制を求める内容だった。最後の要求は、ヴィダラ小母の推挙だろうと感じた。爪剝ぎと腸抜きが折檻リストに載っていないのが、彼女の密かな悲嘆の種なのだ。

「よくやってくれました」わたしは言った。「かなり徹底した内容のようですね。じっくり拝読しましょう。あなたがたの懸念はジャド司令官に伝えますから安心して。然るべき行動をおとりになるでしょう。いま、その詳細を教えることはできませんが」

「主に感謝を」エリザベス小母は言ったが、あまりうれしそうな声ではなかった。

「これらの逃亡問題（ビジネス）はここできっぱり断ち切らねばなりません」ヘレナ小母はそう言い切ると、あいづちを求めてヴィダラ小母のほうをちらっと見た。さらに、力説するため足を踏み鳴らした。偏平足だから、さぞ痛かったろう。彼女は若いころ、マノロ・ブラニクの十数センチのピンヒールで足をだめにしてしまったのだ。いまのこの国だったら、あの靴を履いているだけで通報ものだろう。

「まったくです」わたしはそつなく答えた。「どうも、実際に逃亡ビジネスのようですね。少なくとも一部は」

「あの地域全体から活動を根こそぎにすべきです！」エリザベス小母が言った。「カナダの〈メーデー〉と連携しているんですよ」

「ジャド司令官もそう考えているようですね」わたしは言った。

「その女たちも皆と同じように、〈神のご意思（ディヴァインプラン）〉のために務めをはたすべきです」ヴィダラ小母が言った。「人生は休暇ではありません」

三人は事前にわたしの承認を得ずにこの計画をこねあげてきたのだから、不遵守行為でもあるが、これはジャド司令官にまで話を通さねばならないだろう。わたしが黙っていても、司令官は間違いなく耳に入れるだろうし、すると、彼がわたしの反抗心を気どることになるだろう。ということを考えると、とくに。

今日の午後、あの三人がまたもや面談にきた。妙に高揚している。ニューヨーク州北部から、七人のクエーカー信徒と、四人のいわゆる農業Uターン者と、二人のカナダ人ムース猟ガイドと、一人のレモンの密輸者という、ごた混ぜの獲れ高があったそうで、各人に〈地下女性鉄道〉との繋がりが疑われているという。握っている情報をもう少しむしりとれたら、彼らは即座に始末されるだろう。ただし、取引価値があればべつだ。〈メーデー〉とギレアデ間の〝捕虜交換〟は、知られていないわけではない。

このような展開は、もちろんわたしもすでに知っていたが、「早々の成果ですね」と言っておいた。「この功績は、みなさんひとりひとりに帰すべきでしょう。縁の下の力持ちとはいえね。主役は当然ながら、ジャド司令官ですが」

「当然です」ヴィダラ小母が言った。

「お役に立ててうれしく思います」ヘレナ小母が言った。

「わたくしからもみなさんに、ジャド司令官からのお知らせがあります。とはいえ、ここだけの話でお願いしますよ」三人は身を乗りだしてきた。わたしたちはみんな、内緒話が大好きだ。「カナダ側にいる〈メーデー〉のトップ工作員二名が、われわれのエージェントによって抹消されました」

「神の〈目(アイズ)〉のもとに」ヴィダラ小母が言った。

「われらが〈真珠女子(パールガールズ)〉が活動の中枢となりました」わたしは言った。

「主に感謝を！」ヘレナ小母が言った。

「しかし一名、犠牲者が」わたしは言った。「エイドリアナ小母です」

「なにがあったんです？」エリザベス小母が言った。

「はっきりしたことは続報を待ちましょう」

「彼女の魂に祈りを」エリザベス小母が言った。「では、サリー小母は？」

「彼女は無事なはずです」

「主に感謝を」

「まさに」わたしは言った。「しかし残念な報告があります。われわれの防御に穴が見つかりました。その〈メーデー〉のエージェント二名は、ギレアデ内にいる謀反者の支援を受けていたようなのです。何者かがこちらからあちらへ情報を流していた。こちらの警備戦略や、カナダ内に潜伏するわれわれのエージェントや有志者について、彼らに情報をわたしていたのです」

「だれがそんなことを？」ヴィダラ小母が言った。「背信も甚だしい！」

「いま、〈目〉が捜しだしているでしょう」わたしは言った。「ですから、なにか怪しげなことに気がついたら——だれによるどんな行為であれ、アルドゥア・ホールに住む者であっても——かならずわたしに知らせるように」

三人はしばし無言で、顔を見あわせていた。「アルドゥア・ホールに住む者であっても」というのは、自分たち三人も含むということだ。

「まあ、そんなこと、あり得ません」ヘレナ小母は言った。「考えてみてください。そんなことがあったら、どんな汚名を着せられることか！」

「アルドゥア・ホールには一点の曇りもありません」エリザベス小母が言った。

「しかし人間の心は過つもの」ヴィダラ小母が言った。

「われわれは意識を高めるよう努めなくてはなりません」わたしは言った。「それはそれとして、よくやってくれました。クエーカー信徒や、その他もろもろについて、なにかわかったら知らせるように」

わたしは記録する。記録する。とはいえ、果てしなくつづくようで、しばしば怖くなる。これまで使ってきた黒の製図用のインクもそろそろなくなりそうだ。つぎは青に替えよう。ヴィダラ・スクールには、ひと瓶頂いてもかまわないぐらい予備品があるだろう。ドローイングの授業があるんだから。以前なら、わたしたち小母は灰色市場（正規価格より安く仕入れ安く売る店）でボールペンを入手できたのだが、いまではできない。カナダのニュー・ブランズウィック州を拠点とする供給元が、密輸をやりすぎて逮捕されてしまったのだ。

それはいいとして、窓に黒いスモークをかけたヴァンのことを綴っているところだった。いや、前のページにもどって見たら、すでにスタジアムに着いていた。

車を降りると、アニータとわたしは小突かれながら右手に歩いていき、ほかの女性たちの群れに合流した。いま〝群れ〟と書いたが、動物の群れみたいに扱われていたからだ。その集団はじょうご状に先が細くなって、犯罪現場でよく見るような黄色いテープで仕切られた外野席の一画へ入っていった。四十人ほどはいたと思う。席に落ち着いたとたん、みんな手錠をはずされた。ほかで使うからだな、と思った。

アニータとわたしは隣あわせに座った。わたしの左側には、見知らぬ女性が座っていたが、弁護士だという。アニータの右側の女性も弁護士だった。わたしたちの後ろの列には、判事が四人いた。前の列にも、やはり四人いた。どうやらこの区画の全員が、判事か弁護士のようだった。

「職業で分類してるんだな」アニータが言った。

それは当たっていた。監視の目がゆるんだすきに、わたしたちの列の端にいた女性が、通路をはさんだ隣の区画の女性と話したところ、そちらは全員が医者らしかった。

わたしたちは昼食も食べないまま、なにも与えられずにいた。それから何時間も、ヴァンがひきもきらず到着し、女性たちが嫌々ながら押しだされてきた。

若いと言えそうな人はひとりもいなかった。中年の、ひと目で専門職とわかる女性ばかりで、スーツを着こみ、整った髪型をしていた。しかしながら、ハンドバッグは手にしていない。ここには持参するのを許可されなかった。つまり、わたしたちは櫛も、口紅も、鏡も、のど飴も、ティッシュも持っていなかった。そうした物がないと、丸裸のような気になるから、驚きだ。少なくとも、あのときはそうだった。

日射しが容赦なく降りそそいだ。帽子もなく、日焼け止めもなかった。日が暮れるまでに、赤い火ぶくれだらけになっている図が思い浮かんだ。少なくとも、座席には背もたれがついており、娯楽目的で来ているなら、そう不快でもなかったろう。しかしお楽しみはなにも提供されず、身体を伸ばすのに立ちあがることすら許されなかった。そんなことをしようとすれば、怒号が飛んできた。必要な動きもできずにただ座っていることにうんざりし、お尻や背中や太ももの筋肉が凝ってきた。小さな苦痛でも、苦痛には違いなかった。

なんとか時間をやり過ごそうと、わたしは自分を叱咤した。ばか、ばか、ばか。市民生活だの、自由だの、民主主義だの、個人の人権だのと、ロースクールで吸収したクズみたいな概念を信奉してきたなんて。こういうものには常しえの真理があり、いついつまでも守っていくのだと思っていた。魔法の呪文かなにかみたいに頼りにして。

現実主義者であることが、あなたの誇りなんだろう。わたしは自分に語りかけた。だったら、現実と向きあえ。ここアメリカ合衆国で、クーデターが起きたということ。過去によその多くの国で起きてきたように。一国のリーダーを強硬手段で入れ替えた後には、かならず反対勢力を制圧する運動が起きるじゃないか。反対勢力の指導者たちは知識層だから、知識層が真っ先に抹殺されるのだ。あなたは判事で、好むと好まざるとに拘わらず、学識者だ。だから、邪魔されたくないんだ。

わたしは若いころ、おまえには無理だと言われることを次々とやってのけてきた。うちの一族でカレッジに進んだ者はいなかったから、進学すると言うと蛇蝎のごとく嫌われ、学費は奨学金でまかない、夜は安っぽい仕事をした。こうやっていると、人は鍛えられる。粘り強くもなる。力のかぎり、脱落してなるものかとがんばった。ところが、大学で身につけた教養など、ここではなにひとつ役に立たなかった。わたしは底辺層の強情な子どもに逆戻りさせられたのだ。固い決意のもとにこつこつ勤労する、頭の良いがんばり屋、奪われた社会的地位をとりもどすため、階層の梯子を昇ろうとする戦略家。わたしは利に聡く立ち回り、生き残る必要があった。なにが〝利〟であるか見抜けたならば。

むかしはあんなどん底にいたのに、そこから這いあがって成功した。わたしは自分の半生をそうとらえていた。


午後なかばになると、ボトル入りの水が登場し、三人組の男たちによって配られた。一人はボトルを持つ係、一人は手渡す係、一人は銃をつきつける係。わたしたちがワニみたいに跳びかかってきたり、暴れたり、嚙みついたりするのに備えているのだろう。

「あなたたち、人をこんなところに監禁するなんてどういうつもり！」と、ひとりの女性が言った。「わたしたち、なにも悪いことをしていないのに！」

「あんたらとは口をきいちゃいけないんだ」ボトル手渡し係が言った。

だれもトイレに行くことも許されなかった。そのうち、おしっこが外野スタンドをつたって、ちょろちょろとフィールドへと流れていった。わたしたちを辱め、抵抗を挫くために、こういう扱いをしているのだろうと、わたしは思った。とはいえ、なにに対する抵抗だろう？　わたしたちはスパイでもないし、極秘情報を隠しもっているわけでもなく、敵軍の兵士でもなかった。いや、事実上、そういう扱いだったのか？　ここにいる男たちのだれかの目を深く覗いたら、そこには見つめ返してくる人間の目があるだろうか？　ないとしたら、そこにあるのはいったいなんだろう？

わたしたちを家畜のように囲いこんだ男たちの立場に身をおいてみようとした。彼らはなにを考えているのか？　目的はなんなのか？　なにを達成しようとしているのか？

四時には、大変なスペクタクルショーが振る舞われることになった。さまざまなサイズと年齢の——ただし全員、ビジネススーツの——女性たち二十人がフィールドの中央に導かれてきた。〝導かれて〟と書いたのは、全員が目隠しをされていたからだ。前に出した手には手錠がかけられ、十人ずつ二列に並ばされた。集合写真の撮影のように、前列の十人は跪かされた。

黒い服の男がマイクにむかって、「〈神の目〉にはつねに罪びとの姿が見えている。罪はおのずと滲みでるのだ」という演説を行った。振動のような、低い同意の声が、監視役や付添人のあいだから漏れた。うおおおおおお……エンジンをふかす音のような。

「神はあまねく在られるだろう」演説者はしめくくった。

低く響く声で「アーメン」の合唱があった。それを合図に、目隠しをされた女性たちを先導してきた男たちは銃をかまえ、女性たちを撃った。狙いは確かだった。女性たちは膝をついてくずおれた。

外野席に座らされていたわたしたちの口から、いっせいにうめき声があがった。悲鳴とすすり泣きが聞こえてきた。女性たちの何人かは勢いよく立ち上がり、なにか聞き取れないことを叫んだが、たちまち銃の床尾で後頭部を殴打され、黙らされた。繰り返し殴る必要はなかった。一発で功を奏した。彼らも狙いは確かだった。つまり、ここにいるのは訓練を受けた人材なのだ。

おまえらは見ればいいんだ、しゃべるな。メッセージは明らかだった。しかし、なぜ？　どうせ全員殺すつもりなら、なぜこんな見せしめを行うのだろう？

陽が暮れると、サンドウィッチが配られた。一人に一つずつ。わたしの具は卵サラダだった。恥ずかしながら、喜んでかぶりついた。遠くから、えずくような声がいくらか聞こえてきたが、こんな状況下にしては驚くほど少なかった。

それが済むと、立ちあがるよう指示された。わたしたちは一列ずつ外野席を出て――このプロセスは不気味なほど静かに、ごく整然と行われた――ロッカールームとそれにつづく廊下に連れていかれた。その夜を過ごす場所だった。

アメニティ類も、マットレスも、枕もなかったが、少なくともすでに汚れたトイレはあった。ここでは会話を制止する監視役はいなかったが、どうして聞き耳をたてている者がいないと思えたのか、いま振り返るとわからない。しかしそのころには、もうだれも明確な思考ができなくなっていたのだ。灯りをつけっぱなしにしてくれたのが、せめてもの恩情だった。

いや、恩情などではない。そのほうが担当者にとって便利だっただけだ。恩情とは本質的に、あんな場所で機能しないものだ。

Ⅷ　カーナーヴォン

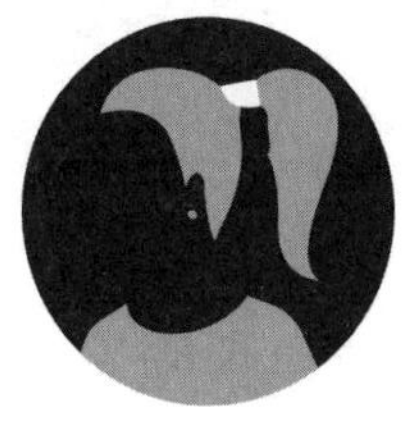

証人の供述369Bの書き起こし

21

わたしはエイダの車の助手席で、彼女の話をなんとか理解しようとしていた。メラニーとニールが、爆弾で吹き飛ばされた。〈ザ・クローズ・ハウンド〉の前で。そんなの、ありえないし。

「どこに向かってるの?」わたしは尋ねた。間の抜けたような質問で、ごく当たり前に聞こえた。でも、なにもかもが当たり前じゃなかった。わめきださなかったのが不思議なぐらい。

「考え中」エイダは返事をすると、バックミラーをのぞきこんで、車寄せに停車した。その家には、〝アルテルナ・リフォーム〟という看板が立ててあった。うちの近所では、しょっちゅうリフォーム工事が行われていた。どうせ、その家に買い手がついたら、またリフォームをやり直すので、ニールとメラニーは頭にきていた。もう非の打ち所がない家なのに、わざわざ大枚をはたいて良いところを抜いてしまうなんて。ニールはよくそうこぼしてた。家の値段を吊り上げて、貧乏人を住宅市場から締め出そうってわけだ。

「ここに入るの？」わたしはどっと疲れを感じた。どこかのうちにあがって寝そべれたら、どんなにいいだろう。

「いいや」エイダは革のバックパックから小型レンチを取り出すと、自分の携帯電話に振り下ろした。わたしの目の前で携帯電話に亀裂が走りバラバラになった。ケースが砕け、なかに入っていた金属がねじ曲がって散らばった。

「なんで携帯なんか壊すの？」

「用心するに越したことはないからね」エイダは携帯電話の残骸を小さなビニール袋に入れた。「その車が通り過ぎたら外に出て、これをあそこにあるゴミ箱に捨ててきて」

ドラッグの売人のやることみたい──そういう人たちは使い捨てのケータイを使う。エイダについてきてよかったのか、よくわからなくなった。口調がきついだけじゃなくて、なんだかおっかなかった。

「ここまで乗せてきてくれてありがとう」わたしは言った。「でも、もう学校に戻らなきゃ。爆破事件のことも自分で伝えられるし。どうしたらいいか、きっと教えてもらえる」

「ショック状態なんだね。無理もないよ」エイダが言った。

「わたしなら大丈夫」そうは言ったものの、全然大丈夫じゃなかった。「ここで降りるから」

「だったら、好きにすればいい」エイダは言った。「でも、社会福祉局に連絡されて、養護施設に放り込まれるのがオチだよ。そのあとどうなるか、わかったもんじゃない」そんなこと、考えてもみなかった。「さて、その携帯電話を捨てたら」エイダはその先をつづけた。「車に戻ってきたっていいし、そのままどこかに行ってもいい。自分で決めるんだ。でも、家にだけは帰らないこと。これは命令じゃなくて、忠告」

　わたしは言われたとおりにゴミを捨てにいった。そんな風に選択肢を並べられても、どんな選択ができるだろう。わたしは車に戻り、めそめそ泣きだしてしまった。エイダはティッシュを渡してくれたけど、あとは知らんぷりしてた。彼女は車をUターンさせ、南に向かっていった。飛ばし屋で、無駄のない運転だった。「あたしのことは信用できないんだろうけど」しばらくして、エイダは口を開いた。「でも、信じてもらわないとね。自動車爆弾を仕掛けたやつらが、今ごろあんたのことを探してるかもしれない。断言はできないし、よくわからないけど、あんたが危険にさらされてるのは間違いない」

　危険にさらされているというのは、近隣の住民からのたび重なる通報もむなしく虐待を受けて死んだ子どもとか、バスがないからとヒッチハイクをした結果、間に合わせの墓穴から首が折れた状態でどこかの飼い犬に発見される羽目になった女性とか、そういうニュースを伝えるときに使われるフレーズじゃないか。空気は蒸し暑かったのに、わたしは歯の根も合わなかった。

　エイダのことは完全に信じたわけじゃないけど、まったく信じてないわけでもなかった。「警察に電話したら？」わたしはおそるおそる言ってみた。

「あれは役立たずだから」警察の無能っぷりについては、わたしも耳にしていた——ニールとメラニーがしょっちゅう文句を言っていたから。エイダはカーステレオをつけた。ハープの音の入ったなごむ感じの音楽が流れてきた。「今はなにも考えなくていいから」

「もしかして、警官なの？」

「まさか」

「じゃあ、何者？」

「ま、〝口を慎めば修復もたやすい〟って言うよね」

大きな四角い建物の前で車は停まった。〝キリスト友会（クエーカー）会堂〟と書かれた看板があった。エイダは車を建物の裏の、グレーのヴァンの横に停めて、「つぎはあれに乗るから」と言った。わたしたちは通用口から建物のなかに入った。中には、男性が小ぶりなデスクに座っていて、エイダは彼にうなずいて見せた。「イライジャ、急用が入った」

その男性のことは、そのときはちらっと見ただけ。わたしはエイダのあとについて、行儀よく会堂内を歩いた。がらんどうの静けさのなかに足音が反響して、なんだかひやっとするにおいがした。しばらく行くと、やけに明るい、エアコンのきいた広い部屋にたどり着いた。ベッドが——というか、折りたたみ式の寝床が——ずらっと並んでて、そのうちのいくつかに、毛布にくるまった女性が寝ていた。部屋の片隅には、ひじ掛け椅子が五つとコーヒーテーブルが置いてあった。女性たちが腰を下ろし、声をひそめて話していた。

「じろじろ見るんじゃないよ」エイダが言った。「動物園じゃないんだからね」

「ここはどういう場所なの？」わたしは尋ねた。

「〈サンクチュケア〉、ギレアデ難民の保護施設だよ。メラニーはここの協力者だった。彼女とは違うやり方でニールも力を貸してくれていた。ほら、あの椅子に座って、おとなしくしてて。動かない、声たてない、いいね。ここにいれば安全だから。あんたのために、少々段取りをつけてくる。たぶん戻りは一時間後かな。甘いものを出してくれると思うから、食べといて」エイダはわたしから離れて、女性スタッフに話しかけると、さっさとその部屋から出ていってしまった。しばらくして、その女性が甘いホットティーとチョコチップクッキーを運んできてくれた。そして、大丈夫？とか、ほかに要るものはない？とか聞いてきたけど、わたしは「ないです」と答えた。それでも、その人は緑と青の毛布を手に戻ってきて、それでくるんでくれた。

頑張ってお茶をちょっと飲んでみると、歯の震えが止まった。わたしはそこに座ったまま、〈ザ・クローズ・ハウンド〉でよくそうしていたみたいに人の往来を眺めていた。女の人が何人か、やって来た。そのうちのひとりは赤ちゃんを抱っこしてた。みんな疲れきって、おびえているようだった。〈サンクチュケア〉の女性スタッフが出てきて、彼女たちを歓迎した。「ここにいれば、なにも心配ありませんよ」すると、ギレアデの女の人たちはわっと泣き出した。そのときは、なんで泣くのか不思議だった。脱出できたんだから、よろこべばいいのにって。でも、その後わたしも同じ道をたどることになって、ようやくわかった。人間って、なんであれ、最悪のとこを通りすぎるまでは、こらえてこらえているものなんだ。そうして安全な場所までたどり着いたとたん、流しても時間の無駄だと飲みこんでいた涙が一気にあふれ出てくる。

女性たちの口から、嗚咽の合間に、言葉がきれぎれに漏れだした。

もし戻れって言われたら……

息子を残してきたの、なんとかして……

わたしは子どもを死なせてしまった。もうだれも……

女性スタッフがその人たちにティッシュを手渡していた。そして、「くじけちゃだめよ」とかやさしい言葉をかけていた。本人は励ますつもりでやっているんだろうけど、くじけるなって言われたほうにしたら、すごいプレッシャーなんだよね。それも、経験から学んだことだけど。

一時間ぐらいでエイダは戻ってきた。「お、まだ生きてたね」と言いながら。冗談にしても、ひどいじゃないと思って、彼女をにらんでやった。「その格子縞の、捨てなきゃね」

「え、なに？」エイダのしゃべる言葉は外国語みたいだった。

「つらいことだと思うけど」エイダは言った。「でも、今はとにかく時間がないから迅速に行動しないと。念のためにじゃないよ、実際もうトラブってるんだから。じゃ、着替えの服を探しに行こう」

彼女はわたしの腕をつかんで椅子から立ち上がらせた。思いがけず、強い力で。

わたしたちは女性たちがいるスペースを通り過ぎて、奥の部屋に入った。テーブルの上にTシャツやセーターが並べられ、ハンガーがかけてある棚があった。そのなかには見覚えのある服もあった。〈ザ・クローズ・ハウンド〉からの寄付が行き着く先はここだったんだ。

「普段は絶対に着ないようなのを選んで」エイダが言った。「別人になりすますこと」

わたしは白いドクロのついた黒いTシャツと、白いドクロ模様の黒いレギンスを選んだ。それに、白黒のハイトップスニーカーと、靴下を何枚か。すべて中古品だった。シラミや南京虫の心配はしなかった。〈ザ・クローズ・ハウンド〉では服の買い取りを頼む人が来たら、ちゃんと洗濯ずみか、メラニーが必ず確認してたから。いちど店に南京虫がわいて、すごいことになった。

「うしろ向いてるから」エイダが言った。更衣室なんてなかった。わたしは身をよじらせて制服を脱ぐと、新しく自分のものになった古着を身に着けた。自分の動きがやたらのろく感じられた。エイダがわたしを拉致しようとしてたら？　ぼんやりとそんなことを考えた。拉致。それは、連れ去られて性奴隷にされる女の子の身に起きること——学校で習った。でも、わたしみたいな女の子は拉致されないはず。ただし、不動産セールスマンのふりをした男にだまされて地下室に監禁されるみたいな例はある。そういう男には、手助けをする女がいたりする。エイダもそういう女だったりして。なら、メラニーとニールが爆破されて死んだって話は罠？　わたしがいなくなって、今ごろふたりは半狂乱になっているかも。学校だけじゃなく、日頃は無能だってけなしてる警察にまで電話をかけてるかも。

エイダはまだわたしに背を向けていたけど、ちょっとでも逃げようとしたら——例えば、会堂の通用口をすり抜けて——すぐに勘づかれるということはわかっていた。それに、逃げるったって、どこに行けばいい？　わたしが唯一戻りたい場所は自宅だけど、エイダの言ってることが本当なら、戻れない。どのみち、エイダが本当のことを言っていたら、メラニーとニールがいない家なんてわたしの家じゃないし。からっぽの家で、ひとりでどうしろっていうんだろう？

「着たよ」わたしは声を掛けた。

エイダがこちらを向いた。「悪くないね」彼女は黒いジャケットを脱ぎ、それをキャリーバッグに詰め込むと、棚にかかっていた緑のジャケットを羽織った。それからヘアピンで髪の毛をまとめ、サングラスをかけた。「髪はおろして」そう言われて、わたしはシュシュを抜き取り、頭を振った。エイダはわたしにもサングラスを見つけた。オレンジ色のミラーサングラス。口紅を渡されたので、わたしはそれで初めて唇を赤く塗った。

「ワルそうな顔してみて」エイダが言った。

どうやったらいいのかわからなかったけど、とにかくやってみた。顔をしかめ、赤い口紅でてかてかした唇をとがらせて。

「いいね」エイダが言った。「〝わかりっこない〟ってやつだ。あたしたちの秘密は守られる」

わたしたちの秘密って？　わたしがもう公的には存在しないということ？　きっとそんなところだろう。

22

　灰色のヴァンに乗り込み、しばらく車を走らせるあいだも、エイダはずっと背後の車の流れを気にしていた。それから、入り組んだ路地をあちこち走って、古めかしくて立派なブラウンストーンの豪邸前の車道(くるまみち)に車を停めた。半円形のスペースは、昔は花壇だったみたいで、いまは、伸び放題の雑草とタンポポのあいだからしおれたチューリップが顔をのぞかせている。そこに、マンションの完成図が描かれた看板が立っていた。

「ここはどこ？」

「パークデール」エイダが答えた。パークデールに足を踏み入れたのは初めてだったけど、噂には聞いていた。学校のドラッグをやってるような子たちにはクールな場所と思われていて、その子たちが言うには、都心のさびれてたエリアが最近ではおしゃれな街に再開発されているらしい。そのあたりには、いい感じのナイトクラブがいくつかあって、年齢をごまかして遊びたい子たちにうけていた。

　その屋敷は、でかい木が二本ぐらい立っているだけの、やたら広いけど荒れた敷地に建っていた。もう長いあいだ落ち葉を片付ける人もいなかったみたいで、園芸に使うおがくずの吹き溜まりのなかで、赤や銀色のビニールカバーの切れ端がきらきらしていた。

　エイダはその屋敷に向かって歩きはじめながら、振り返ってわたしがついてきているかどうか確かめた。「だいじょうぶ?」

「うん」わたしは答えた。じつはちょっとめまいがしていた。わたしは彼女のあとについて、ふぞろいな舗装の上を歩いた。なんだか足下がふわふわして、いまにも舗装を踏み抜いてしまいそうだった。世界はもうしっかりとして頼れるものではなく、穴ぼこだらけの油断ならないものになっていた。なにがいつ消えたっておかしくないような。いっぽうで、わたしの目に入るものはどれもすごく鮮明だった。その前の年に、学校で習ったシュールレアリスムの絵画みたいに。砂漠で時計がぐにゃりと溶けているあの絵。しっかりそこにあるのに現実じゃない。

どっしりした石づくりの階段が玄関ポーチまでつづいていた。ポーチは石造りのアーチに縁どられて、そこにはトロントの古い建物でときどき見かけるようなケルト文字で建物の名前が刻まれていた――CARNARVON(カーナーヴォン)と。文字の周りは葉っぱやエルフみたいな顔で装飾されていた。たぶんいたずらっぽいデザインなんだろう。でも、わたしにはいじわるそうにしか見えなかった。そのときは、なにもかもが悪意を持っているように見えた。

玄関ポーチは猫のおしっこみたいな饐えたにおいがした。幅の広い扉はやっぱりどっしりとして、黒の鋲飾りがついていた。落書きアーティストがそこに赤い塗料で作品を制作中だった。なんだかとんがった文字が書いてあって、その横の〝BARF(ゲロ)〟みたいな文字はなんとか読みとれた。

スラムっぽい見た目のわりに、その扉は磁気式のリモコンキーで解錠できるようになっていた。なかに入ると、古ぼけた栗色のホールカーペットが敷かれていて、優雅な曲線を描く手すりのついた大階段が二階につづいていていた。

「ここは一時期、下宿屋として使われてたんだ」エイダが説明した。「今は家具付きアパートメントだけどね」

「もともとはなんだったの？」わたしは壁にもたれながら訊いた。

「夏の別荘。金持ちのね。さあ、二階に連れていくよ。横にならなきゃね」

「カーナーヴォンって、なんのこと？」わたしは階段をのぼるのもちょっとつらいぐらいだった。

「ウェールズ地方の地名だよ。おおかた、ホームシックになった人がつけたんだろう」エイダはわたしの腕を取った。「ほら、階段を数えてがんばろう」

家（ホーム）という言葉を思ったら、またぐすぐす泣きそうになったから、こらえた。

階段をのぼりきると、そこにはまたまたどっしり系の扉があって、その扉もリモコンキーで開いた。目の前に、ソファがひとつ、安楽椅子がふたつ、それにコーヒーテーブルとダイニングテーブルが置いてある居間が現れた。

「寝室もあるよ」エイダは言ったけど、見る気にはならず、そのままソファに崩れ落ちた。急に力が入らなくなって。もう立ち上がれそうになかった。

「また震えてるね」エイダが言った。「エアコンを弱めとこう」エイダは寝室から新品のふわふわの白い羽根ぶとんを持ってきてくれた。

部屋のなかはなにもかもが本物以上にリアルだった。テーブルの上には、どういう種類かわからないけど観葉植物が置いてあった。プラスチック製の作り物だったのかも。つやつやした葉っぱはゴムっぽかった。壁にはローズピンクの壁紙が貼ってあって、少し濃い色の木々の柄がデザインされていた。釘を打った跡があったから、前は絵が飾られていたんだろう。そういう細部がいちいちすごく鮮明で、まるで裏側から照らされて光を放っているみたいだった。

わたしは光を追い出そうとして、まぶたを閉じた。そのまま寝落ちしたみたいで、気づくと夜になっていて、エイダが薄型テレビのスイッチを入れているところだった。きっと、わたしのためにつけたんだと思う——彼女の話が事実だと伝わるように。それにしても、ずいぶん乱暴なやり方だった。爆破された後の〈ザ・クローズ・ハウンド〉が映し出されていた。割れて粉々になった窓ガラスや、口を大きくあけたように開いたドア。歩道にはズタズタになった服が散乱していた。その手前に、焦げたマシュマロみたいにつぶれてフレームだけになったメラニーの車が映っていた。パトカー二台と、警察が事故現場に張る黄色いテープも見えた。ニールとメラニーのなごりはどこにもなかった。わたしはかえってほっとした。ふたりの黒焦げの遺体、灰化した髪の毛、焼けた骨なんかを目の当たりにするのが怖かった。

ソファのそばにあるエンドテーブルの上にリモコンがのせてあった。わたしは音を消した。飛行機に乗り込む政治家のようすを伝えるときと変わらない落ち着きはらった口調でこの事件を解説するキャスターの声を聞いていたくなかったから。車と店の映像が消え、キャスターの顔がジョーク風船みたいにひょこひょこ画面にもどってくると、わたしはテレビの電源を切った。

エイダがキッチンから居間に入ってきた。皿にサンドウィッチをのせて。チキンサラダが挟んであった。わたしはお腹がすいていないと言った。

「りんごもあるけど」エイダが言った。「食べない？」

「いまは、いい」

「わけがわからないだろうね」エイダが言った。わたしは黙ったままでいた。彼女はいったん居間から出て行くと、また戻ってきた。「バースデーケーキも用意してある。チョコレートの。バニラアイスもあるよ。好きでしょ」ケーキはちゃんとした白い皿にのっていた。プラスチックフォークも添えて。どうしてわたしの好物を知ってるんだろう？　きっとメラニーから聞いたんだ。ふたりでわたしのことを話してたんだ。白い皿がなんだかまばゆかった。ろうそくまで一本立って。小さいころは願いごとをしたけど。今ならなにを願おう？　時を巻き戻したいとか。昨日に戻りたいとか。いったいどれぐらい多くの人が、そういうことを願ってきたんだろう。

「トイレはどこ？」わたしは尋ねた。エイダに教えてもらってトイレに行くなり、わたしは吐いてしまった。それから、またソファに横になって、震えていた。しばらくして、エイダがジンジャーエールを持ってきてくれた。「血糖値を上げなきゃ」それだけ言うと、彼女は部屋から出ていって、明かりを消した。

インフルエンザで学校を休んでいるときみたいだった。ふとんをかけたり、飲み物を持ってきてくれたりする人がいる。わたしがなにもしなくていいように、身の回りの世話を焼いてくれる。ずっとこんな状態でいられたらいいのに。そしたら、もうなにも考えなくて済む。

どこか遠くから、街のいろんな音が聞こえてきた。行き交う車の騒音、サイレン、上空をとぶ飛行機の音。キッチンからはエイダが立ち働く音が響いてきた。つま先立ちで歩いているみたいな、きびきびとした軽い身のこなし。だれかと電話で話す、こもった声。彼女にはなにか役割があるんだ。それがどんなものか、さっぱりわからないけど。そんなことを思いながらも、わたしは抱っこされて、あやされているような気分になった。閉じたまぶたの向こう側から、アパートメントの扉が開き、ちょっと沈黙があり、また閉まる音が聞こえてきた。

23

もういちど目が覚めると、朝になっていた。何時だろう？　寝坊したかな。学校に遅れる。そこまで考えて、はっと気づいた。学校には行かなくてもいいんだった。あの学校に戻ることは、もうない。というか、わたしの知っているどんな場所にも、もう戻れない。

わたしはカーナーヴォンの寝室にいた。ふとんが掛けられていて、Tシャツとレギンスを身に着けたままだったけど、靴下や靴は履いていなかった。その部屋には窓があって、ロール式のシェードカーテンが下ろされていた。わたしはそっと身体を起こした。枕カバーについた赤いしみは、昨日の口紅。吐き気やめまいはおさまっていたものの、頭がぼうっとしていた。わたしは頭をかきむしり、髪の毛を引っ張った。以前、頭痛がしたときにメラニーに教えてもらった方法。髪の毛を引っ張ると脳への血流が増すって。それで、ニールもよく髪の毛を引っ張っているんだって。

立ち上がると、少ししゃきっとした。壁にかけてある大きな鏡で自分の姿をじっくり眺めてみた。似たところはあっても、昨日のわたしとはまるで別人。わたしはドアを開けて、はだしのまま廊下を歩いてキッチンに向かった。

そこにエイダの姿はなかった。彼女は居間にいて、コーヒーの入ったマグカップを手に安楽椅子に座っていた。ソファには、〈サンクチュケアア〉の通用口から入ったときにちらりと見かけた男の人が腰を下ろしていた。

「ああ、起きたんだ」エイダが声をかけてきた。大人って、ほんとわかりきったことを言いたがる――〝起きたんだ〟って、いかにもメラニーがなにかお手柄でもほめるかのように、わたしに言いそうなことだった。エイダもやっぱりおなじように言うんだと思って、がっかりした。

わたしは男の人に目を向けた。相手もこちらを見た。その男性は、黒いジーンズとサンダルをはき、〝TWO WORDS, ONE FINGER（ふたつの言葉、一本の指）〟（侮辱語 Fuck you. のこと）と書かれたグレーのTシャツを着て、トロント・ブルージェイズの野球帽をかぶっていた。Tシャツの言葉の意味をほんとにわかって着ているんだろうか。

五十歳ぐらいのはずだけど、髪の毛は黒々としてふさふさしていたから、もしかしたらもっと若かったのかも。顔はくたびれた革の表面のようで、片方の頬の上のほうに傷痕が走っていた。わたしに笑いかけてくると、白い歯がのぞいたけど、左の奥歯が欠けていた。そんな風に歯がないと、なんだかヤバい人みたい。

エイダがその男性のほうにあごをしゃくった。「イライジャのことは覚えているよね。〈サンクチュケア〉の。ニールの友達だったから、手伝いにきてくれたんだ。キッチンにシリアルがあるよ」

「それを食べたら、話しあおう」イライジャが口を開いた。

わたしの好きな、リング状の大豆シリアルが用意してあった。わたしはボウルを手に居間に戻り、もうひとつの安楽椅子に腰かけて、ふたりが話を切りだすのを待った。

ふたりとも無言のままだった。たがいにちらちら目配せしあっていた。わたしはスプーンでふた口、シリアルを恐るおそる口にした。お腹の調子がまだ回復してないといけないから。リングをかみ砕く音が耳に響いた。

「どっちから行く？」イライジャが言った。

「ややこしいほうからだね」エイダが答えた。

「わかった」そう言うと、イライジャはわたしをまっすぐ見てきた。「じつは、きみの誕生日は昨日じゃないんだ」

わたしはびっくりした。「そんなことないよ。五月一日だもん。十六歳になったんだから」

「本当の誕生日は四カ月後なんだ」イライジャが言った。

誕生日って、どうやって証明すればいいんだろう？　出生証明書があるはずだけど、メラニーがどこにしまいこんだかわからない。「健康保険証にも書いてあるし。わたしの誕生日が」

「じゃ、もう一つのほうへいこう」エイダがイライジャに言った。イライジャは視線をカーペットに落とした。

「メラニーとニールはきみの両親じゃないんだ」

「両親だよ！　どうしてそんなこと言うの？」目に涙があふれてくるのがわかった。現実にうつろな穴が、またひとつぽっかりと開いた。ニールとメラニーが姿を変えながら、しだいに消えていった。そういえば、ふたりがどんな人か、どんな過去をもっているか、わたしよく知らないじゃない。ふたりはそういうことを教えてくれなかったし、わたしも聞かなかったから。親に面と向かって親のこと訊いたりしないでしょ、ふつう？

「きみにとってはつらいのは承知だ」イライジャが言った。「でも大切なことだから、もう一度言う。ニールとメラニーはきみの両親ではない。単刀直入ですまないが、あまり時間がないんだ」

「じゃあ、ふたりはだれなのよ？」わたしは訊いた。目をしばたたきながら。涙が一粒、こぼれ落ちた。わたしはそれをぬぐった。

「血のつながりはない」ニールが答えた。「きみは赤ちゃんのとき、身の安全のためにふたりのもとに預けられたんだ」

「そんなの、ありえない」そうは言っても、自信がぐらついてきた。

「もっと早くに教えておけばよかったんだ」エイダが口を挟んだ。「ふたりはあんたを不安がらせたくないと言って。でも、打ち明けるつもりだったんだよ。あの日に……」エイダの声がか細くなり、彼女は唇をかみしめた。これまでずっと、彼女はメラニーの死について口を閉ざしていた。まるで友達なんかじゃなかったみたいに。でも、エイダも悲しんでいるんだとわかって、少し親近感がわいてきた。

「きみを保護して、安全に暮らせるようにするのが、ふたりの任務のひとつだった」イライジャが言った。「僕が伝えることになってしまって残念だ」

室内は真新しい家具のにおいがしていたけど、それとは別にイライジャのにおいもした。汗臭くて、毅然としていて、実用的な洗濯洗剤のにおい。オーガニックの洗濯洗剤。メラニーが使っているのと同じ。使っていたというか。「じゃあ、いったいだれなの？」わたしは消え入るような声で尋ねた。

「ニールとメラニーは重要なベテランメンバーで……」

「そうじゃなくて。わたしの両親ってこと。本物の。どういう人たち？　ふたりとも、死んでるの？」

「コーヒーを淹れてくるよ」エイダが立ち上がり、キッチンに入っていった。

「きみの両親はまだ生きている」イライジャが言った。「少なくとも、昨日は生きていた」

わたしは彼をじっと見つめた。この人、うそをついてない？　でもなんのためにそんなうそを？　つくり話だったら、もっとましなことを思いつきそうだけど。「そんなの、なにも信じられないよ」わたしは言った。

エイダはコーヒーの入ったマグカップを手に戻ってきて、ふたりもコーヒーが欲しければ自分で淹れてきて、と言った。それから、わたしにはひとりで考える時間が必要だとも。

考えろって、いったいなにを？　どこから考えればいい？　両親が殺されて、でもふたりは実の両親ではなくて、そこに別の両親が代わりに登場して。

「なにを考えろっていうの？」わたしは言った。「なにを考えるにも、わかんないことだらけだよ」

「なにが知りたいんだい？」やさしいけど、疲れた声でイライジャが言った。

「どうしてこんなことになったの？　わたしの本当の……わたしの別のお母さんお父さんはどこにいるの？」

「ギレアデについてはよく知っている？」イライジャが尋ねた。

「もちろん。ニュースで見てるし。学校でも習ってる」わたしはむっとして答えた。「あのデモにも参加したぐらいなんだから」ギレアデなんてたったいまこの世から消滅して、わたしたちをそっとしておいてくれればいいのに。

「きみはそこで生まれたんだ」イライジャが言った。「ギレアデで」

「冗談やめて」

「きみの母親と〈メーデー〉がきみを逃亡させたんだ。命がけでね。ギレアデは派手に騒いだ。奪い返そうとして。〝法律上の〟両親にはきみを手元で育てる権利があるというのが、むこうの言い分だった。きみは〈メーデー〉にかくまわれた。捜索には多くの人がかかわり、メディアも大々的なキャンペーンを展開した」

「まるで〈幼子ニコール〉だね」わたしは言った。「その子について、学校のレポートを書いたことがあるよ」

イライジャはまた視線を床に落とした。それから、わたしをまっすぐ見据えて言った。「きみが、〈幼子ニコール〉なんだ」

Ⅸ

感謝房（サンクタンク）

アルドゥア・ホール手稿

24

　今日の午後、またもやジャド司令官のお呼びがかかった。それを知らせるのに、〈目〉の下級職員が出向いてきた。司令官は電話をかけて用件を話すこともできたはずだ――彼とわたしの執務室の間には、赤い電話でホットラインが引かれている――が、彼もわたしと同様、だれに聴かれているかわからないと思っているのだ。それに加えて、わたしと差しで話すのを楽しんでいるのだろう。複雑かつひねくれた理由で。わたしのことを自分の手作り品のように思っている。自分の意思を体現するものとして。

「元気でやっているだろうね、リディア小母」わたしが対面に座ると、司令官はそう話しかけてきた。

「血気盛んというところです。主に感謝を。そちらはいかがです？」

「わたし自身は健康そのものだが、どうも〈妻〉の具合がわるい。それが気がかりでね」

わたしは驚かなかった。ジャドの現在の〈妻〉は、前回見たかぎり、そろそろとうが立っているようだったから。「それはお気の毒に」わたしは言った。「どんなご病気のようですか？」

「はっきりしないのだよ」司令官は言った。いつもそうだ。「内科系の不調のようだが」

「うちの〈なごみとなぐさめ（カーム・アンド・バーム）クリニック〉の医者に診てもらいましょうか？」

「いや、いまのところはいい」司令官は言った。「おおかた大したことないか、もしかしたら気の病かもしれん。こういう女性の症状の多くは結局、気病みということになるだろう」

向かいあったわたしたちはいっとき沈黙した。じきにこの人はまたやもめになり、幼な妻を募集するのではないか。そう思うと恐ろしかった。

「お手伝いできることがあれば、なんなりと」わたしは言った。

「ありがとう、リディア小母。あなたはわたしのよき理解者だよ」司令官はにっこり笑って言った。「しかし、今日来てもらったのは、その件ではないんだ。カナダでの〈真珠女子（パールガールズ）〉の死に関して、われわれは今後の姿勢を決めた」

「じつのところ、なにがあったのです？」答えはすでにわかっていたが、こちらから言うつもりはなかった。

「カナダの公式見解によれば、この件は自殺だそうだ」

「そんな、胸が痛みます」わたしは答えた。「エイドリアナ小母ほど忠誠心に篤く、有能な女性は……わたくしも絶大な信頼をおいてきました。並外れて勇敢な女性でした」

「だが、わたしたちはこう考えている。自殺というのは、カナダ側のカモフラージュにすぎん。カナダが無法者をだらしなく野放しにしているのをいいことに、腐った〈メーデー〉のテロリストどもが、エイドリアナ小母を殺したのだ。ここだけの話だが、われわれも頭を抱えている。だれにわかる？ なんなら、あの腐敗した社会で横行している、麻薬がらみの行き当たりばったりの殺しとして片付けられたかもしれん。相棒のサリー小母はたまたま卵を買いにそこまで出かけていたらしい。帰ってきて、死体を発見したとたん、ただちにギレアデに舞い戻るのが一番だと賢い判断をくだした」

「じつに賢いですね」わたしは言った。

じつは、震えあがったサリー小母が急な帰国後、まっすぐに飛んできたのはわたしのところだった。そして、エイドリアナ小母がどんな最期を迎えたかを具体的に説明した。「彼女、襲ってきたんです。〈領事館〉に出かけようというところで、どこからか現れて。なぜかなんて、わかりません！ わたしに跳びかかってきて、首を絞めようとしたので、反撃しました。自己防衛だったんです」サリー小母は泣きじゃくった。

「一時的な精神不調だったのでは」わたしは言った。「カナダなどという、心身を擦り減らすような慣れない環境におかれた緊張で、おかしくなっていたんでしょう。あなたの行いは正当でした。そうするしかなかったんですから。この件は、だれかに報告する理由はないように思いますが、どうでしょうか？」

「ああ、ありがとうございます、リディア小母。こんなことになって申し訳ありません」

「エイドリアナの魂のために祈りなさい。祈ったら、もう気にしないように」わたしは言った。「わたしへの報告はほかにありますか？」

「はい、わたしたちは〈幼子ニコール〉を探すよう申しつかっておりました。〈ザ・クローズ・ハウンド〉という古着屋を営む夫婦に娘がいるのですが、〈幼子ニコール〉と同じ年頃と思われました」

「それは興味深い仮説です」わたしは言った。「そのレポートを送るために、〈領事館〉へ行こうとしたのですか？　帰国後すぐわたしに、直接報告するのを待たずに？」

「ええ、ただちにお知らせすべきと考えました。エイドリアナ小母は時期尚早だと言って――強く反対しました。それでちょっと言い争いに。わたしはこの連絡は重要だと主張したんです」サリー小母は弁解がましい口調で言った。

「ええ、重要でしたとも」わたしは言った。「しかしリスクを伴うのも確かです。そうした報告を流せば、根も葉もない噂が出てきて、悲惨な結果を生んだかもしれません。これまでも、通報が虚報に終わった例は多々あるし、〈領事館〉の職員はだれもかれも〈目〉のエージェントと考えておいた方がいいでしょう。彼らはどうも鈍い。繊細さというものがありません。かたや、わたしの指示には一つ一つに理由があります。わたしの命令には。その承認を得ずに先走るとは、〈真珠女子〉にあるまじきことです」

「そうとは知らず――そうとは思わず、すみません。だとしても、エイドリアナ小母はあんなことをすべきでは……」

「とかく口を慎めば修復もたやすい、と言うでしょう。善意の行動だったのはわかっていますよ」わたしはなだめる言葉をかけた。

サリー小母はもはや泣きだしていた。「はい、良かれと思って。本当です」

地獄への道は善意で舗装されている、と言うでしょう。わたしはそう言いたくなっていたが、ぐっとこらえた。「くだんの少女は、いまどこにいるんです？」わたしは尋ねた。「両親が始末された後は、どこかに行ったはずでしょう」

「それが、わからないのです。〈ザ・クローズ・ハウンド〉をあんなに性急に吹き飛ばすべきではなかったのかと。そうすれば、あの娘もわたしたちの手に――」

「わたくしもそう思います。急いては事を仕損じると注意したはずです。〈目〉がカナダで使っているエージェントたちは、あいにくまだ若く、熱意の塊で、爆破行為が大好きなのですよ。とはいえ、彼らに知る由はなかった」わたしはそこで間をおき、相手の心をばつぐんに見抜く眼差しでひたと見つめてやった。「さて、その〈幼子ニコール〉と疑われる人物については、よそと通信したりしていませんね？」

「はい、あなたにしかお話ししておりません、リディア小母。もちろん、エイドリアナが生きているころは彼女とも……」

「では、この話はわれわれふたりの間に留めませんか？」わたしは言った。「裁判などは必要ないでしょう。さて、あなたは少し骨休めをして、英気を養う必要がありそうです。ウォールデンにある、われわれの〈マージェリー・ケンプ（イングランドの女性神秘家）静修の家〉に滞在予約をしておきましょう。たちまち新たな女性として生まれ変われますよ。車で送らせますが、半時間ほどです。もしカナダが例のマンションでの不祥事について、なにか騒いできたら――あなたに事情聴取をしたいとか、なにかの罪で訴えたいとか言ってきたら――あなたは消息不明とだけ伝えておきます」サリー小母に死んでもらおうと思ったわけではない。事態を理解しないままいてほしかっただけだ。いままでのところ、その状況はたもたれている。〈マージェリー・ケンプ静修の家〉のスタッフは口が堅い。

涙ながらにさらなる感謝の言葉がサリー小母から発せられた。「礼にはおよびません」わたしは言った。「感謝すべきなのはこちらです」

「エイドリアナ小母が命を捧げたのも無駄ではなかった」はっとわれに返ると、ジャド司令官はそう言っていた。「あなたの〈真珠女子〉たちはわれわれの活動に有益な道筋をつけてくれたのだ。さらなる発見がいくつかあった」

わたしは心臓がきゅっと縮みあがった。「うちの〈女子〉たちが役に立ってなによりです」

「いつものことだが、イニシアティブをとってくれて助かった。〈真珠女子〉が手引きしてくれた例の古着屋にまつわる作戦を開始してから、われわれは、〈メーデー〉とギレアデ側に潜む謎の連絡員の間で、近年どのような手段で情報がやりとりされてきたかについて、確信するに至ったのだ」

「で、どのような手段だったんです？」

「押し込み――いや、特殊な作戦を通じて、マイクロドット・カメラ（冷戦時代のスパイなどが小物に隠して使った超小型カメラ）を一つ、回収した。これをテストしていたのだが」

「マイクロドット？」わたしは尋ねた。「なんです、それは？」

「もう使われなくなった古い技術だが、いまでも全くもって活用可能だ。文書を超小型カメラで撮ると、それが顕微鏡サイズに縮小されるんだよ。これを微細なプラスチックドットで出力するのだが、だいたいどんな表面にも印刷できる。受取人は、そうだな、ペンにも仕込めるぐらい小さな特製ビューアーを使って読む」

「驚異の技術ですね」わたしは声を高くした。「さすが、アルドゥア・ホールで『ペンは嫉妬を生みます』（センターの標語。Penis envy ペニス羨望と掛けている）と言うだけのことはあります」

ジャド司令官は声をあげて笑った。「まったくだな。われわれ〝ペン使い〟は誹りを受けぬよう気をつけねばならない。しかし、こんな手段に出るとは〈メーデー〉も知恵がまわるな。こんにちでは、気づく者は多くないだろう。よく言うように、『見ようとしなければ、見えないものだ』から」

「なかなか考えましたね」

「これは紐の一端にすぎん――そう、〈メーデー〉の側だ。前にも言ったように、もう一端はギレアデ内にあるはずだ。この国でマイクロドットの情報を受けとり、そちらからもメッセージを返している者がいる。その個人、いや、複数いるかもしれないが、とにかく特定には至っていない」

「アルドゥア・ホールの小母たちにも、つねによく目を見開き、耳を澄ましているよう注意しておきました」

「そういうことにかけては、小母たちは人後に落ちないからな」ジャド司令官は言った。「あなたがたは目星をつけたら、どんな家にも入る権限があるし、女性ならではの鋭い勘でもって、われわれ鈍感な男性の耳には入ってこないことを聞きつけるんだからね」

「〈メーデー〉だって出し抜いてやりますよ」わたしは両の拳を握りしめ、顎をつきだしながら言った。

「その意気だ、リディア小母」司令官は言った。「われわれが組めば最高のチームになるな！」

「真実が勝つのです」わたしはそう言い、義憤に見せかけて身震いしてみせた。

「〈神の目〉のもとに」と、ジャド司令官は言った。

わが読者よ、こんな面談を終えたわたしには、なにか強壮剤が必要だった。構内の〈シュラフリー

・カフェ〉（フィリス・シュラフリーは米国の女性憲法学者であり、男女平等反対論者）に出向き、ホットミルクを一杯飲んだ。その後、この〈ヒルデガード図書館〉に来て、あなたとの旅の続きを書いている。わたしのことをガイドと思ってほしい。ご自身のことは暗い森のさまよい人と思召せ。もうすぐあたりは暗くなってくるから。

　前回あなたが読んだ最後のページで、わたしたちはスタジアムまで来ていた。時がのろのろと進むうちに、日々のパターンが出来てきた。夜は——眠れたら——眠り、昼間はひたすら耐え、泣きだす者がいたら抱きしめる。もっとも、わたしには「泣き声はもう飽き飽きよ」としか言いようがなかったが。わめくのも同様。

　初日の晩に、音楽活動を試みた——とりわけ楽観的で活力旺盛な二人の女性が合唱隊のリーダー役になり、「勝利をわれらに」（米国のプロテストソング。黒人牧師が作った霊歌）などの古き定番ソングを、記憶の彼方にあるサマーキャンプを思い起こして歌ったのだ。歌詞を思いだせなくて困ったものの、少なくとも、単調さに変化はついた。

　こうした試みを監視人はだれも止めなかった。とはいえ、三日目になるころには、こうした威勢のよさもしだいに薄れ、合唱の輪にくわわる者もほとんどいなくなり、低いつぶやきが漏れるようになると——「頼むから、静かにして！」「お願いだから、黙ってよ！」——、ガールスカウト役のリーダーふたりも、「力になろうとしただけなのに」という痛々しい抗弁の後、活動をやめ、引きさがった。

　わたしは合唱には参加しなかった。なぜわざわざエネルギーを浪費するのか？　気持ちよく歌える気分ではなかった。それより、迷路にはまったハツカネズミのような気分だった。出口はあるのか？　そっちにはなにがあるのか？　自分はなぜここにいるのか？　なにかの試練（テスト）なのか？　彼らはなにを見つけだそうとしているのか？

考えればおわかりと思うが、悪夢を見る女性たちもいた。悪夢にうなされてのたうち回る者、がばと身を起こして悲鳴を押し殺す者。批判しているのではない。わたし自身も悪夢は見た。ひとつ、ご紹介しようか？　いや、やめておこう。わたしもこれまでにそういう逸話は腐るほど聞いてきたから、他人の悪夢の話ほどげんなりするものはないとよくわかっている。いざというとき、人が興味なり重要さなりを感じるのは、自分自身の悪夢だけなのだ。

毎朝、起床サイレンが鳴って起こされた。腕時計をとりあげられなかった人たちによれば——時計の没収にはむらがあった——サイレンは午前六時だったという。朝食には、パンと水が出された。そのパンの無上においしかったこと！　がっついて貪り食べる人たちもいたが、わたしは配給分がなるべく長くもつようにちびちび食べた。噛んで飲みこむという行為をするだけで、無為に観念的な糸繰りをするような精神状態から抜けだせたから。時間つぶしにもなった。

食後は、汚いトイレに長蛇の列ができる。便器が詰まっていたら、がんばって。だれも詰まりを直しにこないから。どういうことかって？　わたしとしては、監視人たちが夜間、トイレにいろんな物を詰めてまわって、悪化させていたんじゃないかと思っている。きれい好きな女性たちが手洗い室を掃除しようとしたが、絶望的な事態に直面するとあきらめた。新たな生活のなかでは、あきらめの精神が常態化し、これは人から人へ伝染（うつ）ると言わねばならない。

トイレットペーパーはなかった、というのは言ったろうか？　すると、どうなる？　手で拭き、汚れた指を、ちょろちょろと出る（出ないこともある）水道の水で洗おうとする。よくわからないが、この不安定な水の出方は、わたしたちを一喜一憂させるために、彼らがわざと仕組んでいたのかもしれない。猫いじめをするようなアホがこの作業を割り当てられ、水流の電源を切ったり入れたりしてウハウハ喜ぶ顔が目に浮かんだ。

わたしたちはこれらの水道の水は飲むなと言われていたが、なかには愚かにも飲む者もいた。その後には嘔吐と下痢に襲われ、またまた彼らを喜ばせることになった。

ペーパータオルもなかった。どんな類のタオルもなかった。わたしたちはスカートで手を拭いた。その手が洗えていてもいなくても。

トイレのことばかり書いて申し訳ないが、こうしたものがいかに重要になるか。あなたも知ったら驚くだろう。あって当然と思っている基本的な生活用品、取りあげられるまで、在ることも意識しないようなもの。わたしは白昼夢のなかで——そう、出来事のひとつも起こらず、停滞状態に追いこまれると、人は夢想をするようになる。なにか考えて脳を活動させずにいられないからだ——清潔で真っ白な美しい便器をしばしば思い描いた。ああ、それから手洗いができる洗面台も。衛生的できれいな水がたっぷり出る水道も。

当然ながら、わたしたちは悪臭を放ちはじめた。トイレ地獄にくわえて、着の身着のままのビジネススーツで寝起きしており、下着の着替えもなかった。閉経している人もいたが、残りは生理が来る。凝固した血の臭いが、汗と涙と糞と吐瀉物のそれにくわわった。息をすれば、それだけで吐き気がした。

彼らはわたしたちを貶めて獣化させ、獣の——檻に閉じこめられた獣の——性質に近づけようとしていた。本性を思い知らせてやろうというのだ。自らを人間以下だと思え、と。

残りの時間は日々、毒花が花びら一枚ずつ開くように、悶絶するほどゆっくり過ぎていった。ときどきまた手錠をかけられたり――かけられなかったりしながら――一列に並んで歩かされ、例の外野席へ押しこまれて、炎天下に座らされた。一度は、ありがたいことに、冷たい霧雨が降っていた。その夜は、濡れた服が臭ったが、自分の体臭よりはましだった。

見ていると、毎時間のようにヴァンが到着し、積み荷の女性をおろすと、空の状態でまた発車した。新たな到着者たちの間から、例によって泣きわめく声があがり、例によって監視人たちから怒号や叱声が飛んだ。法の成り立ちが末期の叫びをあげている暴政というのは、退屈で飽き飽きする。いつも同じ展開なのだから。

昼食はサンドウィッチばかりだったが、ある日――例の霧雨の日――に出されたのは、人参スティックだった。

「バランスのとれた食事がなによりだよね」アニータは言った。わたしとアニータはたいてい隣り同士に座り、たがいの近くで寝るようにしていた。こんなことになる前は、彼女と個人的な付き合いはなく、職場の同僚というだけだったが、知り合いが近くにいてくれるだけで、安心感があった。わたしの以前の業績や、以前の人生を体現する人。わたしたちは固い絆で結ばれていると言えた。

「あなたって、クソ優秀な判事だったよね」アニータが三日目に、声をひそめて話しかけてきた。

「ありがとう。あなたもそうだった」わたしも小声で返した。〝だった〟が凍えそうに冷たく響いた。

同じセクションにいた他の人たちのことは、ほとんど知らないままだった。ときに名前や、所属していた法律事務所の名前を聞くぐらい。なかには、離婚や子どもの親権など、家庭問題に特化した事務所に勤めていた人たちもいた。いまや女性は国家の敵だというなら、彼女たちが〝標的〟にされかねない理由もわかった。とはいえ、不動産や訴訟や財産法や会社法といった別の畑の専門家であっても、保身にはならなかった。とにかく法学位と子宮、女性かつ法律家、これが揃えば、致命的な組み合わせになった。

午後は処刑にあてられていた。毎度同じように、目隠しをされた有罪人たちが、フィールドの真ん中に引き立てられてくる。回を重ねるにつれ、より細かい部分に目がいくようになった。ほとんど歩くこともできない人や、ほとんど意識のない人もいる。いったいなにをされたのだろう？　それに、なぜ選ばれて死ぬことになったのか？

黒服の同じ男がマイクに、「神はあまねく在られる」と力強く説く。すると、銃声が響き、身体が倒れ、ぐったりとなる。すぐさま片付けにかかる。遺体を乗せるトラックが用意されていた。埋められるのか？　焼かれるのか？　それすら手間がかかりすぎる？　ただ、ごみ廃棄場へ運ばれ、あとはカラスにまかせるのかもしれない。

四日目、変化が起きた。銃殺隊員のうち三人が女性だったのだ。三人はビジネススーツではなく、褐色のバスローブのような長い衣をつけ、頭にかぶったスカーフを顎の下で結んでいた。わたしたち女性の目を引いた。

「人でなし！」わたしはアニータに小声で言った。

「なんてことを」彼女も小声で返してきた。

五日目、銃殺隊にまじった褐色の衣の女性は六人になった。そして、たいへんな騒ぎにもなった。六人のうちの一人が、目隠しをされた女性を狙わず、くるりと向きを変えて、黒服の男たちの一人に発砲したのだ。この女性はただちに棍棒で地面に叩きのめされ、続けざまに弾を撃ちこまれて死んだ。外野席は、一斉に息をのんだ。

そうか、ここを出るにはこうするしかないのか。と、わたしは思った。

昼間、弁護士と判事のセクションに、新たな女性が連れてこられたが、グループの人数はつねに一定だった。毎晩、何人かが連れだされるからだ。一人ずつ、二名の監視人に挟まれて出ていく。どこに、なぜ連れていかれるのか、わからなかった。もどってくる者は一人もいなかった。

六日目、アニータが連れ去られた。あまりにあっという間の出来事だった。白羽の矢を立てられた女性たちはときに叫んで抵抗するが、アニータはしなかった。恥ずかしながら、わたしは彼女が連れ去られるあいだ、眠ったままだった。朝のサイレンが鳴って起きてみると、彼女はあっけなく姿を消していた。

「ご友人のこと、お気の毒に」と、待つ人でごった返すトイレに並んでいるさいに、親切な人がそっと声をかけてくれた。

「ええ、本当に」と、わたしも囁き返した。でも、わたしはこれからまず間違いなく起きることに対して、覚悟を固めていた。嘆いていても解決にならない。わたしは自分に言い聞かせた。長い年月を経るうちに、それがいかに正鵠を射た言葉か、身に染みてわかっている。

七日目の夜、わたしの番が来た。アニータは音もなく引き立てられていった――その静かさを思うと、それだけで気が滅入って仕方なかった。人間というのは、だれにも気づかれず、小波のような音すらたてずに、消えてしまえるというのか――が、自分はおとなしく出ていくつもりはなかった。

お尻を長靴（ちょうか）で蹴られて、目が覚めた。「黙って立て」どやしつける声がいくつかするなかで、そう言うのが聞こえた。まともに目が覚めないうちに、腕をつかんで立たされ、前に進まされた。まわりからいろいろなつぶやきが聞こえた。「やめて」という者、「ファック」と罵る者、「神のご加護を」と祈る者、「クイダテ・ムーチョ」（気をつけて）とスペイン語で言う者。

「自分で歩けます！」わたしは言ったが、両側から上腕をつかんでくる手が離れることはなかった。ついに来た。わたしは思った。撃ち殺されるんだ。いや、待て。と、思いなおした。それは午後にやることだ。なに言ってるの、と、またわたしは言い返した。射殺なんて何時だろうがやるときはやるのよ。それに、手段は銃殺以外にだってある。

そうして歩いていくあいだ、わたしはきわめて冷静だった。信じられないかもしれないし、わたしもいまでは別の見方をしている。そう、きわめて冷静というより、死んだような落ち着きだった。自分としては、もう死んだ気になっていたから、先のことを思い煩うこともなく、ことは安らかに運ぶはずだった。

腕をつかまれたまま、廊下をいくつか歩かされ、裏口から出て、車に乗せられた。今回はヴァンではなく、ボルボだった。後部座席の布地は柔らかだがしっかりとしており、エアコンの冷風は、〝天国の息吹き〟のようだった。その爽やかな風が、自分の身体に溜まりたまった悪臭を意識させることになったのは残念だが。わたしは巨漢の監視人二人の間でつぶされそうになっているにも拘わらず、この贅沢さを満喫した。ふたりはどちらも一切口をきかなかった。わたしは運搬すべき小包かなにかにすぎなかった。

車が停まったのは、警察署の前だった。現在はもう警察署ではないが。警察署という文字には覆いがかけられ、正面入口のドアには、なにかの絵が描かれていた。翼のはえた目だ。そのときはまだ知らなかったが、〈目(アイズ)〉のロゴマークだった。

正面玄関の階段を――付添いの二名は悠々と、わたしはよろよろと――あがっていった。足が痛んだ。ここに来てから、いかに足が鈍っているかを痛感した。それに、自分の靴がいかにくたびれて、汚れているか。びしょ濡れになったり、直射日光に晒されたり、あるいは、種々の物質にくっつかれていた。

玄関を背にして廊下を歩いていくと、表でがやがやと低い声がし、わたしの脇にいる監視人と似た出で立ちの男たちが、慌ただしく横を通りすぎていった。どういう用件なのか、目をぎらつかせ、短い言葉を早口で言いあいながら。制服といい、記章といい、襟のまばゆいピンバッジといい、なにか背筋の伸びるものがあった。俯く者はここには要らない！とばかりに。

わたしたちは部屋の一つに入っていった。すると、大きなデスクのむこうに、なんとなくサンタクロースを思わせる男性が座っていた。ぽっちゃり型で、白いヒゲを生やしており、頬はバラ色、鼻は赤鼻。男性はわたしに笑いかけてきて、「座ってよろしい」と言った。

「ありがとうございます」わたしはそれに応えて言った。ほかに選択肢があったわけではないが。付添い人ふたりはわたしを椅子に押しこむと、ビニール製のストラップで、椅子の腕にわたしの腕を固定した。そうしてから、ふたりは部屋を出て、ドアをそっと閉めた。太古の神王の御前にあるかのように、後ろ向きにすすっと下がっていった気がしたが、後ろを見ようにも振り返れなかった。

「自己紹介すべきだろうね」その男性は言った。「わたしはジャド司令官だ。〈ヤコブの息子たち〉

の一員の」これがわたしたちの最初の出会いだった。

「わたしのことはご存じかと」わたしは言った。

「いかにも」彼は温和な笑顔を浮かべた。「このところ、なにかとご不便をかけて申し訳なかった」

「なんてことありません」わたしは澄ました顔で答えた。

自分に対して絶対的な支配権をもっている人間を相手に冗談を言うなど、馬鹿げている。相手をむっとさせ、自分の権力の真価をわかっていないと思われる。いまはわたしも権力を持つ身だが、目下の分際で軽口をたたくことはお勧めしない。とはいえ、当時のわたしは向こう見ずだった。あれから見ると、だいぶ賢くなった。

司令官の顔から笑みが消えた。「生きていられてありがたいだろう?」彼は訊いてきた。

「ええ、はい」わたしは答えた。

「神が女の身体にお造りくださってありがたいだろう?」

「と、思います」わたしは答えた。「それは、考えたこともありませんでした」

「どうも感謝が足りんようだな」司令官は言った。

「充分な謝意とは、どのようなものでしょう?」わたしは尋ねた。

「われわれに協力すれば、充分な謝意となるだろう」司令官は答えた。

ジャド司令官が小さな楕円形の読書用メガネをかけていたことは、前に書いたろうか? 彼はそれをおもむろにはずし、しげしげと眺めた。メガネをはずした目は輝きを翳らせていた。

「〝協力〟というのは、どういう意味ですか?」わたしは言った。

「イエスかノーかで、答えてもらおう」

「わたしは法律を専攻し、判事の立場にある者です。白紙の契約書に署名するわけにはいきません」「判事なんかであるものか」司令官は言った。「いまのきみは」そう言ってインターカムのボタンを押した。「〈感謝房〉へ」と言ってから、わたしに、「もっと感謝の念をもつようになってもらいたい。成果が出ることを祈るよ」

こうしてわたしは〈感謝房〉に入れられた。警察署の留置独房を再利用した室で、幅・奥行ともに四歩ていどの広さしかない。寝棚はあるが、マットレスは敷かれていない。バケツが一つあった。人体の〝副産物〟を受けるためのものだとすみやかに察知したのは、残余物がいくらか見られたのと、臭いによる判断である。以前は電灯がついていたようだが、いまは取りはずされ、ソケットだけが残っていた。もっとも、電気は来ていなかった（しばらくのち、当然、指をつっこんでみた。あなただってやったはずだ）。ここで得られる明かりといえば、廊下から細い差し入れ口を通して射してくるものだけだった。じきにこの口から、どこに行っても出てくるサンドウィッチが差し入れられるだろう。真っ暗ななかで、それを貪り食わせる。そういう意図のようだ。

薄暗闇のなか、手探りで寝床を見つけ、そこに腰をおろした。負けるもんか、ぜったいこれを乗り切ってやる。わたしはそう思った。

そのとおりになった。かなり危うかったが。人というのは自分以外にだれもいないと、驚くばかりにたちまち意気消沈してしまう。人間は一人きりでは、一人の人間になれないのだ。わたしたちは他者との関係において存在する。そのときのわたしは一人きりで、存在が消えかけていた。

そうして〈感謝房〉にしばらくいた。期間はわからない。ときおり、小さな観察窓のシャッターが横に開いて、片目が覗いてくる。ときおり、近くから、絶叫や、金切り声が立て続けに聞こえることもあった。野獣化のオンパレード。ときには、うめき声がいつまでもつづいた。ときには、唸り声と喘ぎ声が続けざまにあがり、なんだか性的な感じがしたが、実際そうだったのだろう。無力な者というのはそそるのだ。

これらの音声は本物だったのか？　あるいは、わたしの神経をずたずたにし、決意を切り崩すために流している、ただの録音なのか？　区別はつかなかった。わたしの〝決意〟というのがなんにせよ。何日かするうちに、その筋書きもわからなくなった。自分の決意がどういうものだったのか。

どれぐらいこの薄暗い独房に入れられていたのかわからないが、出されたときの爪の長さからして、実際そう長くはなかったはずだ。しかし暗闇のなかに独りで閉じこめられているときの時間は別物だ。長く感じる。いつ眠って、いつ起きたのかも、わからなくなる。

虫はいたか？　もちろん、いた。嚙まれなかったので、ゴキブリだと思う。虫の小さな足がわたしの顔の上をこそこそ歩いていくのを感じた。まるで、薄氷を踏むかのように、ソフトに、おっかなびっくり。叩きつぶしはしなかった。こんな所にしばらくいると、どんな触れあいでも歓迎したくなるものだ。

ある日――夜ではなく「日」だとしたら――いきなり三人の男たちが独房に入ってきて、強烈なライトを向けてきたので、わたしは半分眠った目を瞬いた。男たちはわたしを床に叩きつけて、正確な蹴りを一発入れ、その他の措置をとった。そのときわたしの口から洩れた声はなじみ深いものだった。近くから聞こえてきたあれだ。これ以上は詳らかにするつもりはないが、テーザー銃が使われたことは述べておく。

いや、レイプされたのではない。その目的には、わたしは年をとりすぎていたし、扱いにくかったのではないか。ひょっとして、倫理基準の高さを誇りにしていたのかもしれないが、それはまずないだろう。

この蹴りとテーザー銃の手順が、あと二セット繰り返された。三というのは、マジック・ナンバーだ。

泣いたかって？　そう、はたから見える二つの目からは涙が流れでた。うるんで涙を流す人間の目からは。だが、わたしのひたいの真ん中には、第三の目があった。あると感じた。石のように冷たい目。それは涙を流さず、ものを見ていた。その目の奥で、だれかがこう考えていた。このお返しはかならずさせてもらう。どれぐらい時間がかかろうと、その間にどんな屈辱を舐めようと、かならずなしとげる。

それから計り知れない時間が過ぎたある日、なんの前ぶれもなく〈感謝房〉の扉がひらいて、光が射しこみ、二人の黒服の男がわたしを外に引っぱりだした。終始無言だった。そのころのわたしはもう、足元もおぼつかない生ける屍で、前にもまして臭くなり、到着した日に歩いたあの廊下を歩かされる、というより引きずられて、いつか入ってきた正面ドアから外に出され、エアコンの効いたヴァンに乗せられた。

つぎに気がつくと、ホテルの一室にいた。なんと、ホテルの！　高級ホテルではなく、《ホリデーイン》のようなところ、といって通じればいいが、たぶん通じないだろう。去年(こぞ)のブランドはいまいずこ？　風と共に去りぬ。というより、ペンキおよび解体チームと共に去りぬ。引きずられてロビーに入るときに、頭上を見ると、作業員がホテル名のレタリングを塗りつぶしていた。

　ロビーには、やさしい笑顔で出迎えてくれるフロントスタッフはいなかった。リストを持った男が一人、立っていた。その男とわたしの付添人二人の間で会話が交わされ、わたしはエレベーターに押し入れられ、つぎに絨毯敷きの廊下を歩かされた。そのときの絨毯は、まだ清掃メイドの不在が徴となって現れてきたばかりだったが、きっと二カ月もしたら、深刻なカビの被害に見舞われているだろうと、わたしがぶよぶよになった脳みそで考えたところで、カードキーを挿されたドアがひらいた。

「では、良い滞在を」付添人のひとりが言った。べつに皮肉で言ったとは思わない。

「三日間の保養休暇だ」と、もうひとりが言った。「なんでも入用なものがあれば、フロントデスクに電話を」

　彼らが出ていくと、ドアはロックされた。小さなテーブルには、オレンジジュースとバナナ一本とグリーンサラダとポーチドサーモン（鮭の切り身に下味をつけて茹でたもの）の載ったトレイがある！　ベッドにはシーツが！　タオルも何枚もあり、そこそこ白くて清潔！　シャワーもある！　なにより、セラミックの美しい便器！　わたしは跪き、「イエス」とつぶやいていた。心からの祈り。でも、だれに、なにを祈っていたのかわからない。

　料理をすっかり平らげると——毒が入っていてもかまわなかった。それぐらい狂喜していたから——数時間かけてシャワーを浴びた。一度だけでは足りなかったのだ。何重にもこびりついた垢を洗い落とさなくてはならなかった。治りかけの擦過傷、黄色くなったり紫色になったりしている痣（あざ）を、よく検分した。ずいぶん体重が落ちているだろう。だって、あばら骨が出ている。この何十年と見えなくなっていたのに、ファストフードの昼食ばかりのせいで、また浮き出していた。判事の仕事についてからは、肉体というのは、わたしを一つの業績からつぎの業績へと押し進める乗り物にすぎなかったが、いまのわたしは自分の身体に、未だかつてないやさしい気持ちを抱いていた。足の爪の桃色がきれいなこと！　両手の血管がなんて複雑なパターンを描いていることか！　しかしながら、バスルームの鏡では、自分の顔はよくわからなかった。この人物はだれなの？　目鼻立ちがぼやけていた。

入浴のあとは、長いこと眠った。目が覚めてみると、また美味しそうな食事が用意されていた。ビーフストロガノフに、アスパラガスの付け合わせ、デザートにはピーチメルバと、ああ、うれしい！　コーヒーまでついている！　マティーニが欲しいところだったが、この新時代の女性用メニューには、アルコールが載ることがないだろう。

きのうまで着ていた悪臭を放つ衣類は、見えざる手によって片付けられていた。となると、この白いタオル地のホテルのバスローブで暮らすことになりそうだ。

いまだわたしは精神的にとっ散らかった状態にあった。まるで、床にぶちまけられたジグソーパズルだった。しかし三日目の朝に、いや、その午後だったかもしれないが、目を覚ますと、考えに一貫性が出てきたのを感じた。まともな思考力がもどってきて、「わたし」という語を考えられるようになった気がした。

さらに、それを褒めてくれるかのように、清潔な衣類が提供された。頭巾とも違うし、褐色の粗布の痛悔服（深く悔いている印として着た粗末な服）とも違うけれど、よく似ていた。前に見たことがあった。スタジアムで、銃殺隊の女性たちが着ていたあれだ。寒気がした。

それでも、身に着けた。わたしに、ほかにどうしようがあったろう？

X　萌黄色

証人の供述369Aの書き起こし

25

つぎは、わたしの見合い結婚への準備・段取りについて、お話ししたい。ギレアデ共和国でその手の取り決めがどのようになされていたかに、関心を示す声があるので。わたしはある時点で人生が一転したので、結婚に至るプロセスを両側からくわしく語ることができる。準備される花嫁の側からと、その準備の責を負う小母の側からと。

わたしの結婚式の支度はごく標準的なものだった。ギレアデの各派には、それぞれ社会内での立ち位置や、気質というものがあり、それが選択肢の幅に反映されることになる。とはいえ、どのケースにおいても、最終目的は同じだった。あらゆる種類の女性は――良家の娘も、さほど恵まれていない家の娘も――早いうちに結婚させるべし。まんいち不釣り合いな男性と出会って、かつての言葉でいう「恋に落ちる」状況になったり、さらにまずいことに、処女を失ったりすると困るから。とくに後者の不面目だけはなんとしても避けなくてはならない。過酷な展開が待ち受けている。石打ち刑による死という運命は、親が子に望むものではないし、家族が背負う汚点もめったなことでは消せなくなるのだから。

ある晩、ポーラに呼ばれてリビングにいくと、あなたを「貝殻からほじくりだす」のにローザを呼びにやったと言われ、「わたしの前に立ってごらんなさい」と、指示された。わたしは逆らう理由もないので、言われたとおりにした。そこにはカイル司令官と、ヴィダラ小母までが、同席していた。さらにもうひとり、わたしは会ったことのない小母がいて、ガッバーナ小母と名乗った。はじめまして、とわたしは挨拶したけれど、ふてくされた声を出していたのだろう。ポーラが「ね、わたしの言ったこと、おわかりでしょう？」と言ったから。

「そういう年頃なんでしょう」ガッバーナ小母は言った。「もともとやさしくて扱いやすい娘でも、こういう時期は通過するものです」

「年齢的に、まず不足はありません」ヴィダラ小母が言った。「わたしたちも、教えられることはすべて教えてきました。あまり長く学校にいると、反乱分子になりやすいのです」

「女性として、本当に一人前ですよね？」ガッバーナ小母が言って、鋭い視線を投げてきた。

「間違いなく」と、ポーラは答えた。

「詰め物などしていませんか？」と、ガッバーナ小母は言いながら顎をしゃくって、わたしの胸のあたりを指した。

「とんでもない！」ポーラが言った。

「呆れたことをなさろうとするご家族もおられますので。娘さんは腰回りが広くてけっこうです。最近は骨盤の狭いタイプの子がよくおります。歯を見せてください、アグネス」

どうやって見せろというのだろう？　歯科医でのように、口を大きく開けるのか？　わたしの困ったようすを見て、ポーラが言った。「にっこりしてごらんなさい。一度ぐらいは」わたしはイーッと歯をむいてしかめ面をした。

「申し分のない歯ですね」ガッバーナ小母が言った。「じつに健康そうです。では、お相手探しをはじめましょう」

「司令官のおうちに限定してくださいね」ポーラは言った。「それより下はお断りです」

「その点は承知しています」ガッバーナ小母は言った。クリップボードの上の紙になにかメモを書きつけていた。わたしは鉛筆を走らせる小母の手を、畏敬の念をもって見つめた。どんなすごい記号（シンボル）が書きつけられているんだろう？

「まだ少し幼いんじゃないか」カイル司令官が口をひらいた。「もしかして」もはや父親とは思っていない人だったが、わたしは久しぶりに感謝の念を覚えた。

「十三歳は幼すぎはしません。場合によりますが」ガッバーナ小母は言った。「ぴったりの組み合わせが見つかれば、奇跡が起こります。うまく納まります」と言って、立ちあがった。「心配しないで、アグネス」小母はわたしに言った。それからカイル司令官に、「少なくとも三人の候補からお選びいただけます。彼らも光栄に思うことでしょう」と言った。

「ほかに必要なものがあれば、なんなりと知らせてくださいね」ポーラが丁重に言った。「早いほどありがたいわ」

「承知しました」ガッバーナ小母は言った。「満足のいく成果が出た暁には、アルドゥア・ホールに慣例のご寄付はいただけますか？」

「もちろんです」ポーラは言った。「上首尾をお祈りしています。主の恵みがありますように」

「神の〈目〉のもとに」ガッバーナ小母は言った。ふたりの小母はわたしの非両親と微笑み交わし、うなずきあって、帰っていった。

「あなたもおさがりなさい、アグネス」ポーラが言った。「進捗がありしだい、知らせます。女性が結婚して幸せな生活に入るには、その準備としてあらゆる策を講じる必要があります。それをぜんぶ、お父さんとわたしがあなたに代わってやってあげるのです。あなたはとても恵まれた娘よ。感謝してほしいわね」ポーラは悪意にみちた得意げな笑みを向けてきた。心にもないことを言っている自覚があるんだろう。実のところ、彼らにとって、わたしは社会的に穏当な手段でさっさと取り除きたい〝目の上のたんこぶ〟だった。

わたしは二階の自室にもどった。こういう事態は予期しておくべきだった。わたしよりさして年上でない女生徒たちに日々起きていることだった。きのうまで学校に来ていた女生徒が、今日はいない。涙のお別れをして大騒ぎしたり、感傷的になったりすることを、小母たちは吉としなかった。その後、婚約の噂が流れて、やがて結婚式がある。たとえ、その娘が仲の良い友だちであっても、わたしたちは結婚式には参列を許されなかった。女子は結婚の準備に入ったら、それまでの人生から姿を消すことになった。つぎに姿を現すときには、〈妻〉の威光をはなつ青いドレスをまとって、ドアを通るときも、未婚の娘たちが「お先に」と譲ってくれることになる。

わたしにもこういう現実が降りかかろうとしていた。自分の生家――タビサの家であり、ズィラとヴェラとローザのいる家から――わたしは追いだされようとしていた。ポーラにうとまれたばかりに。

「今日は学校には行かないのよ」ポーラがある朝、言った。いよいよ来た。その後、一週間はたいしたことは起きなかった。わたしは落ちこんだり、いらいらしたりしたが、そういう態度は自室以外ではとらなかったので、ふたりにはなんの影響もなかった。

わたしは――気をまぎらすために――頭にくるプチポワン刺繡を完成させることになっていた。ボウルに盛りつけられた果物の図案で、足のせ台にふさわしい。だれであれ、将来のだんなさんのものになる足のせ台だ。わたしはその矩形の片隅に、一つ、ちっこい髑髏を縫いとった。継母ポーラの頭蓋骨のつもりだったけれど、だれかに訊かれたら、「メメント・モリ(死を想え)です」と答えようと思っていた。わたしたちはだれしもいつか死ぬという事実を忘れないために、と。

敬虔なモチーフとなれば、文句のつけようもないはず。こういう髑髏は、学校の近くの古い教会墓地にある墓石によく彫りこまれていた。わたしたちは葬儀のとき以外、立ち入ってはいけない場所だった。墓石には死者の名前が刻まれているから、文字を読むことになりかねない。それは堕落につながる、という考えだった。「読む」のは娘たちのすることではなかった。その力(フォース)を使いこなせる強さをもっているのは、男性だけだった。それから、もちろん小母たちも。小母はわたしたちとは違うから。

ふつうの女性がどうやって小母になるんだろう。わたしは不思議に思いはじめていた。一度、エスティー小母はこう言っていた。小母になるには、自分の一家族だけではなく、すべての女性の力になってほしいという神のお召しを受ける必要がある、と。でも、その「お召し」とやらはどうやって受けるんだろう？　小母としての力をどうやって授かったんだろう？　小母は特別な脳みそを持っているの？　女性でも男性でもないような。あの制服の下にいるのは、そもそも女性なんだろうか？　もしかして、男性が変装しているのでは？　そんなことは、疑ってみるだけでとんでもないことだったが、もしそうだったら、どんな騒ぎになることか！　小母たちにピンクの服を着せたら、どんな感じになるかな、とわたしは想像したりした。

　なにもせずに時を過ごして三日目、〈マーサ〉たちがポーラの指示のもと、ダンボール箱をわたしの部屋に運びこんできた。子どもっぽいものは片づける頃合いよ、とポーラは言った。ここに住まなくなったら、すぐさまあなたの所持品は倉庫に入れてしまうつもりだから、と。自分で新しい家庭の切り盛りをしてみれば、そういう持ち物のどれを貧しい人たちに寄付するか、決められるようになるわよ。〈平民家族（エコノファミリー）〉の質素な娘さんなら、たとえば、あなたの使い古しのドールハウスでも、大喜びするんじゃないかしら。最高級品でもないし、みすぼらしくなっているけど、あちこち塗りなおせば、見違えるようになるでしょう。

　あのドールハウスは長らく、わたしの部屋の窓辺におかれたままになっていた。タビサと過ごした幸福な時間が、そこにはまだ詰まっていた。ダイニングの食卓には、〈妻〉の人形がいて、幼い娘たちもお行儀よく座っていた。キッチンには〈マーサ〉たちがいて、パンを焼いていた。司令官は、書斎に鍵をかけてしっかり閉じこめてあった。ポーラが部屋を出ていくと、わたしは〈妻〉の人形を椅子から引きぬき、部屋のむこうに投げつけた。

26

つぎにガッバーナ小母がしたのは、「ワードローブ・チーム」とポーラが呼ぶ人々をうちに連れてくることだった。結婚式に至るまでの日々、そしてなにより挙式そのものに、どんな服を着ればいいか、本人は自分で決められないだろうと判断されたようだ。わたしがまだ一人前でなかったことは、ご理解いただきたい。恵まれた家庭の子ではあったものの、これから婚姻生活（ウェドロック）に閉じこめられる、幼い娘にすぎなかった。ウェドロック。鈍い金属音のような響き。鉄の扉がガチャンと閉まるような響き。

ワードローブ・チームが担当するのは、「舞台セット」とでも呼べそうなものだった。衣裳、軽食、室内装飾。チームには、仕切り屋タイプのメンバーはいなかった。だから、こういうわりと些末な任務に就かされているんだろう。小母はみんな地位が高いのだけれど、性格的に仕切り屋のポーラは、ウェディング部隊の小母たちをそこそこ顎で使えてしまう。

チームの三人と、それに付き添うポーラが、部屋にあがってきたとき、そこでは、わたしが——足のせ台用の刺繍を完成させた後——退屈しのぎに、トランプで独り遊びをしていた。

使っていたトランプはギレアデではごくふつうの物だったけれど、外の世界では知られていないかもしれないので、説明しておく。当然ながら、エース、キング、クィーン、ジャックの札には、まったく文字は書かれていない。数字札にも、まったく数字は書かれていない。エースの真ん中には、雲のなかから覗く大きな目が描かれていた。キングは司令官の制服を着ていて、クィーンは〈妻〉で、ジャックは小母だった。絵札はいちばん強い札だ。マークでいうと、スペードは〈天使〉、クラブは〈保護者〉、ダイヤは〈マーサ〉、ハートは〈侍女〉の柄だった。絵札一枚一枚の縁には、格下の人物が小さく描かれていた。たとえば、〈天使〉の〈妻〉札だったら、真ん中に青い〈妻〉が描かれ、縁に黒服の小さな〈天使〉たちが描かれている。〈侍女〉の司令官札ならば、縁にちっちゃな〈侍女〉たちが描かれている。

のちに、アルドゥア・ホールに入ると、わたしはこのトランプについて調べてみた。歴史をはるか遡ってみると、ハートではなく聖杯が描かれていた頃もあった。だから、〈侍女〉をハートに充てたのだろう。どちらも大切なものを入れる器だから。

ワードローブ・チームの小母三人組が、わたしの部屋に踏みこんできた。ポーラが、「トランプをおいて、立ちあがってちょうだいな、アグネス」と、最高に甘ったるい声で言った。わたしが彼女の声のなかでいちばん嫌いな声だ。なぜなら、声のやさしさが嘘っぱちであることを、よくよく知っていたから。わたしが言われたとおりにすると、三人の小母が紹介された。まずは、ロルナ小母、ふっくらした顔は、いつもにこにこしている。サラ・リー小母、猫背で、口数が少ない。ベティ小母、いつもおろおろしていて、弁解がましい。

「お三方は、仮縫いにきてくださったのよ」

「えっ、なに？」わたしは声をあげた。だれもなにも前もって言ってくれなかった。そんな必要があると思わなかったんだろう。

「その〝えっ、なに？〟と言うの、およしなさい。〝失礼（パードゥン）ですが？〟と言うものです」ポーラが言った。「あなたが〈結婚準備クラス〉に着ていく服の仮縫いですよ」

ポーラはわたしにピンクの学校の制服を脱ぐように言った。わたしがいまもピンクの制服を着ていたのは、制服以外は白い教会用の服しか持っていなかったから。わたしはスリップ姿で、部屋の真ん中に立った。寒いわけではないのに、人に見られ、検分されていると思うと、鳥肌がたった。ロルナ小母が寸法を測り、ベティ小母がその数字を小さなノートに書きとめていった。わたしはベティ小母の動きを見つめた。わたしは小母がなにか秘密のメッセージを記録しているときは、きまってじっと見た。

採寸がすむと、また制服を着ていいと言われたので、そうした。

結婚までの期間に、新しい下着を用意すべきかをめぐって議論があった。ロルナ小母は「それは、すてきですね」と言ったが、ポーラが、そんなものは必要ない、くだんの期間は短いし、手持ちのものでサイズも間に合っていると異議を唱えた。ポーラが勝った。

今日はここまでで、小母三人組は帰っていった。数日後に、二セットの衣服を持ってもどってきた。一着は、春夏用のもの。もう一着は、秋冬用のもの。緑色で統一されていた。春夏ものには、萌黄（スプリング）色（グリーン）を基調に、ポケットの縁飾りと襟に白のアクセントが入っている。秋冬ものには、萌黄色を基調に、深緑のアクセント。わたしぐらいの年恰好の娘がそういうドレスを着ているのを見たことがあったし、それの意味するところもわかっていた。萌黄色というのは、萌えだす新緑の色。つまり、この娘は結婚の準備ができたということ。でも、〈平民家族〉にはこんな贅沢は許されていなかった。

小母たちが持ってきた衣服はすでに使用感はあったものの、使い古されているわけではなかった。

こうした緑の衣服は長期間、着るものではないから。服はみんな、わたしの寸法に合わせてリフォームされていた。スカートはくるぶしの上五センチ、袖は手首までしっかり隠れ、ウエスト回りはゆるく、襟は高かった。二着とも、共布の帽子も用意されており、鍔にはリボンがついていた。こういう装いは嫌いだったけれど、極端に嫌なわけではなかった。なにか着なくてはならないなら、これは最悪とまでは言えない。春、夏、秋、冬と、全季節の服が与えられた点でも、望みがもてた。結婚しないまま、秋冬も過ごせるんじゃないだろうか。

わたしのピンクとプラム色の制服はとりあげられて、クリーニングに出された。年下の娘たちが使いまわすために。ギレアデは戦争中なのだから、ものを無駄にするのは好ましくなかった。

27

緑色のワードローブが届くと、すぐにわたしはべつな学校に入学した。〈ルビーズ結婚予備校〉。結婚準備をする良家の若い女性のための学校だった。モットーは「賢い妻を見つけられるのはだれか？　その価値はルビーをはるかに凌ぐ」（旧約聖書「箴言」第31章10節より）。

この学校を運営しているのも小母たちだったけれど――やはり淡褐色の同じ制服を着ているにも拘わらず――、ここの小母たちのほうがなぜか垢抜けて見えた。わたしたちはここで、上流階級の奥さまの振る舞い方（アクト）を教わる。いま〝アクト〟と書いたのは、二重の意味がある。わたしたちは将来の家庭というステージで、女優（アクトレス）になる必要があった。

同じクラスには、ヴィダラ・スクールの元同級生、シュナマイトとベッカの顔もあった。ヴィダラ・スクールから〈ルビーズ〉に進む生徒は多い。最後に会ってから、実際そんなに日が経っていないのに、ふたりともずいぶんおとなっぽくなっていた。シュナマイトは黒々とした三つ編みを巻きつけるようにして頭の後ろでまとめ、ゲジゲジ眉毛も抜いて整えていた。お世辞にも美人とは言えなかったけれど、相変わらず〝生き生き〟していた。いま〝生き生き〟と書いたが、これは〈妻〉たちがだれかを貶すときに使う言葉だった。がさつとか、軽率とかいう意味で使われる。

シュナマイトは結婚するのが楽しみだと言った。楽しみどころか、それしか話すことがないぐらいだった――どんなだんなさんが自分のために選り抜かれてくるのか、自分はどんなタイプが好みか。待ち切れない、と言う。できたら、四十歳ぐらいの、奥さんに先立たれた人がいいな。最初の奥さんはあまり愛していなかったから、子どももいないの。あと、地位が高くて、ハンサムで。逆に、セックスの経験がない若造はいやだな。だって、安心できないでしょ。むこうが自分のものをどこに入れるのかわからなかったら、どうする？　シュナマイトは以前から口さがなかったが、ますます露骨になっていた。こういう新しいすれた物言いは〈マーサ〉から仕入れていたんだろう。

ベッカは以前にもまして痩せていた。顔に対して、緑がかった茶色の目ばかり大きく見えたものだけれど、その目がますます巨大になっていた。彼女は、またアグネスと同じクラスになれたのはうれしいけど、この学校には来たくなかった、と言った。何度も、何度も、まだ結婚させないで――まだ若すぎるし、準備ができていないから――と家族に泣きついたのに、今回来たのがものすごく有利な縁談だったとか。〈ヤコブの息子〉の一員である司令官の長男で、自身も順風満帆であり、将来まちがいなく司令官になる。お母さんはベッカに、ばか言うんじゃありません、こんな良いお話はもう二度とないですよ、この縁談をお受けしなかったら、年齢が上がるにつれ、お相手の条件はどんどんわるくなります、と叱ったそうだ。かりに十八歳で独り者だったら、売れ残りとみなされて、司令官の奥さん候補からは外されるでしょう。そうなったら、〈保護者〉の夫が見つかれば御の字ってものですよ、と。歯科医の父ドクター・グローヴは、こう言って説得した。司令官がおまえのような格下の家の娘に声をかけてくれるなんて異例のことだ。お断りしたら、無礼になるだろう。おまえは司令官の顔をつぶしたいのか？

「けど、したくないものは、したくないの！」ベッカはリーザ小母が教室を出ていくと、わたしたちの前でわめき散らした。「どこかの男の人が上に乗っかってくるんだよ、えっと、その、芋虫みたいに！　あれがいやなのよ！」

わたしは「おや」と思った。いまベッカは「あれがいや」だと言った。将来の話ではなく。すでにいやがっているということ。なにがあったんだろう？　口にできないような屈辱的なこと？　いつか「十二片に切り分けられた側女」の話を聞いて、ベッカはひどく動揺していたっけ。でも、その場では、なにも尋ねる気にはなれなかった。近寄りすぎると、ほかの子の屈辱が移るような気がして。

「そんなに痛くないでしょ」シュナマイトが言った。「それより、手に入るいろんなもののこと考えたら！　自分の家、自分の車と〈保護者〉、それに自分の〈マーサ〉も！　あと、赤ちゃんができなかったら、〈侍女〉も用意してもらえるんだよ、必要なだけね！」

「車も、〈マーサ〉も、〈侍女〉だって、どうでもいい」ベッカは言った。「すごく気持ちわるいのよ。べちょべちょして」

「どんなふうに？」シュナマイトが吹きだしながら言った。「それって、ベロのこと？　犬に舐められるようなものじゃない！」

「もっともっとひどいってば！」ベッカは言った。「犬はなついてくれるけど」

わたしは自分の結婚について感じていることは、なにも口にしなかった。グローヴ先生の歯科診療の件は話すわけにいかない。先生はいまもベッカのお父さんだし、ベッカはいまもわたしの友だちなんだから。どっちみち、わたしの反応というのは〝むかつき〟や〝毛嫌い〟に近いもので、ベッカが経験した現実の恐怖を前にしたら、ちっぽけなものに思えた。彼女は、結婚したら自分が無くなってしまうと本気で思っていた。結婚したら、つぶされてしまう、無になってしまう、雪のように溶けて跡形もなく消えてしまう、と。

シュナマイトのいないところでベッカに、どうしてお母さんは助けてくれようとしなかったの、と訊いてみた。すると、彼女は涙をこぼして、あの人、本当のお母さんじゃないから、と言った。その事実は〈マーサ〉から聞いたという。恥ずかしいんだけど、産みの親は〈侍女〉なんだって——あなたと同じだよ、アグネス。そうベッカは言った。法律上の母親はこの事実を持ちだしては彼女をいじめるという。どうして男性とセックスするのがそんなに怖いんです？　ふしだら女の〈侍女〉の母親には、そんな恐怖心はなかったはずでしょう？　それどころか！

このときばかりはベッカを抱きしめて、「わかるよ」とわたしは言った。

28

リーザ小母には、マナーと習慣を教わることになっていた。どのフォークを使うべきか、お茶はどのように注ぐべきか。〈マーサ〉たちには優しくも断固たる態度をとるべし、〈侍女〉とは精神的な関わりを持つことは慎むべし——これは〈侍女〉が必要になった場合ですが。ギレアデ共和国では、ひとりひとりが各自の生きる場所を持ち、ひとりひとりがそれぞれの方法で奉仕します。神の目のもとに、すべての人々は平等ですが、神がわたしたちに賜るものは人によって違うのです。リーザ小母はそう言った。このさまざまな賜りものをごっちゃにして、みんながいろいろなものになろうとすれば、混乱や損害が生じるだけです。乳牛に鳥になれと言っても仕方がありませんね！

リーザ小母はわたしたちにガーデニングの手ほどきもし、とくにバラの栽培には力を入れた。ガーデニングは〈妻〉にふさわしい趣味ですからね、と言って。それから、〈マーサ〉が調理して食卓に出す食材の品質の見極め方も教えてくれた。戦時下で国じゅうが品不足の折、食材を無駄にしないこと、隅々まで使い切ることが大事だった。わたしたちは動物の命をいただいているのです。リーザ小母は力説し、野菜も同じですよ、と殊勝な声でつけたした。わたしたちはこのことに、神さまの恵み深さに感謝しなくてはなりません。料理に失敗して食料を粗末に扱うのは、食べずに捨てるのと同じぐらい、神さまの思召しに対して失礼な、いいえ、罰当たりなことと言っていいでしょう、と。

こうしてわたしたちは正しい卵の茹で方から、キッシュはどれぐらいの温度でお出しするのが適切か、また、ビスクとポタージュの違いなどを学んでいった。こういう授業の内容は、現在、よく覚えているとは言いがたい。なにしろ、実践に移す立場につかなかったんだから。

リーザ小母は食前の祈りについても、正しくさらいなおしてくれた。夫が在宅の際には、一家の長として食前の祈りを唱えるが、不在の際には——不在のことが多いでしょうけれど、遅くまでお仕事があるのですから、帰宅が遅いのを咎めたりしてはいけません——夫に代わって、子沢山を願うという祈りを唱えるのが〈妻〉の務めだという。ここまで話すと、リーザ小母は引き締まった笑顔を見せた。

わたしの頭になかにはずっと、ヴィダラ・スクールで親友同士だった頃のシュナマイトと一緒にふざけて唱えたインチキなお祈りが響いていた。

あふれる盃に恵みあれ
床に零れてもったいない
なぜなら私がゲロ吐いて
主よ、お代わりくださいもう一杯

わたしたちのクスクス笑いの声が遠のいて消えていった。当時はせいいっぱい悪ぶっているつもりだった。でも、結婚準備に入ったわたしには、この小さな反抗児たちがなんとも無邪気で無力に感じられた。

夏もたけなわのころ、リーザ小母の授業は室内装飾の基礎に入った。もっとも、室内のスタイルを最終的に決めるのは、もちろん夫だけれど。その後は、フラワーアレンジメントを学んだ。日本風と、フランス風と。

フランス風のアレンジメントに進むころには、ベッカの落ち込みは深くなっていた。結婚式は十一月に予定されていた。縁組された男性が初めて、家に挨拶に来たという。リビングルームに通され、お父さんと世間話をし、その間、ベッカは黙って横に座っていた――儀礼に則ったことで、わたしも同じようにすることになるだろう――けれど、虫唾が走ったという。ニキビ、まばらで貧相な口ヒゲ、白くなった舌。

シュナマイトは笑いだし、その白いの、歯磨き粉じゃないの、と言った。ベッカに好い印象をもたれたくて、出かける直前に歯を磨いたんだよ、やさしくない？　しかし、ベッカは、病気になっちゃいたい、なかなか治らないだけじゃなくて、人に伝染るような重病になりたい、と言った。そうすれば、結婚式の予定も延期することになるから。

フランス風フラワーアレンジメントの四日目、〝対照的かつ補完的なテクスチャーの花を使ってシンメトリーなスタイルに活ける〟という稽古の最中に、ベッカが植木ばさみでみずから左手首を切り、病院に担ぎこまれる騒ぎになった。切り傷は致命的な深さではなかったけれど、多量に出血したのは確かで、白いシャスタ・デイジーは台無しになった。

わたしは手首を切る一部始終をこの目で見ていた。あの表情は忘れられない。ベッカの顔には見たことのない獰猛さがあり、わたしはひどく動揺した。いっときにせよ、彼女がまるで別人に――はるかに凶暴な人間に――なってしまったかのようで。救急隊員らが駆けつけて、担架に乗せられるころには、おだやかな顔つきにもどっていた。

「さよなら、アグネス」彼女に言われたけど、わたしはなんと答えたらいいのかわからなかった。

「あの娘は未熟でした」リーザ小母はあとで言った。髪の毛をシニヨンに結って、とてもエレガントだった。気高く長い鼻ごしにわたしたちを横目で見て、「あなたたちは違いますね」と、つけくわえた。

シュナマイトは満面の笑みを――成熟した女性になる気まんまんで――浮かべ、わたしもかろうじて小さく微笑んだ。振る舞い方（アクト）が身についてきたと思った。女優になる方法、以前よりましな女優になる方法を身につけつつあると。

XI 粗布の服

アルドゥア・ホール手稿

29

ゆうべ、悪夢を見た。この夢は前にも見たことがある。

この手記の前のほうで、自分の夢のくだくだしい話をして、読者の方々の忍耐力を試すようなことはしないと書いた。しかし昨夜の夢は、わたしがいまから語ろうとすることと関係があるので、例外とさせていただこう。なにを読むかという選択権はもちろん全面的にあなたにあり、この夢の話はお好みにより、飛ばしてもらってかまわない。

わたしは褐色のガウンのような衣類を着て、スタジアムに立っている。〈感謝房〉からの回復期に、再利用中のホテルで支給されたあの服だ。わたしと一緒に一列に並んでいるのは、同じ痛悔服のような衣をまとった数人の女性と、黒い制服を着た数人の男たちだ。ひとりひとりがライフルを持っている。これらのライフルには銃弾が入っているものと、空のものがあると知ってはいるが、全員が人殺しであることに変わりはない。問題は、意思なのだから。

わたしたちと向かいあう形で、横二列に女性が並んでいる。後ろの一列は立ち、前の一列は跪く格好で。だれも目隠しはしていない。だから顔が見える。ひとり残らず、どの顔にも見覚えがあった。かつての友人、かつての顧客、かつての同僚。もっと最近では、わたしの手をすり抜けていった女性や若い娘たち。〈妻〉、娘、〈侍女〉たち。指を失くした者、片足を失った者、片目を失った者。首に縄を巻かれている者もいる。これまでにわたしが裁判官として、判決を言い渡した人たちだ。かつての裁判官は、その後も裁きに与ってきた。ところが、女性たちは皆、にこにこしている。その目に見えるものはなんだろう？　恐怖か、蔑みか、抵抗心か？　あるいは、憐れみ？　読みとれない。

ライフルを持ったわたしたちはそれを構える。発砲する。なにかがわたしの肺に命中する。息ができない。わたしは息を喘がせ、倒れる。

わたしは冷たい汗をかいて目覚める。心臓を高鳴らせて。悪夢というのは死ぬほど恐ろしい、文字どおり心臓を止めかねない。そのうち、この悪夢に殺される夜は来るだろうか？　まあ、そんなかんたんに死ねないのは確かだ。


前回は、〈感謝房〉での監禁生活と、それにつづくホテルでの贅沢体験について綴っていた。固い肉を調理するときの手順に似ている。ミートハンマーでがんがん叩いてから、マリネ液に漬けて柔らかくするのだ。

支給された痛悔服をまとってから一時間ほどすると、ドアにノックの音がした。二名の男性警護官が立っていた。わたしは廊下を歩かされ、べつな部屋に移された。そこには、このあいだ話をした白ヒゲの人物がおり、しかし今回はデスクの椅子ではなく、肘掛け椅子にゆったりと腰かけていた。

「座ってよろしい」ジャド司令官は言った。今回は無理やり椅子に押しこまれることはなかった。自分の意思で腰かけた。

「われわれのちょっとした教育プログラムが、堪えすぎていないといいが」司令官は言った。「あれはほんの〈レベル1〉だからね」それに対して言うことはなにもなかったので、わたしは黙っていた。

「啓明の光が射してきたろう？」

「どういう意味でしょうか？」

「光が見えなかったかね？　神の光が？」これは、なんと答えるのが正解なんだろう？　嘘をついたら、すぐに見破られるだろう。

「はい、啓明の光が射してきました」これで答えとしては充分だったようだ。

「五十三だったかな？」

「年齢のことでしょうか？　そうです」わたしは答えた。

「恋人が何人もいたようだね」司令官は言った。どうやって調べだしたのか不思議だったが、気にしているようなので、少しばかり得意になった。

「短期間ですが」と、わたしは言った。「幾人か。長期間の成功例はありません」恋というほどのものはあったのだろうか？　どうもなかった気がした。うちの一族の男たちと関わった経験から、男性を信用する気になれなかったのだ。とはいえ、身体はうずくこともあった。その欲求に従って報われることもあるが、屈辱にもなりうる。とはいえ、後々まで残る害を被ったわけではなく、いくらかは歓びの授受もあったし、わたしの人生から速やかに退場させられても、個人的に根にもつ相手もいなかった。これ以上、なにを望めよう？

「それから、一度中絶の経験がある」と、ジャド司令官は言った。なるほど、なにがしかの記録を徹底して洗っているようだ。

「一度だけです」愚かにもわたしはそう答えてしまった。「かなり若いころに」

司令官はうなって遺憾の意を伝えてきた。「現在では、このような形の殺人は死刑に値するとわかっているね？　法は遡及効をもつ」

「知りませんでした」背筋が凍った。しかし銃殺刑が決まっているなら、なぜこんな尋問をしているのか？

「結婚も一回だね？」

「短期間です。あれは、間違いでした」

「現在、離婚は犯罪となる」司令官は言った。わたしはなにも返さなかった。

「子どもには恵まれなかった？」

「ええ」

「女としての身体を無駄にしたんだな？　生来の機能を拒んで？」

「たまたまできなかったのです」わたしはなるべく尖った声を出さないように努めた。

「気の毒に」司令官は言った。「われわれのもとでは、徳の高い女性なら必ず子どもを持てるのに。神が意図されるそれぞれのやり方でね。とはいえ、あなたはあなたで、その、なんだ、キャリアなるものを十全にまっとうしてきたんだろう」

侮蔑的な口ぶりは無視した。「いつも忙しくしておりました、ええ」

「二学期ほど、学校教師を務めたね？」

「はい、しかし法の世界にもどりました」

「ふむ、家庭問題か？　性的暴行や？　女性の犯罪者も？　セックスワーカーがより手厚い補償を求めて訴えた件とか？　離婚における財産権とか？　医療過誤の件、とくに産婦人科系だな？　不適合の母親から子どもをとりあげるとか？」司令官はなにかリストをとりだしており、それを読みあげていた。

「必要とあれば、はい」わたしは言った。

「レイプ危機管理センターで、短期のボランティア仕事もやった？」

「大学生のときです」わたしは答えた。

「〈サウスストリート・サンクチュアリ〉でだね？　辞めた理由は……？」

「忙しくて時間がなくなったからです」わたしは答えてから、もう一つの事実をつけたした。隠し立てしても仕方ない。「それに、自分が疲弊してしまいました」

「そうだね」と言って、司令官は目を輝かせた。「疲弊するね。ああいう女性の無用な苦しみというのは。われわれはそういうものを一掃しようと考えている。あなたも賛成してくれるだろう」よく考えろというように、そこで司令官は間をおいた。おもむろに新たな笑顔を見せ、「さて、どちらになる？」と尋ねてきた。

以前のわたしならこう訊いていただろう。「なにがどちらなんです？」といった雑な質問をしたはずだ。しかしそのときはこう答えた。「イエスかノーか、ということでしょうか？」

「そのとおり。ノーか、それに類似した答えを返したときの成り行きは、すでに経験してもらった。

一方、イエスと言えば……その前に、われわれに賛同しない者はわれわれの敵であると言わせてもらおう」

「わかりました」わたしは言った。「でしたら、イエスです」

「しっかり見せてもらうよ。それが本心であるところを。その覚悟はできているね？」

「ええ、お見せします」と、わたしは答えた。「けど、どのように？」

地獄を見た。どんなものかは、おおかた察しがついていると思う。先の悪夢のようなこともあった。ただし、女性たちは目隠しをされており、発砲したとき倒れるのはわたしではなかった。これは、ジャド司令官によるテストだった。落第ならば、唯一真（まこと）の道に尽くす誓言は口ばかりだったということ。合格ならば、おのれの手を血で汚したということ。だれかが言っていたとおり、「わたしたちは一致団結（ハング・トウギャザー）しなくてはならない。さもなければ、ばらばらに吊るされる（ハング・セパレートリー）」ということだ（ベンジャミン・フランクリンの言葉）。

わたしも、弱みひとつ見せなかったわけではない。事後に嘔吐してしまった。

銃殺隊の標的の一人はアニータだった。なぜ処刑される側に選ばれてしまったのか？　彼女のことだから、〈感謝房〉に入れられてなお、イエスと言わず、ノーと言いつづけたのだろう。とっとと退場する道を選んだのだ。とはいえ、本当の理由はわからなかった。じつに単純な理由かもしれない。すなわち、アニータは政権にとって有用でないとみなされ、一方、わたしは使えると思われた。

今朝、一時間ほど早く起きてこっそり時間をつくったのは、わが読者よ、朝食の前にあなたたところして過ごすためだ。あなたはいまや、わたしが話を打ち明けるただひとりの相手、ただひとりの友人として、けっこう気になっているのではないか。わたしが真実を話せるとすれば、あなた以外のだれか？　信用するとしたら、あなた以外のだれか？

いや、あなたのことも信用できるというのではない。最終的に、わたしをいちばん裏切りそうなのはだれか？　手記となったわたしはクモの巣の張った隅っこだか、ベッドの下だかに放置され、かたや、あなたはピクニックやダンスに出かけたり——そう、ダンスの習慣はいずれもどってくるだろう。踊りの衝動を永遠に封じこめておくのは無理だ——熱い身体とふれあったりするだろう。その頃には、わたしはくしゃくしゃに丸められた紙になっているかもしれないが、そんなのよりずっと魅力的なだれかと。あらかじめ赦しておこう。わたしも昔はそんなふうだった。命とりなほど人生に夢中だったのだから。

わたしはなぜ読み手のあなたが存在して当然だと思っているのか？　そう、あなたは実際に現れないかもしれない。ひとつの願い、可能性、夢幻にすぎないかもしれない。「願い」などと、ぬけぬけと言うか？　もちろん、わたしにだって願うことぐらい許されている。まだ人生の真夜中ではないし、まだ弔いの鐘は鳴っていない。わたしが支払うべき取引きの代価を回収しに、メフィストフェレスはまだ姿を現していないのだ。

そう、取引きはあった。当然ではないか。ただ、取引きを交わした相手は悪魔ではなく、ジャド司令官だった。

わたしとエリザベス、ヘレナ、ヴィダラとの初顔合わせは、スタジアムでの銃殺によるテストの翌日に行われた。わたしたち四人は例のホテルの重役用会議室の一つに通された。その頃のわたしたちは、見かけもいまとは大違いだった。はるかに若く、すらっとして、こんなに節くれだっていなかった。エリザベスとヘレナとわたしは、前に書いた褐色の頭陀袋のような衣をまとっていたが、ヴィダラはすでに正式な制服を着けていた。のちに考案される小母の制服ではなく、黒いものだった。

会議室では、ジャド司令官が待ち受けていた。会議用テーブルの、もちろん議長席に座って。彼の目の前には、コーヒーポットと幾つかのカップをのせたトレイがおかれていた。司令官は微笑みながら、恭しくコーヒーを注いでくれた。

「おめでとう」と、彼は切りだした。「みんな、テスト合格だ。あなたたちはいわゆる〝火中からとりだされた燃えさし〟（危ないところを救われた人、改宗者の意。旧約聖書「ゼカリヤ書」第3章第2節より）である」と言って、自分にもコーヒーを注ぎ、クリームを入れて、ひと口飲んだ。「あなたたちは不思議に思っていたかもしれない。あの腐敗した旧体制下で充分な地位にあったわたしのような人物が、このような行動をとってきたのはなぜか、と。自分のふるまいの重みに気づいていないとは思わないでくれ。非合法な政府を転覆させたのに、これを国家への反逆と見る向きもあるだろう。わたしをそういう目で見ている人々は、間違いなく大勢いる。あなたたちもわれわれの仲間入りをした以上、そういう目で見られるだろう。しかし、より崇高な真理への忠誠は反逆ではないのだ。なぜなら、神のとられる道は、人間のそれとは違うからだ。さらに強調しておくが、女性のやり方とはまったく異なる」

説法を聞かされるわたしたちを見つめて、ヴィダラは小さく微笑んでいた。いま司令官がわたしたちに叩きこもうとしている信条は、なんであれ彼女にとっては受け入れ済みなのだった。

わたしは反応しないように努めた。反応しないというのは、一つのスキルだった。司令官は無表情の三人の顔を順繰りに眺めた。「コーヒーでもどうだね。どんどん入手困難になっている貴重な品物だ。神が慈愛の心を通じてその寵児に与え給うたものを拒むのは、罪になろう」そう言われて、やっとわたしたちは聖体を拝領するかのように、カップを手にとった。

司令官はつづけて言った。「われわれは度を過ぎた放縦にひたり、物質的な豊かさばかりを追求しすぎたしっぺ返しにあってきたのだ。結果、バランスの良い安定した社会を築くのに重要な機構を失うことになった。たとえば、出生率。これにはさまざまな理由があるが、最も由々しいのは、女性の身勝手な選択が及ぼした影響だ。出生率が急降下した。あなたたちも、混乱の只中にある人間ほど不幸なものはないと同意してくれるだろう？　そこにルールや境界線を与えれば、安定性が増し、ゆえに幸福度も増すのではないか？　ここまでは、理解できたかな？」

わたしたちはうなずいた。

「それは、イエスという意味かね？」司令官はエリザベスを指さして尋ねた。

「はい」エリザベスは恐怖で上ずった声で答えた。彼女は四人のなかでは若いほうで、当時はまだ魅力的な女性だった。まだ中年太りも寄せつけていなかった。わたしはそのとき以来、ある種の男たちは美しい女性をいじめる傾向にあることを心に留めてきた。

「はい、ジャド司令官、と答えたまえ」司令官はさらに言った。「肩書というのは重視されねばならない」

「はい、ジャド司令官」テーブルの向こう側にいても、エリザベスの恐怖感は臭ってきた。わたしの恐怖もむこうに伝わっているのだろうか？　恐怖は酸のような臭いがした。まわりを腐食させるような。

彼女も暗闇に独りで閉じこめられていたのだろう。わたしはそう思った。そしてスタジアムでテストされた。彼女も自分の内側をじっと覗きこみ、そこに空洞を目にしたのだろう。

「社会というのは、男性と女性を別々の領域に分けてこそ、最もよく機能するのだ」ジャド司令官はさらに厳(いか)めしい声で言った。「われわれはこれらの領域を混ぜようとしたために、悲惨な結果を見ることになった。ここまでで、なにか質問は？」

「はい、ジャド司令官」と、わたしは言った。「ひとつ質問があります」

司令官は微笑んだが、温かな笑みではなかった。「言ってみたまえ」

「なにをお求めですか？」

司令官はまた微笑んだ。「質問、ありがとう。とりわけあなたたちに、われわれが望むものはなにか？ われわれが築きあげんとしているのは、〈神のお達し〉に即した社会であり——そう、丘の上の町、国中にみつる明かり（いずれも聖書由来。周囲の模範となる信徒を指し、ピューリタンのアメリカ建国の精神となった）だ——、慈愛と慈悲の精神で行動している。特権的なトレーニングを受けてきたあなたたちだ、女性の悲惨な運命の改善に手を貸す資格が充分にあると思う。こうした女性の苦境は退廃し腐敗した社会制度の悪しき産物であり、われわれはそういう社会制度を撤廃しようとしているのだ」ここで司令官は間をおいた。「力になりたいと思うかね？」今回指さされたのはヘレナだった。

「はい、ジャド司令官」消え入るような声だった。

「よろしい。ここに集まってもらった四人は知的な女性ばかりだ。これまで、それぞれがみずからの……」と、ここで言いよどんだ。〝専門職(プロフェッション)〟という語を使いたくないのだろう。「みずからの過去の経験を通じて、女性の生き方に豊富な知見を持っていると思う。女性がどんな考え方をしがちか、換言させてもらえば、ポジティブなものであれ、そうとも言えないものであれ、刺激に対してどのように反応しがちか、よく知っているだろう。その点で、あなたたちは役に立つのだ。この〝役〟につけば、ある種の特権が与えられる。女性たちの精神的な指導者であり良き師となってもらいたい。いわば、女性の領域におけるリーダーだね。コーヒーのおかわりを？」彼はコーヒーを注ぎ、わたしたちはもぞもぞし、コーヒーをひと口飲み、つぎの言葉を待ちかまえた。

「わかりやすく言えば」司令官はつづけた。「われわれはあなたたちに、個別の領域――女性だけの世界を組織する手伝いをしてほしいのだ。社会的および家庭的な最善の範囲での調和をたもち、最善の数の子孫をつくることを目指して。ほかに質問は？」エリザベスが手を挙げた。

「なんだね？」司令官はうながした。

「わたしたちの務めには、その……お祈りのようなことも含まれますか？」エリザベスは尋ねた。

「祈りは度々行われよう」司令官は答えた。「追々理解してもらえると思うが、おのれより大きな力には、感謝する所以（ゆえん）がいくらでも出てくるだろう。こちらの、ええと、わが同僚が」と、彼はヴィダラを指した。「みずから名乗りでて、あなたたちの精神面での教官を務めてくれることになった。創成期からわれわれの運動に携わってくれている」

しばしの沈黙があり、エリザベスとヘレナとわたしはいま言われたことを咀嚼しようとした。〝より大きな力〟とは、司令官自身を指しているのだろうか？　「わたしたち、きっとお力になれると思います」わたしは沈黙を破って言った。「とはいえ、膨大な仕事量になるでしょう。女性はもう長いこと、職業面でも社会面でも対等の立場に立てると言われてきたのですから。歓迎しないのではないでしょうか、その……」わたしは言葉を探して口ごもった。「隔離政策を」

「女性に対等性を約束するのは、そもそも酷な話だった」司令官は言った。「その本質からして、対等になれるはずがないからだ。われわれは慈愛の心からすでに、女性の期待値を下げるという仕事に着手している」

そのためにどんな手段が行使されるのか、訊く気にはなれなかった。わたしに対して用いられた手段と似たようなものだろうか？　司令官が自分にコーヒーを注ぎ足す間、わたしたちは黙って待った。

「もちろん、あなたたちで、法律やらなにやらを制定する必要は出てくるだろう」司令官は言った。「活動の原資となる予算が与えられる。それから、寝起きする寮も。あなたたちのために、学生寮をすでに押さえてあるのだ。われわれが徴用した元大学のひとつで、壁に囲まれた敷地内にある。改修の必要はあまりないだろう。住まいとして快適であることは間違いない」

ここでわたしはひとつの賭けに出た。「もし女性だけの分離社会になるのだとしたら」と、わたしは切りだした。「完全に分離すべきです。その社会内では、女性が指揮をとらねばなりません。よほど差し迫った事態をのぞき、男性は女性に割り当てられた敷地内には立ち入り禁止とし、わたしたちのメソッドには異議をはさまない。成果のみでご評価いただきます。もちろん、必要なとき、必要であれば、当局にご報告はしますが」

ジャド司令官は値踏みするような目でわたしを見ると、両腕をひらき、掌を上にして見せた。「カルト・ブランシェ（白紙委任状）としよう」彼は言った。「理論的判断の範囲内、予算の範囲内でお願いする。むろん、わたしの最終承認は得るように」

エリザベスとヘレナの顔を見ると、悔しがりつつも感服しているのが見てとれた。わたしは彼女たちが要求する度胸もないことを要求し、勝ちとったのだ。「もちろんです」わたしは答えた。

「賢明なことでしょうか」そこでヴィダラが口をはさんだ。「女性たちに自身の問題をそこまで委ねるというのは。女は弱き器です（新約聖書「ペテロの手紙一」第3章第7節）。女のなかで最も強い者たちとはいえ、許されるべきでは――」

ジャド司令官は彼女の言葉をさえぎった。「男にはなすべき重要事があり、女社会の細かい些事に拘わっている暇はない。それぐらいこなせる能力のある女性はいるんじゃないのか」と言って、司令官がわたしのほうに顎をしゃくると、ヴィダラはわたしに憎悪のまなざしを向けてきた。「ギレアデの女性はあなたたちに感謝することになるだろう」司令官はつづけた。「こうした政策は、多くの政権が失敗してきている。じつに不愉快で、じつに無駄な結果を招いてな！　あなたたちがしくじれば、全女性の期待を裏切ることになる。イヴの例と同じだ。さて、ここから先は、あなたたちだけの合議に任せよう」

わたしたちはさっそく仕事にとりかかった。

こうして初期の話し合いをもつうち、わたしは〈創始者〉仲間に対して詳細な値踏みを行った。そう、ジャド司令官の約束どおり、わたしたちは〈創始者〉という肩書のもと、ギレアデで崇められることになったのだ。わが読者よ、たとえば、ちょっと荒れた学校のグラウンドやら、ニワトリ小屋やら、つまり、たいして報いられないのにその報酬をめぐる蹴落とし合いは熾烈な場というのをご存じなら、どんな力が働くかすぐに理解できるだろう。わたしたちは仲の良いふり、それどころか協調関係を装っていたが、その下に敵意の底流が早くも築かれつつあった。ここはニワトリ小屋だと思った。そのなかで、わたしはボス鶏になるつもりだった。そのためには、他のメンバーとの間に序列を確立する必要があった。

ヴィダラについては、すでに敵となる人物と目していた。彼女は彼女で、自分を天性のリーダーとみなしていたが、その自負が脅かされたわけだ。あらゆる面でわたしに対抗してこようとするだろう。しかし、わたしにはひとつ有利な点があった。イデオロギーの目眩ましに囚われていない点だ。だから、これから始まる長いゲームで、彼女にはない柔軟さを発揮できるだろう。

あとの二人について言えば、ヘレナの方が御しやすそうだった。ひどく自信がない人なのだ。当初はふっくらしていたが、爾来、どんどん痩せていった。前の勤務先のひとつは、景気の良いダイエットビジネスの会社だったという。そこから上手く転職して、高級ランジェリーのPRの仕事につき、そうとうな数の靴を手に入れたとか。「ほんと、すてきな靴だったのに」と、ヘレナが嘆くと、目の前にいたヴィダラがしかめ面をして黙らせた。ヘレナはいわゆる主風になびくタイプだと、わたしは踏んだ。ならば、わたしが主風であるかぎり、役立ってくれるだろう。

エリザベスはもっと高い社会的地位にあった人だ。どう見ても、わたしよりも高かったと思う。そのため、わたしを見くびっていた。名門ヴァッサー大学（一九六九年共学化）の出身であり、ワシントンで有力な女性上院議員の事務補佐官を務めてきた——大統領候補にもなった人よ、と彼女は打ち明けてきた。とはいえ、〈感謝房〉で自分の中のなにかが壊れたという。そこでは、どんな生得権も、学歴も、自分を救ってくれなかった。すっかり狼狽えた。

ひとりずつならうまく対処できそうだが、もし三人束になってきたら困ったことになるだろう。〝分割して支配せよ〟をわがモットーとしよう。

いつも平静をたもて。わたしは自分に言い聞かせた。自分のことはしゃべりすぎるな。あとで悪用されかねない。人の話はよく聴くこと。あらゆる手がかりをとっておくこと。恐れを見せないこと。

毎週のように、わたしたちは新たなものを考案した。法律、制服、スローガン、讃美歌、名前。そして週ごとに、ジャド司令官への報告を行った。司令官はこのグループのスポークスウーマンとしてわたしに接するようになった。彼が承認したアイデアは、彼の手柄になる。他の司令官たちからの称賛の声も流れてきた。ジャド司令官はよくやっているじゃないか！

自分たちが作りあげている社会機構を憎んでいたかって？　ある程度は、イエスだろう。以前の人生で教えられてきたものをことごとく裏切り、達成してきたものすべてを裏切ることだったのだから。厳しい社会的制約のなかで、自分たちがなんとか成し遂げたことを誇りに思っていたか？　それもある程度は、イエスだ。簡単に言いきれるほどものごとは単純ではない。

ある時期には、自分の務めと心得たものを信奉しかけたこともあった。ギレアデの多くの人々と同じ理由で、みずからを忠義者とみなしてもいた。そのほうが、危険が少ない。道義心ゆえに圧倒的な力の前に身を投げ、脱げた靴下みたいにぺちゃんこにされて、どんな良いことがあるだろう？　それより、大勢の群衆のなかに消えていくほうが良いではないか。信者面をして猫なで声で褒めそやし、ヘイトを煽る群衆のなかに。石を投げつけられるより、投げる側にまわった方が良い。少なくとも、生き残る確率を考えれば、その方が良い。

彼らはそのあたりのことをよく承知していたのだ。ギレアデの建国者たちは。あの手の連中はむかしからそうだ。

ここに記しておこう。それから数年後――わたしがアルドゥア・ホールを掌握し、それを足がかりに、寡黙なれど強大なこの権力をギレアデで手に入れたのち――ジャド司令官が力関係の変化を察知して、わたしの機嫌をとろうとしてきたことを。「赦してもらえているといいが、リディア小母」と、彼は切りだした。

「なんのことでしょう、ジャド司令官？」わたしはなるべく愛想のいい声で尋ねた。もしや、わたしが少し怖くなってきたのでは？

「この政権の最初期にわたしが取らざるを得なかった強硬手段のことだ」司令官は言った。「麦と籾殻を分ける作業のためにね」

「そのことですか」わたしは言った。「あれは気高い意図によるものでしょう」

「そう信じている。とはいえ、やり方が手荒だったのも確かだ」わたしは微笑んだだけで、なにも言わなかった。「あなたは麦の方だと、最初から目をつけていた」わたしは微笑みをくずさなかった。

「あなたのライフルの弾倉は空だった」彼は言った。「知っておきたいかと思ってね」

「教えてくださり、ありがとうございます」わたしは言った。そろそろ顔の筋肉が痛くなってきた。笑顔をつくるのがワークアウト並みにつらい状況もある。

「では、赦してもらえたかな？」司令官は訊いた。彼がまだ適齢期にもならない少女を好むことを目聡く見抜いていなければ、ちょっとしたいちゃつきかと勘違いしていたろう。わたしは消えた過去の〝福袋〟から至言をひとつとりだした。「過つは人間、赦すは神。そんなふうにだれかが書きましたね（英国詩人アレキサンダー・ポープの言葉）」

「さすがの学識だな」

ゆうべ、書きものを終え、ニューマン枢機卿の書物の空洞に手稿をかくしたのち、〈シュラフリー・カフェ〉に向かう途中、敷地内の小径で、ヴィダラ小母に呼びとめられた。「リディア小母、ちょっとお話しできますか？」イエスと答えなくてはいけない類の要請だ。わたしは彼女をカフェに誘った。

支柱の建ち並ぶ真っ白な〈目〉(アイズ)本部の建物が〈中庭〉の一辺を占拠しており、まぶしく明かりを灯していた。見張る〈神の目〉という名前にたがわず、職員は眠らないのだろう。本棟の外の白い階段のところで、三人の職員が喫煙していた。こちらには一瞥もくれなかった。彼らの目には、小母は影のようなものなのだ——彼ら自身の影。他の人々には恐ろしい存在の小母も、彼らには怖くない。

わたしの石像の横を通りしな、供物をチェックした。いつもより卵とオレンジが少ない。人気が落ちてきているのか？　とっさにオレンジを一個、ポケットに入れそうになったが、思い留まった。あとでまた来ればいい。

ヴィダラ小母は重要な発言の序章として、くしゃみをした。そして咳払い。「この機にお伝えしておきますが、あなたの石像に関して、少々苦情が寄せられています」彼女は言った。

「そうなのですか？　どんな苦情です？」わたしは尋ねた。

「供物についてです。オレンジや卵。エリザベス小母は、こういう過剰な入れこみはカルト崇拝に近いものがあり、危険を感じているそうです。偶像崇拝になりかねない」と言ってから、小母は付け足した。「これは由々しき罪です」

「なるほど」わたしは言った。「なんとも啓発的な洞察です」

「それに、貴重な食物が無駄になります。エリザベス小母は、破壊行為(サボタージュ)と変わらないと言っています」

「わたくしもしごく同感です」わたしは言った。「見かけだけにせよ、一個人がカルト化するのは避けたいですからね。当人のわたくしは人一倍強く思いますよ。あなたも知ってのとおり、わたくしは栄養摂取に関しては、厳しいルールを敷いています。ここ〈ホール〉のリーダーたちがりっぱな手本とならねばなりません。たとえば、食堂でのおかわりの問題、とくに固ゆで卵に関してなど」ここでわたしは間をおいた。エリザベス小母が〈食堂〉で、この携帯可能な食べ物を袖のなかにこっそり入れているようすは、ビデオ録画済みなのだが、その情報はまだ共有すべきではないだろう。「供物に関してですが、他人のこういう気持ちの表れは、わたくしの側でどうこうできることではありません。焼き菓子や果物などを石像の足元におき、親愛と尊敬、忠誠と感謝の印を残そうとする見知らぬ人たちを阻むわけにはいきません。わたくしが供物にふさわしい人間でないのは、言うまでもありませんがね」

「前もって禁止するのではなく」と、ヴィダラ小母は言った。「監視していて、罰してはどうでしょう」

「しかし、そうした行動に関する規則は制定されていませんから」わたしは言った。「なんの規則違反にも当たりません」

「だったら、規則をつくるべきでは」ヴィダラ小母は言った。

「それは、しっかり考えておきましょう」わたしは答えた。「規則に見あった罰則もです。こういうことは、そつなくやらなければね」オレンジを諦めることになるのは残念だ。わたしは考えこんだ。

この国の供給ラインが当てにならないことを思えば、いつ手に入るかわからない。「けど、ほかにもっと言うことがあるのでしょう？」

そう尋ねるころには、〈シュラフリー・カフェ〉に到着していた。わたしたちはピンク色のテーブル席に陣取った。「ホットミルクはいかが？」わたしは訊いた。「おごりますよ」

「わたし、牛乳は飲めません」ヴィダラ小母は不機嫌に返してきた。「粘液の分泌を促すので」

わたしがホットミルクをおごると申し出て、太っ腹なところを見せようとすると――牛乳は日々の配給品に入っていない任意選択の品で、地位によって与えられる代用貨幣（トークン）を払って入手する――ヴィダラ小母はいやな顔をして断るというのが、毎度、毎度、繰り返されていた。

「ああ、そうだった、失礼」わたしは言った。「忘れてました。だったら、ミントティーは？」

それぞれの飲み物が来ると、ヴィダラ小母はいよいよ本題に入った。「じつはですね」と、小母は切りだした。「わたし、エリザベス小母があなたの石像の足元に食物をおいているのを目撃しているんです。とくに固ゆで卵を」

「興味深いこと」わたしは言った。「なんのためにそんなことを？」

「あなたに不利な物証をつくるためでしょう」ヴィダラ小母は言った。「個人的な見解ですが」

「物証？」エリザベス小母がこっそり懐に入れる固ゆで卵はたんに自分で食べているものと思っていたが、もっと創造的な使い方をしていたらしい。わたしは彼女をいたく誇りに思った。

「わたしが思うに、あなたを非難の的にしようというんですよ。自分と、自分の裏切り行為から目を逸らすためにね。あの人こそ、ここアルドゥア・ホール内部に潜む反逆分子かもしれません――〈メーデー〉のテロリストたちと結託して。わたしは前々から、彼女の不実を疑っていたんですがね」ヴィダラ小母は言った。

わたしは突きあげるような興奮を覚えた。これは、まったく予期していなかった展開だ。ヴィダラがエリザベスのことを密告するとは。しかも、よりによってこのわたしに。長年うとんできた相手だろうに！　驚いたこともあるものだ。

「それはまた、衝撃的な報せですね。事実であるなら。話してくれて感謝します」わたしは言った。「このお礼はのちのち。現下、なにも証拠はありませんが、用心してあなたの疑念はジャド司令官に伝えておきます」

「感謝します」ヴィダラ小母も礼を言ってきた。「じつを言うと、ここアルドゥア・ホールのリーダーとしてあなたが適格であるか、過去に疑問を抱いたこともありますが、適格であってほしいと祈ってきました。疑ったわたしが間違っていました。お詫びします」

「間違いはだれにでもあります」わたしは鷹揚に応えた。「わたしたちも人間にすぎません」

「〈神の目〉のもとに」と、ヴィダラ小母は言って、こうべをたれた。

友人は近くにおけ。しかし敵はもっと近くにおけ。友人がいないなら、敵を使うしかない。

XII　カーピッツ

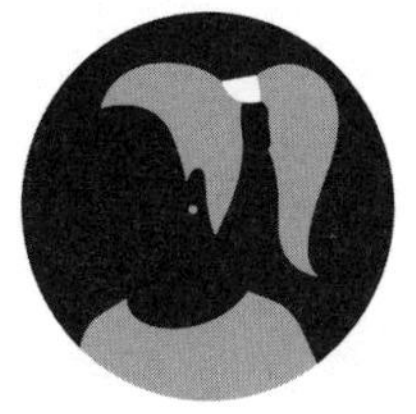

証人の供述369Bの書き起こし

30

きみは自分で思っているような人間じゃないと、イライジャにいきなり言われたところまで話したかな。そのときの気持ちはあんまり思い出したくない。まるで突然、道路が陥没して口を開け、そこに呑み込まれるような気分というか――自分だけじゃなくて、自分の家も、部屋も、過去も、自分について知っていたこと、自分の見た目なんかもぜんぶ呑み込まれる――落っこちて、息ができなくなって、目の前がまっ暗になって……それがいっぺんに起きる感じ。

一分ぐらいはなにも言わずに、呆然としていたと思う。肩で息をして、全身が凍りついたみたいだった。

まんまるな顔に無邪気な瞳の〈幼子ニコール〉。例の有名な写真を目にするたびに、自分自身の姿を見ていたなんて。この世に生まれてきただけで、たくさんの人をたくさん困らせる元凶になった赤ちゃん。そんな子がわたしだなんてこと、ある？　わたしは心のなかで言われたことを否定して、〝ちがう〟と叫んでいた。でも、実際、言葉にはならなかった。

「困るよ、そんなの」ようやく小さな声を絞り出した。

「僕たちもそう思うよ」イライジャはやさしい声で言った。「現実がまるきりちがうものだったらいいのにと、みんな思っている」

「ギレアデなんか、なければいいのに」わたしは言った。

「あたしたち、それを目指してるの」エイダが口を開いた。「ギレアデのない世界をね」彼女は淡々と言った。まるで、ギレアデを消滅させることが、蛇口の水漏れを直すのと同じぐらいなんでもないことのような、いつもの口調だった。「コーヒー飲む？」

わたしは首を振った。いま聞いたことをまだ飲みこめていなかった。なら、わたしって難民だったんだ。〈サンクチュケア〉で見たおびえた女の人たちみたいな。世間でしょっちゅう問題視されている難民と同じってこと。唯一の身元証明だった健康保険証までにせものだった。いままでずっとカナダで暮らしていたけど、不法滞在だったんだ。いつ強制送還されたっておかしくない。それに、わたしのお母さんは〈侍女〉だったと？　それじゃ、お父さんは……「で、わたしのお父さんもその一味だったの？」わたしは尋ねた。「司令官だったんだよね？」そんな人の血がわたしに流れているなんて――わたしの身体の一部になっているなんて――考えただけで身震いがした。

「さいわいなことに、そうじゃないんだ」イライジャが答えた。「少なくとも、きみのお母さんはそう言っている。だが、彼女は真相を明らかにすることで、きみのお父さんを危険にさらしたくないと考えている。彼はまだギレアデにいるかもしれないからね。だが、ギレアデはきみの法律上の父親を足掛かりに、きみはギレアデのものだと主張している。それを根拠に、きみの返還をしつこく要求しているんだ。〈幼子ニコール〉の返還をね」イライジャはわかりやすく説明してくれた。

これまでギレアデは〈幼子ニコール〉を見つけだすという点に固執してきた。そうイライジャは言った。捜索を決してあきらめない。じつに執拗だ。ギレアデ側の考えでは、きみはギレアデ国民ということになる。だから、合法だろうが違法だろうが、どんな手段を使っても居場所を突き止めて、国境の向こう側に引きずっていく権利があると考えている。しかも未成年だから、特定の司令官がとっくに表舞台から姿を消していても――たぶん粛清されて――ギレアデの法のもとでは、きみは彼のものになる。その司令官には存命の血縁者がいるだろうから、裁判になったら、きみの親権はその人たちに与えられるかもしれない。〈メーデー〉の力ではきみを守り切れない。〈メーデー〉は国際的にはテロ組織に指定されているから。これは地下組織なんだよ――活動はすべて地下で行われているんだ。イライジャはそう説明した。

「あたしたちは長年陽動を展開してきた」エイダが言った。「〈幼子ニコール〉はモントリオールにいたかと思うと、ウィニペグにいるのを報告され、それからカリフォルニアに移り、その後はメキシコに渡ったことになってる。あちこちに行ってもらったよ」

「だから、メラニーとニールはわたしがデモに参加するのに反対したんだ?」

「そう、ある意味では」エイダが答えた。

「だったら、わたしのせいだよね。わたしのせいであんなことになった。そうでしょ?」

「どういうこと?」エイダが言った。

「ふたりはわたしを人に見られたくなかった」わたしは言った。「それに、わたしをかくまっていたせいで殺されたんだ」

「ちょっとちがうな」イライジャが言った。「ふたりが警戒していたのは、きみの写真が出回ったり、きみがテレビに映ったりすることだった。ギレアデなら、デモの映像を解析して、人の照合をしかねない。やつらはきみが赤ちゃんのときの写真を持っているからな。いまではどんな顔つきになってい るのか、だいたい把握できるだろう。ところが、ふたを開けてみると、すでに彼らは独自のルートで、メラニーとニールが〈メーデー〉だという疑いをかけていた」

「あたしがつけられていたのかもしれない」エイダが言った。「あたしと〈サンクチュケア〉の関係をかぎつけて、それからメラニーにたどりついたか。以前、〈メーデー〉内部にギレアデ側のスパイが送り込まれたことがあった――逃亡〈侍女〉を騙る女がね。ほかにもいたかもしれない」

「〈サンクチュケア〉内部があやしいな」イライジャが言った。わたしは、わが家のミーティングに集まった人たちの顔ぶれを思い浮かべた。そのうちのひとりが、ぶどうやチーズをつまみながらメラニーとニールの殺害をたくらんでいたなんて、考えただけでむかむかした。

「だから、その点、あんたは関係ない」エイダはそう言ってくれた。わたしに気を遣っていただけかもしれないけど。

「わたしが〈幼子ニコール〉だなんて、かんべんしてほしい」わたしは言った。「そんなのこっちは頼んでないのに」

「人生っていうのは、ひどいものなの。以上説明終わり」エイダが言った。「さて、この先どこに移るか、考えないと」

数時間で戻ると言って、イライジャは出かけていった。その際に、「外には出ない、窓の外も見ないこと」と言われた。「電話の使用も禁止だ。それじゃ、別の車を手配してくる」

エイダはチキンスープの缶詰を開けた。なにかお腹に入れておいたほうがいいと言い張るので、わたしはなんとか口にした。「その人たちがやってきたら、どうする？」わたしは訊いてみた。「だいたい、どんな外見なんだろう？」

「だれに似ててもおかしくないね」エイダが答えた。

午後になって、イライジャが戻ってきた。彼はジョージを連れてきた――以前、メラニーのストーカーと思っていたあのホームレスのじいさん。「思っていたよりも事態は深刻だった」イライジャが言った。「ジョージが目撃していたんだが」

「目撃ってなにを？」エイダが訊いた。

「店に〝準備中〟の札がさがっていてな。日中に店を閉めてるなんておかしいから、不審に思った」ジョージがその日のようすを説明した。「そしたら、男が三人店のなかから出てきて、メラニーとニールを車に乗せるじゃないか。ふたりが酔っ払っているから、歩くのを介助してる風だった。友だちに話しかけているようでね。ちょっと立ち話をしていて、別れのあいさつをするところだという風に。メラニーとニールは車の座席で身じろぎもしなかった。いま思うと、ぐったりして、眠りこんでいるようだったな」

「あるいは、すでに死んでたか」エイダが言った。

「まあ、それもありうる。三人の男はその場から立ち去った。それから一分ほどで車が吹っ飛んだんだ」ジョージは言った。

「それは、予想していたよりもずっとまずいね」エイダが言った。「だって、店のなかでふたりはいったいなにをしゃべったろう」

「口は割らなかったはずだ」イライジャが言った。

「それはどうだろう」エイダが言った。「むこうのやり口によるね。〈目〉の連中は容赦ない」

「ここはとっとと出たほうがいい」ジョージが言った。「わたしもやつらに姿を見られたかもしれん。ここには来たくなかったが、どうしたものかと思って、〈サンクチュケア〉に電話したら、イライジャが迎えにきてくれた。だが、わたしの携帯を盗聴されていたらまずいだろう?」

「携帯はつぶそう」エイダが言った。

「彼らはどんな格好だった?」イライジャがジョージに尋ねた。

「スーツを着たビジネスマン風だ。立派な身なりの。ブリーフケースも提げていた」

「そうだろうと思ったよ」エイダが言った。「それで、そのブリーフケースをひとつ車に突っ込んだわけだ」

「お悔やみ申しあげるよ」ジョージがわたしのほうを向いて言った。「ニールとメラニーには良くしてもらった」

「ちょっとごめん」いまにも泣きだしそうになったので、わたしはそう断って寝室に行き、ドアを閉めた。

独りでいる時間は長くつづかなかった。十分後にノックの音が聞こえて、エイダがドアを開けた。

「移動するよ。大至急」

わたしはベッドにもぐりこんで、掛けぶとんを鼻まで引き上げていた。「どこに行くの？」

「〝好奇心は猫をも殺す〟ってやつだ。さあ、行くよ」

エイダと大階段を下りた。でもそのまま外に出るんじゃなくて、一階にあるアパートメントのひとつに入った。キーはエイダが持っていた。

その内部は二階のアパートメントとそっくりだった。家具は新品ばかりで、個人の生活感がぜんぜんない。人が寝泊まりしているのもわからないぐらい。ベッドには、二階のものとまったく同じ掛けぶとん。寝室に黒いバックパックが置かれてた。バスルームに歯ブラシが一本あったけど、戸棚は空っぽだった。なかをのぞいてみたから知ってる。メラニーがよく言っていた。人は十中八九、よその家のバスルームの戸棚をのぞくものだから、秘密のものを戸棚に隠さないようにって。今となっては、じゃあメラニーはどこに秘密を隠してたんだろうって思うけど。きっとたくさん抱えていたんだろうから。

「ここ、だれが住んでるの？」わたしはエイダに尋ねた。

「ガースだよ。彼があたしたちを運んでくれる。じゃ、ネズミのごとく静かに頼むよ」

「なにを待つの？　それって、いつ起きる？」

「ちゃんと待ってれば、肩すかしってことはないから」エイダが言った。「なにかは起きる。ただし、あんたがお気に召すとはかぎらないけどね」

31

目を覚ますと、あたりは暗くなっていて、部屋に男の人がいた。二十五歳ぐらいで、背の高い、すらっとした人だった。黒いジーンズに、ロゴなしの黒いTシャツを着ていた。「ガース、こちらはデイジー」エイダが紹介した。わたしは「ハーイ」とだけ言った。

彼は興味津々の目つきでわたしを見てきた。「〈幼子ニコール〉なんだって？」

「その名前、やめてくれる」

「そうだ、口にしちゃいけない名前だった」ガースは言った。

「出発準備はオーケー？」エイダが訊いた。

「うん、こっちはいいけど」ガースが答えた。「その子、顔を隠さなきゃ。エイダも」

「なにで隠す？」エイダが言った。「ギレアデのヴェールは持ってきてないしな。ふたりとも車のうしろに乗るぐらいしか、やりようがないね」

わたしたちが乗ってきたヴァンはもうそこにはなく、別のヴァンが停まっていた――〈配管づまりたちまち解消〉という文字と、かわいらしいヘビが配管からひょっこり顔を出している絵がついている業務用ヴァンだった（配管そうじをする道具をスネーキングと呼ぶ）。エイダとわたしはうしろに乗り込んだ。配管の道具が積まれていたけど、マットレスもあったので、そこに腰をおろした。薄暗くて息苦しかったけど、すごいスピードで飛ばしているらしいのはわかった。

「どうやってギレアデから脱出したんだろう？」しばらくして、わたしはエイダに話しかけた。「わたしが〈幼子ニコール〉だったときのことだけど」

「それぐらいは話しても、まあ問題ないだろうね」エイダは話しはじめた。「そのときのネットワークは何年か前に通報されて、すでにギレアデに閉鎖された。今じゃ、そこらじゅうに追跡犬がうろついてる」

「わたしのせいだよね？」

「なんでもかんでも自分のせいだと思わないこと。とにかく、こういうことだよ。あんたの母親は、信頼できる仲間に娘を託した。その人たちはその子を連れてハイウェイを北上した。そうして、ヴァーモントの森を抜けた」

「エイダもその信頼できる仲間のひとりだった？」

「そう、あたしたちは〝鹿狩り〟を名乗っていてね。むかし、そのあたりでガイドをしてたから。地元の人たちのこともよく知っていた。その子は泣き出さないように薬を飲まされて、バックパックに入れられた」

「赤ちゃんに薬を盛るかなあ。死んだらどうするの」わたしはかっとなって言った。

「でも、死ななかったじゃないの。あたしたちは、その子を背負っていくつも山を越えた。それからカナダ側の〝スリー・リヴァーズ〟に降りた。正式な名前はトロワ・リヴィエールだね。その昔はよく使われた人間の密輸ルートなんだ」

「昔って、どれぐらい前？」

「まあ、一七四〇年あたりだね。そのころあのへんでは、ニューイングランド地方の娘をさらってきては、人質にし、身代金と交換したり、妻として娶ったりしてた。子どもが生まれれば、女性たちも帰る気をなくした。そんなわけで、あたしも複雑な血筋をもつことになった」

「複雑なって、どんな？」

「誘拐したほうと、されたほうの血、両方がね。だから、あたしには二心（ふたごころ）ある」

　わたしはパイプ材に囲まれた薄闇のなかで、エイダが話してくれたことを反芻していた。「それで、いまどこにいるの？　わたしのお母さんは」

「それはトップシークレット」エイダはそう答えた。「〝知る者が少ないほど安全〟というよね」

「お母さんはあっさりわたしを見捨ててどっかに行っちゃったってこと？」

「彼女はどっぷり関わっていたからね。あんたは生きてるだけでラッキーなんだよ。彼女もついてたね。こっちで把握してるだけでも、彼女は二度殺されかけてる。ギレアデは、〈幼子ニコール〉の一件で彼女にしてやられたことをいつまでも根に持っているんだ」

「じゃあ、お父さんは？」

「筋立ては同じ。彼も、酸素チューブが必要なほど地下深くに潜伏してる」

「お母さんはわたしのことなんて、忘れちゃったんだろうな」わたしはすねた声を出した。「わたしがいなくても、なんとも思わないんだ」

「なにかをなんとも思うか思わないか、それは他人が云々することじゃない」エイダが言った。「彼女は娘のためを思って距離をおいたんだよ。危険な目に遭わせたくなくて。でも、そんな状況にあってもあんたのことはできるだけ知ろうとしてた」

そう聞いて、わたしはうれしくなったけど、怒りがすっかり解けたわけじゃなかった。

「どうやって？　うちに来たことがあるとか？」エイダは言った。「わざわざ娘が狙われるような危ないことはしないよ。でも、メラニーとニールが写真を送っていた」

「わたし、写真なんか撮ってもらったことないよ。うちはいつもそうだった──写真はいっさいなし」

「じつは、たくさん撮っていたんだよ。夜中、寝てるあいだに」それはちょっと気味わるいなと思ったから、そう言った。

「〝気味わるいかどうかは行動で決まる〟ってこと」エイダが言った。

「じゃあ、ふたりはわたしの写真をお母さんに送っていたんだ？　どうやって？　秘密のことなのに、怖くなかったのかな──」

「宅配でね」エイダが答えた。

「宅配便がざるみたいだっていうのは常識だよ」

「あたしは宅配便って言ってない。〝宅配〟って言ったんだよ」

わたしはちょっと考えた。「ああ、それじゃあ、エイダがお母さんのところに届けていたの？」

「届けたんじゃないよ、直接にはね。でも、彼女のもとに届くよう手配した。お母さんは、娘の写真にそれはよろこんでね」エイダが言った。「母親というのは、どんなときもわが子の写真には目がないから。でも見たあとは必ず燃やしてた。なにがあってもギレアデ人たちの目には触れさせないように」

それから一時間ぐらいで、エトビコにあるカーペット卸売店のアウトレットに到着した。空飛ぶじゅうたんのロゴを掲げた〈カーピッツ〉という店だった。

〈カーピッツ〉は表向きはカーペットの卸売店で、ショウルームにはカーペットがずらりと展示してあったけれど、奥にある倉庫の裏には、狭苦しい部屋がもうひとつあり、パーテーションで仕切られた小さな個室が六つぐらい横にならんでいた。なかには、寝袋や掛けぶとんが置いてある個室もあった。そのうちのひとつで、大の字になった半ズボン姿の男性がぐうぐう寝息を立てていた。

部屋の中央には、デスクや椅子、パソコンなどがあり、くたびれたソファが壁際に寄せて置かれていた。壁には地図が何枚か貼ってあった。北アメリカ全体と、ニューイングランド地方と、カリフォルニア州の地図。男性ふたりと女性三人が、パソコンで作業をしていた。夏になると屋外でよく見かける、アイスラテかなんか飲んでいる人たちっぽい服装だった。その人たちは、わたしたちをちらっと見て、また作業に戻っていった。

イライジャがソファに座っていた。立ち上がり、こっちにやってくると、わたしに無事だったかと訊いてきた。わたしは、大丈夫だけど、水を一杯もらえないかな、と言った。急にものすごく喉が渇いてきたから。

エイダが言った。「しばらくなにも食べてないんだ。なにか買ってくるよ」

「ふたりはじっとしてて」ガースが言って、店のほうに出ていった。

「ここにいる人たちは、ガース以外はきみの正体を知らない」イライジャが声をひそめてわたしに言った。「〈幼子ニコール〉だということをね」

「知らせないままでいこう」エイダが言った。「〝口がすべると船が沈む〟というでしょ」

ガースが手渡してきた紙袋の中には、朝食の売れ残りでへたれたクロワッサンのサンドウィッチが入っていた。それと、テイクアウトのまずいコーヒーが四つ。わたしたちは個別スペースのひとつに入り、中古の事務椅子に腰かけた。食事をしながらニュースをチェックできるように、イライジャがテレビの小型ディスプレイの電源を入れた。

あいかわらず〈ザ・クローズ・ハウンド〉の話題がニュースで取り上げられていて、逮捕者はまだ出ていないようだった。ある専門家は、犯人はテロリストだと思われるが、テロ組織といってもたくさんあるので特定には至っていないと言った。別の専門家は〝外国のスパイ〟のしわざだとした。カナダ政府は「あらゆる手段を尽くしている」と言ったけど、エイダによれば、彼らの常套手段はどうせクズばかりだと。ギレアデは、爆破事件にはいっさい関知していないという公式声明を出した。トロントのギレアデ領事館の前で抗議行動が行われたけど、参加者は少なかった。メラニーとニールは有名人でも、政治家でもないから。

わたしは悲しんだらいいのか怒ったらいいのか、よくわからなかった。メラニーとニールが殺されたことに怒ってた、ふたりが生前に親切にしてくれたことを思い出しても怒りがこみ上げてきた。いっぽうで、どうしてギレアデがなんの罰も受けずにのうのうとしているのかという、怒って当然のことは、なぜか悲しいとしか思えなかった。

エイドリアナ小母の一件がまたニュースで報じられた——賃貸マンションの一室で〈真珠女子(パールガールズ)〉の伝道師が首を吊っているのが発見されたあの事件。警察の発表によれば、自殺の線は消え、なんらかの犯罪行為の可能性が浮上したらしかった。オタワのギレアデ大使館は、この殺人はテロ組織〈メーデー〉によるものなのに、カナダ政府は〈メーデー〉をかばっている、いまこそ非合法な〈メーデー〉の活動を一網打尽にして法の裁きを受けさせるべきだという苦情を正式に申し立てた。

　わたしが行方不明になったことはニュースには出なかった。学校が通報すべきなんじゃないの、と訊くと、

「イライジャが手をまわしたからね」と、エイダが答えた。「学校に知り合いがいるんだ。そもそもその伝手（つて）で、あんたはあの学校に入ったんだよ。目をつけられにくいように、念には念を入れて」

32

その晩、わたしは服を着たままマットレスで寝た。朝になると、イライジャに呼ばれて四人でミーティングをした。

「状況はかんばしくない」イライジャが説明した。「ここもすぐに出ることになるだろう。カナダ政府は、〈メーデー〉を厳しく取り締まるようギレアデから相当の圧力をかけられている。ギレアデのほうが軍事力は上だし、おまけに好戦的ときているからな」

「未開のカナダ人め」エイダが毒づいた。「くしゃみしたぐらいで、腰ぬかしやがって」

「さらに悪いことに、ギレアデがつぎは〈カーピッツ〉を標的にするかもしれないという情報が入った」

「そんなこと、どうしてわかるの？」

「ギレアデ内部に情報提供者がいる」イライジャが答えた。「とはいえ、この情報は〈ザ・クローズ・ハウンド〉が荒らされる前に手に入れたものなんだ。あの爆破以来、その人物、ギレアデ国内で救出活動にあたっているメンバーたちとも、連絡が途絶えてしまっている。みんなどうしているのかまったくわからない」

「それで、この子はどこに隠しとくんだよ？」ガースがわたしのほうにあごをしゃくった。「やつらの手の届かないところっていうと……」

「わたしのお母さんがいるところに行くっていうのは？」わたしは言ってみた。「その人たち、お母さんを殺そうとしたけど、できなかったんだよね。だったら、お母さんのところなら安全なんじゃないかな、ここよりかは。わたしがそこに行けばいいじゃない」

「安全といっても、それも時間の問題だがな」イライジャが言った。

「だったら、外国に逃げるのは？」

「二年ほど前だったら、サン・ピエール島経由で国外に脱出させられたんだが」イライジャが言った。「いまでは、フランスはそのルートを封鎖している。難民の暴動が起こってイギリスは渡航禁止になったし、イタリアやドイツも同じだ——ヨーロッパのほかの小国も。どこもギレアデとのあいだにやっかいごとを抱えたがらない。昨今はこういう風潮だから、国民感情を刺激するのはもってのほかだ。ニュージーランドでさえ門戸を閉ざしている」

「ギレアデの女性難民を歓迎すると言ってる国もあるけど、そんなところに行ったら、一日と持ちこたえられないだろうね。闇風俗に売り飛ばされちゃうよ」エイダが言った。「それと、南アメリカは問題外。独裁者だらけだからね。カリフォルニアは戦争中で入りにくいし、テキサス共和国は神経をとがらせてる。ギレアデとの戦争は停戦に持ち込んでいるけど、とにかく攻めこまれたくない。だから、刺激するようなことは避けてる」

「どっちみち殺される運命なんだから、あきらめろってこと？」心からそう思ったわけではないけど、一瞬そんな気持ちになった。

「ちがう、ちがう」エイダが言った。「ギレアデが、あんたを殺したがるわけがない」

「〈幼子ニコール〉を殺したとなると、かなり体面に響くからな。やつらはきみにギレアデ国内にいてほしいんだ。生きた姿で、にっこり笑っていてほしいんだよ」イライジャが言った。「とはいえ、やつらの真の狙いはなんなのか、探る道が絶たれてしまった」

イライジャの言葉にはひっかかるものがあった。「前はそういう道があったってこと?」

「ギレアデ側の情報源のことだよ」エイダが言った。

「どんな人なのか、男か女かすら、あたしたちも知らないんだけどね。襲撃を事前に警告してくれたり、ルートが封鎖される時期を知らせてくれたり、地図を送ってくれたりする。情報は毎回正確だった」

「でも、メラニーとニールには警告してくれなかったよね」わたしは言った。

「どうやら、〈目〉内部の動きをすべて把握しているわけではないらしい」イライジャが言った。「だから、それがだれであれ、〝弱肉強食〟のトップにいる人物ではなさそうだ。おそらく少し下の役人だろうと踏んでいる。それでも、命を危険にさらしていることに変わりないがね」

「どうしてそんなことをするんだろう?」わたしは尋ねた。

「わからんね。少なくとも金目当てじゃないことは確かだ」イライジャが答えた。

イライジャによれば、情報源との通信手段はマイクロドットというものだった。これはなんだか昔のテクノロジーで、時代遅れすぎてギレアデも見すごしていたらしい。特殊なカメラで撮影するんだけど、すっごい小さな、もう見えないぐらいの点々になる。ニールはそれを万年筆に仕込まれたビューアーで読んでいたと聞いた。ギレアデは国境の外に持ち出されるものを徹底的に調べる。それでも、

〈真珠女子〉のパンフレットを〈メーデー〉が通信手段として利用できるほどの高度な技術だった。

「しばらくのあいだは手堅い通信手段だった」イライジャが言った。「情報源は〈メーデー〉に送る文書を撮影して、それを〈幼子ニコール〉のパンフレットに貼り付けた。〈真珠女子〉は〈ザ・クローズ・ハウンド〉に立ち寄るよう指示されていたはずだ。メラニーはパンフレットを必ず受け取ったから、ギレアデの教えに改宗する見込みのある人物リストに載っていたんだ。ニールは所持していたマイクロドット・カメラを使って、同じパンフレットに返信を貼り付け、それをメラニーが〈真珠女子〉に返却する。余ったパンフレットは、ほかの国で使えるようにすべて回収するよう指示が出ていたんだ」

「でも、マイクロドットはもう使えない」エイダが言った。「ニールとメラニーが殺されて、カメラもギレアデに見つかってしまった。ギレアデは今、ニューヨーク州北部逃亡ルートの関係者を片っぱしから捕まえてる。クエーカー信徒の一団、密輸屋が何人か、狩猟ガイドがふたり。みんな、いまごろ一斉処刑の順番待ちだ」

　わたしはますます絶望的な気持ちになってきた。ギレアデにそんな絶大な力があるなんて。メラニーとニールを殺したうえ、これからは、まだ会ったことのないわたしのお母さんの居所を突き止めて殺し、〈メーデー〉を全滅させるつもりなんだ。わたしもどうにかして捕らえられて、ギレアデに引っぱっていかれる。女性は飼い猫同然で、国民が一人残らず狂信者の国に。

「わたしたちにできることってなに？」わたしは尋ねた。「なにもなさそうだけど」

「いまそれを考えているところだ」イライジャが言った。「チャンスはなきにしもあらずだとわかってきた。かすかな希望かもしれないがね」

「かすかな希望でも、ないよりはまし」エイダが言った。イライジャによると、その情報源はきわめて重要な機密文書を〈メーデー〉に渡すと確約しているらしい。内容はわからないものの、ギレアデが木っ端みじんに吹き飛ぶようなすごいものだと。少なくとも情報源は言っている。でも、あちらがその文書をすべてまとめきらないうちに、〈ザ・クローズ・ハウンド〉が強盗にあって、連絡が途切れてしまった。

それでも、情報源は少し前のマイクロドット経由の通信で代替案を提案していた。なんでも、情報源が言うには、若い女性が〈真珠女子〉に勧誘されてギレアデの教えに改宗したと言えば、ギレアデにすんなり入れるそうだ――実際にそうやってギレアデに入国する女性は大勢いると。それで、その機密文書を運ぶ仕事に適任の若い女性というのが――情報源はじつのところこの若い女性しか候補に考えていないんだが――〈幼子ニコール〉なんだ。イライジャはそう言った。〈メーデー〉なら彼女の居所を把握していると情報源は確信している。

機密文書は〈幼子ニコール〉以外の者には渡せないと、情報源はその点は強調していると言う。もしその文書がカナダ側に渡らなければ、ギレアデはこのまま存続する。〈メーデー〉に残された時間はやがて尽き、メラニーとニールの死が無駄になってしまう。わたしのお母さんの命がいずれ危険にさらされることは言うまでもない。でも、もしギレアデが崩れ去るなら、なにもかもが一変するだろう。

「どうしてわたし限定なの？」

「情報源はそこだけは譲らないんだ。きみがいちばん見込みがあると言ってね。きみなら捕まっても殺すわけにいかないということもあるだろうな。ギレアデは〈幼子ニコール〉を聖像としてさんざん利用してきたからね」

「ギレアデを倒すなんて、わたしには無理だよ」わたしは言った。「普通の人間だもん」

「もちろん、きみひとりでやるんじゃない」イライジャが言った。「だが、爆弾を運んでもらうことになる」

「できっこないって。改宗者になるのも無理だし。向こうが信じてくれないよ」

「僕たちが訓練するから」イライジャが言った。「祈りの作法や護身術を教えよう」これって、なんだかテレビ番組のなかの会話みたい。わたしはそう思った。

「護身術って？　だれを相手に？」

「マンションで死体で発見された〈真珠女子〉のことは覚えてる？」エイダが言った。「あの子は情報源の密使だったんだ」

「殺したのは〈メーデー〉じゃない」イライジャが説明した。「〈真珠女子〉、つまり相棒のしわざだ。おそらく、エイドリアナは〈幼子ニコール〉の居所を嗅ぎつけた相方の行動を止めようとしたんだろう。それで、つかみ合いになった。結果はエイドリアナの負けだ」

「人が死にすぎだよ」わたしは言った。「クエーカーの人たち、ニールとメラニー、それにあの〈真珠女子〉」

「ギレアデの連中はためらいなく人を殺す」エイダが言った。「狂信というのは、そういうことだ」

エイダによれば、ギレアデ国民は高潔な信仰に一生を捧げることになっているそうだけど、狂信者なので道徳に沿って生きることと人殺しが矛盾しないんだそうだ。そういう人たちにとって、人殺しは道徳にかなった行いだから。とくに、ある特定の人を殺すことは。狂信って学校で習ったから、そういうこともあるなと思った。

33

わたしははっきり同意もしないうちに、どういうわけだか、ギレアデに行くことになってしまった。考えとくって言ったのに、翌朝には、まるでわたしが〝行く〟と言ったみたいにみんな振舞ってた。イライジャなんか、わたしに勇気があるとほめたたえて、きみの行動ですべてが変わる、たくさんの人に希望を与えることになるとか言いだした。それで、わたしもなんとなくあとには退(ひ)けなくなってしまった。どのみち、ニールとメラニーやほかの死んだ人たちには恩があった。その〝情報源〟とやらが唯一認める人間がわたしだって言うなら、やるしかない。

エイダとイライジャには、出発まで時間がないけど、できるだけのことを教えるからと言われた。彼らは例の個室のひとつをちっちゃなジムに仕立て、サンドバッグ、縄跳び、革製のトレーニングボールを用意した。その方面の訓練を担当したのはガースで、はじめは指示を出すとき以外は、あまり話しかけてこなかった。縄跳びしたり、パンチを打ち込んだり、ボールを投げあったり。でも、しばらくするとちょっと打ち解けてきて、自分はテキサス共和国から来たんだって教えてくれた。テキサスはギレアデ建国初期に独立を宣言したから、ギレアデが激怒して戦争になった。結局、引き分けに終わって、新たな国境線が引かれることになった。

そういうわけで、現在テキサス共和国は正式には中立国だから、その国民がギレアデに不利になるような行動をとると、なんでも違法になるんだって。カナダは中立じゃないとは言わないけど、いい加減な中立国だよなってガースは言った。〝いい加減〟は、わたしじゃなくて、彼の言葉。わたしは失礼だなって思ったけど、カナダはいい意味でいい加減だってつづけたから誤解が解けた。それで、彼は何人かの仲間といっしょにカナダに来て、自由のための外国人闘士が集まる〈メーデー・リンカーン団〉に入隊した。テキサスがギレアデと戦争をしていた当時、彼はまだ子どもで、七歳だったから戦場には行っていない。でも、お兄さんがふたり戦死して、いとこがひとり捕まってギレアデに連れていかれ、それ以来彼女の消息は途絶えているということだった。

わたしは頭のなかで足し算をして、彼の正確な年齢を出そうとした。わたしよりは年上だけど、そんなに年が離れているわけじゃない。わたしに任務以上の気持ちをもっていたりする？　わたし、なんでこんなこと考えてるんだろ？　やるべきことに集中しないといけないのに。

はじめは一日に二回、体力をつけるためのワークアウトを行った。筋は悪くないって言われたけど、それは確かだと思う——わたしは学校ではスポーツが得意だった。学校なんて、ずいぶん昔のことのように思えたけど。つぎに、ガースは相手の攻撃のかわし方や蹴りの入れ方、股間をひざ蹴りする方法、それに、〝心臓止め〟——中指と人差し指の第二関節で親指を包むようにしてげんこつを作り、腕をまっすぐに突き出すパンチのこと——も伝授してくれた。心臓止めの練習はたくさんやった。チャンスがあれば先攻すべし、相手の意表を突くことで優位に立てるから、とガースは教えてくれた。「俺を殴ってみろ」彼はそう言っておいて、わたしの攻撃をひらりとかわすと、わたしの腹にパンチを決める——それほどハードなパンチじゃないけど威力は感じる、それぐらいには強いやつ。「腹筋に力を入れろよ」とよく注意された。「脾臓が破裂してもいいのか？」わたしが泣きだしても――痛いか、めげたか、そのどちらかで――彼は同情するどころか、不機嫌になって、「やる気あるのかないのか、どっちなんだよ」と言う。

　エイダがプラスチックでできた人頭模型を持ち込んできた。目の部分がゲル状になってるやつで、ガースはそれを使って目潰しの方法を教えようとした。でも、親指で目を潰すだなんて、考えただけでぞっとした。それって、裸足で芋虫をふんづけるようなものじゃない。

「ひどくない？　それって、すんごい痛いんじゃないの」わたしは言った。「親指を目に突っこまれるなんて」

「あのな、痛くするためにやるんだろ」ガースはそう言った。「痛めつけてやりたいっておまえが思わないとだめなんだよ。むこうは間違いなくそう思ってるからな」

「気持ち悪い」目潰しの実習の段になると、わたしは怖気づいた。相手の目がすごくリアルに浮かんできた。皮を剝いたぶどうの粒みたいな目が。

「生きるべきか死ぬべきか、パネルディスカッションでもやる？」訓練を参観していたエイダに言われた。「本物の人の頭じゃないんだから。ほら、突いて！」

「げぇ」

「〝げぇ〟じゃ世界は変わらないよ。自分の手を汚さないと。気合い入れて、ほら、もう一回。見てて」彼女はなんのためらいもなく突いた。

「あきらめるなよ。おまえ、見込みがあるんだからさ」ガースが声をかけてきた。

「めっちゃありがと」皮肉っぽい声は出したけど、本心だった。彼にそう思われたくてやってたから。

好きになってたんだと思う。かなう望みなんてない子どもっぽい恋心だったけど、でも、どんなに夢見たところで、自分の中の現実主義のわたしは未来のない関係だとわかってた。わたしがギレアデに行けば、もう彼に会う機会はまずないだろうって。

「調子はどう？」毎日トレーニングが終わると、エイダはガースに聞いていた。

「上昇中」

「親指で人を殺せそう？」

「あとちょっとだな」

訓練計画のもうひとつの柱は祈りの作法を覚えることだった。これはエイダが受け持ちだった。お祈りが板についてるなと思った。いっぽう、わたしは絶望的に下手だった。

「なんでそんなによく覚えてるの？」わたしはエイダに訊いた。

「あたしの育ったところでは、一般常識だったからね」

「それって、どこ？」

「ギレアデだよ。ギレアデになる前の国」エイダはそう答えた。「あたしはまずいことになりそうなのを察して、手遅れになる前に逃げた。でも、逃げ遅れた知り合いもたくさんいる」

「だから〈メーデー〉の活動をしてるの？　個人的な理由で？」

「それを言ったら、どんなことにも個人的理由がある」エイダは言った。

「イライジャは？　彼も個人的な理由？」

「彼はロースクールで教えてたんだよ」エイダは言った。「あるとき、リストに名前が載った。密告されたんだ。着の身着のままで国境を越えてね。ほら、もういちど唱えてみよう。〝天の父よ、わたしたちの犯した罪をお赦しください……〟ちょっと、なに笑いをこらえてるの」

「ごめん。ニールがよく言ってたんだ。神さまって、想像上の友達みたいなものだって、あのクソッたれな歯の妖精（子どもの抜けた乳歯を枕元に置いておくと、夜のあいだにやってきてコインやプレゼントを置いていってくれる妖精）を信じるのと同じだって。ちなみに、ニールは〝クソッたれな〟なんて言ってないけど」

「もっと真面目にやってほしいね」エイダは言った。「ギレアデの連中は大真面目なんだから。それと、もうひとつ。汚い悪態は禁止」

「ふだんは使わないってば」わたしは言い返した。

つぎの段階として、ホームレスっぽい格好をして、どこか〈真珠女子〉に目撃されそうな場所で物乞いをするように言われた。〈真珠女子〉が話しかけてきたら、そのまま勧誘させて彼女たちについて行く。

「〈真珠女子〉に勧誘されるかどうかわからないよ？」わたしは言った。

「だいたいそうなるんだよ」ガースが答えた。「それがあいつらの仕事だから」

「ホームレスのふりなんて出来ないよ。どんなふうに振舞えばいいのか、わかんないし」

「自然にしていれば大丈夫」エイダが言った。

「ほかのホームレスに、にせものだってばれると思う。どうやってここに来たんだとか、親はどこにいるのかって聞かれたら、なんて答えればいい？」

「ガースがそばにいて、この子は精神的なショックでろくに口がきけないんだって説明するから」エイダが言った。「例えば、家で虐待されてたとかね。それならみんな納得するよ」メラニーとニールが暴力をふるっているところを想像してみたら、なんだか笑えた。

「でも、気に入られなかったらどうする？　ホームレスの人たちに」

「どうするって？」エイダが答えた。「それはお気の毒（タフ・バナナ）（tough shit などと言うところを婉曲に言い替えている）。人生で出会うだれもかれもに気に入られるわけないじゃないの」

〝タフ・バナナ〟とか、そんな言葉どこで覚えてくるんだろう？　「でも、なかには……きっと犯罪者もいるよね？」

「ヤクの売人をしたり、ヤクでハイになったり、酒を飲んだり。まあ、なんでもありだね。でも、ガースが目を離さないから大丈夫。あんたのボーイフレンドと称して、だれかがちょっかいを出そうものなら、割って入る。〈真珠女子〉があんたを連れてくときまで、ずっとそばにいる」

「どれぐらいかかりそうかな？」

「たいしてかからないと思うね。いったん〈真珠女子〉に拾われたら、ガースは同行できない。でも、彼女たちはあんたのこと、卵を運ぶように丁寧に扱うよ。ギレアデの糸に連なる大切な真珠になるんだから」

「だが、ギレアデ国内に入ったらそうはいかないだろう」イライジャが口をはさんできた。「言われたとおりの服を着て、言葉遣いに気をつけて、現地の習慣にも充分留意してくれ」

「でも、はじめからいろんなことに妙にくわしかったら」エイダが言った。「訓練されてきたんじゃないかと疑われる。だから、微妙なさじ加減が重要」

そう言われて、わたしは考えた。そこまで頭が回るかな？

「そんなのできるかどうか、わからないよ」

「自信がないときは、とぼけておく」エイダが言った。

「前にもにせの改宗者を送り込んだことがあるの？」

「何人かは」イライジャが答えた。「結果はまちまちだった。でもその人たちには、きみと違って保護がなかった」

「情報源の保護ってこと？」情報源——その言葉から思い浮かぶのは、紙袋をかぶった人だった。いったいどんな人なんだろう？　聞けば聞くほど、謎めいた存在に思えてきた。

「推測にすぎないけど、小母のひとりじゃないかってにらんでる」エイダが言った。〈メーデー〉も小母の実態はつかんでいなかった。小母たちはカナダのニュースには登場しない。ギレアデのニュースにも出てこない。指令を出し、法律を作り、演説を行うのは司令官で、小母は見えないところで糸を引く存在。そんなふうに学校で教わった。

「小母はかなりの権力を持つと言われている」イライジャが言った。「うわさではね。くわしいことは、僕たちにもよくわからない」

ほんの数枚だったけれど、エイダは小母の写真を持っていた。リディア小母、エリザベス小母、ヴィダラ小母、ヘレナ小母。〈創始者〉と呼ばれている小母たち。「要は、魔物女の集まりだ」エイダが言った。

「それ、最高」わたしは言った。「おもしろそうだね」

いちど路上に出たら、必ず言うことを聞くようにとガースに釘をさされた。おれのほうがストリートの知恵があるからと。わたしがほかの人を刺激して、彼とのけんかになるのはごめんだから、〝なめるんじゃないよ〟だの、〝なにさまのつもり〟だのは禁句だと言われた。

「わたし、八歳のころからそんなこと口にしてないし」わたしは言った。

「どっちも昨日聞いたけどな」ガースは言った。それから、偽名を考えたほうがいいと。〝デイジー〟は捜索が行われているかもしれないし、〝ニコール〟は問題外。じゃあ、〝ジェイド〟はどうかなと、わたしは言った。花よりも手ごわそうだったから（ジェイドとは宝石の翡翠のこと）。

「情報源からの指示で、あんたの左の二の腕にタトゥーを入れないと」エイダが言った。「いつもの有無を言わさぬ要求だからね」

じつは、わたしは十三歳のころにタトゥーを入れようとしたんだけど、メラニーとニールの大反対にあってあきらめた。「いいね。でも、どうして？」わたしは尋ねた。「ギレアデでは腕なんか出せないじゃない。だったら、だれに見せるの？」

「〈真珠女子〉が見分けるためじゃないか」エイダが言った。「とくに腕のタトゥーに注意して探すよう指示されるんだろう」

「その人たち、わたしの正体は知ってるの？　ニコールだとかなんとか」

「いや、ただ指示に従っているだけだろう」エイダが言った。「問答無用で」

「どんなタトゥーにする？　ちょうちょとか？」冗談のつもりだったのに、だれも笑ってくれなかった。

「情報源からは、このとおりにするよう指示が出てる」エイダが言って、図を描いてくれた。

「こんなの腕につけられないよ。わたし、そういうキャラじゃないし」

とんでもなく嘘くさいメッセージ。ニールが見たら、ショックを受けただろう。

「あんたのキャラじゃないとしても」エイダが言った。「でも、この状況にはぴったりだね」

エイダは知り合いの女性を連れてきた。タトゥーを彫り、わたしのホームレスへの変身を助けるという。彼女の髪の毛の色はパステルグリーンで、まず最初にわたしの髪を同じ色で染めてくれた。わたしはわくわくした。ビデオゲームに出てくる、危ない感じのアバターみたい。

「それっぽくなってきたね」エイダは仕上がりを見て言った。

タトゥーはふつうのタトゥーではなくて、肌を切り刻むスカリフィケーションというものだった。文字が浮かび上がるようにする。めちゃくちゃ痛かった。でも、頑張って痛くないふりをした。ガースに平気なところを見せたかったから。

夜中に恐ろしいことばかり頭に浮かんだ。情報源がじつは囮(おとり)で、〈メーデー〉をはめるための策略だったら？　機密文書なんて存在しなかったら？　情報源が極悪な人だったらどうしよう。そもそも、この話自体が罠で、わたしをうまくギレアデにおびき出そうとしているだけなんじゃないか？　ギレアデに入国したが最後、二度と国外には出してもらえない。それで、パレードが何度も開催されるんだ。みんなが旗を振って、聖歌隊の歌声が響き渡って、祈りを捧げるようなやつが。それにテレビで見たような大規模な集会も。その真ん中にわたしが立ってる。〈幼子ニコール〉が祖国に帰ってきた、ハレルヤ。さあ、ギレアデテレビ局のカメラに笑顔をお願いします。

朝になって、エイダ、イライジャ、ガースと脂っこい朝食をとりながら、わたしはこの不安を打ち明けた。

「その可能性は僕たちも考えてきた」イライジャが言った。「ひとつの賭けではある」

「朝になったら目が覚めるのも、ギャンブルみたいなものだけど」エイダが言った。

「これはもっと真剣勝負の賭けだ」イライジャが言った。

「よし、おまえに賭けるぞ」ガースが言った。「勝てたら最高」

XIII

植木ばさみ

アルドゥア・ホール手稿

34

わが読者よ、ここでサプライズがある。じつは、わたしにとっても驚きだった。

わたしは夜の闇に乗じ、岩盤掘削ドリルと、ペンチと、少量のモルタルの助けを借りて、バッテリー式の監視カメラを二台、石像の土台の内部に設置した。むかしから工具の扱いには長けている。表面についた苔をていねいに剝がしながら、この石像もいいかげん清掃作業をしないとだめだな、と考えていた。石像は苔むしたほうが威厳が出るとはいえ、限度がある。わたしの像はもはや毛羽立ったような見場だった。

隠しカメラの成果が出るのを、わたしはもどかしく待った。エリザベス小母がわたしを不信任に追いこもうとして、石像の足元に固ゆで卵やオレンジの供物という形で〝物証〟を仕込んでいる、歴然たる証拠写真がこっそり手に入ったら儲けものだ。わたし自身はこうした偶像崇拝の行為とは無縁だが、ほかの人々が行っているだけでわたしも悪影響を被るだろう。そういう行為を許容してきたとか、あまつさえ奨励してきたなどと言われるかもしれない。そして、そういう批判が出れば、わたしを最高権力者の座から蹴落とそうと狙っているエリザベス小母に利用されかねない。ジャド司令官だって、わたしには誠実そうに振る舞っているが、わかったものじゃないと思っていた。もし安全な――彼にとって安全な――手段が見つかれば、躊躇なくわたしを弾劾してくるだろう。人を糾弾することにかけては、お手のもののはずだ。

　ところが、ここでサプライズである。初めの数日間はなんの動きも見られず――少なくとも、特筆すべきことは起きなかった。ただ、涙ながらに捧げものをする三人の若い〈妻〉の姿は写っていた。彼女たちは〈目(アイズ)〉の大物メンバーの〈妻〉なので、敷地内に入るのを認められており、マフィン、小さなコーンブレッド一斤、レモン二個――最近のフロリダの災害と、ギレアデがカリフォルニア州にいまだ進撃できずにいる状況からして、レモンは目下、金(きん)のように高価だろう――をそっくり捧げていった。レモンが手に入ったのは収穫だ。ぜひ有効活用しよう。人生がレモンを差しだしてきたら、レモネードをお作りなさい。これらのレモンの調達経路も特定するつもりだ。灰色市場(グレイマーケット)を片端から取り締まっても埒があかない――司令官たちは少々余禄に与(あずか)ってきたに違いない――が、だれが何を売っているのか、どのように密輸しているのかは、当然知っておきたい。女性も商い品の一つにすぎず――女性を商品呼ばわりするのはためらわれるが、金銭がからんでくると、そういうことになる――隠密に移送されうる。もしや、レモンを入れて、女性を出しているのでは？　灰色市場の情報提供者にあたってみよう。彼らだって、競合相手はいないほうが良いだろう。

〈妻〉たちは涙ながらに、わたしの神秘の力にすがって、子宝に恵まれようというのだ、かわいそうに。ペル・アルドゥア・クム・エストルス。三人の〈妻〉は唱えた。英語で祈るより、ラテン語のほうが霊験あらたかだとでもいうのか。彼女たちのためになにをしてやれるか、というより、だれをあてがえるか？――三人の夫たちはそっちの面では、著しく無力のようだから。

それはさておき、サプライズの話にもどろう。四日目の夜が明けるころ、カメラの視界にぬっと現れたのは、ヴィダラ小母の大きな赤鼻だった。つづいて、両目と口が現れた。二台目のカメラには、もう少し離れたところからの映像が捉えられていた。ヴィダラ小母は抜け目ないことに手袋をはめており、ポケットから卵を一つとりだし、つぎにオレンジをとりだした。あたりをうかがって、だれも見ていないのを確認すると、小母はこれらの願掛けの供物を石像の足元に、小さな赤ん坊のビニール人形とともにおいた。そして、石像の横の地面に、ライラックの図案が刺繍されたハンカチをはらりと落とした。わたしの持ち物としてよく知られたものだ。何年か前、ヴィダラ・スクールのプロジェクトで、女生徒たちが幹部小母らに、それぞれの名前を意味する花を縫いとったハンカチを贈ってくれた。わたしはライラック、エリザベスはエキナセア、ヘレナはヒヤシンス、ヴィダラ本人はヴァイオレットだった。一人に五枚ずつ――たいへんな刺繍の量だ。ところが、この作業は字を読むことに接近して危険であると考えられ、打ち切りになった。

エリザベス小母がわたしを罪に陥れようとしていると、先日は聞いたはずだが、語ったその本人がわたしに不利な〝物証〟をおいていたのである。生徒の無垢な手作り品を利用して。ハンカチはどこで手に入れたのか？　おおかた、洗濯物のなかからくすねたのだろう。このわたしへの偶像崇拝を促進するとは。とびきりの告発になるだろう！　このときのわたしの喜びはご想像に難くないと思う。わたしの一番の敵のつまずきは、なんであれ運命の賜りものだ。将来の利用にそなえて、わたしはそれらの写真を保存し――台所の肉や野菜だけでなく、手に入ったものは何でもとっておくのが常に望ましい――今後の成り行きを見ることにした。

栄えある〈創始者〉のわが同僚エリザベスには、ヴィダラが反逆罪を着せようとしていることをすぐに知らせておかねば。このことはヘレナにも知らせるべきか？　犠牲を払わざるを得ない場合、切りやすいのはだれか？　いざというときに、いちばん取りこみやすいのはだれか？　そして、わたしを倒そうとしているこの幹部三人をうまく敵対させるにはどうすればいいか？　そうすることで一人ずつ仕留められると、なおいいのだが。実際問題、ヘレナとわたしはどういう位置関係にあるのだろう？　彼女は世の中がどうあろうと、時代の流れに合わせて動くだけだ。三人のなかでは、きまっていちばん弱い。

ひとつのターニングポイントに近づいていた。運命の車輪は回る。月のように気まぐれに。いま落ち目の者はすぐにも昇り調子に転じるだろう。もちろん、その逆もまた真なり。

ジャド司令官には、現在若い女性に成長している〈幼子ニコール〉は、いまやわたしたちの手の届きそうな範囲におり、おそらくじきにギレアデにおびき寄せられてくるだろうと伝えておこう。届きそうな、おそらくを強調して、宙づりの状態においてやろう。きっと興奮するどころの騒ぎではない。〈幼子ニコール〉が祖国に帰還すれば、プロパガンダ効果が絶大であることは、かねてよりよく理解しているから。わたくしの諸々の計画は順調に進んでおります、しかしながら目下、できればまだお話ししたくない、と言おう。これは繊細さの求められる計略であり、まずいところでひと言、不注意な言葉を漏らすだけで、すべてが台無しになります、と。ここには〈真珠女子（パールガールズ）〉が関わっており、わたしがしっかり管理しております。彼女たちは特別な女性社会の構成員であり、そこは、ぶきっちょな男たちが手を出せるような場ではないのです。そう言ってやろう。彼におどけて指を振りたてながら、「遠からず、手柄はあなたのものになりますよ。その点はわたしを信じてください」と。小鳥がさえずるような声で。

「リディア小母、有能すぎてかなわんな」と、彼は言うだろう。

信じられないほどうまくいった、とわたしはそう思うだろう。この世のこととは思えない。善よ、わたしにとっての悪となれ（ミルトン『失楽園』第4巻110節より）。

この国の現状がどうなっているか、あなたにも理解しやすいよう、ちょっとした史実を振り返っておこう。当時はほとんど人の目に留まることなく過ぎていった出来事だが。

九年かそこら前――わたしの石像の除幕式があったのと同じ年の、別な季節のことだった。わたしは自分の執務室におり、あるお見合いのために〈血統図〉をたどっていたところ、リーザ小母に邪魔をされた。睫毛をパチパチさせ、これ見よがしの髪型――フレンチロールの変型――をした彼女に。わたしの執務室に通されてきたリーザ小母は、なんだかそわそわして手をひねりまわしていた。わたしはこんな小説じみたことをする彼女が恥ずかしかった。

「リディア小母、貴重なお時間を割いていただいて、本当に申し訳ありません」リーザ小母はそう切りだした。みんな同じように謝るが、だからと言って思い留まるわけではない。わたしはあまり堅苦しくない笑顔を見せようとした。

「それで、なにか問題でも？」わたしは尋ねた。〝問題〟には標準的レパートリーがある。〈妻〉同士のいがみあい、娘の反抗期、見合いで〈妻〉の候補たちに満足できない司令官、〈侍女〉の逃亡、お産での事故。ときどき起きるレイプ。これは公にすると決めた場合は、厳刑に処した。あるいは、殺人。男性が女性を殺したり、女性が男性を殺したり、女性が女性を殺したり、たまには、男性が男性を殺したりする。〈平民階級（エコノクラス）〉では、嫉妬に駆られて激情し、ナイフを使うことが多いが、エリート階級の男性同士の殺人はもっと抽象的なものである。背後からのひと突き――つまり、裏切り行為によって葬る。

のっそりと過ぎていく日々、なにか画期的なこと――たとえば、人食事件とか――でも起きないかと夢想している自分に気づき、おのれを叱る。めったなことを願うもんじゃない。わたしは過去にさまざまなことを願い、実際、手に入れてきたではないか。神さまを大笑いさせたかったら、自分の計画を話してみるといい、と昔はよく言ったものだ。もっとも、現在では〝神が笑う〟という考え方自体が冒瀆すれすれである。現体制で、神さまはクソ真面目なやつになってしまった。

「じつは〈ルビーズ〉の結婚準備クラスで、また生徒の自殺未遂が起きまして」リーザ小母はおくれ毛をなでつけながら言った。バブーシュカのようなみっともない被り物は店では脱いでいた。女性が公共の場に出る際には、男性を刺激しないようこれを被る義務があるのだが、男性を刺激するといっても、美しい輪郭の顔をしかめてドキッとさせるリーザ小母と、白髪まじりの藁のような頭髪にジャガイモ袋のように不格好な体型のわたしとでは、どちらに刺激されるかといえば、これは馬鹿らしくて言葉にする必要もないだろう。

今回も「自殺した」わけではないのだ。わたしはそう思った。「未遂」と言うのだから、失敗に終わったということだ。完遂した場合には取り調べがあり、アルドゥア・ホールに非難の矛先が向く。そして、〝不適切な縁談〟というのがきまってやり玉にあがる。アルドゥア・ホールの幹部には、縁談の原案を出した責任があるというのだ。〈血統図〉を管理しているのはわたしたちだから。とはいえ、だったらなにが適切なのかといえば、議論は紛糾する。

「今度はなんです？　抗不安薬の過剰摂取ですか？　〈妻〉たちはこういう薬剤をそのへんにほったらかしにしないでほしいですね。だれが手にとるかわからないんだから。抗不安剤もですが、鎮痛剤もです。誘惑が大きいですからね。それとも、首つり自殺を図ったのですか？」

「首吊りではなく」と、リーザ小母は答えた。「植木ばさみで手首を切ろうとしたんです。フラワーアレンジメントに使用している物ですが」

「いずれにせよ、露骨なやり方ですね」わたしは言った。「それでどうなりました？」

「切り傷はあまり深くありませんでしたが、大量に出血し、それにかなり……騒ぎまして」

「なるほど」騒いだというのは、悲鳴をあげたのだろう。レディにあるまじきような。「それで？」

「わたしが救急車を呼び、隊員たちがその生徒に安定剤を射って、病院へ搬送しました。その後、わたしはしかるべき管理部署に連絡を」

「たいへんけっこう。〈保護者〉か〈目〉ですね？」

「それぞれにしました」

わたしはうなずいた。「可能なかぎり最善の対処をしてくれたようです。ほかにもわたしに相談することがありますか？」リーザ小母はわたしに褒められてうれしそうだったが、すぐに深く憂える表情に変わった。

「その女生徒はまたやると言っております。もし、その……計画が変更されないかぎり」

「計画の変更とは？」小母の言わんとすることはわかっていたが、明確さを求めるのがいちばんだ。

「結婚式をとりやめる、という意味です」リーザ小母は答えた。

「うちにはカウンセラーだっているでしょうに」わたしは言った。「彼女たち、やるべきことはやったんですか？」

「はい、通常のメソッドはすべて試みましたが、改善されませんでした」

「究極手段で脅しましたか？」

「はい、死ぬのは怖くないと言っています。むしろ、生きることを拒否しています。そういう状況下で」

「拒否しているのは、その相手に限ってのことなのか、結婚そのものなのか？」

「結婚そのものです」リーザ小母は言った。「多くの恩恵があるというのに」

「フラワーアレンジメントが引き金になったということはありませんか？」わたしは素っ気なく言った。リーザ小母はこの教科にことさら重きをおいていた。

「ありません」

「なら、出産に対する不安では？」それなら、現在の死亡率からすれば理解できる。亡くなるのは新生児のほうが主だが、母親が亡くなることもある。とくに子どもに特異な形状が見られる場合は、合併症が起きやすい。先日も、両腕のない子が生まれ、これは神からその母親への〝ダメ出し〟であると解釈された。

「いいえ、お産の問題ではありません」リーザ小母は言った。「赤ちゃんはほしいと言っています」

「だったら、なにが問題なんです？」わたしは真相をぽろっと口にさせようとしていた。ときには現実と向きあったほうが、リーザ小母のためにもなる。お花に囲まれてふわふわと過ごす時間が長すぎるのだ。

彼女はまたおくれ毛に手をいじり、「言いたくありません」と言って、床に視線をおとした。

「いいから、おっしゃい」わたしは促した。「めったなことでは驚きませんよ」

リーザ小母は無言のまま顔を赤らめ、ひとつ、咳ばらいをした。「それはその、ペニス関係です。恐怖症みたいで」

「ペニスですか。またもや」わたしは考えこんだ。自殺未遂をする女生徒の多くは、このケースに該当する。教育カリキュラムを変える必要があるのかもしれない、とわたしは思った。あまり恐怖心をあおらないように、ケンタウロス風の強姦魔みたいなのが出てきて、男性器が炎のなかに突っこまれる、みたいなイメージはなくしていこう。かといって、将来のセックスの歓びを強調しすぎれば、好奇心と試行例ばかり増すのはまず間違いがなく、倫理の堕落につづいて、石打ちの刑が増えるだろう。

「目的のための手段として、くだんのものを見せるということは、ひょっとしてできませんか？　つまり、赤ちゃんをもつための序章として」

「どうやっても無理です」リーザ小母は頑なに言った。「すでに試みました」

「天地創造の瞬間から定められた女性の服従については？」

「思いつくかぎり、すべて説きました」

「監督者が交替で行う〈睡眠剝奪〉と〈二十時間不断の祈り〉も試してみたのでしょうね？」

「まったく屈しません。本人いわく、より高き務めへのお召しに与ったのだとか。これを言い訳にする女生徒がしばしばいるのは周知のことです。しかし、できれば、わたしたちが……その、あなたの手で……」

わたしはため息をついた。「理由にもならない理由で、若い女性の人生をつぶしても仕方ないでしょう」わたしは言った。「その女生徒は、読み書きは覚えられそうですか？　充分な頭はありますか？」

「それはもう。少しばかり頭が良すぎるぐらいです」リーザ小母は答えた。「想像力がありすぎるから、こういうことになったのかと……その、そういうものに関して」

「そうですね。思考実験におけるペニスは暴走しがちです」わたしは言った。「それだけが独り歩きしてしまうのです」わたしはそこで言葉を切った。リーザ小母はもじもじしていた。

「その女生徒に小母としての試用期間をもうけます」わたしはおもむろに言った。「半年間の期限をもうけ、ものになるか見てみましょう。ご存じのとおり、ここアルドゥア・ホールの職員は補充が必要です。わたしたち先行世代はいつまでも生きられませんからね。とはいえ、慎重に進めなくてはなりません。一つでも脆弱なリンクがあれば鎖は……」そういう殊更に憶病な娘たちのことは、わたしもよく知っていた。無理強いしても効果はない。物理的にそれを受けつけないのだから。なんとか初夜を成立させたとしても、すぐに、電燈から首を吊っている姿や、家にある錠剤を片っ端から飲み、バラの茂みに昏睡状態で倒れている姿で発見されたりする。

「ありがとうございます」リーザ小母は言った。「汚点になるところでした」

「その子を亡くしていたら、ですか？」

「はい」リーザ小母は言った。心が弱いのだ。だから、フラワーアレンジメントだのなんだのを受け持たされている。旧社会では、フランス革命前の十八世紀フランス文学の教授だったとか。〈ルビーズ結婚予備校〉で教鞭をとる――これ以上サロンに近い活動は、ギレアデでは望めないだろう。

わたしは個々人の資質に合った職業を選ぶようにしている。そのほうがうまく行くし、わたしは〝より良いもの（ベター）〟を吉とする者なのだ。最善（ベスト）のものが得られないところでは。

いまのわたしたちは、そうやって生きている。

こうしてわたしはベッカというその娘の件に関わることになった。小母見習いを希望する自殺経験者の娘たちには、いつも最初の段階で個人的な関心を寄せておくことが望ましい。

リーザ小母がわたしの執務室へ連れてきたその子は、痩身で、よく見れば愛らしいと言ってよく、大きな目は聡明そうに輝き、左手首に包帯を巻いていた。結婚を控えた娘が着る緑色の衣裳一式をまだ身につけていた。「お入りなさい」わたしは言った。「嚙みつかないから」

信用できないのか、彼女は尻込みしていた。「その椅子にかけてよろしい」とわたしは言った。

「リーザ小母が横についていますからね」ベッカはためらいがちに腰をおろすと、慎ましく膝をそろえて、その上に手を重ねておいた。不信感いっぱいの目で、こちらをじっと見てきた。

「それで、あなたは小母になりたいんですね」わたしが尋ねると、彼女はうなずいた。「小母というのはたんなる肩書ではなく、ひとつの特権階級です。その点は理解していると思いますが。加えていうと、小母になることであなたが愚かにもみずからの命を絶とうとした償いもできませんよ。あれは過ちであると同時に、神に対する侮辱でもありました。ここに採用されたら、二度とそんなことは起こさないと信じていますよ」

ベッカはこくんとうなずき、ひと条（すじ）の涙が頬をつたったが、彼女はそれを拭こうとはしなかった。これは演技用の涙か？　好印象を与えるための？

わたしはリーザ小母に部屋の外で待つように言った。そののち、わたしは持論をぶちあげた。ベッカ、あなたは人生の第二のチャンスを差しだされているのです。わたしはそう言った。しかし、あなたもわたしたちも、この道があなたに本当に合っているか確かめておかねばなりません。なぜなら、小母というのはだれにでも務まるものではないからです。上司の命令に従うと誓わなくてはなりません。難しい勉学のコースも取らなくてはいけないし、日常的な雑用も割り当てられます。毎朝毎晩、神のお導きを乞う祈りを捧げ、そうして六カ月たっても、あなたが本気でこの道を選び、わたしたちもあなたの進歩に満足していたら、〈アルドゥア・ホールの誓い〉を立て、将来のほかの可能性はすべて放棄しなくてはなりません。そこまで来ても、まだ〈誓願小母〉の身分にしかなれず、その後、国外での〈真珠女子〉の任務をりっぱに全うしなくてはなりません。それには何年もかかります。こうしたことをすべてこなす気がありますか？

はい、もちろんです。ベッカはそう答えた。心から感謝します！　求められたことはなんでもします！　みなさまはわたしの救い主です。あの……ベッカはそこで口ごもり、顔を赤くした。「これまでに、なにか良くない経験をしたのですか、わが子よ？」わたしは尋ねた。「男性が関係することで？」

「それについては、話したくありません」ベッカは言った。顔はますます青ざめていた。

「罰せられるのを恐れているのですか？」と訊くと、ベッカはうなずいた。「心配しないで話してごらんなさい。わたしはけしからん話を山ほど聞いてきましたから、あなたがどんなことを経験してきたか、そこそこわかるんですよ」それでもベッカが渋っているので、それ以上無理には聞かず、「神々の挽き臼はゆっくりまわるが、細かい粒まで挽く」とだけ言った。

「どういう意味でしょう？」ベッカはきょとんとした顔をしていた。

「つまり、だれであれ、やがてはその行いが罰せられるという意味です。そのことは、もう頭から追い払いなさい。わたしたちの元にいれば安心です。その男性に嫌がらせをされることは二度とありません」小母の組織はそういうケースに表立っては対応していないが、内々には保護を引きうけているのだ。「今後、当分の信頼に値する人物だということをぜひ証明してください」わたしは言った。

「はい、もちろんです」ベッカは言った。「ご期待に応えます！」こういう娘たちは、最初はみんなこうなのだ。安堵感で虚脱し、卑屈にひれ伏して。これが、時間とともに変化することもある。これまでにも、反逆心が生まれて、裏口から出入りして不心得者のロミオと密会する者もいた。ギレアデを裏切って逃亡した者もいた。こうした物語はたいていハッピーエンドは迎えない。

「リーザ小母が案内しますから、制服をもらってきなさい」わたしは言った。「あしたから、読み方の手ほどきが始まります。ここの規則も学びはじめてもらいます。でも、まずは新しい名前をお選びなさい。これが、いま使用可能かつ適切な名前のリストです。では、行ってよろしい。今日が新しい人生の初日となるのですよ」わたしはなるべくほがらかに言った。

「お礼をしてもしきれません、リディア小母」ベッカは言った。その目はきらきら輝いていた。「心から感謝します！」

わたしは冷厳な笑みを浮かべた。「それを聞いてうれしく思います」と言ったのは、本心だった。感謝はわたしにとってありがたいものだ。つらい雨の日のためにとっておきたい。いつ役に立つかわからないのだから。

呼ばれる者は多くとも、選ばれる者はごくわずか。わたしはそんな言葉を思いだした（新約聖書「マタイによる福音書」第22章14節より）。もっとも、〈アルドゥア・ホール〉では、それは真理とは言えなかった。お召しに与ったほんのひと握りの者たちをも、捨ててこざるをえなかったのだ。このベッカという娘はきっと長続きする逸材になるだろう、とわたしは思った。いまは傷ついた鉢植えの花のようだが、きちんと世話をすれば花開くに違いない。

「ちゃんとドアを閉めていくんですよ」わたしは言った。ベッカはスキップせんばかりにして部屋を出ていった。なんと若く、なんと飛ぶような足取り！　胸が熱くなるほど純真で！　わたしも昔はああだったんだろうか？　もう思いだせなかった。

XIV

アルドゥア・ホール

証人の供述369Aの書き起こし

35

ベッカが植木ばさみで手首を切って、シャスタ・デイジーの白い花を血で染め、病院に運ばれていくと、わたしは彼女のことが心配でたまらなくなった。ちゃんと回復するだろうか、罰を受けるんだろうか？　ところが、秋が来て、冬が来て、冬が去っていっても、なんの近況も聞こえてこなかった。ベッカがどうしているのか、うちの〈マーサ〉たちの耳にすらなにも入ってこなかった。

シュナマイトは、またベッカが注目を集めようとしているだけよ、と言った。わたしにはそうとは思えず、事件後、シュナマイトとわたしの仲はどこかよそよそしくなったような気がする。

春めいた陽気が到来するころ、ガッバーナ小母から知らせがあった。ポーラとカイル司令官の家に、三人の男性との縁談話をもって小母たちがやってくるという。ガッバーナ小母はうちにやってくると、三人の写真を披露し、ノートにメモしてあることを読みあげ、経歴や技能資格などを並べたて、かたやポーラとカイル司令官はじっと聴き入り、うなずいていた。アグネスも写真を見て、小母のご高説はよく聴くように、ただし、その場ではなにもコメントしないようにとわたしは指示されていた。一週間、検討のための期間をさしあげます、とのこと。もちろん、娘さん自身の好みは考慮されますので、とガッバーナ小母が言うと、ポーラはそれを聞いてにっこりした。

「それは、当然よね」と、ポーラは言った。わたしは黙っていた。

第一候補者は、大物司令官で、カイル司令官よりも年上だった。赤鼻で、ちょっとギョロ目――特筆すべきは、とガッバーナ小母は言った。確乎たる人となりで、〈妻〉の頼れる擁護者、扶養者となるだろうという点です。白い顎ヒゲを生やしていて、その下に、たるんだ頬とおぼしきものがあった。七面鳥の肉だれといったらいいか、二重顎、三重顎になってたれていた。〈ヤコブの息子〉の第一世代の一人で、いまでは並はずれて神格化されている。ギレアデ共和国の建立に向けた苦闘の創成期における大立者。実際、旧アメリカ合衆国の人倫に悖る連邦議会への襲撃のさいに指揮をとったグループの一員だったという噂もあるとか。いままでに何人もの〈妻〉をもち――お気の毒に、みなさん亡くなられて――〈侍女〉も五人割り当てられたのに、いまだに子宝には恵まれていないとのことだった。

ジャド司令官と呼ばれていた。もっとも、この情報が本当の身分を調査する際にどれぐらい役に立つのかわからない。〈ヤコブの息子〉のリーダーたちはギレアデ建立の極秘計画の段階で、頻繁に名前を変えてきたそうだから。そのころのわたしは、こういう氏名変更のことなど未だなにも知らなかった。あとになって、アルドゥア・ホールにある〈血統系図公文書保管室〉に何度も足を運んで知ったことだ。とはいえ、その資料のなかですら、ジャドの本名の記録は消し去られていた。

第二の候補者は、ジャドより若く、もっと痩せていた。トンガリ頭で、やけに大きな耳をしていた。このかたは数字にお強くて、とガッバーナ小母が言った。知的なかたですよ。知性というのは必ずしも望ましいものではない——とくに女性の場合は——ですが、夫の側であれば許容されるでしょう。前の〈妻〉との間にお子さんをひとりもうけましたが——ええ、この〈妻〉は心を病み、精神科病院で死去しました——、お子さんも一歳にならないうちに亡くなりました。

いえいえ、〈不完全児(アンベイビー)〉だったのではありません、と小母は言った。出生に関してはなんの問題もありませんでした。小児ガンだったのです。急増していて心配ですが……とのこと。

第三の候補者は、下級司令官の次男坊で、まだほんの二十五歳だそうだ。毛はふさふさしていたけれど、首がずんぐりと太く、写真では目をつぶっていた。先のおふたりほど前途有望というわけではありませんが、とガッバーナ小母は言った。ご家族がこの縁談にたいへん乗り気でいらっしゃるので、婚家のかたがたにも、ちゃんと大切にされますよ。この点は侮れないのです。婚家に気に入られないと、娘さんはみじめな人生を送ることになります。なにかと難癖をつけてきますし、きまってだんなさんの方につきますからね。

「どのかたを選ぶにしろ、あわてて飛びついてはだめですよ、アグネス」ガッバーナ小母は言った。「ゆっくりお考えなさい。ご両親はあなたの幸せを願っておいでです」それは、ご親切に。とはいえ、そんなのは嘘だった。わたしの幸せなんか、ふたりは願っていなかった。どこか余所へ行ってほしいだけで。

その夜、わたしは三枚の写真を手にベッドに横たわり、暗がりに浮かびあがる候補者三人の顔を眺めた。ひとりずつ、わたしの上に乗ってきて——そう、ここに乗ってくるんだ——前に突きだした気持ちの悪いものを、わたしの石みたいに冷たい身体に無理やり突っこもうとしているようすを想像してみた。

いま、なぜ自分の身体を〝石みたいに冷たい〟なんて表現したんだろう？　わたしは考えてみて、腑に落ちた。石みたいに冷たいのは、そこにいるわたしが死んでいるから。あの気の毒なオブカイルのように血の気を失い、青ざめて――赤ちゃんをとりだすのにお腹を切り裂かれ、シーツに包まれて、静かに横たわり、もの言わぬ目でわたしを見あげてきたオブカイル。沈黙し動かないその姿には、ある種の力が宿っていた。

36

家から逃げだすことも考えたけれど、どうしたらそんなことができるか悩んでしまった。どこへ行けばいいだろう？　地理の概念というものが、わたしにはまったくなかった。学校で習わなかったから。〝あなたたち女性にはご近所のぐるりだけで充分なはずです。〈妻〉にそれ以上なにが必要だというのです〟と言われて。だから、ギレアデ共和国がどれぐらい大きいのかすら、知らなかった。どこまで続いていて、どこで終わるのか？　もっと具体的な問題としては、どうやって移動し、なにを食べ、どこで眠るのか？　それに、逃げだしたりしたら、神さまに嫌われるんじゃないか、という心配もあった。ぜったいだれかが追っかけてくるんじゃないか？　わたしも、〝他の人たちにたくさんの苦しみをあたえる〟ことになるんだろうか？　「十二片に切り分けられた側女」みたいに。

この世界には、囲いから出てふらついている娘にそそられる男性がうようよいるし、そういう娘たちはふしだらという目で見られる。逃げだしても、隣のブロックのあたりで、早くも捕まって八つ裂きにされ、辱められて、萎れかけた緑色の花びらの寄せ集めみたいになってしまうんじゃないか。そう思ったのだった。

夫選びに与えられた一週間は、刻々と過ぎていった。ポーラとカイル司令官としては、ジャド司令官でもう決まりだった。いちばんの権力者なのだから。でも、花嫁もその気になったほうがいいから、わたしを説得するふりはしてみせた。噂によると、それまでにもお偉いさんの結婚式が台無しになったことがときどきあるらしい——花嫁が泣きわめいたり、気絶したり、花嫁の母親がビンタを食らわしたり……。〈マーサ〉たちの話を立ち聞きしたところ、結婚式の前に、安定剤を注射することもあるとか。あの薬、量には注意しないといけないよね、と〈マーサ〉のひとりは言った。ちょっと花嫁の足元がふらつくとか、スピーチでろれつが回らないとかいう程度なら、〝感極まっているんだろう〟で済むけど、花嫁が意識を失っちゃったら、結婚式として成立しないもんね。

わたしが好むと好まざるとに拘わらず、ジャド司令官と結婚させられるのは明らかだった。嫌うと嫌わないとに拘わらずといった方がいいけれど。でも、そういう嫌悪感は胸におさめて、〝只今、決断中〟という顔をしていた。前にも言ったとおり、すでに演技の仕方が身についていた。

「自分がどんな立場になるか、考えてみなさい」ポーラは何度も言った。「あなたにこれ以上のお話は望めないわよ」ジャド司令官は若くないし、いつまでも生きられるわけでもないでしょ。こんなことを言うのは縁起でもないけど、まず間違いなくあなたの方がはるかに長生きするんだから、とポーラは言った。司令官が亡くなったら、あなたは未亡人としてもっとゆったり構えて、つぎの夫を選べるのよ。考えてごらんなさいよ、お得な話じゃないの！　もちろん、親族の男性たち——婚家の人たちも含めてね——はだれでも、二番目の夫選びに一枚かんでくるでしょう。

そののち、ポーラは残りのふたりのスペックをこき下ろし、容姿や性格や社会的地位をけなしまくった。ポーラに言われなくても、ふたりのことは大嫌いだったけれど。

その間も、わたしはほかにとれる行動がないか考えていた。たとえば、フランス式フラワーアレンジメントの植木ばさみ、そう、ベッカが使ったようなはさみをポーラも持っていた。とはいえ、それは庭の用具小屋にしまわれていて、扉には錠がかかっていた。その前の年には、結婚から逃げるために、バスローブの紐で首を吊った女生徒の話を聞いたこともあった。ヴェラからその話を聞くズィラとローザは、悲し気な顔で、首を振ったものだ。

「自殺って、信仰の挫折よね」と、ズィラが言うと、

「後始末がえらい大変だ」と、ローザが言い、

「家族にも汚名を着せることになるし」と、ヴェラが言った。

ほかには漂白剤という手もあったけれど、これはナイフと同様、キッチンに保管されており、まさに後頭部にも目がついているような切れ者の〈マーサ〉たちが、わたしが自棄を起こさないようつねに見張っていた。三人はちょいちょい警句を口にするようになり、「どんな雲にも光の射す切れ間はある」だの「固い殻ほど、実は甘い」（苦労するほど報われる）だの、しまいには「ダイヤモンドは女の親友」（マリリン・モンローが歌った歌）とまで。ローザに至っては独り言のように、「いっぺん死んだら死にっぱなし」（ジョナサン・サフラン・フォア『ものすごくうるさくて、ありえないほど近い』に同様の文言がある）とつぶやきながら、目の端でちらっとわたしのことを見てきたりした。

〈マーサ〉たちに助けを求めても無駄だった。やさしいズィラでさえ。わたしのことを気の毒に思い、せいぜい幸せを祈ってくれたとしても、現状を左右する力はまったくなかった。

その週の終わり、わたしの婚約が発表された。案の定、相手はジャド司令官だった。制服をばっちり着こみ、勲章をずらりとつけた姿でうちに現れると、カイル司令官と握手をし、ポーラにお辞儀をし、わたしのはるか頭上から微笑みかけてきた。ポーラも寄ってきて、わたしの背中に片腕をまわし、わたしの手首のあたりに手を軽く添えた。それまでやったことのない動作だった。わたしが逃げだす

とでも思っていたんだろうか？

「こんばんは、アグネス、マイディア」と、ジャド司令官は言った。わたしはその制服の勲章に視線を向けた。司令官本人よりメダルを見るほうが楽だったから。

「こんばんはぐらい言ったら」ポーラが低い声で言って、背中にまわした手でちょっとつねってきた。

「こんばんは、司令官殿って」

「こんばんは」わたしはかすれそうな声で言った。「司令官殿」

司令官は足を踏みだし、頬肉のたるんだ顔でたるたるの笑顔を形成すると、わたしのひたいに口をつけて、清らかなキスをした。その唇は生温かくて気持ち悪かった。口を離すときに「ちゅぱっ」と吸うような音がした。わたしは自分の脳みそのほんの一部が、ひたいを通して吸いあげられ、司令官の口に入るのを想像した。こんなキスをあと千回ぐらいされたら、頭の中の脳みそが空っぽになるだろう。

「あなたのこと、すごく幸せにしますよ、マイディア」司令官は言った。

息が臭かった。アルコールと、歯科医にあるみたいなミントのマウスウォッシュと、虫歯が混じった臭いだった。わたしは結婚初夜の忌まわしい図を思い浮かべた。見知らぬ部屋の薄暗がりからこちらに向かってくる、巨大で、ぼんやりとした白い塊。頭部はあるけど、顔がない。ヒルの口のような細い裂け目があるだけ。胴体のどこかから、三番目の触角が突きだして、ゆらゆら揺れている。その物体はベッドにたどりつく。そこに横たわるわたしは恐怖で硬直し、裸の状態——ベッドでは、裸か、いいや、用が足せるぐらいは脱いでいる必要があると、シュナマイトが言ったので——つぎはなにが起きるんだろう？　わたしは目を閉じ、脳裏に展開する場面を打ち消してから、また目を開けた。

ジャドは一歩後ろにさがり、狡猾そうな目でわたしを眺めてきた。キスされている間に、身震いでもしてしまったろうか？　しないように堪えていたのに。ポーラが腰のあたりをもっと強くつねってきた。「ありがとうございます」とか「わたしもそう願っています」とか「きっとそうだと思います」とか、なにか言うべきだとわかっていても、いかんせん言葉が出てこなかった。胃がむかむかする。たったいま、絨毯に吐いてしまったら、どうなるだろう？　面目丸つぶれ。

「とりわけ内気な子ですの」ポーラは口を引き結びながら言い、横目でわたしを睨んできた。

「それもチャームポイントですよ」ジャド司令官は言った。

「もう部屋にさがっていいわ、アグネス」ポーラは言った。「お父さんとジャド司令官はお話しすることがあるから」そう言われて、わたしはドアに向かった。少しくらくらしていた。

「従順そうな子だね」わたしが部屋を出るとき、ジャド司令官がそう言うのが聞こえてきた。

「それは、もちろんです」ポーラが答えた。「いつも敬意を忘れない子なんですよ」

よくも嘘を並べるものだ。わたしの中では、腸が煮えくり返っているのを知っているくせに。

結婚部隊の三人、ロルナ小母、サラ・リー小母、ベティ小母がまたもややってきて、今回はウエディングドレスのための採寸をした。小母たちはドレスのデザインスケッチを何枚か持ってきていた。どのドレスがいちばん好きか、意見を求められた。わたしはてきとうに指さしておいた。

「この子、だいじょうぶですか？」ベティ小母がポーラに小声で訊いた。「ひどく疲れているようだけど」

「娘たちにとっては気持ちの高まる時期だから」ポーラが答えた。

「そうでしょうとも」ベティ小母は言った。「いろいろとね！」

「気持ちの落ち着く飲み物を〈マーサ〉に作らせたらいいでしょう」ロルナ小母が言った。「カモミールティーかなにか、鎮静効果のあるものを」

ウエディングドレスにくわえ、新しい下着も、新婚初夜のための特製ナイトガウンも用意されていた。ガウンの前面でリボンが蝶々結びになっていて、贈り物の包みをひらくように、するりとほどけるようになっていた。

「どうしてわざわざこんなフリルを付けるのかしらね」ポーラがわたしを無視して、小母たちに言った。「こういうものの有難みがわからない子なのに」

「眺めるのはこの子じゃありません」サラ・リー小母が思いのほか、ずばっと言ってのけた。ロルナ小母は「ぶっ」と吹きだしかけた。

ウエディングドレスそのものは、〝クラシカルな〟ものになる予定だと、サラ・リー小母は言った。クラシカルなスタイルがいちばんですよ。わたしが思うに、すっきりしたラインって、とてもエレガントなんです、とのこと。ヴェールには、ユキノハナとワスレナグサを布で象(かたど)ったシンプルな花冠がつきます。造花づくりは〈平民妻〉の間で奨励されている手芸のひとつですのでね。

レース飾りをどうするかについて、ひそひそ声のやりとりがあった――ベティ小母は、あった方がすてきだから付けるべきだとアドバイスし、しかしポーラの見解では、主眼は〝すてき〟かどうかはないから不要だと。言外にこういっているんだろう。主眼は、早いところこの件を片付けて、この子を過去のかなたに追いやること。記憶の奥に仕舞いこみ、鉛のごとく反応しない、二度と火がつかない状態にしてしまうこと。そうすれば、司令官の〈妻〉として、忠実なギレアデ市民として、ポーラが務めを果たしていないなどとだれも言えやしないだろう。

結婚式はドレスが仕上がりしだい執り行われる予定だと言われた――ですから、今日から二週間ほどしか時間がないと思っておいた方がよろしいでしょう。招待なさりたい方々はすでにお決まりですか、とサラ・リー小母がポーラに尋ねた。ふたりは招待客名簿の作成をしに、階下へおりていった。ポーラが名前を読みあげ、サラ・リー小母がそれを書き留めるという手順で。招待の準備は小母たちがととのえ、ひとりひとりに口頭で招待を伝えるという。これも小母の役割のひとつらしい。毒入りメッセージを配達するというのも。

「わくわくしない？」ベティ小母がわたしに言った。彼女とロルナ小母はドレスのスケッチを仕舞い、わたしは元の服に着替えているところだった。「二週間後には、あなたは自分の家が持てるんですよ！」

その声には、羨みが滲みでていた――このわたしは一生、家なんて持てないのに――けれど、わたしはあえてとりあわなかった。二週間後。この世でわたしに残された時間は、あとたった二週間なんだ。わたしはそう思った。どうやって過ごそう？

37

チクタクと音をたてて日々が過ぎるにつれ、わたしはどんどん捨て鉢になった。出口はどこにあるの？　わたしは銃を持っていない。死ねるような薬もない。学校でシュナマイトからまわってきた話を思いだした。だれかの〈侍女〉が排水管用のクリーナーを飲んだとか。「顔の下半分がそっくり、なくなっちゃったんだって」シュナマイトはうれしそうに小声で伝えてきたものだ。「完全に……溶けちゃったって！　シュワーッとね！」その時には彼女の話を信じなかったけれど、いまなら信じられた。

浴槽いっぱいに水を張る、というのはどうだろう？　でも、きっと苦しくなってバタバタして、空気を吸いに顔を上げてしまうだろう。湖や川や海と違って、浴槽の中では重しの石も付けられないし。かといって、湖にも川にも海にも行く手だてはないし。

だったら、結婚式はひととおりやって、その夜に、ジャド司令官を殺すしかないか。どこかで盗んできたナイフを首筋に突きたてて、そのあと自分のことも刺す。シーツがものすごい血まみれになって、落とすのが大変だろう。でも、洗濯するのはわたしじゃない。殺害現場に入ってきたポーラが愕然とするさまを、わたしは思い描いた。とんでもない惨状。ポーラの社会的立場もめちゃくちゃ。

もちろん、こうしたシナリオは妄想にすぎなかった。クモの巣に捕まったいまのわたしに、自分だろうが、だれだろうが、殺せるわけがないとわかっていた。手首を切ったときのベッカの猛々しい顔つきが思いだされてきた。本気の顔だった。本当に死ぬ覚悟でいたんだ。彼女には、わたしにはない強さがあった。わたしにはあんな決意はできないだろう。

夜は夜で、眠りに落ちながら、奇跡の脱出を夢見たけれど、どの方法も他人の助けが必要だった。いったいだれが助けてくれる？　知り合い以外ということになるだろう。救世主、隠し扉の番人、秘密のパスワードの管理者。でも、朝起きてみると、どれもこれも不可能に思えた。頭の中で考えをぐるぐる巡らした。どうしたらいい、どうしたらいいの？　まともに考えられない。食事も喉を通らなかった。

「マリッジブルーね。彼女の魂に神の祝福を」ズィラが言った。わたしだって魂を祝福されたかったけれど、どうやったらそんなふうになれるのか、方法が見つからなかった。

あとわずか三日というとき、わたしは思わぬ人の訪問を受けた。ズィラが部屋に上がってきて、階下にくるよう言った。「リディア小母がいらしてるんですよ、お嬢さんに会いに」ズィラは声をひそめて言った。「どうぞ幸運を。わたしたち、みんなの願いです」

リディア小母ですって！　〈創始者〉のなかでもいちばん偉い、どの教室の後ろにも金縁の写真が飾られている、究極の小母が、わたしに会いにきたって？　わたし、なにをしでかしたんだろう？　階段を降りていく足が、がくがく震えていた。

ポーラが外出していたのは、運が良かった。とはいえ、のちのちリディア小母という人をもう少し知ってみると、あれは「運」ではなかったのだと気づいた。リビングに降りていくと、リディア小母がソファに座っていた。オブカイルの葬儀で見たときより小さくなっていたのは、わたしが成長したからだろう。あのリディア小母の実物がわたしに笑いかけてきた。黄ばんだ歯を見せて、顔を皺くちゃにして。

「アグネス、マイディア」と、小母は話しかけてきた。「友人のベッカの近況を知りたいかと思いましてね」リディア小母への畏敬の念に打たれ、わたしは口をきくこともできなかった。

「亡くなったんですか？」わたしは悲しみに沈みながら、小さな声で訊いた。

「いいえ、まさか。彼女は無事だし、幸せに暮らしてますよ」

「どこにいるんですか？」わたしはしどろもどろに尋ねた。

「アルドゥア・ホールで、わたしたちと暮らしています。小母になりたいと言って、まずは〈誓願者〉として入りました」

「そうなんですか」わたしは言った。ひと条の光が射し、扉がひらきはじめた。

「どの娘も結婚生活に向くわけではありません」小母はつづけた。「ある者にとっては、たんなるポテンシャルの無駄遣いにもなります。その娘なり女性なりが、神のご意思に貢献できる方法はほかにもあるということです。あなたも同意見だろうと、ある小鳥が教えてくれました」リディア小母に知らせたのはだれだろう？　ズィラ？　彼女なら、わたしが破れかぶれに不幸せなのは、気づいていたはず。

「そのとおりです」わたしは答えた。もしかしたら、何年も前、リディア小母に捧げた祈りが、ついに聞き届けられたのかもしれない。わたしの予想とは違った形で。

「ベッカはより高き務めへのお召しに与ったのです。あなたにもそういうお召しがあったのなら」と、小母は言った。「わたしたちに知らせるのは、いまからでも遅くありません」

「でも……でも、いったいどうやってそんなことを……」

「わたしはそのための行動の流れを直接提案できる立場にはありません」小母は言った。「娘の結婚問題をとり仕切っている父親の主権を侵害することになります。神からのお召しは親権を超越するものですが、まずあなたの方からわたしたちに働きかける必要があります。エスティー小母なら進んで耳を傾けてくれると、わたしは思いますよ。神がお呼びになる声がそれほど強いものであるなら、エスティー小母に連絡する方法をなんとかして編みだすことですね」

「けど、ジャド司令官のことは？」わたしはおずおずと訊いた。あの人はすごい権力者だし、わたしが結婚式から逃げたりしたら、激怒するに違いない。わたしはそう思った。

「ああ、ジャド司令官なら、つねに選択肢はいくらでもありますから」と言う小母は、わたしには感情の読みとれない顔をしていた。

わたしのつぎのタスクはエスティー小母と連絡をとる道を探すこと。目的をあからさまにはできない。ポーラに止められてしまう。きっと部屋に鍵をかけて閉じこめるだろう。薬物の力だって借りるだろう。あの人はそれぐらいこの結婚に固執（ヘル・ベント）しているんだから。〝固執〟というのは控えめな表現で、魂を賭けていると言ってもよかった。とはいえ、わたしはあとで知ることになるけれど、このとき彼女の魂はすでに地獄（ヘル）の業火に包まれていたのだった。

リディア小母の訪問の翌日、わたしはポーラに願いでた。ウエディングドレスのことで、ロルナ小母とお話がしたい、と。ドレスはもう二度も試着して、直してもらっているけど、特別な日のものだから、なにからなにまで完璧にしたいんだと、わたしは言った。にっこり笑って。心の中では、ランプシェードみたいなドレスだと思っていたけど、ほがらかに、感謝の気持ちをこめて振る舞う、という作戦だった。

ポーラは鋭い一瞥を投げてきた。わたしの笑顔を信じたとは思えないけれど、演技だとしても、それが彼女の望む類の演技なら、なおのことやったほうがいい。

「興味をもってもらえてうれしいわね」ポーラは素っ気なく言った。「リディア小母の訪問が効いたようね」小母が来たことは当然耳に入っているのだろう。会話の内容までは知らないとしても。

でも、ロルナ小母に来てもらうのは面倒だと、ポーラは言った。あなたもわかっているはずだけど、そう簡単にはいかないのよ——軽いお食事を作らせて、花だって活けなくちゃならないし、そんなことに時間を無駄にしていられないの、と。

「ロルナ小母はいま、シュナマイトのうちにいるって」わたしは言った。これはズィラからの情報だった。シュナマイトの結婚式も近々行われる予定だという。そういうことなら、〈保護者〉にむこうのお宅まで車で送らせるわ、とポーラは言った。わたしは安堵と恐れで、胸の鼓動が速まるのを感じた。ここまで来たら、危険な計画をやり遂げるまで後には退けない。

だれがどこにいるか、〈マーサ〉たちはどうやって知るんだろう? 〈コンピュトーク〉の使用は許可されていないし、手紙を受けとることもできない。他家の〈マーサ〉から聞いているに違いない。たぶん、小母や一部の〈妻〉たちからも色々と入ってくるのだろう。小母、〈マーサ〉、〈妻〉。この三者は往々にして妬み深く、恨みがましく、なんなら、いがみあっている場合もある。それでも、見えないクモの糸をつたうように、情報は彼女たちの間をよどみなく流れていく。

〈保護者〉の運転手がポーラに呼ばれて、指示を与えられた。いっときでもわたしを家から追いだせて、ポーラは清々していたと思う。暗く沈みこんだわたしのまわりには嫌な臭いがたちこめ、彼女を苛々させていたはずだから。以前シュナマイトから、結婚式の近い女の子のホットミルクには〝幸せ薬〟を入れるんだって、と聞いていたことがあるけれど、わたしのミルクにはだれも入れなかったらしい。

〈保護者〉がドアを押さえてくれた車の後部座席に乗りこむと、わたしはふうっと深く息をついた。半分は高揚から、半分は恐怖心から。この偽装計画がばれたらどうなるんだろう？ 逆に、成功したらどうなるの？ いずれにせよ、わたしはいま未知の世界に向かっていた。

わたしはロルナ小母にたしかに〝相談〟をした。小母は間違いなくシュナマイトの家にいて、シュナマイトはわたしに会うなり喜んで、結婚したらおたがいの家をしょっちゅう行き来しようね！ と言った。わたしを家の中にいそいそと招き入れると、ウエディングドレスをとっくり眺めさせ、もうすぐ夫となる人のことをひと通り語った。彼ってね（と、くすくす笑いながら小声で）見た目、鯉みたいでね、顎がほとんどなくて、目がぎょろぎょろしてるんだけど、司令官の階級では真ん中よりは偉いの。

それってすごくない？ と、わたしは言った。わたしはウエディングドレスを褒めちぎり、わたしのよりずっとずっと華やかだよ、と言った。シュナマイトは笑いだして、聞いたよ、アグネスの結婚相手って神さまみたいな人なんでしょ、すんごく偉い人なんだってね。ラッキーじゃない、と言った。

わたしは目を伏せて、でも、とにかくドレスはあなたの方がきれいだし、と言った。シュナマイトはそう言われて満足したらしく、わたしたち、セックスのことはさらっと切り抜けようね、騒ぐようなことじゃないもの、と言った。リーザ小母の指導どおり、花瓶に花を活けることを考えていれば、あっという間に終わっちゃう。本物の赤ちゃんだってもてるかもしれないよ。〈侍女〉なしで、自分の赤ちゃんを。オートミールクッキー、食べる？　と、シュナマイトは言って、〈マーサ〉に持ってこさせた。わたしは一枚とって、ちょっぴりかじった。お腹はすいていなかったけれど。

あんまり長居できないの、とわたしは言った。やることがいっぱいあるから。でも、ロルナ小母に会っていってもいい？　探しにいくと、小母は廊下の反対側にあるスペアルームの一つにいて、帳面をじっと睨んでいた。ドレスになにか足してほしいと——白い蝶リボンだったか、白いフリルだったか忘れてしまったけれど——頼んだ。それから、シュナマイトに帰ることを告げ、クッキーのお礼を言い、ほんとに綺麗なドレスだねと、もう一度褒めた。わたしは玄関ドアを出ると、ふつうの女の子らしく元気に手を振り、待機していた車にもどった。

車に着くと、わたしは胸を激しく打たせながら運転手に、わたしの母校に寄ってもらいたいんだけど、と言った。いろいろ教えてくれた恩師のエスティー小母にお礼を伝えたいから。

運転手は車の脇に立って、ドアを押さえてくれていた。不審げに顔をしかめ、「そういうご指示はいただいておりません」と言った。

わたしは努めて愛想のいい顔でにっこりしようとした。肌にひっついた接着剤が固まるみたいに、顔が引き攣っていた。「ぜんぜん問題ない」わたしは言った。「カイル司令官の奥さんに怒られたりしないから。エスティー小母は小母なのよ！　わたしの世話を焼くのも仕事のうちなの！」

「はあ、そうでしょうか」運転手は訝し気に言った。

わたしは彼のことを見あげた。この人には、それまでとくに関心を払ったことがなかった。いつも後ろ姿しか目にしていないから。魚雷みたいな体つきの男だった。頭の方が小さく、真ん中のあたりが太くなっている。きちんとヒゲを剃らなかったようで、剃り残しと、吹き出物があった。

「わたしはじきに結婚するのよ」わたしは言った。「相手はものすごく有力な司令官で、ポーラより、つまりカイル司令官の〈妻〉より権力があるの」わたしは間をおいて、それがどういう意味か考えさせた。それから、車のドアを押さえている運転手の手に軽く手をおいて、「お礼はきっとさせてもらうわ」と、恥ずかしいことを言ったのだった。

運転手は微かにひるんで、顔をうっすら紅潮させた。「そういうことでしたら」と、彼は言った。にこりともせずに。

なるほど、女性はこうやってことを成し遂げるのか。わたしはそう思った。人を口車に乗せ、嘘をついておいて、約束を反故にする覚悟があれば。自己嫌悪は感じながらも躊躇しなかったのは、おわかりだと思う。わたしはまた微笑むと、車のシートに腰をおろして脚を中に入れるとき、ほんの少しスカートの裾を引きあげ、足首がちらっと見えるようにした。「ありがとう」わたしは言った。「後悔はさせないから」

運転手はわたしの依頼に従って母校に車を走らせ、校門の門衛の〈天使〉たちに事情を話すと、二重ゲートがひらいて、車は敷地内に入った。わたしは運転手に外で待っているように頼んだ。長くはかからないから、と。そうして落ち着いた足取りで校舎に入っていくと、ここを去ったときより建物がずいぶん小さくなったように感じた。

もう放課後だった。エスティー小母がまだ学校にいたのは、運が良かった。とはいえ、これもたんなる「運」ではなかったのかもしれない。小母はいつもの教室のデスクで、なにか帳面に書きものをしていた。わたしが入っていくと、顔をあげた。

「まあ、アグネス」小母は言った。「すっかり大人になって!」

この先の展開までは、計画していなかった。わたしはいっそ小母の前で床に身を投げだし、わっと泣きだしたかった。エスティー小母はいつもやさしくしてくれた。

「わたし、おぞましい、いやらしい男性と結婚させられるんです!」わたしは言った。「自殺したほうがましです!」そう言って、わたしは本当にわっと泣きだし、デスクに突っ伏した。ある意味、演技だったし、たぶん下手な演技だったけれど、言ってみれば、迫真の演技ではあった。

エスティー小母はわたしを立たせると、椅子に座らせた。「お掛けなさい、マイディア。すっかり話してごらんなさい」小母は言った。

まずエスティー小母は職務上、するべき質問をした。この結婚があなたの将来を良い方向に変える可能性については考えましたか? わたしは、いろんな恩恵のことはわかっていますが、そんなものはどうでもいいんです、わたしには未来なんて、少なくともそういう種類の未来なんてないんですから、と答えた。なら、ほかのお相手はどうなのかしら? と、小母は尋ねた。もっと好ましい候補はいないのですか? みんな同じです、とわたしは答えた。どっちにしろ、継母のポーラがジャド司令官と決めているので。自殺するというのは本気なの? 本気です、とわたしは言った。結婚式までに死ねなくても、式後に必ず死んでやります、その前に、ジャド司令官が初めて触れてきたらその場で殺してやります。ナイフでやります、喉を切り裂いてやります。と、わたしは言った。

本当に実行しかねないと小母に思わせるような迫真の訴えをした。その瞬間は、自分でもできる気がしていた。司令官の喉から吹きだす血を感じられるぐらい。それに、自分の血も。赤い霞のようなものが、見える気すらした。

なんて邪（よこしま）な、などとエスティー小母は言わなかった。ヴィダラ小母なら言っていただろう。あなたの苦しみはわかりました、とエスティー小母は言った。「しかし、あなたがより大きな善（社会全体の利益）に貢献できそうな道はないものかしら？　もしかして、神さまのお召しがありましたか？」

それを言うのを忘れていた。いま思いだした。「あっ、ありました」わたしは答えた。「はい、たしかに。より高きお務めのために呼ばれました」

エスティー小母はわたしを探るような目でしばらく見つめていた。それから、少し黙ってお祈りをしてもいいですか、と尋ねてきた。どうすべきか、神のお導きを得たいのです。小母が両手を組み、目を閉じて、こうべをたれる姿に、わたしは見入った。息を殺して、お願いです、神さま、エスティー小母に正しいメッセージを送ってください、と自分も祈った。

やっと小母は目をあけると、わたしに微笑みかけた。「では、ご両親に話してみましょう」と、小母は言った。「リディア小母にも」

「ありがとうございます」わたしは言った。また泣きだしそうだった。こんどは安堵感で。

「あなたも一緒に来たいですか？」小母は尋ねてきた。「ご両親とわたしが話す場に」

「それは、できません」わたしは言った。「捕まって、きっと自分の部屋に閉じこめられます。閉じこめて薬を飲まされます。ご存じですよね」

エスティー小母はこれを否定しなかった。「そうするのが最善の場合もあるんですよ。でも、あなたの場合は違うと思います。とはいえ、このまま学校には留まれません。〈目(アイズ)〉の職員たちが踏みこんできて、あなたを連れだし、改心させようとするのを、わたしが止められませんからね。〈目〉にそんなことされたくないでしょう。わたしと一緒に来たほうが安全です」

小母はポーラの人となりを考えてみたのだろう。その結果、彼女ならなにをしでかすかわからないと判断した。当時は、エスティー小母がどうしてポーラのそんな面を把握しているのか不思議だったけれど、いまならわかる。小母たちには独自のメソッドがあり、情報提供者がいる。小母たちにとっては、節穴のない壁も、鍵のかかったドアも存在しないのだ。

わたしたちは一緒に校舎を出た。エスティー小母は運転手に、カイル司令官の〈妻〉への言伝を頼んだ――アグネス・ジェマイマを長くお引止めしてすみません、本人も不必要な心配をかけていないことを願っています。それから、これも伝えてください、と小母は付け足した。わたしは近く、カイル司令官の奥さまをお訪ねし、ある重大な決定をくだすつもりです。

「その人はどうするんです？」運転手はわたしのことを訊いた。

この子はわたしが責任もって預かりますから、あなたは心配しなくてよろしい、と小母は言った。運転手はわたしを咎めるような目で見てきた――忌々し気な目で。わたしに担がれたこと、困った立場に追いこまれたことに気づいたんだろう。とはいえ、彼は車に乗りこみ、二重ゲートを抜けて出ていった。門衛の〈保護者〉はヴィダラ・スクール専属の〈保護者〉だ。みんなエスティー小母の命令に従う。

エスティー小母はポケベルを使って、自分の〈保護者〉運転手を呼び、わたしたちはその車に乗りこんだ。「あなたを安全な場所に連れていきます」小母は言った。「わたしがあなたのご両親と話している間、そこを動いてはなりません。その安全な場所に着いたら、まずなにか食べると約束してください。約束できますか？」

「お腹がすかないと思います」わたしは答えた。まだ涙を堪えていた。

「落ち着いたら、お腹もすきますよ」小母は言った。「ともあれ、ホットミルクはお飲みなさい」小母はわたしの手をとり、ぎゅっと握ってきた。「なにもかもうまく行きますよ。あらゆる類のものごとが」そう言うと、わたしの手を離し、ぽんぽんとたたいた。

そうされているうちは気持ちが安らいだけれど、また泣きだしそうになってきた。やさしさには、ときにそういう効果がある。「どうすれば？　どうすれば、こんなことがうまく行くんですか？」

「わたしにもわかりません」エスティー小母は言った。「でも、だいじょうぶ。わたしは信じています」小母は吐息をついた。「信じることは、ときにつらいことですがね」

38

陽は沈みかけていた。春の空には、一年のこの時季によく見られる黄金色の靄がかかっていた。細かい粉、つまり花粉。みずみずしく新たに萌えだした木々の葉は、あのつややかな色合いを見せていた。まるで一葉ずつが贈り物で、いまどこかから振りだされて、ひとりでに包みがひらいたよう。神さまの手で造りたてのようですね、前にエスティー小母は〈自然鑑賞〉の時間に、絵を見せながらそう言った。死んだような冬の木々の上で神さまが片手を振ると、枝は芽吹き、葉を広げる、という図だった。どの一葉をとっても他とは違うのです。エスティー小母はさらに言った。あなたがたにそっくりですね！　うるわしい喩えだった。

エスティー小母とわたしは黄金色に染まる通りを車で走り抜けていった。この家々、この木々、この歩道を、わたしはいつか再び見ることはあるだろうか？　ひとけのない歩道、静まりかえった通り。家々の窓には明かりが灯りだしていた。ああいう家のなかには、幸せな家族がいるんだろう。自分が属する場所をわきまえているような。わたしはすでに追放された気分だった。自分で勝手に出てきたんだから、自己憐憫にひたるいわれもないのに。

「どこに行くんですか？」わたしはエスティー小母に尋ねた。

「アルドゥア・ホールですよ」小母は答えた。「わたしがおたくのご両親のところに行っている間、そこにいらっしゃい」

アルドゥア・ホールのことは、生徒たちの間でも話題に出たことがあった。そのたびにみんなが声をひそめたのは、それが小母たちが暮らす特別な場所だったからだ。わたしたちが見ていないところで小母たちがなにをしようと、関係ないことよ、とズィラは言った。小母は小母の世界があるんだし、わたしたちが鼻を突っこむべきじゃない。「でも、わたし、小母になれと言われてもなりたくない」ズィラはそう言ったものだ。

「どうして？」わたしは一度そう訊いてみた。

「嫌な仕事ですよ」横から、ヴェラがパイを作るのに豚の塊肉を肉挽き器にかけながら言った。「いわゆる汚れ仕事だから」

「だから、わたしたちはやる必要がないんです」ズィラがパイ生地をこねながら、穏やかな口調で言った。

「心まで汚れるからね」ローザが言った。「望む望まざるとに拘わらず」彼女は肉用の大包丁でタマネギをみじん切りにしていた。「字を読むなんてさ！」と言って、トンッとひときわ大きな音をたてた。「あれはちっとも好きになれなかった」

「わたしも」ヴェラが言った。「小母なんて、なにを読まされてるかわからないね！　いやらしいこと、クズみたいなこと」

「わたしたちより格上なのにね」ズィラが言った。

「一生、だんなも持てないくせに」ローザが言った。「わたしだって、べつに欲しいわけじゃないけど、それでもさ。あと、赤ちゃんも。あの人たち、それも持てない」

「どっちみち、年がいきすぎてるだろう」ヴェラが言った。「すっかり干上がってるよ」

「さて、パイ生地の準備ができた」ズィラが言った。「セロリはあったかしら?」

いくら小母の存在をけなされても、わたしはアルドゥア・ホールという世界に惹かれてやまなかった。タビサが実の母でないと知って以来、なんであれ秘密めいたものには引きつけられてきた。もっと幼いころには、心のなかでアルドゥア・ホールの室内の飾りつけをし、広大な空間に仕立てあげて、いろいろな魔法の力を与えた。世を忍びながら人に誤解されたそんな場所というのは、荘厳な建物のはずだった。大きなお城だろうか、それとも、もっと牢獄みたいなところ? わたしたちの学校のような? たぶん、扉には大きな真鍮の錠がかかっていて、小母にしか開けられないんだ。

ぽっかり空いた穴があれば、心はせっせとそれを埋めるものだ。空白を埋めるのに、恐怖心ならいつも手近にあった。好奇心も。どちらも、わたしはすでにたっぷり経験していたから。

「そこに住んでいるんですか?」わたしはエスティー小母に尋ねた。「アルドゥア・ホールに?」

「この街の小母はみんな、ここにいるのよ」エスティー小母は答えた。「出入りはありますけどね」

街燈が灯りだし、あたりを鈍いオレンジ色に染めるなか、わたしたちはそびえ立つ赤煉瓦の壁に囲まれた門の前にやってきた。鉄格子の入った門は閉まっていた。わたしたちの乗る車がその前に停まると、ゲートがさっとひらいた。とたんに明るい光が流れこんできた。木立が見えた。遠くに、黒い制服を着た〈目〉の職員の一団が、広い階段に立っていた。彼の後ろには、まばゆい明かりが灯り、白い支柱の並んだ煉瓦の宮殿が、いや、宮殿みたいに見える建物があった。じきにわたしは、そこが元図書館だったと知ることになる。

わたしたちの車が入口に寄せて止まると、運転手がドアを開けてくれ、最初にエスティー小母、つぎにわたしが降りた。

「ごくろうさま」エスティー小母は運転手に言った。「ここで待っていてください。すぐにもどりますから」

わたしは小母に腕をとられながら、灰色の石造りの大きな建物の横手を歩いていって、女性の彫像の前を通りすぎた。その像を囲むように、いくつかの女性の像がポーズをとっていた。ギレアデでは女性の彫像などふつうは見かけない。像になるのは男性ばかりだ。

「いまのは、リディア小母ですよ」エスティー小母が言った。「石像の、という意味ね」わたしの思いすごしかもしれないけれど、エスティー小母が小さく足を引いてお辞儀をした気がした。

「実物とは違いますね」わたしは言った。ひょっとしてリディア小母のわが家への訪問は内緒だったかもしれないと思い、こう付け足しておいた。「お葬式の場でお会いしたことがあるんです。あんなに大きくなかったです」エスティー小母はそれにすぐには応えなかった。思えば、応えに窮する話題だろう。あれだけの権力者を「小さい」などと言っているのを聞きとがめられたくないはずだ。

「そうね」と、エスティー小母は言った。「でも、彫像は現実の人たちとは違いますから」

そこから、舗装された小径に入っていった。道の片側には、赤煉瓦の三階建ての建物が横に長くつづいていて、まったく同じドアロが一定の間隔でたくさん並んでいた。ドアロの前には何段かの上り段があり、ドアの上方には白い三角形のマークが描かれていた。三角形の内側に、なにか書かれているが、そのときのわたしにはまだ読めなかった。それでも、文字がこんな公の場に書かれているのを見てびっくりした。

「ここがアルドゥア・ホールです」エスティー小母は言った。わたしはがっかりした。なにかもっと荘厳なものを期待してきたから。「さあ、入りましょう。ここなら安全ですから」

「本当ですか？」わたしは言った。

「当面は。しばらくはそう願いたいですね」まあ、と小母は言って、おっとりと微笑んだ。「小母の許可がなければ、男性は中に入れません。そういう法律です。わたしがもどるまで、ここで休んでいらっしゃい」たしかにここなら男性からは守られるかもしれないけど、相手が女性だったら？ ポーラが突撃してきて、わたしを引きずりだし、また夫たちのいる場所へ連れもどすんじゃないだろうか。

エスティー小母に通されたのは、ソファが一脚あるだけの、まあまあの広さの部屋だった。「ここが、共用の居間です。そのドアのむこうにバスルームがあります」小母に連れられて階段を上がっていくと、シングルベッド一台と、デスク一つのおかれた小さな部屋に着いた。「小母のだれかにホットミルクを持ってきてもらいましょう。飲んだら、少しお昼寝をなさい。心配しないで。ちゃんとうまくいくって、神さまがわたしにお告げになりましたからね」悠揚としているエスティー小母ほどの自信は持てなかったけれど、そう言われると、安心感に包まれた。

エスティー小母は、べつの小母が無言でホットミルクを運んでくるまで、待っていてくれた。「ありがとう、シルエット小母」エスティー小母は言った。もうひとりの小母はうなずくと、滑るように退がっていった。エスティー小母もわたしの腕をそっとたたいて部屋を出ていき、ドアが閉まった。

わたしはホットミルクをひと口しか飲まなかった。信用できなかったから。小母たちに毒を入れられて運びだされ、またポーラのもとへ送り返されるのではないか？ エスティー小母がそんなことをするとは思えなかったけれど、シルエット小母とかいう人はやりかねないように見えた。小母というのは〈妻〉たちの味方なんだから。少なくとも、学校の女生徒の間ではそう言われていた。

わたしは小さな部屋の中を行き来した。しばらくすると、狭いベッドに横になってみた。でも、神経が張りつめすぎていて眠れなかったので、また起きた。壁に一枚の写真が貼られていた。リディア小母だ。感情の読めない笑みを浮かべている。反対側の壁には、〈幼子ニコール〉の写真。この二枚はヴィダラ・スクールの教室で慣れ親しんだ写真だったから、妙に心がなごんだ。

デスクの上には、一冊の本がおかれていた。

もうその日は禁制をたくさん破っていたから、もう一つ破るぐらい破る気構えはできていた。わたしはデスクに歩み寄ると、本をじっと見おろした。わたしみたいな娘たちにそんな有害な書物って、いったいなにが書かれているんだろう？　そんなに火がつきやすく、破滅に導くような、どんなことが？

39

わたしは片手を伸ばした。そして、本を手にとった。

表紙をひらいてみる。べつに炎は噴きださなかった。

中には白いページがたくさんあり、その上に記号がいっぱい並んでいた。どれも小さな虫のように見えた。アリのように列をなした、黒くてつぶれた虫たち。その記号には音と意味があることを、自分は知っているような気がしたけれど、どんなというと、思いだせなかった。

「最初は、すごく大変だけど」と、背後から声がした。

ドアの開く音は聞こえなかった。ぎょっとして振り向いたとたん、「ベッカ!」わたしは声をあげていた。最後に見た彼女といえば、リーザ小母のフラワーアレンジメント・クラスで、切った手首から血を噴いていた姿だった。あのときのベッカは真っ青で、思いつめた、孤独な顔をしていた。それに比べたら、ずっとずっと元気そうに見えた。彼女の着ている褐色の長衣は、上半身はゆったりとして、ウエストをベルトで締めていた。髪の毛は真ん中分けにして、後ろでひっつめていた。

「もうベッカじゃないんだ、わたし」彼女は言った。「いまでは、イモーテル(永久花。切り花にしても色・形が変わらないものをもともと意味する)小母というの。〈誓願者〉だけどね。でも、ふたりきりのときは、ベッカって呼んでいいよ」

「やっぱり、結婚しなかったのね」わたしは言った。「より高き務めへのお召しに与ったんだって、リディア小母から聞いた」

「うん、そう」彼女は言った。「だから、どんな男とも一生結婚しなくていいの。でも、アグネスは？　ものすごく偉い人と結婚するって聞いたけど」

「予定ではね」わたしはそう言うと、泣きだしてしまった。「でも、できない。無理ったら無理なの！」わたしは袖で鼻を拭った。

「わかる」彼女は言った。「わたしは結婚するなら死ぬって言った。アグネスも同じこと言ったんでしょ」わたしはうなずいた。「お召しに与ったって言った？　小母になるための」わたしは再度うなずいた。「お召しってほんとに受けた？」

「どうかな」わたしは言った。

「わたしもわかんない」ベッカは言った。「でも、半年間の試用研修に合格したんだ！　九年経って——充分な年齢になったら——〈真珠女子（パールガールズ）〉のお務めに応募できるんだって。それを無事に済ませたら、本物の小母になれる。そうしたら、本物のお召しを受けるんじゃないかな。そうなるように祈ってる」

わたしはもう泣きやんでいた。「どうすればいいの？　その試用研修に合格するには？」

「最初は、皿洗いと、床磨きと、トイレ掃除と、洗濯、料理の手伝い。〈マーサ〉がするような仕事だよ」ベッカは言った。「それから、読み方の勉強も始まるし。読み方はトイレ掃除よりはるかにたいへん。でも、わたし、ちょっとは読めるようになってきた」

わたしはその本をベッカにわたした。「読んでみせて！　これは邪な本なの？　禁じられたことがたくさん書いてあるの？　ヴィダラ小母が言ってたみたいに？」

「これ？」ベッカは言った。「これは、そういうのじゃない。〈アルドゥア・ホール規則集〉。ここの歴史とか、誓いとか、讃美歌とかが載ってる。あと、洗濯の一週間の予定表と」

「ねえ、読んでみてよ！」わたしは言った。ベッカが本当にこの黒い虫みたいな記号を言葉に翻訳できるのか、見てみたかった。自分がまったく読めないのに、正しい言葉として読めているかなんて、わかるはずもないのに。

ベッカは本をひらいた。「えっと、この最初のページには、アルドゥア・ホール、理論と実践、儀礼と手順、ペル・アルドゥア・クム・エストルスって書いてある」と言って、本を見せてきた。「いい？　これが、A」

「エイってなに？」

ベッカはため息をついた。「わたし、これからヒルデガード図書館に行かないとならないから――今日、夜勤なんだよね――こんなことしてられないんだけど、アグネスがここに住む許可がおりたら、また教えてあげるって約束する。わたしみたいにここで暮らせないか、リディア小母にいっしょに頼みにいこうか。わたしのいる棟（ユニット）は空いてる居室が二つあるし」

「許可してくださると思う？」

「それはわからないけど」ベッカは言って、声をひそめた。「リディア小母をけなすみたいなこと、ぜったい言っちゃだめだからね。この部屋みたいに安全に思える場所にいても。かならず小母の耳に入るようになってるの」彼女はひそひそ声でつづけた。「まじめにいちばん怖い人だから、全小母のなかで！」

「ヴィダラ小母より怖い？」わたしは囁き返した。

「ヴィダラ小母は生徒が間違いを犯せばいいと思ってるけど」ベッカは言った。「リディア小母は……なんて説明したらいいんだろう。いまの自分より良くなってほしいと願ってる、そんな気がする」

「なんだか、インスピレーショナルな感じがするね」わたしはそう返した。〝インスピレーショナル〟はリーザ小母の決まり文句で、フラワーアレンジメントを教えながらよく使っていた。

「リディア小母は、まるでその人を見抜くような目で見るんだよ」

人の視線はたいていわたしを素通りしていく。「だったら、うれしいかも」わたしは言った。

「なに言ってるの」ベッカは言った。「だから、怖いんじゃないの」

40

ポーラがわたしを翻意させようと、アルドゥア・ホールに乗りこんできた。リディア小母は、あなたがお継母さんに会ってじかに話をし、その決意の正しさと神聖さをわかってもらえるなら、それがいちばんだと言うので、わたしはそうすることにした。

ポーラは〈シュラフリー・カフェ〉のピンクのテーブルで、わたしを待っていた。アルドゥア・ホールに住むわたしたちも、このカフェでなら訪問客と会うことができた。ポーラはかんかんだった。

「あなたのお父さんとわたしがジャド司令官とのコネを固めるのに、どんな苦労をしたか、わかってないの？」彼女はそう言った。「あなたはお父さんの顔に泥を塗ったのよ」

「小母の一員となるんですから、泥を塗るどころか名誉なことです」わたしは敬虔な口ぶりで言ってやった。「より高き務めへのお召しに与ったんです。お断りできませんでした」

「嘘いいなさい」ポーラは言った。「どう考えたって、あんたは神さまに選ばれるような子じゃない。いますぐ家にもどってくるのよ」

わたしはすっくと立ちあがり、自分のティーカップを床に叩きつけた。「よくも、神のご意思に楯突くようなことを！」怒鳴らんばかりの声が出た。「汝の罪はかならずその身におよぶだろう（旧約聖書「民数記」第32章23節より）」自分でもどんな罪だかわからなかったけれど、だれだってなんらかの罪は抱えているだろう。

「狂っちゃったふりするといいよ」ベッカが事前にそう助言してくれた。「そしたら、だれとも結婚させようとしなくなる。〈妻〉が暴れでもしたら、小母たちの責任になるからね」

ポーラはひるんだようだった。一瞬、言葉につまったのち、こう言った。「小母たちだってカイル司令官の同意が必要なのよ。そんなもの、司令官はぜったいに出しません。さあ、もう帰るんだから、荷物をまとめなさい」

ところが、そのときリディア小母がカフェに入ってきた。「ちょっとお話しできますか？」小母はポーラに言った。ふたりはわたしから少し離れたテーブルに移動した。リディア小母がなにを言っているのか聴きとろうと、耳をそばだてたけれど、聞こえなかった。でも、席を立ったポーラは青ざめていた。わたしに一言もなくカフェを出ていき、その午後のうちに、カイル司令官がわたしの後見の権限を小母たちに託すという正式な許可証に署名してよこした。わたしを手放させるのに、このときリディア小母がポーラになにを言ったのか、知ることになるのは、それから何年もしてからだった。

つぎにわたしは四人の〈創始者小母〉たちとの面接を順ぐりに受けることになった。このときもベッカがそれぞれの小母へのベストな対処法を事前にアドバイスしてくれた。エリザベス小母は「より大きな善」すなわち社会全体の利益に貢献すべしという考えの持ち主。ヘレナ小母はとにかくさっさと面談を終わらせたがるはず。ヴィダラ小母は卑屈にぺこぺこされるのが好き。そう教わっていたので、心の準備はできていた。

最初はエリザベス小母との面接だった。あなたは結婚というものを拒否しているのですか、それとも、ジャド司令官との結婚が嫌なだけですか？　と尋ねてきた。結婚全体です、と答えると、小母は満足したようだった。自分の決断によってジャド司令官が、彼の気持ちが、傷つくかもしれないことは考えましたか？　わたしはあやうく、ジャド司令官はどんな感情も持っていない気がしますと答えそうになったものの、ベッカから、なんにしろ無礼なことは口にしてはだめ、小母たちは容赦しないから、と釘をさされていたので、ぐっとこらえた。

実際にはこう言った。はい、ジャド司令官の心の幸せのために祈ってきました。司令官はどんな幸福にも値するかたですから、かならずべつな〈妻〉がそうした幸せをもたらすと思いますが、〈神のお導き〉のお告げによれば、そういう幸せは、わたしには与えてあげられないそうです。ジャド司令官だけでなく、どんな男性にも。だから、わたしは一人の男性、一つの家族に尽くすより、ギレアデの女性全体にわが身を捧げたいと思ったのです。

「つまり、このアルドゥア・ホールできちんとやっていけるような、心構えができているという意味なら、条件付きの受け入れに賛成しましょう。神があなたに定めた将来の道が本当にここにあるのか、六カ月間で見極めます」わたしは繰り返しお礼を述べ、感謝の気持ちを伝えると、エリザベス小母は満足したようだった。

ヘレナ小母との面接は、なんということもなかった。帳面になにか書きつけていて、顔を上げもせず、〝リディア小母はもう決めているので、当然、わたしもそれに従うしかない〟と言った。つまり、あなたと話しても退屈だし時間の空費だと、暗に言っているのだった。

ヴィダラ小母との面接がいちばん難しかった。わたしの元担任教師のひとりだったし、当時のわたしはヴィダラ小母に気に入られていなかった。小母は、わたしが自分の務めをずるけているると言った。

女性の身体を与えられた者はだれしも、その体を聖なる犠牲として神に捧げ、ギレアデと人類の発展のために献身する義務がある。天地創造の時から女性の身体が受け継いできた機能をまっとうする義務があるのだ。それが自然の摂理である、と説いた。

わたしはこう応えた。神さまは女性にほかの資質もお与えになりました。たとえば、ヴィダラ小母に授けられたもののように。小母は尋ねた。ほかの資質というと？　読む能力です、とわたしは答えた。小母のみなさまはそういう能力を授けられていますよね。ヴィダラ小母はこう答えた。小母の場合、読むといっても、あくまで神聖なものであり、いま述べた諸々の女性の務め――ここでそれをずらずらと復唱――に奉仕する目的で読んでいるのです。あなたはわが身をなげうつ覚悟が充分にあるのですか？

わたしは、ヴィダラ小母のような小母になるためなら、どんなつらいお務めも進んでこなします、と答えた。だって、あなたは輝けるお手本ですから。わたしはまだこの身をぜんぜんなげうっていませんけど、お祈りを通して、きっと充分な聖化を得られると思います。もちろん、ヴィダラ小母が成し遂げた聖化に届こうなんて望むべくもありませんが。

ヴィダラ小母は、あなたにも相応の謙虚さが出てきましたね、と言った。その調子なら、アルドゥア・ホールの聖職社会にもうまく解けこんでいく見込みがあるでしょう。小母はわたしが退室するさいには、例の口を引き結んだ笑みまで浮かべてきた。

最後が、リディア小母との面接だった。ほかの小母との面接の前には緊張したけれど、リディア小母の執務室の前に立ったときには、恐怖心に駆られた。いまになって考えなおしていたら、どうしよう？　リディア小母は怖いだけでなく、予測のつかない言動をとることで有名だった。やっとドアをノックしかけたそのとき、室内から声がした。「一日中、そこに突っ立っているつもりですか。入りなさい」

小型の隠しカメラで、わたしが来たのを見ていたんだろうか？　ベッカによると、リディア小母はそういうカメラをあちこちに仕込んでいる、少なくとも、そういう噂らしかった。じきにわたしも気づくことになるが、アルドゥア・ホールというのは一種の反響室なのだ。噂は反響しあって、出所（でどころ）がどこだかはっきりしない。

わたしが部屋に入っていくと、リディア小母はデスクのむこうに座っていた。デスクには、ファイル・ホルダーがうずたかく積まれていた。「アグネス」小母は呼びかけてきた。「お祝いしなくてはなりません。あなたは数々の障壁を乗り越え、とうとうここに辿りついたのです。わたしたちの仲間になるための呼び声に応えて」わたしはうなずいたけれど、こう問われるのではないかとびくびくしていた。その呼び声はどんなものでしたか？　声が聞こえましたか？　と。でも、リディア小母はなにも訊かなかった。

「ジャド司令官との結婚を望まないという気持ちは、確かですね？」わたしは〝望みません〟という意思を示すのに、首を横に振った。

「賢明な選択です」小母は言った。

「えっ、なんですか？」わたしは驚いた。てっきり、女性の真の務めとか、そういうことについて、道徳的な講話を聞かされるんだろうと思っていた。「……じゃなくて、失礼（パードゥン）ですが？」

「わたしから見て、あの人にぴったりの〈妻〉になるのは、あなたには無理ですね」

わたしは安堵感からほうっと息をついた。「はい、リディア小母、そのとおり無理です。ジャド司令官があまりがっかりしないといいんですけど」

「あの人には、もっと合いそうな相手をすでに提案してあります」リディア小母は言った。「あなたの元クラスメイトのシュナマイトですよ」

「シュナマイト？　でも、ほかの人との結婚が決まっているのでは？」わたしは尋ねた。

「こういう縁組みというのは、いつでも変更可能なのです。この夫の変更をシュナマイトは歓迎すると思いませんか？」

わたしの縁組みに羨みを隠そうともしなかった彼女を思いだした。あるいは、結婚によって手に入る〈妻〉の特権を楽しみにしているようすを。そのへんの相手よりジャド司令官との結婚のほうが十倍も役得があるだろう。「はい、彼女、きっと深く感謝すると思います」わたしは答えた。

「わたしもそう思いますよ」小母は微笑んだ。なんだか、しなびた蕪（かぶ）が笑ったみたいだった。〈マーサ〉たちがスープの出汁に入れていたような干からびた蕪。「アルドゥア・ホールへようこそ」小母はつづけた。「受け入れが決まりました。この特別な機会と、わたしが与えた助力に、感謝するように」

「はい、しています、リディア小母」ついに脱出に成功したんだ、と思った。「心から感謝しています」

「そう聞いてうれしく思います」小母は言った。「おそらく、今日のあなたが救われたように、あなたがわたしのことを助けてくれる日が来るでしょう。善行は善行をもって報われる。これはわたしたちの経験則の一つです。ここ、アルドゥア・ホールのね」

XV　狐と猫

アルドゥア・ホール手稿

41

待てば海路の日和あり。時がすべての癒しを害する（時がすべての傷を癒やすの逆）。忍耐は美徳なり。復讐するはわれにあり。

これら古くからある諺が真実を語るとはかぎらないが、語ることもあるのだ。つねに正しい諺もある。たとえば、「世の中、タイミングがすべてだ。ジョークと同じで」。

小母社会にもいろいろなジョークがないわけではない。しかしわたしたちも悪趣味とか軽薄などの誹りは受けたくない。権力のヒエラルキーにおいて、ジョークを口にするのが許されるのは、そのトップ層だけだし、その人々もこっそり口にする。

とはいえ、ぐさりと切りこむやつを。

小母として、〝壁にとまるハエ〟、もっと正確にいえば、〝壁の中の耳〟になれる特権を有してきたこと、これはわたし自身の精神面の開拓に決定的な影響を及ぼした。若い女性たちが第三者に聞かれていないと思いこんで打ち明ける内緒話は、じつに示唆に富むものだった。この長年のうちに、わたしは集音マイクの感度を高めてきた。どんなひそひそ声も拾えるし、新しくリクルートした娘たちのうち、わたしが渇望し収集しているような外聞の悪い情報を提供してくれるのはだれか、息を殺してようすをうかがうこともできる。そうしてだんだんとわたしの〝書類〟もいっぱいになってきた。熱気球が空へ昇っていく準備ができたように。

ベッカの問題に関しては、何年もの歳月を要した。苦しみの元々の原因はなんなのか、この子はなかなか口をひらこうとしなかった。学校の元同級生のアグネスにさえ。わたしは相応の信頼が培われるまで待つしかなかった。

この疑問をとうとう本人に投げかけたのはアグネスだった。わたしがここでアグネスとベッカという旧名を用いているのは、彼女たち自身がこの名前で呼びあっていたからだ。ふたりとも完璧な小母への変容にはまだ遠くおよばないものの、それが微笑ましくもあった。とはいえ、みんな、やる時にはやるものなのだ。

「ベッカ、本当はなにがあったの？」アグネスはある日、聖書研究の時間にそう切りだした。「あそこまで結婚を嫌がるって」答えは返ってこない。「きっとなにかあったんだよね。ねえ、わたしに打ち明けてくれない？」

「言えないよ」

「わたしのこと、信用して。だれにも言わない」

するとぽつりぽつりと、断片的に言葉が出はじめた。あの忌まわしいドクター・グローヴは、歯科の椅子に座る幼い患者たちに性的いたずらをするだけに留まらなかったのだ。この診療室の件なら、わたしはしばらく前からつかんでいた。証拠写真も回収していたが、これは使わずにおいた。幼い少女たちの証言は——彼女たちの口から証言を強引に引きだせたらの話だが、これは難しいだろう——ほとんど、あるいは、まったく効力をもたないだろうから。これが大人の女性でも、四人の証人がいたところで、一人の男性が否定すれば反故になるのが、ここギレアデだ。

グローヴはそこにつけこんでいた。しかも、この男は司令官たちの信頼も篤かった。歯科医としての腕は一流で、苦しみから解放してくれる専門家たちに対し、権力者はたいていのことは大目に見た。医者、歯科医、弁護士、会計士。ギレアデという新世界でも旧世界と同じで、こういう人々の罪は権力者によってしばしばもみ消される。

しかしグローヴが幼いベッカにしてきたことは——ごく幼いころのベッカにも、もう少し長じてからの、とはいえまだ年端も行かないベッカにも——罰がくだって然るべきだとわたしは判断した。

ベッカ本人からの申し立ては望めないだろう。グローヴに不利な証言をするはずがない。これは間違いない。アグネスとの会話がこれを裏づけている。

アグネス　だれかに話さないと。
ベッカ　話せる人なんていないよ。
アグネス　リディア小母なら。
ベッカ　あなたの親御さんでしょう、親には従うものです、と言われるよ。それが〈神のご意思〉だって。うちの父もそう言ってた。

アグネス　でも、本当のお父さんじゃない。とくに、そんなことしたんなら。ベッカは実のお母さんのところから盗まれて、あの家にわたされたんでしょう、赤ちゃんのときに……。

ベッカ　でも、わたしの保護者として、神さまから正式に認められたんだって、父は言ってる。

アグネス　だったら、いわゆる〝お母さん〟に話してみたら？

ベッカ　わたしの言うことなんて信じないよ。もし信じても、わたしの方が誘ったと言うと思う。みんな、そう言うよ。

アグネス　だけど、ベッカが四歳のときでしょう！

ベッカ　それでも、言うと思う。わかるでしょ。第一、その……わたしみたいな人間の言葉をまともに聞いてくれるなんて、ありえない。それに、もしわたしの言うことを信じたら、父は殺されるよ。〈集団処置〉で、〈侍女〉たちの手で八つ裂きにされて。わたしのせいでね。そんな重荷を抱えて生きていけない。人殺し同然だもの。

落涙があり、アグネスのさまざまな慰めがあり、永遠の友情の誓いがあり、祈りがあったことは、とくに書かなかったが、あったのだ。それは世にも強か（したた）なハートをも溶かすに充分だった。このわたしのハートまでが溶けかけた。

結論として、ベッカはこの密やかな苦しみを神への供物として捧げて、終いとすることにした。神がこの話を聞いてどう思われたかわからないが、わたしはそれでは納まらなかった。裁判官の魂いつまでも。わたしが裁き、判決を言い渡す。しかし、どのように実行に移そう？
どういう手を打つか。しばし熟考したのち、先週になって、わたしは決断した。まずは、ホットミルクをおごると言って、エリザベス小母を〈シュラフリー・カフェ〉に連れだした。

エリザベス小母は莞爾（かんじ）として笑んでいた。わたしのお気に入りとして、ひとりだけ選ばれたから。

「リディア小母、望外の喜びです！」などと、彼女は言った。やる気になれば、じつに礼儀正しくなれる人なのだ。〝ヴァッサー女子の魂いつまでも〟だ。彼女が〈ラケルとレアのセンター〉で、抵抗する〈侍女〉候補の足を叩きつぶす姿を見ながら、わたしはときどき嫌味を独り言（ご）ちる。

「ええ、内々にすべき話だと思ったので」わたしは言った。小母はゴシップを期待して、乗りだしてきた。

「全身耳にして聴いてます」彼女は言った。嘘ばっかり――あんたの耳なんてちっぽけな器官にすぎないんだから――と思ったが、わたしは特につっこまずにつづけた。

「よく考えるんですけどね。もし自分が動物だったら、なにになると思います？」

エリザベス小母はきょとんとして姿勢をもどした。「さあ、ちょっと考えてみないと、なんとも。神さまはわたしを獣にはなさらなかったので」

「なら、わたしに考えさせて。たとえば、狐と猫ならどっち？」

わが読者よ、ここで、ひとつ解説しておこう。わたしは子どものころ、『イソップ童話』という本を愛読していた。学校の図書室から借りてきたものだ。わたしの家族は本にお金を使う人たちではなかったから。その本に出てきた物語のひとつについて、わたしはこれまでしばしば思いめぐらせてきた。こんな話だ。

狐と猫が、狩人と猟犬を避けるための方法を出しあって議論している。狐が言う。自分はいろんな罠を袋にいっぱい持っているから、狩人と猟犬がやってきたら、それを一つずつ仕掛け、一方、自分は道を引き返して、体の臭いを消すために川をざぶざぶ渡り、逃げ道がいくつもある巣穴に飛びこむ。狩人は狐の賢い罠にはまってへとへとになって、あきらめるだろうから、自分は今後もこの道をゆき、盗みを働いたり、前庭に入りこんで強盗したりするつもりだ。「で、おまえはどうするつもりだ、親愛なる猫よ？」狐は尋ねる。「どんな策略を持っているんだ？」

「わたしの策略は一つだけ」牝猫は答える。「窮地に追いこまれた場合は、木に登れる」

狐は猫に、食事前に楽しい会話をありがとうと述べ、さて、夕食の時間だ、今日のメニューは猫だと言う。狐の牙がパクッと噛みつき、猫の毛がうごめき、最後に猫の名札だけが吐きだされる。行方不明になった猫を探すポスターが電柱に貼られ、そこには、嘆き悲しむ子どもたちの痛々しい訴えが載っている。

失礼。ちょっと悪ふざけが過ぎた。おとぎ話はこんなふうにつづく。

狩人と猟犬たちがその場にやってくる。狐はあらゆる罠を仕掛けるが、万策尽きて、殺されてしまう。そのかたわら、猫は木に登って、この一部始終を落ち着いて眺めている。「賢いと言っても、口ほどにもないわね！」と、猫は冷笑するんだったたか、まあ、そんな意地悪なことを言うのである。

ギレアデの創成期、自分は狐だろうか猫だろうか、とよく自問した。身を翻してうまく立ちまわり、手中にした秘密を利用して、他人を操るべきだろうか？　それとも、口を固く閉じたまま、ほかの人々が出し抜きあうのを眺めてほくそ笑んでいるべきか？　明らかにわたしは狐であり猫でもあったようだ。その他大勢と違い、まだこうして生きているし、罠が詰まった袋もまだ手にしている。しかも、いまもって木の高みに留まっている。

とはいえ、目の前のエリザベス小母はわたしの夢想など知りもしない。「正直いって、わかりません。猫ですかねえ」と、彼女は言った。

「そうね」わたしは言った。「わたしもあなたは猫タイプだと思ってきた。けど、そろそろ内なる狐も使っておやりなさい」わたしはそこで間をおき、

「ヴィダラ小母があなたに罪を着せようとしています」と言葉を継いだ。「あなたがわたしの石像の足元にわざとゆで卵やオレンジを置き、異端と偶像崇拝の罪に問おうとしていると主張しているのです」

エリザベス小母は絶句した。「そんなの、デタラメです！　ヴィダラ小母はなぜそんなことを？　彼女になにか悪いことをした覚えはありません！」

「人間の魂のもつ秘密をだれが計れよう？」わたしは言った。「人間であれば、罪を免れる者はいない。ヴィダラ小母は野心家なんですよ。あなたが事実上、わたしの副司令官の位置にあると感じたのかもしれません」と言うと、エリザベス小母の顔がぱっと明るんだ。そんな立場だとは思っていなかったのだろう。「ということは、ここアルドゥア・ホールでは、序列の二番目になる、と。これはヴィダラ小母にしてみれば、気に入らないはずです。ギレアデ最初期の信者である自分は、あなたの、それどころか、わたしの上司にもあたると思っていますからね。わたしはもはや若くなく、健康状態も万全とは言えません。ヴィダラ小母は自分が正当な地位を死守するために、あなたを消しておく必要があると考えたのでしょう。そこで、わたしの石像に捧げものをする行為を禁止する規則を作ろうとしています。罰則を伴って」わたしはさらに付け足した。「きっとわたしを弾劾して小母の階級か

ら蹴落とす目論みなんですよ。あなたのこともね」

　エリザベスはもはや泣きだしていた。「どうしてそんな。わたしたち、友だちだと思っていたのに」と、嗚咽した。

「友情とは、残念ながら、ときに皮相なものです。心配いりません。わたしがあなたを守りますから」

「感謝してもしきれません、リディア小母。なんて高潔な方でしょう！」

「ありがとう」わたしは言った。「でも、その代わり、ちょっとしたお願いがあるんです」

「ええ、お手伝いします！　もちろん」エリザベスは言った。「どんなことでしょう？」

「偽証をしていただきたいのです」わたしは言った。

　これは〝ちょっとした〟要請ではなかった。受ければエリザベスのリスクは大きい。ギレアデは偽証行為に対しては厳罰をもってあたる。それでも、偽証は頻々と為されるのだが。

XVI

真珠女子（パールガールズ）

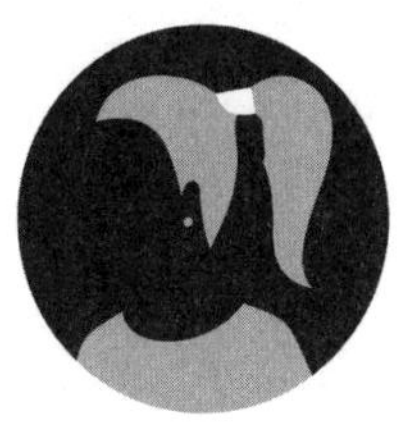

証人の供述369Bの書き起こし

42

逃亡者ジェイドとしての初日は木曜日だった。わたしは木曜日生まれだから、遠くに旅立つ（先が長いといった意味）運命にあるんだってメラニーがよく言ってた。マザーグースにそういう歌がある。その歌に、〝水曜日生まれの子は悩んでばかり〟という歌詞があるんだけど、わたしは気分がむしゃくしゃすると、ほんとうは水曜日生まれで曜日を勘違いしてるんじゃないのと彼女につっかかった。すると、もちろんそんなことあるはずない、わたしが生まれた日は正確に覚えているし、忘れるはずがないと返ってきたけど。

とにかく、その日は木曜日だった。わたしはガースと、あぐらをかくようにどっかりと歩道に座っていた。大きく破れたタイツを穿いて。エイダが用意してくれたタイツに自分で裂け目を入れたものだった。その上にマゼンタ色の短パンを合わせて、まるでアライグマの消化器官を通って出てきたみたいな、ずぶずぶのシルバーのランニングシューズを履いていた。トップスはこぎたないピンクのシャツ――入れたばかりのタトゥーを見せたほうがいいからとエイダに言われて、ノースリーブの。腰にはグレーのフードパーカーを巻きつけ、黒い野球帽をかぶってた。どれもこれもサイズの合わないものばかりだった。いかにもゴミ箱から拾ってきましたという風に見せるために。路上で寝起きしている感じを出すために、染めたての緑色の髪の毛も汚しておいた。髪の緑色はすでに色褪せはじめていた。

「やばいね」わたしがそういうコスチュームをばっちり着こんで、準備万端になったのを見るなり、ガースが言った。

「クソほどやばいでしょ」わたしは言った。

「クソやばい」ガースが言った。これってただのお世辞だなと思って、わたしはちょっとむっとした。本心だったらいいのに。「でも、ギレアデに入ったら、その下品な言葉遣いはやめとけよ。あいつらに矯正してもらうといいかもな」ガースはそう言った。

わたしは山のような指示を頭に叩き込まれた。なんだか不安になってきた――しくじる自信は満々――けど、アホなふりをしてりゃいいからと、ガースがアドバイスをくれた。〝ふりをする〟ってつけてくれてありがと、とわたしは言った。

男性と軽口をたたきあうのって得意じゃない。それまでにぜんぜん経験なかったし。

わたしたちはある銀行の前に陣取った。ガースいわく、こづかい稼ぎをしたいならここはおいしい場所だと。銀行から出てきたばかりの人はお金をめぐんでくれやすい。普段、その場所は車椅子の女性の定位置だったんだけど、〈メーデー〉が彼女にお金を渡して、わたしたちの用が済むまでよそに移ってもらうことにした。〈真珠女子(パールガールズ)〉には決まった巡回ルートがあって、その場所はルート上にあった。

太陽がじりじりと照りつけたので、わたしたちは壁にもたれかかった。そこは少しだけ影になっていた。わたしは目の前に古ぼけた麦わら帽子を置き、〝ホームレスです。助けてください〟とクレヨンで書いた段ボールの札を立てていた。帽子のなかには初めから硬貨が何枚か入れてあった。先にお金が入っているのを見ると、財布のひもがゆるみやすくなるというガースの作戦だった。わたしは、路頭に迷って途方に暮れてる風の演技をしろと言われていたけど、それはちっとも難しいことじゃなかった。だって、自分の気持ちそのまんまだったから。

そこから東に一ブロック離れた角にはジョージが陣取っていた。相手が〈真珠女子〉であれ警察であれ、なにかまずいことが起こったら、彼がエイダとイライジャに電話を入れることになっていた。ふたりはヴァンで周辺を流していた。

ガースはあまりしゃべりかけてこなかった。この人の任務は子守とボディガードの中間なんだって思うことにした。だから、わたしとおしゃべりを楽しむためにいるんじゃないし、わたしにやさしくしないといけない決まりもない。彼はノースリーブの黒シャツを着ていたので、彼のタトゥーもあらわになっていた——いっぽうの上腕にはイカが、もういっぽうにはコウモリが、それぞれ黒で彫ってあった。よくあるニット帽をかぶっていたけど、それも黒だった。

「だれかが金を入れてくれたらにっこりしろよ」白髪の老婦人にたいしてわたしが無愛想なので、彼に注意された。「ひと言ぐらいあってもいいだろ」

「なんて言えばいいの？」

「〝神さまのご加護がありますように〟とか」

わたしがそんなことを言ったと知れば、ニールが卒倒するだろう。「そんなの嘘になるよね。神さまを信じてないのに言ったら」

「なら、〝ありがとう〟だけでいいから」ガースは怒らずにつづけた。「それか、〝よい一日を〟でもいい」

「そういうのも無理だな」わたしは反論した。「それって偽善だよね。わたしは感謝なんかしてないし、相手がどんなくだらない一日を過ごそうと関係ないし」

ガースが笑いだした。「この期に及んで嘘をつくのはいやだってか？　じゃあ、なんで自分の名前をニコールに戻さないんだよ」

「それはわたしが選んだ名前じゃない。その名前だけはぜったいにありえないって、わかってるくせに」わたしは膝の上で腕を組んで、そっぽを向いた。どんどん子どもっぽい態度になっていく。ガースといると、いつもこうなる。

「俺なんかに怒りのエネルギーを無駄遣いすんなよ」ガースが言った。「おまえにとったら、景色の一部みたいなものだろ。怒りはギレアデにとっとけ」

「むすっとした態度でいろってみんなが言うから、そうしてるだけだし」

「おっ、〈真珠女子〉のおでましだ」ガースが言った。「じろじろ見るんじゃない。視界に入れるな。ラリッたふりでもしてろ」

ガースはきょろきょろする風でもないのに、どうして気づいたのか不思議だけど、たしかに〈真珠女子〉が通りのはるか向こうに姿を現した。でも、すぐに近くまでやってきた。二人組で、銀白に輝く丈の長いワンピース姿に、白い襟と白い帽子。ほつれ毛がのぞいていたので、ひとりは赤毛だとわかった。そして、もうひとりは眉毛の色から濃いブルネットの髪だろうと当たりをつけた。彼女たちは、わたしが壁にもたれて座っているところまでやってくると、頭上からほほ笑みかけてきた。

「おはよう、マイディア」赤毛が言った。「お名前は？」

「わたしたちなら、あなたを助けてあげられます」ブルネットが言った。「ギレアデにはホームレスはいないのです」わたしは彼女を見上げた。心のみじめさが顔に表れてますようにと祈りながら。ふたりとも身だしなみが良く、こざっぱりとしていた。彼女たちと並ぶと自分がよけいに薄汚なく思えてきた。

　ガースは所有権を主張するかのようにわたしの右腕に手をのせて、ぎゅっとにぎった。「こいつはあんたらとは話さねえよ」

「それは彼女が決めることでしょう？」赤毛が言った。わたしは許しを請うかのように、横目でガースをうかがった。

「腕についているそれはなにかしら？」背の高いほうのブルネットがそう訊きながら、のぞき込んできた。

「彼に暴力を振るわれていない？」赤毛に尋ねられた。

　もうひとりがにこっと笑った。「彼に商売させられてませんか？　わたしたちなら、あなたのためにもっといい環境を用意してあげられます」と言ってきた。

「うせろ、ギレアデのクソ女（アマ）ども」ガースが迫力を出してすごんだ。わたしは彼女たちを見上げた。

真珠みたいな服に身を包み、白いネックレスをつけたふたりは、ぱりっとして清潔感があり、そのとき自分でも信じられないことに、わたしの頰にすうっと涙がこぼれ落ちた。彼女たちには使命があって、わたしのことなんてこれっぽっちも考えていないということはわかっていた――わたしを取りこんでノルマを達成できればそれでいいんだって――それでも、わたしは彼女たちのやさしさにほろっとしてしまった。抱き上げてトントン寝かしつけてくれるだれかを求めていたんだと思う。

「まあ」と赤毛が言った。「なんて気丈な子。これだけは手渡させて」彼女はパンフレットを一部、わたしに押しつけてきた。そこには、〝ギレアデにはあなたのための家（ホーム）があります〟、〝神さまが祝福してくださいます〟と書かれていた。そうしてふたりは立ち去っていき、一度だけこちらを振り向いた。

「あのまま連れて行かせたほうがよかったんじゃない？」わたしは言った。「一緒に行かなくてよかったのかな？」

「一度めはこれでいい。すんなりと連れて行かせるのはよくない」ガースが言った。「ギレアデから監視してるやつがいたら怪しまれる。心配すんな、じきに戻ってくるから」

43

その晩、わたしたちは橋の下で寝た。それは谷間に架かる橋で、谷底には小川が流れていた。あたりに霧が立ち込めてきた。暑い一日の終わりに出る霧は、ひんやりとして、湿り気があった。地面には猫だかスカンクだかのおしっこのにおいが染みついていた。わたしはグレーのフードパーカーをかぶるときも、袖がタトゥーの傷に当たらないようにそっと下ろした。傷はまだ少しズキズキした。

橋の下にはわたしたちのほかにも四、五人いた。男の人が三人、女の人がふたりぐらい。でも、暗かったから正確なところはわからない。男の人のなかにジョージがまぎれてたけど、彼は他人のふりをしていた。女の人のひとりがタバコを差し出してくれたけど、わたしも吸おうとするほど不注意じゃなかった――タバコを吸えばせき込んで、たちまち正体がばれるから。瓶も一本回ってきた。なにも飲んだり吸ったりするなとガースに忠告されていた。中身がなんなのか、わかったものではないって。

それから、だれとも話すなとも言われていた。そこにいる人たちのなかにギレアデの回し者が混ざっているかもしれないし、なにか根掘り葉掘り聞かれたわたしがへんなことを口走ったら、きっと不審がられて〈真珠女子〉に告げ口されるかもしれない。なので、しゃべるのはガースの担当だった。ほとんど〝うす〟とかなんとか唸ってるだけだったけど。ガースはそこにいる何人かとは知り合いのようだった。そのうちのひとりが「その子、ちょっと足りないのか？　なんで口をきかないんだ？」と聞けば、「この子は俺にしかしゃべらねえんだよ」とガースが答えた。そしたら別の人が「上玉だな、どうやってたらしこんだ？」と訊いていた。

わたしたちは緑色のビニールのゴミ袋を何枚か広げて、その上に寝そべった。ガースが腕を回してきたので、急にあたたかくなった。とっさに彼の二の腕をどけようとすると、彼が耳元でささやいた。「忘れたのかよ、おまえは俺の恋人ってことになってる」それで、わたしはもぞもぞするのをやめた。彼が抱きしめてくれたのは演技だとわかっていたけど、その瞬間はそれでよかった。はじめてのボーイフレンドができたみたいな気分にほんとなれたから。そんなたいしたことじゃないけど、思い出は思い出。

次の日の晩、ガースは橋の下にいる男のひとりと喧嘩になった。あっというまにケリがついて、ガースの勝ち。一瞬のできごとで動きも素早かったから、なにがどうなったのか、見えないぐらいだった。それから、ガースは場所を変えると言いだして、その次の晩はダウンタウンの教会のなかで寝た。そこの鍵はガースが持っていた。どこで手に入れたのかはわからない。わたしたち以外にもそこで寝ていた人がいるようだった。信徒席の下にごみやがらくたが散乱していたから。置きっぱなしのリュック、空の瓶、変な注射針なんかが転がっていた。

食事にファストフード店を利用していたおかげで、わたしのジャンクフード好きは解消した。以前はメラニーがいい顔をしないというのもあって、そういう食べ物がちょっと輝いて見えたんだけど、来る日も来る日もジャンクフードばっかり食べてたら、もうお腹いっぱいでうんざり。食事をするだけじゃなくて、日中はそういう店でトイレも済ませた。そうすれば、谷間にしゃがんで用を足さなくてもいい。

四日目の晩は墓地で過ごした。墓地はいいぜとガースは言っていたけど、やたらと人がいた。墓石の裏から飛び出してびっくりさせておもしろがる連中がいて、そういうのは週末限定で家出してきた若者だった。ホームレスなら、そうやって暗闇でだれかを脅かしたら、ナイフで刺される危険があるってわかってる。墓地にたむろする人たちは、みんながみんな正気ってわけじゃないから。

「あなたと違ってね」とわたしが言ったら、ガースにスルーされた。わたしのことがうざくなってきたのかもしれない。

ひとつ断っておくと、ガースがこの状況につけ込むことはなかった。わたしが彼に子どもっぽいほのかな恋心を抱いていることは、きっと気づいていたはずだけど。彼がわたしのそばにいたのは、わたしを守るためだし、彼はそのとおりにしたし、だれにも——自分自身にも——手出しはさせなかった。けっこうつらかったんじゃないかと思いたいけどね。

44

「〈真珠女子〉はいつになったらまた来るかな?」わたしがそう言いだしたのは五日目の朝だった。

「きっと、わたし不合格だったんじゃない?」

「あせるな」ガースが言った。「エイダも言ってただろ、俺たちは前にもこうやってギレアデに人を送り込んでる。うまくたどり着いたやつもいるけど、張り切りすぎて、会ったばかりなのにほいほいついて行ったやつらもいる。そいつらは国境を越える前に消去された」

「それはどうも」わたしは弱々しく答えた。「もう確実だね。わたし、ぜったいにこの計画をぶち壊すよ」

「落ち着いてやれば、大丈夫だ」ガースが言った。「おまえならできる。みんなのこれからがかかってるんだ」

「プレッシャーかけるの、やめてくれない?」わたしは言った。「どうせわたしはなにを言われても、はいはい従うしかないんでしょ?」面倒がられるのはわかっていたけど、どうにもならなかった。

その日、あとになって〈真珠女子〉がまた通りにやって来た。ふたりはそのへんをうろついたり、わたしたちの前を素通りしたり、道を渡って反対方向に行ったかと思うと、店のウィンドウをのぞき込んだりしていた。それから、ガースがハンバーガーを買いにその場を離れたすきに近づいてきて、わたしに話しかけた。

　名前を聞かれたので、ジェイドと答えた。ふたりは自己紹介をした。ブルネットはベアトリス小母、赤毛でそばかすがあるのはダヴ小母と名乗った。

　彼女たちにしあわせかと聞かれたので、わたしは首を振り、しあわせじゃないと答えた。すると、ふたりはわたしのタトゥーに目を落とし、神さまのためにこんな苦痛にも耐えたなんて、あなたは特別な人だとか、神さまに大切にされていることもちゃんとわかっているようでうれしいとか言った。もちろん、ギレアデもあなたを大切にします。なぜなら、あなたは大切な花だからと。どんな女性も大切な花だけど、わたしの年ごろの女の子はとくに大切で、ギレアデに行けばわたしは特別な女の子として扱われ、守ってもらえる、そして、だれにも――どんな男にも――わたしを傷つけさせないと言った。ところで、一緒にいるあの男性はあなたを殴るのですか、と訊いてきた。

　ガースがそんなことをするなんて嘘はつきたくなかったけれど、わたしはうなずいた。

「あなたに悪いこともさせますか？」

　わたしがぽかんとしていたので、ベアトリス小母――背の高いほう――が説明した。「無理矢理セックスをさせるのかということです」わたしはいかにもその行為を恥じているような顔で、ごく小さくうなずいて見せた。

「さらに、あなたをほかの男にも回しますか？」

　いくらなんでも、それはひどすぎる――ガースがそんなことをするのは想像を絶していた――だから、わたしは首を振って否定した。するとベアトリス小母が、まだ実行していないだけで、わたしがこのまま彼といれば、いずれそうなる、それが彼みたいな男のやり方だからと言った。若い女の子をたぶらかして愛しているような顔をするけど、金を払う相手ならたちまちだれにでも売りとばすんだと。

「自由恋愛（フリーラブ）というのは」ベアトリス小母が軽蔑しきったように言った。「無料（フリー）ではないのです。代償がつきものです」

「そんなの、愛ですらない」ダヴ小母が言った。「あなたはどうしてあんな男と一緒にいるの？」

「ほかに行くあてなかったし」わたしはそう言うと、わっと泣き出した。「家では暴力を振るわれてたから！」

「ギレアデの家庭には暴力なんてありません」ベアトリス小母が言った。

そこへ、ガースが戻ってきて、怒ったふりをした。彼はわたしの腕をつかみ——タトゥーの傷がある左腕を——無理矢理立たせたので、わたしはあまりの痛さに悲鳴をあげた。だまれ、もう行くぞ、とガースに言われた。

ベアトリス小母が、「ちょっとよろしいですか？」と彼に声をかけた。彼女は話を聞かれないところまでガースと移動した。わたしが泣きやまなかったので、ダヴ小母がティッシュを渡してくれた。そして、「神さまにかわって、あなたのことを抱きしめていい？」と言ったので、わたしはこくりとうなずいた。

ベアトリス小母が戻ってきて、「さあ、行きましょう」と告げ、ダヴ小母が「主に感謝しましょう」と言った。ガースはさっさと歩きだしていた。こちらを振り返りもせずに。彼にさよならを言うこともできなくて、わたしはさらに激しく泣きじゃくった。

いた。

「もう心配ないわ、安心して」ダヴ小母が言った。「くじけないでね」〈サンクチュケア〉でギレアデ難民の女の人たちも同じことを言われていたけど、わたしは彼女たちとは正反対の方向にむかっていた。

ベアトリス小母とダヴ小母がわたしの両脇にぴったりくっついて歩いた。だれもわたしに手を出せないようにと。

「あの若い男はあなたを売ったのよ」ダヴ小母の声は軽蔑まるだしだった。

「ほんとに？」そんなことをするつもりだったなんて、聞いてなかった。

「こちらから持ちかけるだけで話はつきました。彼にとって、あなたはそれだけの価値しかなかったということです。あなたを売った先が売春組織ではなく、わたしたちだったのは幸運でしたよ」ベアトリス小母が言った。「彼はずいぶんな額を言ってきましたが、そうはさせませんでした。最後には半額まで下げました」

「けがらわしい異教徒め」ダヴ小母が言った。

「あなたが処女だと言い張って値段を吊り上げようとしたんです」ベアトリス小母が言った。「でも、それはあなたの話と食い違いますね？」

わたしはとっさに考えた。「かわいそうな子だと思われれば」と、消え入るような声で言った。「一緒に連れていってもらえるかなと思って」

ふたりはわたしを挟んで視線を交わした。「そうだったの」ダヴ小母が言った。「でも、これからは、わたしたちにはほんとうのことを話してね」

わたしはうなずき、そうすると約束した。

わたしは彼女たちが暮らすマンションに連れて行かれた。〈真珠女子〉が死体で発見されたあのマンションなのか、気になった。でも、そのときはできるだけ口を開かないようにしていた。計画が台無しになったら困る。ドアノブについ目が行ってしまうのも、気づかれないように注意した。けっこう今風のマンションだった。バスルームはふたつあって、それぞれバスタブとシャワーがついていた。大きなガラス窓のむこうには、広いバルコニーがあり、コンクリートプランターにはほんものの木が生えていた。とはいえ、バルコニーに出るドアを開けようとしたら施錠されているのがすぐにわかった。

シャワーを浴びたくてしかたなかった。自分の体が強烈に臭かった。たまりにたまった汚い垢や、汗や、何日も靴下を履き替えていない足のにおい、橋の下の泥の妙なにおい、ファストフード店のギトギトする揚げ油のにおいがごっちゃになっていた。マンションの部屋は掃除が行き届いていて、芳香剤のシトラスの香りがただよっていたので、わたしのにおいがさぞ鼻につくだろうと思った。

ベアトリス小母にシャワーを浴びたいかと聞かれて、わたしは即座にうなずいた。ダヴ小母に、腕のタトゥーの傷に気をつけてね、と声をかけられた。傷が濡れてかさぶたが剝がれたらいけないからと。白状すると、彼女たちの気遣いにわたしはじーんときた。たとえそれが見せかけのやさしさだとしても。彼女たちがギレアデに連れて行きたいのは一粒の真珠なんだから、どこかがただれた薄汚い娘に用はないいんだろう。

ふわふわの白いタオルに包まれてシャワーから出ると、わたしが着ていた服は消えていて——とことん汚れていたから、洗うまでもなさそうだとベアトリス小母が判断したらしい——そのかわり、彼女たちが着ているのとまったく同じ、銀白に輝くワンピースがそこに広げてあった。

「これを着るの？」わたしは尋ねた。「〈真珠女子〉じゃないのに？〈真珠女子〉ってあなたたちのことでしょう」

「〈真珠〉を集める者も集められた〈真珠〉も、どちらも〈真珠〉なのよ」ダヴ小母が説明した。

「あなたは大切な一粒の〈真珠〉。〈高価な真珠〉なの」

「だからこそ、あなたのためにこんな危険を賭してきたのです」ベアトリス小母が言った。「この国は敵だらけですから。でも心配しないで、ジェイド。わたしたちがあなたの身を守ります」

それに、正式な〈真珠女子〉ではなくても、カナダから出るためにはこの服を着るしかないのだと、彼女がつづけて言った。カナダ当局は低年齢の改宗者の輸出を厳しく取り締まっているので。わたしたち、当局に人身売買だとにらまれているようです、まったくもって誤解なのですがね、と彼女はつけ加えた。

するとダヴ小母が彼女に、女の子は商品ではないのだから〝輸出〟などという言葉を使うべきではないと注意した。ベアトリス小母は謝って、〝国境を越えたスムーズな移動〟と言いたかったのだと弁解した。それから、ふたりしてにっこり笑った。

「わたし、そんな子どもじゃないです」わたしは言った。「十六歳だもの」

「なにか身分証明になるものは持っていますか？」ベアトリス小母は訊いてきた。わたしは首を振った。

「そんなことだと思った」ダヴ小母が言った。「それじゃ、あなたの身分証明書を用意するわね」

「でも、なにかと問題を避けるために、書類上はダヴ小母になってもらいます」ベアトリス小母が言った。「カナダ側は彼女の入国を把握しているから、国境の入管ではあなたを彼女だと思うでしょう」

「でも、わたしはずっと年下だし、顔もぜんぜん似てないよ」

「あなたが持つ書類にはあなたの顔写真を貼っておきます」ベアトリス小母が言った。彼女の説明によれば、ほんもののダヴ小母はこのままカナダに残り、つぎにスカウトした女の子を連れて行くときに、新しくカナダに入国してくる〈真珠女子〉の名前を使って出国すればいいそうだ。彼女たちはそうやってしょっちゅう入れ替わっていると。

「カナダ人はわたしたちを見分けられないのよ」ダヴ小母が言った。「わたしたちはみんな一緒に見えるのですって」ふたりとも、そんないたずらをするのがおかしくてたまらないというように笑いだした。

ダヴ小母は説明をつづけた。銀色のワンピースを着るいちばんの理由は、わたしを問題なくギレアデに入国させるためで、ギレアデでは女性は男性の服など着ませんから、と。レギンスは男が着るものじゃないとわたしがいくら言い張っても、彼女たちは——静かに、でもきっぱりと——それは男物で、聖書にもそういうことが書いてあって、男の格好をするのは忌むべきことで、ギレアデで暮らしたいのであればそれを受け入れないといけないと諭してきた。

この人たちと言い争ったらだめだと自分に言い聞かせて、わたしはそのワンピースに袖を通した。真珠のネックレスもつけたけど、それはメラニーが言っていたとおり、にせ真珠だった。つばの広い白の日よけ帽も用意されていたけど、それをかぶるのは外に出るときだけでいいそうだ。男性がそばにいなければ室内で髪の毛を見せてもいいことになっていた。男性は髪の毛に特別な感情を抱くもので、髪の毛が目に入ると自制心を保てなくなるからという理由だった。それにわたしの髪の毛は緑色だから、なおのこと「扇情的」だと言われた。

「これは染めただけだから。そのうち元に戻ります」わたしは恐縮してみせた。軽い気持ちで髪を染めてしまったけど、いまでは後悔していると、思ってもらえるように。

「気にしなくていいのよ、ディア」ダヴ小母が言った。「人目にはさらさないから」

汚らしい服を着てずっと過ごしたあとのワンピースの着心地は格別だった。涼しくて、生地はすべすべしていた。

ベアトリス小母がランチにピザを注文して、冷凍庫に入っていたアイスクリームと一緒にみんなで食べた。正直いって、ジャンクフードを食べてるなんて意外だと、わたしは言った。ギレアデはそういう食べ物を認めないんでしょう？　とくに女性はそういうものを口にできないんじゃないんですか？

「これは〈真珠女子〉に課せられた試練（テスト）のひとつなの」ダヴ小母が言った。「わたしたちは外界の〝肉のなべ〟（旧約聖書「出エジプト記」に出てくる美食のたとえ）の誘惑がどんなものなのか理解するために試しに口にして、心のなかで拒絶するよう言われているのよ」彼女はピザをもう一口かじった。

「どのみち、わたしがこういうものを口にできるのも、今回で最後ですしね」ピザを平らげたベアトリス小母が、アイスクリームを食べながら言った。「正直なところ、アイスクリームのなにがいけないのか、わたしにはわかりません。添加物さえ入っていなければ」ダヴ小母がとがめるような目を彼女に向けた。ベアトリス小母はスプーンをぺろぺろ舐めていた。

わたしはアイスクリームは遠慮しておいた。緊張しすぎてアイスどころじゃなかった。それに、いまではそんなに食べたいとも思わなかった。アイスには、メラニーとの思い出がありすぎた。

その晩、寝る前に、わたしはバスルームの鏡に自分を映してじっくり眺めた。シャワーを浴びて食事もとったのに、悲惨な感じだった。両目の下には黒い隈ができていた。体重も減ってしまった。〝救いを求めるみなしご〟を絵に描いたみたいだった。

橋の下じゃなく、ほんもののベッドで寝るのはすごく快適だった。でも、ガースがいないので切なかった。

毎晩わたしが寝室に入ると、彼女たちは部屋のドアに鍵をかけた。わたしが起きているあいだは、ひとりきりにしないようにしていた。


それからの二日ぐらいは、わたしがなりすます予定のダヴ小母の書類を整えることで忙しかった。パスポートを作成するために顔写真や指紋をとられ、パスポートはオタワのギレアデ大使館で認証を受けて特別便で領事館に戻された。パスポートは、認識番号はダヴ小母のものだけど、わたしの顔写真や身体データが記載されていた。さらに、ダヴ小母の入国が記録されているカナダの出入国管理データベースに侵入して、ほんもののダヴ小母の情報を一時的に消去してわたしのデータにすり替え、虹彩スキャンと指紋の情報を追加するという念の入れようだった。

「カナダ政府の組織内にはわたしたちの同志がたくさんいるのです」ベアトリス小母が言った。「意外かもしれませんが」

「それだけ賛同者が大勢いるということね」ダヴ小母が言った。そして、ふたりで声を合わせて、

「主に感謝しましょう」と唱えた。

パスポートには、エンボス文字で〈真珠女子〉と刻印してあるページがあった。これがあれば、なにも聞かれずにたちまちギレアデに入国できるのですよ、外交官みたいなものですよ、とベアトリス小母が説明した。

これでわたしはダヴ小母になった。まったく別人のダヴ小母に。出国のときに出入国係官に返却する〈真珠女子伝道一時滞在ビザ〉も持っていた。審査はあっさりしたものだからと、ベアトリス小母に言われた。

「係官の前を通り過ぎるときは、うつむいていればいいのよ」ダヴ小母が言った。「そうすれば顔立ちまでわからない。いずれにせよ、そうするのが慎みというものです」

ベアトリス小母とわたしは、ギレアデ政府の黒塗りの車で空港に送ってもらい、わたしは難なく出入国管理を通過した。身体検査すらされなかった。

飛行機はプライベートジェットだった。両翼に目が描いてあった。機体は銀色なのに、わたしにはもっと暗いなにかに見えた――この巨大な黒い鳥はわたしをどこに連れて行くんだろう？　その先は空白だった。ギレアデについてはエイダとイライジャが精一杯、知識を与えてくれた。ドキュメンタリーや記録映像も見たけど、そこでいったいなにが待ち受けているのか、まだイメージがわかなかった。そこに行く準備なんてぜんぜんできていない気がする。

〈サンクチュケア〉とそこで見かけた女の人たちを思い浮かべた。わたし、彼女たちの姿に目を向けただけで、ちゃんと見えてはいなかったんだ。なじみのある場所を離れ、すべてを失って、未知の土地に向かうというのがどんなことなのか、考えてもみなかった。きっと、空っぽで、真っ暗で、こんな賭けに踏みだす勇気をくれた希望の光はちらちらと小さく見えるだけで……。

わたしも間もなくそんな気持ちを味わうんだろうなと思った。暗闇のなかでほんのかすかな光だけを頼りに、自分の道を探すしかない。

45

飛行機の離陸が遅れたので、わたしは正体がばれて足止めされることになったのかと冷や冷やした。でも、いったん離陸してしまえば、気持ちも軽くなった。飛行機に乗るのは生まれてはじめてで――最初はわくわくしっぱなしだった。でも、そのうち雲に囲まれて、変わりばえしない景色になった。そこできっと寝ちゃったんだと思う。気がついたら、ベアトリス小母がわたしをそっとつついて、「もうすぐ着きますよ」と言っていた。

わたしは小窓から外をのぞいた。飛行機が高度を下げてくると、眼の下に、尖塔や大きな塔を備えたりっぱな建物がいくつか見えた。それから、くねくね流れる川、それに海も。

しばらくして、飛行機は着陸した。ドアから伸びでたタラップを降りた。気温が高くて乾燥していて、風が吹きつけてきた。長い銀色のスカートが脚にまとわりついた。アスファルトの上には、黒い服を着た男たちが二列で整列していて、わたしたちはそのあいだをたがいに腕を組んで進んだ。「彼らの顔を見てはいけません」ベアトリス小母が耳打ちしてきた。

だから、わたしは男たちの制服に意識を集中させた。でも、並んでいる目、目、目……彼らの視線がやたらと感じられて、それがわたしの身体じゅうに触手みたいに伸ばされるのがわかった。エイダが言っていた〝危険にさらされている〟という感覚がはじめてわかった――知らない人たちに囲まれてガースと橋の下で過ごしたときでもそんな気持ちにはならなかったのに。

すると、突然男たちが敬礼した。「なにごと?」わたしはベアトリス小母に小声で聞いた。「どうして敬礼なんかしてるの?」

「わたしの伝道活動が実を結んだからですよ」ベアトリス小母が答えた。「わたしは一粒の大切な真珠を持ち帰りました。つまり、あなたをね」

わたしたちは黒塗りの車に案内されて、市街地に向かった。街にはそんなに人出がなかった。それから、ドキュメンタリーで観たとおりに、女性はみんないろいろな色の丈の長いワンピースを着ていた。〈侍女〉が二人組で歩いているところも見かけた。商店には店名もなくて、絵だけの看板がかかっていた。靴、魚、歯などなど。

レンガの壁のなかにある門の前で車が停まった。ふたりの守衛が入っていいと手を振った。車はなかに入って、停まった。だれかがドアを開けてくれた。車を降りると、ベアトリス小母がわたしの腕をとって言った。「寮の部屋に案内してあげる時間がありません。飛行機がすごく遅れたので、礼拝堂に直行しないと。〈感謝の儀〉が執り行われます。わたしの言うとおりにするように」

それが〈真珠女子〉に関する儀式だということぐらいはわかった――エイダに言いふくめられていたし、ダヴ小母も説明してくれた――でも真面目に聞いていなかったから、どういうことをする行事なのか、いまいちよくわかっていなかった。

わたしたちは礼拝堂のなかに足を踏み入れた。そこにはすでに人がずらりと並んでいた。年配の女性たちは小母の茶色い制服を着て、若い女の子たちは〈真珠女子〉のワンピース姿だった。〈真珠女子〉はそれぞれひとりずつ、わたしと同じ年ごろの女の子を連れていて、その子たちもわたしと同じようにとりあえず銀色のワンピースを着せられていた。正面に、金の額縁に入った〈幼子ニコール〉の巨大な写真が掲げてあり、それを見てわたしはますます不安になった。

ベアトリス小母がわたしを誘導する通路のまわりで、みんながほがらかに歌っていた。

真珠を獲りこんで
真珠を獲りこんで
そうして歓びが訪れましょう
真珠を獲りこんで

（旧約聖書「詩編」由来のゴスペルのもじり）

みんなにこにこ笑顔を浮かべ、わたしにうなずきかけてくれた。すごくうれしそうに。ひょっとすると、ここはそんなに悪いところじゃないのかもと思えてきた。

全員が席に着いた。そして、年配の女性がひとり、説教壇に進み出た。「リディア小母ですよ」ベアトリス小母が小声で教えてくれた。「わたしたちの偉大な〈創始者〉の」エイダに写真を見せてもらっていたから、顔に見覚えがあった。でも、実物はそのときの写真よりもずいぶん老けていたけど。少なくとも、わたしにはそう見えた。

「われわれが今日ここに集った（つど）のは、われらが〈真珠女子〉が伝道の旅から無事帰還したことに感謝を捧げるためです——彼女たちは世界のどこに散らばろうと、ギレアデに善行を積むために奔走してくれました。彼女たちの肉体の果敢さと精神の気高さをたたえ、心からの感謝を捧げましょう。帰還した〈真珠女子〉はもはや〈誓願者〉ではなく、一人前の、しかるべき権限とそれに伴う特権を有する〈小母〉であることをここに宣言します。彼女たちが立派に務めを——その務めによってどこにどのように導かれようと——果たしてくれるとわたくしたちは確信しています」全員が「アーメン」と唱えた。

「〈真珠女子〉のみなさん、あなた方が集めた〈真珠〉の紹介を」と、リディア小母は言った。「まずはカナダ伝道隊から」

「立って」ベアトリス小母が小声で言った。彼女はわたしの左腕をつかんで、前に連れて行った。GOD／LOVEのタトゥーのところをつかまれていたので、痛かった。

彼女は真珠のネックレスを外して、それをリディア小母の前にある、大きな浅い盆にのせて言った。「この真珠を、わたしが授けられたときの純真無垢な状態のままでお返しします。伝道の旅に際し、志高くこの真珠を身につけることになる、つぎの〈真珠女子〉に祝福のあらんことを。〈神のご意志〉に導かれ、わたしはギレアデの至宝の山をまたひとつ高くすることができました。破滅の道から救い出された大切な〈高価な真珠〉、ジェイドをここにご紹介します。彼女が世俗のけがれから清められ、みだらな欲望を洗い流され、罪を焼き払われ、ギレアデにおいて与えられる務めに献身せんことを」彼女はわたしの両肩に手をのせてくると、ぐいと、ひざまずかせた。こんなことは想定外だったので、あやうく横向きに倒れそうになった。「ちょっとなにするの？」わたしは小声で言った。

「しーっ」ベアトリス小母が言った。「静かになさい」

すると、リディア小母が話しだした。「アルドゥア・ホールへようこそ、ジェイド。あなたが下した決断に神の祝福がありますように。主の〈目（アイ）〉のもとに。ペル・アルドゥア・クム・エストルス」

リディア小母はわたしの頭に片手をのせ、それをどけると、うなずいて見せ、そっけない笑顔を見せた。

みんなが一斉に唱えた。「〈高価な真珠〉のもとへようこそ。ペル・アルドゥア・クム・エストルス、アーメン」

わたし、こんなとこでなにしてるんだろう？　心のなかでそう思った。不気味すぎるよ、ここ。

XVII 完璧な歯

46

アルドゥア・ホール手稿

製図用の青インクの瓶、万年筆、隠し場所に納まるよう縁をカットした帳面のページ。わが読者よ、わたしはこれらを通して、あなたにメッセージを託している。とはいえ、それはどんな類のメッセージだろう？　あるときは、〝記録天使〟になった自分がギレアデのあらゆる罪を——自分のぶんも含めて——集めている姿が思い浮かぶ。またべつなときには、こんな高徳の調子を振りはらい、「わたしはしょせん、いかがわしいゴシップのディーラーに過ぎないんじゃないか？」と思ったりする。残念ながら、あなたの判断を知りえる機会はついぞ得られないのでは、という気がするが。

もっと恐ろしいのは、自分のこうした尽力が無為の水泡と帰し、ギレアデが国家として何千年も存続することだ。大体において、ここにはそうした安泰な、戦争とは無縁な空気がある。台風の目が静かなように。町はじつに平和で、落ち着いていて、秩序がある。しかし戦がぬまやかしの水面下では、高圧電線の周りのように、ビリビリと戦慄が走っている。わたしたちはみんな、ぴんと引き伸ばされて薄くなり、震え、振動し、いつでも神経を張りつめている。〝恐怖政治〟と、むかしは呼んだものだが、実際に恐怖が世を治めるわけではない。恐怖は人々を麻痺させるのだ。ゆえに、不自然な静穏がおとずれる。

とはいえ、少しは救いもある。きのう、わたしはジャド司令官の執務室にある有線テレビで、エリザベス小母が指揮をとった〈集団処置〉のようすを観た。ジャド司令官はコーヒーを用意していた——ふつうは手に入らないような極上品をどうやって調達したのかは訊かずにおいた。司令官は自分のコーヒーにラムを少量たらし、あなたも入れるかと尋ねてきた。わたしはお断りした。すると、司令官は、自分は根がやさしく小心者なので、こうして気付けをする必要があるのだと言った。こういう血なまぐさい場面を観ると、神経が参ってしまうんだよ、と。

「よくわかります」わたしは言った。「しかし正義がなされるのを見届けるのも、われわれの務めです」司令官はため息をつき、コーヒーを飲みほすと、もう一杯、自分に注いだ。

その日は二名の罪人が〈集団処置〉される予定だった。メイン州から密輸していたレモンを灰色市場で売っているのを見つかった〈天使〉と、歯科医のドクター・グローヴだった。とはいえ、〈天使〉の本当の罪状はレモンの密輸密売ではない。〈メーデー〉から賄賂をもらい、あちこちの国境をまたいで何人もの〈侍女〉の逃亡を手助けし、成功させていたのだ。しかしながら、司令官はこの事実を公表したがらなかった。国民に妙な知恵を授けると言って。ギレアデの公式発表では、汚職〈天使〉も、いわんや逃亡〈侍女〉も、まったくいないことになっていたのだ。だれが好き好んでこの神の王国を捨て、業火の燃えさかる火口に飛びこむだろう？　と。

グローヴの人生を終わらせんとする処置の間中、エリザベス小母は威風堂々たる態度を貫いた。大学では演劇科に所属していた彼女は、「トロイアの女たち」（エウリピデスによる代表的三部作の最終部）で敗戦国の気高い王妃ヘカベを演じたこともあった――これは、創成期の合議の際に仕入れたネタのひとつだ。エリザベス、ヘレナ、ヴィダラ、そしてわたしの四人が、生まれたてのギレアデ国内に特別な女性社会を形成すべく、トンカントンカン、金槌をふるっていたあのころ。そんな状況下でも友情がはぐくまれ、それまでの人生について打ち明けあったものだ。わたしは自分の個人情報をあまり漏らさないよう気をつけたが。

エリザベスの舞台経験は伊達ではなかった。わたしの指示どおり、グローヴ歯科医に予約を入れ、ここぞというタイミングで、診療台からころげるように降りると、衣服を自分で引きちぎって、グローヴにレイプされる！　と金切り声をあげたのである。半狂乱の体で泣きながら、待合室によたよたと入っていくと、そこには歯科助手のミスター・ウィリアムがおり、着衣の乱れた姿と、無惨な魂の荒廃を目撃させることができた。

小母の人格というのは、神のごとき神聖なものとされている。エリザベス小母が歯科医の冒瀆行為に逆上したのも無理はない、というのが大方の見方だった。その男は危険な精神異常者に違いない、と。

わたしは事前に、歯の構造を示したすてきな模型図の内部に、小型カメラを仕込んであり、その場の連続写真も手中にしていた。まんいちエリザベスが裏切って逃げようとしたら、虚偽の証拠としてこれを提出すると言って脅すことができる。

ミスター・ウィリアムは裁判でグローヴの不利になる証言をした。なかなか利口な男だ。雇い主の破滅は動かしがたいとただちに悟っていたのだろう。事態に気づいた瞬間のグローヴの激昂ぶりを、ウィリアムは縷々説明した。「あばずれの牝犬（ファッキンビッチ）」という形容辞（エピセット）を人でなしのグローヴは使ったのだと、彼は証言した。実際、そんな悪い言葉は発せられなかった——現場のグローヴは「どうしてこんなことするんです？」と言ったのだ——が、ウィリアムの供述は審理において効果を発揮した。傍聴席——すなわち、アルドゥア・ホールの住人すべてを含む——から、一斉に息を呑む音がした。小母たるものにそんな卑俗な言葉を投げかけるとは、神を冒瀆するに等しい！　尋問がつづくなかで、ウィリアムはためらいがちに、過去にも雇い主の不正行為を疑うに足る理由がいくらかあったことを認めた。麻酔というのは、と彼は言った。良からぬ人の手にわたると、とんでもない誘惑となるのです。

グローヴにどんな自己弁護ができたろう？　あのよく知られた冤罪レイプの告発者ポティファルの妻に関する聖書の引用（妻はヨセフを誘惑したが拒まれたため、怒ってレイプされたと訴えた）をする以外に。きっとお気づきと思うが、罪なき男たちが罪を否定しても、罪ある男たちの言い分とまったく同じように聞こえるのだ、わが読者よ。傍聴人はどちらの言うことも信じない。

しかしグローヴは、自分がエリザベス小母にわいせつ行為などしようはずがない、なぜなら、自分は年端もいかない女児にしか興奮しないのだから、と白状するわけにはいかなかった。

エリザベス小母のみごとな演技の成果を考えれば、彼女がスタジアムでの〈集団処置〉の進行を指揮したのは当然のことだろう。グローヴは二番目に処刑された。彼はその前に、罪人の〈天使〉が、叫びをあげる七十人の〈侍女〉によって蹴り殺され、文字通り八つ裂きにされるのを目の当たりにしなくてはならなかった。

両腕を後ろで縛られ、フィールドに連れだされたグローヴは、大声でわめいていた。「わたしはやってない！」怒れる善の権化となったエリザベス小母は、いかめしくホイッスルを吹いた。すると、ものの二分後には、ドクター・グローヴはドクター・グローヴでなくなっていた。拳が振りあげられ、毛髪の塊をつかんで、頭皮から血まみれにして引っこ抜いた。

その場には、小母と〈誓願者〉がうちそろい、アルドゥア・ホールの畏(かしこ)き〈創始者〉の一人がわが身の雪辱を果たすのを応援した。片側には、入隊したての〈真珠女子(パールガールズ)〉たちがいた。前日に到着したばかりで、これがある意味、洗礼の儀となる。彼女たちの若い顔をざっと見てみたが、この距離だと、表情までは読みとれない。嫌悪？　舌なめずり？　反感？　「知る」のはつねに良いことだ。最高値の〈真珠〉があのなかにいる。このフィールド行事が終わったら、ただちにその娘をわたしにとって最も使い勝手のいい棟(ユニット)に入れよう。

グローヴが〈侍女〉たちによって、泥漿(でいしょう)のようなどろどろのものになり果てていく途上で、イモーテル小母は卒倒したが、これは予期したことだった。この子はいつでも感受性が強い。なにがしかの形で自分を責めるだろう。どんなに見下げ果てた振る舞いをしたとはいえ、グローヴは彼女の父親役だったのだから。

ジャド司令官はテレビのスイッチを切ると、ため息をついて、「気の毒に。優れた歯科医だったのに」と言った。

「そうですね」わたしは言った。「しかし高い技術を有しているというだけで、その者の罪を見過ごすわけにはまいりません」

「罪を犯していたのは本当なのかね？」司令官はおだやかな興味を滲ませていた。

「はい」わたしは答えた。「しかしべつな罪です。エリザベス小母のことはレイプしようにもできなかったでしょう。小児性愛者（ペドフィル）でしたから」

ジャド司令官はまたまた嘆息し、「気の毒に」と言った。「壮絶な苦しみだったろう。彼の魂のために祈らねば」

「おおせのとおりです」わたしは言った。「しかし彼はあまりに多くの幼い娘たちの純潔を汚（けが）し、結婚から遠ざけました。夫婦生活を受け入れるぐらいならと、大切な花たちは俗世を去り、小母となったのです」

「ああ、なるほど」と、司令官は言った。「あのアグネスという娘の場合も、それかね？　そんなことではないかと思っていたのだ」

司令官は〝イエス〟と言ってほしかったのだろう。そうであれば、彼女に個人的に嫌われたわけではないと思える。「定かでありません」わたしが言うと、司令官の顔が翳った。「しかし、わたしはそうだと思いますよ」と付け足しても、あまり元気づけにはならなかったようだ。

「あなたの判断はいつでも信頼できるからな、リディア小母」司令官は言った。「グローヴのこの件に関しては、ギレアデ内で選択しうる最良の選択をしてくれた」

「ありがとうございます。神のお導きを」わたしは言った。「ところで、話は変わりますが、喜ばしいお知らせです。〈幼子ニコール〉が無事、ギレアデ国内に身柄を移送されました」

「それはお手柄だ！　よくやってくれた！」司令官は言った。

「うちの〈真珠女子〉たちはたいへんなやり手で」と、わたしは言った。「わたしの命令によく従ってくれました。〈幼子ニコール〉を新たな改宗者として保護し、説いて入信させたのです。彼女の行動に口を出してきた若い男性も、お金を摑ませて追い払いました。もっともこの取引を担当したベアトリス小母は、むろん〈幼子ニコール〉の正体には気づいておりません」

「しかしあなたは気づいたのだね、親愛なるリディア小母」司令官は言った。「どうやって見抜いたのだ？　うちの〈目〉(アイズ)の男たちも長年、捜索しているというのに」この口調に滲んでいるのは、ひょっとして妬み、もっと悪くすると、猜疑心だろうか？　わたしはあえて触れずに話をつづけた。

「わたしなりのささやかな方法がありまして。また、有用な情報提供者もいくらかおります」わたしは嘘をついた。「二と二を足せばちゃんと四になることもあるのです。それに、わたしたち女性はこのとおり近視眼的な質ですから、より広く、より高い視野をお持ちの男性が見過ごしがちな細々(こまごま)した点にもしばしば目がいくのです。もっとも、ベアトリス小母とダヴ小母への指示は、ただ、あの気の毒な〈幼子〉がみずから彫りつけた特徴的なタトゥーを探すようにというものでした。結果、幸いにしてふたりは彼女を見つけ出しました」

「みずから彫りつけたタトゥー？　その手の娘たちのように堕落しているのか？　身体のどの部分だ？」司令官は興味を示しだした。

「片腕です。顔には手をつけておりません」

「まあ、公の場に出る際には、両腕とも隠れた格好なんだから」司令官は言った。

「ジェイドという名で通すことになりました。本人はそれが本名だと思っているようですし。あなたにご相談するまでは、彼女に自身のアイデンティティを知らせたくなかったものですから」

「じつに賢明な判断だ」司令官は言った。「ところで、訊いてもかまわないかな？——彼女とその若い男性との関係性は、どのようなものなのか。現状、その……傷ものになっていないといいが、しかし彼女の場合に限っては、規則は度外視することになろう。〈侍女〉にしてしまっては活用価値がなくなる」

「彼女の処女性に関しては、まだ未確認なのですが、その点は純潔と見てよろしいかと存じます。うちの若い小母ふたりを担当につけてあります。ふたりはやさしく、親身になって彼女の話を聞くでしょう。彼女たちに、きっと自分の望みや不安を打ち明けるに違いありません。それから信心についても。信仰に関しては、われわれの宗教にふさわしく陶冶できるものと見ています」

「これまたみごとだ、リディア小母。あなたは文字通りの宝石だな。すぐにも〈幼子ニコール〉をギレアデと全世界にお披露目できるかね？」

「まずは、この子が改宗して信仰篤き者になれるか確かめなくてはなりません」わたしは言った。「揺るがぬ信心をもてるか。それにはちょっとした手間とコツが必要です。こういう新参者たちは熱に浮かされているものです。やたらと現実離れした期待を抱いていたりする。まずは地に足をつけさせ、今後、どんな務めが待ち受けているかよく理解させないとなりません。ここの務めは讃美歌を歌って、主を称えるだけではありませんから。それらにくわえ、彼女自身の経歴をしっかり頭に入れてもらわなくては。自分が世に知られ愛される〈幼子ニコール〉だと知ったら、愕然とするでしょうね」

「そこらへんのことは、有能なあなたの手に委ねるよ」司令官は言った。「コーヒーにラムをひとたらししなくて、本当にいいのかね？　血行が良くなる」

「では、ティースプーンに一杯ほど」わたしが答えると、司令官はこちらのコーヒーにラムをたらした。わたしたちはたがいのマグを揚げ、カチンとぶつけあった。

「われわれの努力に報いあれ」司令官は言った。「そうなると、わたしは確信しているがね」

「時が満ちればきっと」わたしは言って微笑んだ。


歯科診療室、裁判、〈集団処置〉の場で獅子奮迅の活躍を見せたエリザベス小母は、その後、神経衰弱に襲われた。わたしはヴィダラ小母、ヘレナ小母を伴って、〈静修の家〉のひとつで養生している彼女を見舞った。エリザベスは涙ながらにわれわれを出迎えた。

「いったいどうしてしまったのか、自分でもわからない。エネルギーが空っぽになったみたいで」彼女は言った。

「あれだけのことを経験したんだから、無理もないでしょう」ヘレナ小母が言った。

「あなたはアルドゥア・ホールでは、事実上、聖人扱いですよ」わたしは言った。本当のところ、なにをそんなに動揺しているのか、わたしにはわかっていた。偽証罪を犯したことは取り返しがつかない。もし露見すれば、人生の終わりを意味する。

「あなたのご指導には、たいへん感謝しています、リディア小母」エリザベス小母はちらりとヴィダラ小母のほうを見ながら言った。いまやエリザベスにはわたしが確固たる味方についたのだし、彼女はわたしの尋常ならざる要請に応えたのだから、ヴィダラ小母など小物に見えていたはずだ。

「お役に立ててなによりでした」わたしは言った。

XVIII　閲覧室

証人の供述369Aの書き起こし

47

ベッカとわたしが初めてジェイドを見かけたのは、帰国した〈真珠女子(パールガールズ)〉と新たな入信者たちを迎える〈感謝の儀〉の会場だった。背の高い子で、どこかぎごちなく、不躾といってもいい露骨な態度で、まわりをじろじろ眺めまわしていた。アルドゥア・ホールに、ましてやギレアデ国に、すんなりはまるタイプではないと、そのときすでに感じていた。けど、ジェイドのことをそんなに考えていたわけではない。美しい式典に目を奪われていたから。

もうじきわたしたちも、あれをやるんだ。そうわたしは思った。ベッカとわたしは〈誓願者〉としての研修期間を修了するところで、一人前の小母になる準備はほぼ整っていた。もうすぐ〈真珠女子〉の着る白銀(しろがね)のドレスを受けとれる。いまの褐色の修道服よりずっとずっと綺麗な。それから、真珠の首飾りも受け継いで、伝道の旅に出発する。そして、それぞれが改宗させた〈真珠女子〉を一名連れて帰る。

アルドゥア・ホールに来てから数年、わたしはその未来を夢見てうっとりとなっていた。ジェイドと出会ったこの当時もまだ〝篤信者〟ではあった――ギレアデのなにからなにまで信じているわけではないにせよ、少なくとも、小母たちの無私無欲の奉仕については信じていた。とはいえ、もはやあまり確信が持てなくなっていた。

わたしたちがつぎにジェイドを目にしたのは、翌日になってからだった。〈真珠〉の新入りの決まりで、礼拝堂で夜通し〈寝ずの儀〉に出席させられ、無言の瞑想と祈りに参加する。その後、着てきた白銀のドレスを脱いで、わたしたちが着ている褐色の修道服に着替えることになる。初めから小母になると決まったわけではない――新着の〈真珠〉たちは慎重に検分され、〈妻〉、〈平民妻〉、〈誓願者〉、あるいは気の毒な場合は〈侍女〉、このいずれかの候補に振り分けられる――けれど、新人たちがわたしたちの中に混じるときには同じ服を着る。ただし、新月の形をした大きな偽真珠のブローチを着けさせられる。

ジェイドの場合、ギレアデの流儀の手ほどきは、かなり過酷なものになった。翌日、早々に〈集団処置〉を参観することになったのだ。二人の男性が〈侍女〉たちの手で文字通り八つ裂きにされていくのを目の当たりにするのは、さぞショックだったろう。わたしだって、いまだに動揺することがある。長年の間に何度も目撃してきてもなお。〈侍女〉はふだんおとなしいから、あんな激しい怒りを露わにされるとぎょっとするんだろう。

〈集団処置〉に関するこういう規則を作ったのは、〈創始者〉の小母たちだ。ベッカとわたしだったら、ここまで極端な方法はとらなかっただろう。

その〈集団処置〉で処刑された一人は、歯科医のドクター・グローヴ、ベッカのかつての父で、エリザベス小母をレイプしたかどで有罪になったのだった。正確には、レイプ未遂。わたしとしては、彼から受けた被害を思えば、どっちだろうと大して関係ない。申し訳ないけれど、彼が処罰されてよかったと思った。

でも、ベッカの感じ方はまったく違った。ドクター・グローヴは彼女が幼いころ、破廉恥な行為をし、どんな理由があってもわたしは容赦できないけれど、ベッカ本人は進んで許そうとしていた。彼女はわたしより慈愛の深い人物だった。その点、尊敬していたけれど、自分にはとても見習えなかった。

〈集団処置〉でドクター・グローヴが八つ裂きにされるさなか、ベッカは卒倒した。小母たちのなかには、この気絶を〝子としての愛情〟ゆえと捉えた人たちもいた――ドクター・グローヴは忌まわしい男だったけれど、それでも男性には違いなく、しかも社会的地位の高い男性だった。また、ひとりの父親でもあり、従順な娘であれば敬意をもってしかるべきと考えたのだ。しかしわたしは親子愛が理由ではないと知っていた。ベッカは父親の死に責任を感じていたのだ。彼の罪深い行為についてわたしに話したのがいけないんだと思っていた。わたしはだれにも漏らしていないと断言したし、それは彼女も信じてくれたけれど、リディア小母がどういう手段にせよ会話を耳に入れたに違いないと。小母たちはそうやって権力を握るんだから。いろいろと世間に漏れてはいけない秘密をつかむことで。

ベッカとわたしは〈集団処置〉の場からホールにもどっていた。わたしは彼女にお茶を淹れて、少し横になったらと言った。まだ青い顔をしていたから。けれど、ベッカは、感情は自分でコントロールできているから、だいじょうぶと言った。一緒に夜の聖書講読をしていると、ドアにノックの音がした。あけてみると、驚いたことに、リディア小母が立っていた。かたわらには、新人〈真珠〉のジェイドがいた。

「ヴィクトリア小母、イモーテル小母、あなたがたはきわめて特別な任務を割り当てられました」小母は言った。「入りたての新人〈真珠〉、ジェイドの担当になったのです。三つめの居室が空いていますね、ジェイドはそこで寝起きすることになります。あなたがたの務めは、可能なかぎりあらゆる面でこの新人をサポートすること、そして、ここギレアデ国におけるわれわれの奉仕生活について、きめ細やかな指導を行うことです。充分な数のシーツとタオルはありますか？　もし足りなければ、届けさせますよ」

「だいじょうぶです、リディア小母。主に感謝を」わたしが言うと、ベッカも谺のように同じことを繰り返した。ジェイドがわたしたちに笑いかけてきた。臆病さと強情さが同時に伝わってくる微笑みだった。外国から着いたばかりの標準的な新規入信者とはなにか違っていた。そういう新参者たちはふつう、卑屈になっているか、熱意をみなぎらせているか、なのだ。

「ようこそ」と、わたしはジェイドに言った。「どうぞ、入って」

「オッケー」彼女はそう言って、部屋の敷居をまたいだのだった。わたしのハートはなにかを感じていた。わたしとベッカがこの九年間、アルドゥア・ホールで送ってきた表向き穏やかな生活は終わりを迎える——変化が訪れた——のだと、すでにわかっていたのだと思う。けれど、その変化がどんなに過酷なものになるか、まだ実感できていなかった。

いま、わたしたちの生活は穏やかだったと言ったけれど、あまり適切な語ではないだろう。ともかくも、単調ながら秩序正しい暮らしではあった。〈誓願者〉として定められた時間は経過していたけれど、実際にそんな時間が過ぎたとは思えなかった。〈誓願者〉として受け入れられたとき、わたしは十四歳で、そこからすれば大人になっていたけれど、自分自身、そんなに年をとった感じがしなかった。それはベッカの場合も同じで、わたしたちはある意味、凍りついてしまったようだった。氷の中に閉じこめられて、保存されて。

〈創始者〉や上の世代の小母たちには、険しさがある。ギレアデ国が生まれる前の時代に人格形成され、わたしたちがしなくて済んだ苦闘を経験しているから、こうした苦しい経験が、以前には備わっていたはずの柔和さを摺りつぶしてしまったんだろう。一方、わたしたちはそんな試練を舐めさせられることはなかった。いつも護られていたし、外の世界の厳しさに向きあう必要もなかった。先達たちの払った犠牲の恩恵を受けてきたのだ。わたしたちは折りにふれてそのことを力説され、感謝するよう言いつけられた。とはいえ、未知のものという空白に感謝するのはむずかしい。リディア小母の世代の女性たちが火中でどれほど鍛えられたか、充分に理解できていたとは思えない。その世代の小母たちには、わたしたちにはない無情さがあった。

48

時が止まったような感覚はあったものの、実際問題、わたしも変化していた。かつてアルドゥア・ホールに入ったころとは、もはや別人になっていた。そのころのわたしは、かなり世間知らずではあるけれど一人前の成人女性。入った当初は、ほんの子どもだった。

「小母たちがアグネスの滞在を許可してくれて、ほんとうれしい」ベッカはわたしが来た日の夜に、そう言い、はにかんだ目でわたしのことをまじまじと見た。

「うん、わたしも」わたしは言った。

「学校では、アグネスにいつもあこがれていたんだ。おうちに〈マーサ〉が三人いるとか、司令官の家庭だとか、それだけじゃなくて」ベッカは言った。「ほかの子より嘘つかないし、わたしにやさしくしてくれたから」

「やさしくしない時もあったでしょう」

「ほかの子たちよりやさしかったよ」ベッカは言った。

リディア小母はわたしがベッカと同じ棟（ユニット）に住むことを許可してくれた。アルドゥア・ホールは、アパートメントのような部屋がたくさんあった。わたしたちのいた棟にはCの字と、アルドゥア・ホールのモットーが記されていた。ペル・アルドゥア・クム・エストルス。

「これはね、〝女性の生殖周期によるお産の苦しみを経て〟みたいな意味」ベッカが言った。

「それだけ？」

「ラテン語なんだよ。ラテン語のほうが、意味がありそうだよね」

わたしは尋ねた。「らてんごってなに？」

すごく古い言語で、いまはだれも話していないんだけど、モットーはラテン語で書くんだと、ベッカは答えた。たとえば、むかし〈壁〉（街の境界をなす）の内部では、「ヴェリタス」が万象のモットーだったという。真理を意味するラテン語。ところが、このモットーは削りとられ、上からペンキが塗られたとか。

「そんなこと、どうしてわかったの？」わたしは尋ねた。「その語が消えちゃったのに」

「ヒルデガード図書館で調べた」ベッカは言った。「わたしたち小母しか入れないところ」

「トショカンってなに？」

「本をしまってある場所。本でいっぱいの部屋が、たくさん、たくさんある」

「それって、邪なもの？」わたしは訊いた。「そこにある本って？」わたしは部屋いっぱいに爆発物が詰めこまれているさまを想像した。

「わたしが読んだことある本は、そんなことないよ。もっと危険な書物は〈閲覧室〉に保管されてるんだって。そこに入るには、特別許可が必要なの。でも、そのほかの本なら読めるよ」

「読ませてもらえるの？」わたしはびっくりしていた。「図書館にひょっと入っていって、読めちゃうの？」

「うん、入館許可を持ってる人ならね。ただし、〈閲覧室〉は入れない。もし許可なしで入ったりしたら、地下室（セラー）の一つで〈矯正〉を受けることになるからね」アルドゥア・ホールの各棟には、防音装置付きの地下室があるんだと、ベッカは言った。たとえば、ピアノの練習などに使う。でも、いまR号棟の地下室はヴィダラ小母が〈矯正〉を行うのに使用されている。〈矯正〉というのは、規則から逸脱した者に対する、処罰みたいなものだという。

「でも、処罰って公開で行われるものでしょ」わたしは言った。「犯罪者に対して。ほら、〈集団処置〉とか、人を絞首刑にして、〈壁〉に吊して晒すとか」

「うん、そうだね」ベッカは言った。「吊るしたものを、できればあんまり長く放置しないでほしいんだよね。わたしたちの居室にまで臭いが漂ってきて、吐きそうになる。でも、地下室でやる〈矯正〉は違うんだよ、わたしたちを良くするために行うの。じゃあ、アグネスの制服をとりにいかない？　そしたら、名前を選べるから」

リディア小母と幹部小母たちが承認済みの名前のリストがあった。こういう名前はむかしの女性が好んだ製品にちなんでいるんだって、とベッカが言った。名前を聞いてほっとした気持ちになれるように。でも、わたしはどんな製品なのかぜんぜんわからない、と。

ベッカはリストの名前を読みあげてくれた。わたしはまだ文字を読めなかったので。「メイベリンはどう？」と、彼女は言った。「響きが可愛くない？　メイベリン小母」

「うーん」わたしは言った。「キラキラしすぎかも」

「だったら、アイボリー小母は？」

「なんだか、冷たい感じ」わたしは言った。

「あっ、これは？　ヴィクトリア。ヴィクトリア女王っていたよね。ヴィクトリア小母って呼ばれるんだよ。〈誓願者〉のレベルでも、小母の肩書は使うのを許可されているから。けど、ギレアデの外の国で〈真珠女子〉の伝道任務を完了したら、〈誓願者〉は卒業して、正式の小母になれる」ヴィダラ・スクールでは、〈真珠女子〉のことはあまり教わっていなかった――ただ、勇敢な女性たちで、ギレアデのために危険を賭し、みずからを犠牲にするということ、だから尊敬しなくてはならない、ということぐらい。

「わたしたち、ギレアデの外に出るの？　そんなに遠くへ行くのって怖くない？　ギレアデってすごく広いんでしょう？」世界の縁から落っこちるようなものじゃないんだろうか。きっとギレアデには果てしないんだから。

「ギレアデって、思ったより小さいんだよ」ベッカが言った。「その周りに、ほかの国があってね。こんど、地図を見せてあげる」

ベッカが笑ったところを見ると、わたしはよほど戸惑った顔をしていたのだろう。「地図って絵みたいなもののこと。ここでは地図の読み方も習う」

「待って、絵を読むの？」わたしは言った。「そんなこと、どうやったらできるの？　絵は文章じゃないのに？」

「見たらわかるから。わたしも最初はできなかったけど」ベッカはまた微笑んだ。「アグネスが来てくれたから、独りじゃないって思えるよ」

六カ月したら、わたしはどうなるんだろう？　それが心配だった。ここに残ることを許されるだろうか？　小母たちに野菜でも検分するみたいにじろじろ見られるなんて、心が折れそうだ。そもそも視線を床に向けているというのが、むずかしかった。そうしなさいと言われていたのだけれど。視線を少しあげたら、おそらく小母の胴を凝視することになり、これは失礼だし、いわんや目を見るなんてことは、生意気だと。まず幹部小母のだれかが話しかけてくるまで決してしゃべらない、というのもむずかしかった。従順さ、謙虚さ、すなおさ。これらが求められる美徳だった。

それから、読み方の訓練。これには、くじけそうになった。たぶん読み方を一から習うには、もう年齢的に遅いんだ。わたしはそう思った。字を読むのは、細かい刺繍をするようなもの。幼いうちに始めないと、いくらやっても躓いてしまう。でも、わずかずつながら、わたしは習得していった。「コツがつかめてきたじゃない」ベッカはそう言ってくれた。「わたしが初心者のころより、ぜんぜん上手いよ!」

これで勉強しなさいと渡されたのは、ディックとジェーンという名の男の子と女の子が出てくる何冊かの本だった。とても古そうな本で、挿絵にアルドゥア・ホールが手を加えていた。ジェーンは丈の長いスカートと長袖のシャツを着ていたけれど、絵具で塗られた部分から察するに、もとのスカートは膝上の丈で、袖も肘より短い半袖だったようだ。頭髪も、もとはなにも被っていなかった。

これらの本でいちばんびっくりしたのは、ディックとジェーンと幼子サリーが、白い木製のフェンスで囲われただけの家に住んでいること。低くて頼りなさげなそのフェンスは、だれでも乗り越えられそうだった。〈天使〉もいなければ、〈保護者〉もいない。ディックとジェーンと幼子サリーが表で遊んでいる姿が、だれからも丸見えになっていた。これじゃ、幼子サリーはいつ誘拐されて、密かにカナダへ連れていかれるかわからない。〈幼子ニコール〉や盗まれた無垢な子どもらみたいに。ジェーンの剝きだしの膝は通りすがりの男性の劣情をいちいち刺激しかねないものだったはず。顔以外のあらゆる部位は絵の具で塗りつぶされていたからいいものの。ベッカが言うには、こういう本の挿絵を塗るのは〈誓願者〉の任務だから、そのうちやらされるはずだと。彼女もかなりの数の本を塗ったという。

でも、アグネスがここに残るとは限らないよね。と、ベッカは言った。小母に向いていない人もいるから。アグネスがアルドゥア・ホールに来る前、受け入れが決まった子を二人知っているけど、一人はたった三カ月で気が変わって、家族が引き取りにきたんだよ。やっぱり、前に決まっていた縁談を進めることになったんだって、と。

「もう一人の子はどうなったの？」わたしは聞いた。

「そっちもひどいことになった」ベッカは言った。「リリー小母という名前の子。最初はぜんぜん変じゃなかったんだけど。この子なら、うまくやっていけそうって、みんな言ってたのに、口答えしたっていうので、〈矯正〉を受けたの。最悪ってほどの〈矯正〉じゃなかったと思う。ヴィダラ小母には鬼みたいなところがあるからね。こう訊くんだよ。〝これはどうですか、好きですか？〟って、〈矯正〉をしながらね。正しい答えなんかない」

「でも、リリー小母はどうなったの？」

「そのあと、人が変わっちゃったんだよ。アルドゥア・ホールを出たいと言って――自分には合わないからって――そしたら小母たちが、出ていくなら、予定されていた縁組みは行うべきだって。でも、リリー小母はそれも嫌だと言ってね」

「じゃあ、彼女はどうしたかったの？」わたしは訊いた。リリー小母に、にわかに興味が湧いてきた。

「農場で働いて、独りで暮らしていきたいって。エリザベス小母とヴィダラ小母は、読み方を早くからやりすぎた影響だって言ってた。ヒルデガード図書館で悪い考えに触れたせいだって。心がまだそういう悪いことを拒絶できるほど鍛えられていないうちにね。焚書すべきいかがわしい本がいっぱいあるんだって。リリー小母は自分の考えをしっかり確立できるよう、もっと厳しい〈矯正〉を受けるべきだと小母たちは考えた」

「どんな〈矯正〉？」わたしの心は充分に強いだろうか、わたしもさまざまな〈矯正〉を受けることになるんだろうか、と考えながら。

「一カ月も〈地下室〉に独りで閉じこめて、パンと水しか与えなかったの。部屋から出されたときには、だれに対しても〝イエス〟か〝ノー〟しか言わなくなってた。ヴィダラ小母に言わせると、彼女は小母になるには心が弱すぎるから、やっぱり結婚させないとってなって。

ホールを去る予定の前の日、彼女、朝食にあらわれなくて、昼食にも来なかった。どこに行っちゃったのかだれも知らなくて、エリザベス小母とヴィダラ小母は、きっと逃亡したんだと言った。警備の隙をついたんだというんで、大捜索がおこなわれた。でも、見つけられなかった。そのうちシャワーの水が、へんな臭いするようになってね、こんどは屋上にある雨水をためるタンクを開けてみたの。シャワーに使う水だけど。そしたら、彼女、そこにいて……」

「えっ、怖すぎる！」わたしは言った。「彼女……あの、だれかに殺されたってこと？」

「小母たちも最初はそう考えたみたい。ヘレナ小母なんかヒステリー起こして、アルドゥア・ホールに〈目(アイズ)〉の捜査を入れる許可まで出して、手掛かりを探したんだけど、なにも出てこなかったって。わたしたち〈誓願者〉からも何人か、屋上にあがってタンクを見てみたよ。うっかり落ちたとかありえないと思う、あれは。タンクの梯子を登る必要があるし、小さい扉もついてるから」

「彼女の遺体って見た？」わたしは尋ねた。

「窓のない棺だったから……」と、ベッカは言った。「でも、ぜったいわざとやったんだ。ポケットに石を詰めていたし——あ、これは噂だけどね。遺書は残っていなかった。もしあっても、ヴィダラ小母が破いて捨てたんだと思う。お葬式では、脳の動脈瘤が破裂して亡くなったって発表されたよ。〈誓願者〉がこんな悲惨な死に方をしたのなんて、知られたくないからね。みんなで彼女のためにお祈りを捧げた。きっと神さまはリリー小母をお赦しになったと思う」

「でも、どうしてそんなことしたんだろう？」わたしは言った。「死にたかったの？」

「だれも死にたくなんかないよ」ベッカは言った。「でも、自分に許された生き方で生きていたくない人もいる」

「けど、わざと溺れて死ぬなんて！」わたしは言った。

「穏やかなものらしいよ」ベッカは言った。「鈴の音と歌声が聞こえてくるんだって。天使の声みたいな。少なくとも、ヘレナ小母はそう教えてくれた。わたしたちを安心させるためだけどね」

ディックとジェーンの本の内容を習得すると、わたしは『少女のためのお話十選』という本を与えられた。数え歌の本ですよ、とヴィダラ小母は言った。この歌を、わたしはいまもよく憶えている。

ティルツァをごらん！　そこにいる
浮浪者みたいな髪をしている
歩道をゆうゆうと歩いていくようす

頭をあげて自信まんまんのようす
〈保護者〉の視線をとらえたよ
罪深いおこないにさそっているよ
この子は道を正そうとしない
ひざまずいて祈ることもない！
たちまち罪をおかすだろう
壁に吊られる日も近いだろう

ヴィダラ小母の「お話」とは、若い娘がしてはならないことの数々と、その結果、身に降りかかるだろう恐るべき事態を歌ったものばかりだった。いま思えば、これらは詩としては、あまり上手いものではなかったし、あの当時でさえ、可哀そうな娘たちが間違いを犯して厳しく罰せられたり、下手をすると殺されたりする話を聞くのは、嫌なものだった。それでも、なにかを読むことができるのは、震えるような喜びでもあった。

ある日、ティルツァのお話をベッカ相手に音読して、なにか読み違いをしていたら直してもらっているおりに、ベッカがこう言った。「わたしは、ぜったいこんなふうにはならない」

「こんなふうって？」わたしは訊いた。

「〈保護者〉をこんなふうに誘ったりしないってこと。彼らの目も引かないし、わたしも彼らを見たくないし」ベッカは言った。「どんな男性でもね。おぞましいよ。相手がギレアデ式の神さまでも」

「ベッカ」わたしは言った。「どうしてそんなこと言うの？〝ギレアデ式の神さま〟ってどういう意味？」

「みんな、ギレアデの神さまは唯一の神さまだって思いたいから」ベッカは言った。「だから、ほかの神は無しにしようとするの。聖書には、〝わたしたちは、男性も女性も共に神の似姿である〟って書いてあるけどね。ヴィダラ小母に読むのを許可されたらわかると思うけど」

「そんなこと言うの、やめてよ、ベッカ」わたしは言った。「ヴィダラ小母が聞いたら、異端思想だって言うと思う」

「それはこっちのセリフだよ、アグネス」彼女は言った。「あなたは生涯、信じられると思ってたのに」

「やめてよ」わたしは言った。「ベッカと違って、そんな善い人じゃないのよ、わたしは」

アルドゥア・ホールの一員になって二カ月目、わたしはシュナマイトの訪問を受けた。〈シュラフリー・カフェ〉で落ちあうと、彼女は正式な〈妻〉が着る青いドレスを着ていた。

「アグネス！」シュナマイトは高い声をあげて、両手を差しのべてきた。「会えてうれしい！　元気なの？」

「もちろん、元気よ」わたしは言った。「いまでは、ヴィクトリア小母と呼ばれてるけど。ミントティーをいかが？」

「ポーラがそれとなく言ってただけなんだけど……あなたがちょっと、その……おかしなことになっちゃったって――」

「わたしの気が変になったって？」わたしはにっこりした。なるほど、いま、シュナマイトはポーラを自分と〝同格の友だち〟として表現したわけね。たしかに、いまのシュナマイトはランクからいったらポーラより上だし、ポーラはさぞかし癪に障っているだろう。こんな尻の青い娘が自分より格上の〈妻〉になったんだから。「ええ、ポーラがそう思っているのは知ってる。ところで、あなたの結婚のお祝いを言わないとね」

「あなた、わたしに頭に来てるんじゃないの？」シュナマイトは学校時代の口ぶりにもどっていた。

「わたしがあなたに〝頭に来る〟って、どうして？」

「あなたのだんなさんを盗ったから」えっ、この子はそんなふうに思っているんだ？　結婚戦線に勝ったと？　でも、ジャド司令官を侮辱することなく、それを否定するにはどうしたらいいんだろう？

「わたしは、より高きお召しを受けたから」わたしは出来るかぎりしかつめらしく答えた。

シュナマイトはくすっと笑った。「本気で言ってるの？　じゃあ、わたしは、より低きお召しを受けたんだね。うちはね、〈マーサ〉が四人もいるんだよ！　わが家を見せてあげたいな！」

「きっとすてきでしょうね」わたしは言った。

「でも、あなた、ほんとに平気なの？」彼女の心配はあながち嘘ではなかったかもしれない。「こんなところにいて、げんなりしない？　なんか、とっても寂びれたところだよね」

「わたしなら大丈夫」わたしは言った。「シュナマイトにも、幸せが降り注ぎますように」

「きっとベッカもこの地下牢にいるんでしょ？」

「地下牢じゃないけどね」わたしは言った。「そう、彼女とはルームメイトよ」

「植木ばさみで襲われそうで怖くない？　あの子って、まだ頭おかしいの？」

「彼女が頭おかしかったことなんてないわよ」わたしは言った。「すごく悩んでいただけ。今日は会えてうれしかった、シュナマイト。でも、もうお務めにもどる時間だから」

「わたしが嫌いになったんだね」シュナマイトは半ば本気で言った。

「わたし、小母になるための修行中だから」わたしは言った。「ほんとに、だれも好きになっちゃいけないの」

49

わたしの文章を読む技術はゆっくりと、散々つまずきながらも進歩していった。ベッカにはずいぶんとお世話になった。読み方の稽古には、聖書の文章を使った。もちろん、〈誓願者〉も手にするのを許された認定版聖書から取った文章だった。わたしはそれまで耳で聞いたことしかなかった聖書の教えをこの目で読むことができるようになった。タビサが亡くなったとき、何度も頭のなかで諳んじたくだりを、ベッカが一緒に探してくれた。

一千年の月日も、過ぎればあなたの目には昨日のごとし、なんのことなく過ぎていきます。あなたは人々を洪水で押し流します。彼らは夜の夢のごとく、朝に萌えでる葦のごとし。朝に萌えでて生繁り、夕には伐られてしおれます（旧約聖書「詩編」第90編4-6節）。

単語を一字ずつ、やっとの思いで読んだ。言葉は本のページに書かれると、違ったふうに感じられた。わたしが心で諳んじるときは、流れるように朗々と響きわたるのに、もっと平べったく、乾いた感じがした。

ベッカは、文字を一つずつ読むのと、本当に読むのは別物だよ、と言った。その言葉が歌みたいに聞こえてきたら、〝読めた〟ってこと。

「そんなの、一生できない気がする」わたしは言った。

「だいじょうぶ」ベッカは言った。「聖書じゃなくて実際の歌を読めるか、試してみようよ」

ベッカひとりで図書館に行くと——わたしはまだ入館を許可されていなかったから——アルドゥア・ホールの讃美歌集を一冊、借りてきた。そのなかには、タビサが銀の鈴の音のような声で歌ってくれた例の子守歌も入っていた。

今、わたしは横たわり眠りにつきます。
主よ、わたしの魂をお守りください。

最初、わたしはベッカにそれを歌って聞かせ、しばらくすると音読して聞かせられるようになった。「心強いと思わない？」彼女は言った。「わたしと一緒に天に昇ってくれる天使がいつも二人、待機してるって思いたいな」それからベッカはこう言った。「わたしは寝る前に歌ってくれる人なんかいなかった。アグネスはいて良かったたね」

読み方と同時に、わたしは書き方も習っていった。読むのに比べてむずかしい面もあり、やさしい面もあった。書くのに使うのは、製図用のインクと、金属のペン先を付けるタイプのペン、あるいは鉛筆。それは、輸入品を保管する倉庫から、最近アルドゥア・ホールになにが割り当てられたかによって変わった。

筆記用具は司令官と小母がもつ特権の象徴だった。この階級でなければ、ギレアデ国内では一般には手に入らない品物だった。女性は筆記用具に用がないし、男性も大半は報告書を作るときや棚卸しをするときにぐらいしか使わない。庶民がほかになにを書くというのか？

わたしたち女性はヴィダラ・スクールで刺繡と絵画を習ったけれど、ベッカが言うには、文章を書くのもそれと似たようなものだと――それぞれの字は、一つの図案や刺繡の列みたいなもの。音符にも似てるかもね。一字ずつの書き方を覚えたら、それを真珠飾りみたいに、どう並べて使うかを覚えればいいの。

そう言うベッカの字はとてもきれいだった。何度も書いて見せてくれ、我慢強く教えてくれた。わたしがミミズの這ったような字でも、いったん書けるようになると、書写用に、聖書からいくつかモットーを抜き書きしてくれた。

「こういうわけで、永く残るものは信仰と希望と慈愛、この三つです。なかでも一番すぐれているのは慈愛です」（新約聖書「コリントの信徒への手紙一」13章13節）

「愛は死ほどに強し」（旧約聖書「雅歌」第8章6節）

「空飛ぶ鳥が声をはこび、翼あるものがことを告げるだろう」（旧約聖書「コヘレトの言葉」第10章20節）

わたしはこれらの言葉を何度も何度も書き写した。同じ文章でも筆跡が変わっていくのを見比べると、自分の上達を実感できるでしょ、というのがベッカのアドバイスだった。

わたしは自分が書いた言葉について考えていた。〝慈愛〟は本当に〝信仰〟よりすぐれているんだろうか？　わたしはどちらかでも持ったことがある？　愛は死と同じぐらい強いの？　その鳥が運ぶことになるのは、だれの声だろう？

読み書きができても、あらゆる疑問に答えが出るわけでなかった。疑問はつぎの疑問に、つぎの疑問はそのまたつぎの疑問につながるのだった。

その最初の数カ月、わたしは読み方の勉強のほかにも、いろいろな任務を割り当てられ、なんとか成果をあげた。こうした任務のなかには、つらくないものもあった。「ディックとジェーン」のテキストに出てくる少女の絵に、スカートや袖や被り物を描き足すのは楽しかったし、台所仕事もやぶさかではなかった。料理に使う蕪や玉ねぎを刻んだり、洗い物をしたり。アルドゥア・ホールに暮らす女性は一人一人が全体の福祉に貢献すべしとされていたから、手仕事は笑われるような仕事ではなかった。どんな小母もそうした作業を免除されることはなかったけれど、重い物を持ちあげる仕事は大半、〈誓願者〉がこなしていた。でも、べつにかまわない。わたしたちの方が若いんだから。と思っていた。

ところが、トイレの磨き掃除は楽しめなかった。とくに、一度目ですっかりきれいにしたのに、二度、三度とやり直しを命じられるときは。何度もやり直しをさせられる件については、事前にベッカから聞いていた。あれはね、便器のきれいさを見てるんじゃないんだよ、と彼女は言った。小母たちは従順さをテストしてるの。

「でも、わたしたちに三度もトイレ掃除をさせるなんて――理不尽じゃない！」わたしは言った。「貴重な国家資源の無駄づかいよ」

「トイレ掃除係は〝貴重な国家資源〟じゃないから」ベッカは言った。「妊娠した女性と違って。でも、理不尽だよね――それは、言える。だからこそ、試練(テスト)なんだよ。理不尽な要求にも文句を言わず従うかどうか見てやろうっていうこと」

このテストをますますつらくしているのは、監視役にいちばん下っ端の小母がつくことだった。年かさの小母ならともかく、自分と同い年ぐらいの小母に、馬鹿げた命令をされるのは、はるかにいらつくことだった。

「もう、いや！」四週間つづけてトイレ掃除をさせられて、わたしはついに爆発した。「アビー小母なんて、だいっきらい！　ものすごく意地悪で、えらそうで、それに……」

「だから、それもテストなの」ベッカが釘をさした。「ヨブと同じで、神さまに試されているんだよ」

「アビー小母は神じゃないでしょう。そう思ってるのは、本人だけよ」わたしは言った。

「彼女もお務めだから、がんばって鬼になってるんだよ」ベッカは言った。「自分の憎しみが消えるよう祈らなきゃ。憎しみが息みたいに鼻からふーっと抜けていくのをイメージしてみて」

ベッカはこういう自己抑制のテクニックをたくさん知っていた。わたしもいくつかやってみた。効くことも、ときにはあった。

六カ月間の研修に合格し、常任の〈誓願者〉として受け入れが決まると、わたしは〈ヒルデガード図書館〉への入館を許可された。このときの気持ちは、言葉に表しがたい。初めて図書館のドアをくぐったときには、黄金の鍵をわたされた気がした――秘密の扉をつぎつぎと開けて、その奥に眠る財宝を見せてくれる鍵。

最初のうちは、手前の部屋にしか入れなかったけれど、しばらくすると、〈閲覧室〉への入室許可証が与えられた。その部屋に自分のデスクもあった。わたしが割り振られた任務は、リディア小母が特別な機会に行った数々のスピーチ——わたしに言わせれば「説教」——を清書することだった。同じスピーチをリディア小母は使い回すのだけど、毎回少しずつ変えるので、手書きのメモを含めて、読みやすいタイプ原稿に仕上げる必要があった。そのころには、スピードは遅いながらタイプも打てるようになっていた。

デスクに向かっていると、ときどきリディア小母が横を通りすぎ、〈閲覧室〉からさらに奥にある彼女だけの特別室に入っていくことがあった。そこで、ギレアデ国をより良い国にするための重要な研究をしているという。それは、リディア小母の生涯をかけた使命なのです、と幹部小母たちは言った。幹部小母たちが細心の注意をはらって保管している〈血統系図公文書〉、いろいろな聖書、神学論集、危険な世界文学の数々——そうしたものがぜんぶ、あの錠のかかった扉のむこうに仕舞われている。わたしたちの心が充分に強く鍛えられて初めて、入室を許可される部屋。

幾星霜のうちに、ベッカとわたしは親密な友人同士になり、それまでだれにも話さなかった自分のことや、自分の家族のことも打ち明けあうようになった。わたしは継母のポーラをひどく憎んでいたこと、でも、その負の感情を乗り越えようとしていたことを話した。うちの〈侍女〉クリスタルの悲劇的な死について、そのときの自分の激しい動揺について詳細に語った。ベッカのほうは、ドクター・グローヴのこと、彼がしたことを話してくれ、わたしは診療室でのあの出来事を打ち明け、すると、ベッカは、わたしを思って怒りだした。わたしたちは実の母について話し、いったいだれなのか知りたいと言いあった。あんなに打ち明けあってはいけなかったのだろうけど、話すだけでずいぶん慰められたのだ。

「わたしに姉妹がいたらなあ」ベッカがある日、言った。「もしいるなら、アグネスだよ、それは」

50

わたしはここでの生活を安らかなものとして語ってきたし、外部のみなさんの目にはそう映ると思う。けれど、ここに暮らす人たちの内面では、嵐が吹き荒れて、不安が渦巻き、それは、より高き大義に身を捧げようとする人たちの間でさえ、決して珍しいことではないと、わたしは入所してから知ることになった。わたしに「内なる嵐」が初めて訪れたのは、小学生レベルのテキストを延々と読みながら四年を過ごし、とうとう完全版の聖書を手にとる許可を与えられたときだった。わたしたちに支給される聖書はギレアデのべつな場所に保管されていて、強い心としっかりした性質の持ち主だけが信頼を得て、聖書を渡される。つまり、一般の女性はこの対象にならず、小母だけが特別な存在だった。

ベッカはわたしより早くに自分の聖書を読みはじめていた――彼女は習熟度だけでなく、ランクからいっても、わたしより上だった――けれど、この謎めいた書物をすでに読みだしている者は、その聖なる読書体験について人に話してはいけなかったので、ベッカが知ったことをふたりで話しあう機会はなかった。

わたしのためにとってあった錠付きの木製の聖書ボックスが、いよいよ〈閲覧室〉に運びこまれ、禁断中の禁断の書をひらける日がついにやってきた。わたしがそのことで舞いあがっていると、ベッカが朝、こう言ってきた。「警告しておきたいんだけど」

「警告？」わたしは言った。「だって、神聖な書物でしょう」

「よく言われているようなことは書いてないからね」

「どういう意味なの？」わたしは訊いた。

「あんまりがっかりしないで」ベッカはそこでひと呼吸おいた。「エスティー小母は善意でああ言ったんだと思う。ほら、士師記の十九章から二十一章のこと」

ベッカはそれ以上語ろうとしなかった。でも、わたしは〈閲覧室〉へ出向き、まず木製のボックスを開け、つぎに自分がいつも心の拠りどころにしてきた聖書をひらいた。あの「十二片に切り刻まれた側女」の話を。遠い日に、学校でヴィダラ小母が授業で話したあの物語――それを聞いて、幼いベッカがひどくショックを受けたあの話。

あの話はよく覚えていた。エスティー小母がしてくれた説明も。側女は言いつけに逆らって生家に帰ったことを詫びたいと思い、自分の所有者の主人が邪悪なベンヤミン人たちに凌辱されるぐらいなら、自分が犠牲になることを選んで殺されたのだ、と。側女は勇敢で気高い人だと、小母は言った。みずから犠牲になることを選んだのだと。

ところが、その説話を通して読んでみると……。わたしは彼女の勇敢で気高い場面を探した。みずからの決意で進みでる場面を探したけれど、そんなくだりはどこにもなかった。その娘はただ家の外に押しだされ、死ぬまでレイプされて、乳牛のように切り刻まれただけだった。生前から彼女を買ってきた家畜のように扱っていた男によって。そもそも彼女が逃げだしたのは当然だったのだ。

それは、苦い衝撃だった。エスティー小母がわたしたちに嘘をついたこと。じつは気高さなどなく、おぞましい話だったこと。そうか、女性の心はいたってもろいので、ものを読むことには向いていないと、小母たちが言っていたのは、こういうことだったんだ。矛盾に晒されると、わたしたちの心は折れて、千々に乱れてしまう。信念を揺るがせずにいられない。

わたしはそのときまで、ギレアデの神学の正しさ、とくにその信憑性を真剣に疑ったことはなかった。なにか疑いが生じるなら、それはわたしの方に問題があるんだと判断していた。ところが、ギレアデによってなにが変更され、追加され、省略されたかわかってしまうと、信心を失いそうで恐ろしくなった。

信仰をもったことがない人には、これがどういう意味かわからないだろう。いちばん大切な友人が死にかけているような気持ち。自分を護ってくれたものがことごとく焼け落ちていくような、独りぼっちでとり残されそうな、逐われて暗い森のなかで迷子になったような気持ち。タビサが亡くなったときに感じたのと同じ気持ちだった。世界から意味がこぼれ落ちて空っぽになったような、なにもかもが虚ろで、なにもかもが萎れていくような気がした。

自分の内面の変化を、わたしはベッカに話した。

「わかるよ」彼女は言った。「わたしもそうだった。ギレアデの幹部はわたしたちに嘘をついてきたんだよ」

「どういうこと？」

「神さまって、小母たちが言うようなものじゃない」ベッカは言った。だから、ギレアデを信じるか、神を信じるかのどちらかで、両方信じることはできない。そうやって、自分の中の危機を処理してきた、と。

どちらか選ぶ自信がないと、わたしは言った。内心、どちらも信じられない気がして不安だった。それでも、信じたい。というより、信じることに焦がれた。結局のところ、信心というのは何割ぐらいが憧憬で出来ているのだろう？

51

それから三年後、さらに不安を煽るようなことが起きた。前に言ったように、〈ヒルデガード図書館〉での任務の一つは、リディア小母のスピーチの清書をすることだった。毎日、作業すべきスピーチ原稿は銀色のホルダーに入ってデスクの上におかれていた。ある朝、銀色のホルダーをひらくと、中にもう一つ、青いホルダーが挟まれていた。だれが挟んだんだろう？　清書原稿にミスでもあったんだろうか？

わたしは青いホルダーをひらいてみた。わたしの継母ポーラの名前が、一ページ目のいちばん上に書かれていた。その後に記述されていたのは、彼女の一番目の夫の死のいきさつだった。わたしの〝父〟カイル司令官と結婚する前に結婚していた人だ。前に話したように、一番目の夫ソーンダーズ司令官は書斎で〈侍女〉によって殺害された。少なくとも、そういう噂が流れていた。

ポーラが言うには、その若い〈侍女〉はもともと精神的に危ういところがあり、ある晩、キッチンから焼き串を盗みだした。ソーンダーズ司令官は謂れのない攻撃を受けて殺されたのだ。〈侍女〉はすでに逃亡していたが、捕まって、絞首刑になり、その死体は〈壁〉に吊るされた、いうことだった。ところが、〈マーサ〉から聞いたというシュナマイトが言うには、そこには法に背いた罪深い関係があった——〈侍女〉と夫はかねてから書斎で密通していたとか。だから、〈侍女〉に司令官を殺す機会をつくってしまった。彼女は司令官にあれこれ要求されるうちに、とうとう逆上して正気を失った。そのあとの展開は噂と同じだった。ポーラが死体を発見、逃亡した〈侍女〉が捕まり、絞首刑に。ただ、体面をたもつために、ポーラが血まみれになりながら司令官にズボンを穿かせたという細部は、シュナマイトが盛ったものだった。

ところが、青いホルダーに綴られていたのは、それとはまったく違う経緯だった。その文書には、何枚かの写真に加え、盗聴録音された会話の書き起こしがふんだんに添付されていた。ソーンダーズ司令官と〈侍女〉の間には禁断の関係などなかった――法律で定められた定期的な〈儀式〉のみ。しかし、ポーラとわたしの〝父〟カイル司令官は、母タビサが亡くなる前から関係していたのだった。

ポーラは〈侍女〉を懐柔し、ギレアデからの逃亡を手助けすると申しでた。あなたがここでつらい思いをしているのはわかっているから、と。地図と道案内のメモまでわたし、道中、頼るべき〈メーデー〉の連絡員の名前も数名伝えてあった。〈侍女〉が逃げだした後、ポーラがみずから焼き串でソーンダーズ司令官を刺し殺したのだった。だからそんなに血だらけになっていたのか。司令官にズボンを穿かせたからではなく。彼はズボンを脱ぎすらしていなかった。少なくとも、その夜は。

ポーラは〈マーサ〉に袖の下をわたし――賄賂に威しをおりまぜて――殺人鬼〈侍女〉の行動を裏づける証言をするよう根回しをした。そしておもむろに〈天使〉に電話をして、〈侍女〉に罪を着せた。あとは、噂のとおり。気の毒な娘は周章狼狽して街をさまよっているところを発見された。わたされた地図は間違いだらけで、教えられた〈メーデー〉の連絡員らは存在しないとわかった。〈侍女〉は尋問を受けた。（尋問の書き起こしも添付されていたが、読むのは楽ではなかった）逃亡しようとしたのは認め、ポーラの関わりも白状したが、殺人については一貫して無罪を主張した――

それどころか、殺人があったことも知らないと――ものの、身体の痛みに耐えかねて、ついに虚偽の自白をしたのだった。

彼女が殺していないのは明らかだった。それでも、絞首刑になった。

小母たちは真相を知っていたんだ。少なくとも、一人は知っていた。わたしの目の前のホルダーに、その証拠がある。しかし、ポーラの身にはその後、なにも起こらなかった。ポーラの身代わりとして、〈侍女〉が罪をかぶって吊るし首になったということだ。


わたしは雷に打たれたみたいに呆然とした。事の真相に驚愕するのはもちろん、これがわたしのデスクにおかれていた点も不可解だった。どこかのだれかは、なぜわたしにこんな危険な情報を与えてきたんだろう？

人は信じていた話が一つ嘘だと判明するだけで、話という話をぜんぶ疑いはじめる。わたしをアンチ・ギレアデに転向させようとする力が働いているんだろうか？　この証拠の文書や写真は偽造だろうか？　わたしをジャド司令官と結婚させようと奮闘していた継母がついに断念したのは、この殺人罪をばらすとリディア小母が脅したからなのか？　わたしがここアルドゥア・ホールに小母として居場所を得られたのも、このおぞましい一件のおかげなんだろうか？　もしかして、母タビサは病死ではなくて、ポーラと、ひょっとしたらカイル司令官もぐるになり、なんらかの方法で殺したからだと、わたしに暗に伝えているんじゃないか？　わたしはもう、なにを信じたらいいのかわからなかった。

このことを打ち明けて相談できる相手もいなかった。さすがにベッカにも話せなかった。この件に巻きこむことで、彼女を危険に晒したくなかった。この真相を知るはずのない人々にまで知らせたら、どんな災いが振りかかるかわからない。

わたしは一日の作業を終えると、青いホルダーは見つけたところに挟んでおいた。翌日には、また清書用に新たなスピーチが用意されていたが、前日の青いホルダーは姿を消していた。

その後の二年あまりのうちに、わたしは似たようなホルダーがデスクにおかれているのを何度も発見した。そこには、さまざまな犯罪の証拠が収められていた。〈妻〉の犯罪記録は青のホルダー、司令官は黒、医者などの専門職は灰色、〈平民〉は縞柄、〈マーサ〉はくすんだ緑のホルダーと色が決まっていた。〈侍女〉の犯罪を収めたホルダーはなかった。小母のそれも。

わたしのデスクにおかれるホルダーは、青か黒がほとんどだったけれど、犯罪の種類は千差万別だった。〈侍女〉がさまざまな違法行為を強いられ、罪を着せられていた。〈ヤコブの息子〉のメンバーは互いに足を引っ張りあい、最高幹部レベルで賄賂とそれに対する優遇が横行していた。〈妻〉はほかの〈妻〉を陥れようとし、〈マーサ〉は盗み聞きをして情報を集め、それを売りさばいていた。食物への謎の毒物混入事件が起き、赤ちゃんは根も葉もないスキャンダラスな噂を元に〈妻〉から〈妻〉へと〝持ち主〟が変わっていた。司令官がもっと若いべつな妻をほしがると、〈妻〉が犯してもいない姦通の罪で絞首刑になったりする。公開裁判――謀反人を粛清し、指導者層の権力を純化するための――は、拷問で無理に引きだした虚偽自白にもとづいていた。

偽証も例に漏れず、広く行われていた。美徳と純真の表面（おもてづら）の陰で、ギレアデは少しずつ腐敗していたのだった。

ポーラのファイルのつぎに、わたしといちばん近い関わりがあったのは、ジャド司令官のものだった。分厚いファイルで、いろいろな不品行の記録のなかには、前妻たちの運命に関わる記述も含まれていた。わたしとの短い婚約期間の前に結婚していた〈妻〉たち。

ジャド司令官はその〈妻〉たちを一人残らず始末していた。一人目は階段から突き落とされ、頸の骨を折った。足を滑らせて転落したと、巷では言われていた。ほかのファイルも読んでわかったことだが、そうした死を事故に見せかけるのは難しいことではない。また、前妻のうち二人は、お産で、あるいは出産直後に亡くなったと言われていた。子どもが〈不完全児（アンベイビー）〉だったと。しかし彼女たちの死には、故意に誘発された敗血症、またはそのショック症状が関係していた。また、べつなケースでは、頭部が二つある〈不完全児〉が産道の途中でつかえても、司令官は手術許可を出すのを拒んだ。どうしようもなかったのです。と、ジャド司令官は敬虔そうな顔で言ったものだ。まだ胎児の心拍がありましたので。

四人目の〈妻〉はジャド司令官の勧めで、花の静物画を趣味で描きはじめた。夫は気をきかせて絵の具のセットまで買ってあった。そのうち、カドミウム中毒から来る症状が出始めた。ファイルによれば、カドミウムはよく知られた発がん性物質であり、四番目の〈妻〉はそれから間もなく胃がんで亡くなった。

どうやら、わたしは危機一髪で死刑を逃れたようだ。そして、逃れるのに手を貸してくれた人がいる。その晩、わたしは感謝の祈りを捧げた。信仰に疑心は生じていたものの、その後も祈りつづけた。ありがとうございます。わたしはそう言った。わたしの不信心をお救いください。それから、シュナマイトもお救いください。わたしは付け足した。きっと救済が必要になるでしょうから。

こういうファイルを読みはじめた当初は、おびえたし、気分がわるくなった。何者かがわたしを精神的に苦しめようとしているんだろうか？　それとも、こういうファイルを読むことも教育の一環なの？　わたしの心は鍛えられている？　ゆくゆく小母として遂行する任務に対して、準備はできつつあるんだろうか？

これが小母たちの仕事なんだ。わたしにはわかってきた。記録する。待つ。そして、小母にしかわからない目的を達成するために、その情報を使う。小母の武器は、〈マーサ〉がよく言っていたとおり、破滅を招くような、影響力のある秘密なんだ。自分のだけでなく、他人の秘密、嘘、狡知、策略の情報を使う。

このままアルドゥア・ホールに留まり、〈真珠女子〉の使命を果たして、正式な〈小母〉となって帰還したら、わたしはそういう存在になる。これまで知った数々の秘密にくわえ、さらに多くの秘密がわたしのものになり、然るべきときに使うことになるだろう。こうした権力のすべて。悪人を人知れず裁き、本人が決して察知できないやり方で罰するこうした潜在力のすべて。こうした復讐の力がすべて自分のものになる。

前述のとおり、わたしには仕返しをしたがる面があり、以前はそれを痛恨に感じていた。とはいえ、そう思いながらも、正そうとは思わなかった。

そのときも、復讐心をそそられなかったと言えば、嘘になるだろう。

XIX 書斎

アルドゥア・ホール手稿

52

わが読者よ、ゆうべ、ぎょっとする不愉快な出来事があった。わたしはひとけのない図書館の一室に閉じこもり、ペンと製図用の青いインクで密かに書きものを続けていた。換気のためにドアは開けておいたのだが、すると、ヴィダラ小母の顔がいきなりわが秘所の隅にひょっこり現れたのだ。わたしは跳びあがったりしなかった――プラスチックで保存加工をした死体もかくやという、硬化性ポリマーの神経をもつゆえ――が、反射的に咳払いをし、閉じた『わが生涯の弁明』を執筆中のページの上にスライドさせた。

「おや、リディア小母」ヴィダラ小母は言った。「お風邪を召されたんでないといいですけど。寝てらした方がいいのでは?」大いなる眠り(死)か。あんたがわたしに望むのはそれだろう、とわたしは思った。

「ただのアレルギーですよ」わたしは返した。「この時季はやられる人が多いでしょう」ヴィダラ小母こそ、典型的な症例なんだから、否定できないはずだ。

「お邪魔してすみませんね」ヴィダラ小母はわざとらしく謝った。その視線はニューマン枢機卿の『わが生涯の弁明』というタイトルのあたりに移った。「ご研究に余念がないようですね」彼女は言った。「ニューマンといえば、悪名高い異教徒（ギレアデではカトリック信者は異端扱い）ですが」

「汝の敵を知れ、ですよ」わたしはそう返した。「ご用件は？」

「いたって重大な案件があるんですよ。〈シュラフリー・カフェ〉でホットミルクをおごらせてもらえませんか？」ヴィダラ小母は言った。

「それはご親切に」わたしは応えた。ニューマン枢機卿の本を書棚に戻しにいくのに席を立ち、彼女に背を向けた体勢になってから、青インクの手記を書物のページの空洞に挿しいれた。

まもなく、わたしたちはカフェのテーブルを挟んで差し向いになり、わたしはホットミルクを、ヴィダラ小母はミントティーを注文した。「〈真珠女子（パールガールズ）〉の〈感謝の儀〉に、いささか妙な点があります」ヴィダラ小母はそう切りだした。

「というと、どんな点ですか？　ふだんどおりに行われたと思いますが」

「あの新入りの娘ジェイドですよ。どうも怪しいと思いますね」ヴィダラ小母は言った。「ここに似つかわしくない」

「最初はどの娘もそう映るでしょう」わたしは言った。「でも、あの子たちは貧困、搾取、そして、いわゆる現代社会の荒廃から護られた安息の地を求めてきているのです。安定を求め、秩序を求め、明確な人生の指針を求めています。ジェイドという子も少し時間をおけば、落ち着くでしょう」

「ベアトリス小母から、彼女の腕に彫られた愚かしいタトゥーのことを聞きました。小母があなたにも話していると思いますけど。ええ、本当なんですよ！　〝神(ゴッド)〟と〝愛(ラヴ)〟と彫っています！　まったく、こんな不躾なやり方で神のご機嫌をとろうというんですかね。しかも、こんな異端思想的な！　どうも、裏切りの臭いがします。あの子が〈メーデー〉の潜入工作員でないと、どうしてわかるんです？」

「これまで、工作員であれば必ず探知しています」わたしは言った。「それから身体彫刻に関してですが、カナダの若者ですから、異教徒なのですよ。あそこの若者はありとあらゆる野蛮なシンボルを身体に刻みつけます。思うに、〝神(ゴッド)〟と〝愛(ラヴ)〟なら善意を示しているんでしょう。少なくとも、トンボやらドクロやら、そういう柄ではないんですから。でも、まあ、彼女には目を光らせておきましょう」

「あんなタトゥーは消させるべきでした。神への冒瀆ですよ。〝神(ゴッド)〟は神聖な語です。腕なんかに付けるものではありません」

「いまのあの子には、タトゥーの除去はつらすぎるでしょう。もう少しあとでもかまわないのでは。若い〈誓願者〉の意気込みを挫きたくありません」

「あの子が本物の〈誓願者〉であれば、ですが。わたしは大いに怪しいと思いますね。この手の策略を弄するのは、〈メーデー〉の典型的なやり口です。あの子は一度、尋問すべきだと思います」〝わたしの手で〟という意味だろう。ヴィダラ小母はそういう尋問を少しばかり楽しみすぎるきらいがあった。

「急がば回れと言うでしょう」わたしは言った。「もっと穏当なやり方のほうが好ましいかと」

「昔のあなたはそんなやり方は好まなかった」ヴィダラ小母は言った。「曖昧さはなく、白黒はっきりさせるのを好んだ。多少の血が流れようと意に介さなかった」と言ってヴィダラ小母はくしゃみをした。カフェのこのカビ問題はなんとかすべきだと、わたしは思った。でも、まあ、いいか。

その日遅く、わたしはジャド司令官の自宅のオフィスに電話をし、緊急会議の要請をして受諾された。送ってきた運転手には、この場で待機するよう指示した。

玄関のドアを開けたのは、ジャド司令官の〈妻〉シュナマイトだった。元気そうにはまったく見えなかった。やせ細り、顔は青ざめ、虚ろな目をしていた。ジャドの〈妻〉としては、比較的長期間もっていた。少なくとも子どもを一人、産出しており——〈不完全児（アンベイビー）〉だったが——、そろそろその寿命は尽きかけているようだった。ジャド司令官は最近、妻のスープになにを入れているんだろう、とわたしは訝った。「ああ、リディア小母。どうぞお入りください。司令官がお待ちしておりました」シュナマイトは言った。

なぜ、妻みずからがドアを開けたのだろう？　玄関のドアを開けるのは、〈マーサ〉の役割ではないか。きっとわたしになにか頼みたいことがあるのだ。わたしは声をひそめた。「シュナマイト、マイディア」わたしはにっこりとしながら、「どこか悪いのですか？」と尋ねた。かつてはあんなに溌剌とした娘だったのに——軽はずみで癪に障る面はあったにせよ——いまや病んだ亡霊のようだ。

「具合が悪いなんて言うなと」彼女はひそひそ声で答えた。「そんなものはなんでもないって、司令官に言われてます。いわゆる〝気病み〟だって。でも、どこか悪いのは自分でわかっているんです」

「アルドゥア・ホールのクリニックに診察させましょう」わたしは言った。「検査をいくつかね」

「あの人から許可をもらわないと」シュナマイトは言った。「でも、きっと行かせてくれません」

「わたしが司令官から許可をとりつけましょう。心配しないで」わたしがそう言うと、彼女の目から涙がこぼれ、感謝の言葉が漏れた。べつな時代だったら、跪いてわたしの手に口づけをしているところだろう。

ジャドは書斎でわたしを待っていた。ここには前にも来たことがあるが、入っていくと、ジャドがいる場合も、いない場合もあった。なにしろ、情報に充ちみちた空間だ。〈目(アイズ)〉の職場から仕事の書類は持ち帰ってはいけないのだが、それがかくも無造作にそのへんに置いてある。

右手の壁には――ドアロからは見えない壁だ。〈妻〉や〈マーサ〉などの女性にショックを与えないように――十九世紀の絵画がかかっており、年端も行かない少女が全裸の姿で描かれている。トンボの羽が描きくわえられ、少女を妖精に変身させていた。この時代、妖精たちは着衣を嫌うとされていた。少女はいたずらな妖精のような背徳の笑みを浮かべ、キノコのまわりを飛んでいる。これぞジャドの好むものだ。みだらな心を隠し持つ、ちょっと人間離れして見える少女。好きに扱っても言い訳がたつ。

書斎には、このクラスの司令官の例に漏れず、書物がぎっしり並んでいる。彼らはものを集めるのが好きだし、手に入れたものを並べてほくそ笑んだり、自分がちょろまかしてきたものについて他人に吹聴したりするのも好きだ。ジャドは伝記と歴史書のりっぱなコレクションを持っている。ナポレオン、スターリン、チャウシェスクといった指導者や支配者たちについての書物だ。わたしが羨むような稀少価値の高い本も何冊かあった。ギュスターヴ・ドレの絵入りの『神曲　地獄篇』、ダリの絵入りの『不思議の国のアリス』、ピカソの絵入りの『女の平和』（古代ギリシャの喜劇作家アリストパネスの戯曲）。ほかの種類の、あまりりっぱとは言えない本もある。検品するので知っているが、年代物のわいせつ本。長ったらしいばかりで退屈なジャンルだ。人間の身体を辱めるといっても、レパートリーは限られている。

「やあ、リディア小母」ジャドはそう言って、椅子から腰を浮かしかけた。かつて紳士のマナーとみなされたものの名残りだ。「まあ、座りなさい。こんな遅くにどんな用件かな？」満面の笑みを浮かべているが、目だけは笑っていない。双眸（そうぼう）は警戒と無慈悲さを同時に映している。

「ある状況が持ちあがりまして」わたしは向かいの椅子に腰かけた。

彼の笑みが消えうせた。「危機的なものではないといいが」

「対処できないことではありません。ヴィダラ小母が通称ジェイドを潜入工作員ではないかと疑っているのです。情報を漁り、この国の悪評を広めるために送りこまれてきたのだと。ヴィダラ小母は彼女への尋問を希望しています。しかしそれは、将来における〈幼子ニコール〉の生産的な用途を反故にする行為です」

「そのとおり」ジャドは言った。「そうなったら、テレビ出演もさせられなくなる。どうすればあなたを助けられるかね？」

「〝わたしたちを〟と言ったほうが宜しいでしょう」わたしは言った。この小さな私掠（しりゃく）船は二人乗りであることを、つねに念押ししておくのが得策だ。「彼女を〈幼子ニコール〉として世間に出せる確信がもてるまで、あの子に余計な干渉が入らないよう、〈目〉から保護命令を出していただきたいのです。ヴィダラ小母はジェイドの身元に気づいておりません」と言ってから、こう付け足した。「今後も告げずにおきましょう。彼女はもはや、あまり信頼がおけませんので」

「どういうことか説明してもらえるかね？」

「さしあたり、わたしを信じていただけますか」わたしは言った。「それから、もうひとつ。おたくの〈妻〉のシュナマイトですが、診療のため、アルドゥア・ホール内の〈なごみとなぐさめクリニック〉へ送るべきでしょう」

長い沈黙がつづき、わたしたちはデスクを挟んで互いの目を見つめあった。「リディア小母、わたしの心を読んだのだね」ジャドは言った。「わたしの手元にいるより、あなたに任せたほうが、彼女にとってむしろ良いだろう。まんいち、なにか……不治の病にでも罹っている場合は」

わが読者よ、ギレアデでは離婚は認められていないことを、ここで再度書いておく。

「賢明なご判断です」わたしは言った。「司令官に疑いがかかることがあってはなりません」

「あなたの胸先ひとつだよ。わたしの運命はその手に委ねられているんだからね、親愛なるリディア小母」ジャド司令官はデスクのむこうで立ちあがりながら言った。まさに言い得て妙、とわたしは思った。しかも、その手はたやすく鉄拳に変わるものだ。


読者よ、わたしはいまカミソリの刃の上に乗っているようなものだ。選択肢は二つある。一つ、このリスキーで無謀ですらある計画を推し進め、爆発物のような手記の束を〈小娘ニコール〉に託して移送する試みに出る。成功すれば、ジャドとギレアデを断崖から突き落とす第一歩を踏みだせるだろう。もし失敗すれば、当然ながらわたしは裏切り者の烙印を押され、汚辱にまみれて生きる、いや、死ぬことになるだろう。

二つ、もっと安全なコースを選ぶこともできる。〈幼子ニコール〉をジャド司令官に手わたし、彼女はキャンドルのように、いっときまばゆく輝いたのち、不従順を理由に消し去られる。なにしろ、彼女がこの国での立場をしおらしく受け入れる可能性はゼロなのだから。その場合、わたしはギレアデにおける見返りを回収する。かなりの利益が見込まれるだろう。ヴィダラ小母には消えてもらうことにしよう。なんなら、精神科施設への入所をわたしが手配したっていい。アルドゥア・ホールにおけるわたしの支配力は完全なものとなり、栄えある老後が約束されるだろう。

　しかしそうなれば、ジャドへの恨みを晴らす復讐計画は断念することになる。そんなことになれば、ジャドとわたしは唇歯輔車（しんしほしゃ）の関係から抜けだせなくなるだろう。ジャドの〈妻〉シュナマイトはその巻き添えを食って犠牲になる。ジェイドはイモーテル小母とヴィクトリア小母と同じ寮の棟（ユニット）に入れたから、もしジェイドが消されることになれば、ふたりの運命も危うく宙づりになるだろう。余所でもそうだろうが、ギレアデでは罪に対して連帯責任を課されるのだ。

　だが、わたしにそんな二心を演じ通すことができるだろうか？　そんなに完璧に人を欺けるだろうか？　いわば無煙火薬の束をこっそり抱えて、ギレアデ国の土台の下の坑道を長年掘り進んできたわたしだ、決意が揺らぎはしないだろうか？　わたしだって人間だから、その危険性は大いにある。

　その場合は、せっせと書き溜めてきたその手記を破棄し、それとともにあなたがた、未来の読者も葬り去ることになるだろう。炎を灯す一本のマッチがあれば、あなたがたはすっかりいなくなるのだ――もともと存在していなかったし、これからも存在しないかのように、消し飛ぶことになる。なんとも神のごとき気分だ！　破壊の神ではあるけれど。

　わたしはためらい、たゆたう。

　でも、あしたはきっとべつの日だ（トゥモロー・イズ・アナザー・デイ）。

XX　血統図

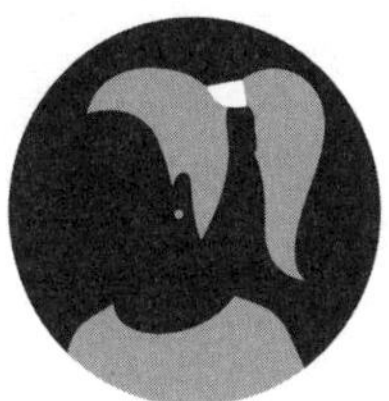

証人の供述369Bの書き起こし

53

ギレアデには無事潜り込めた。ギレアデのことならよく知ってると思っていたけど、実際に暮らしてみるっていうのは別問題で、ギレアデの場合は、もう大々的に別問題だった。ギレアデでの生活は滑りやすいというか、氷の上を歩いてるみたいな感じで、わたしはよろめいてばっかりだった。人の表情は読めないし、人のしゃべっていることがわからないってこともしょっちゅうあった。言葉は聞きとれるし、単語ひとつひとつはわかるんだけど、意味のある文章として翻訳できないような。

最初に連れていかれた礼拝堂での集会で、ひざまずいたり歌ったりがひととおり終わると、ベアトリス小母が信徒席まで案内してくれたんだけど、そのときわたしは振り返って女ばかりがひしめくその空間を見渡した。そこにいただれもかれもがわたしをじっと見つめて微笑みを浮かべていたけど、気さくさ半分、飢えてるのが半分って感じで、ホラー映画で、村人がいまから吸血鬼に変身するぞっていう時間みたいな。

それから新入りの〈真珠〉のために夜通し〈寝ずの儀〉があった。全員がひざまずいてひたすら黙想せよと言われたけど、でも、だれもなんにも教えてくれない。どんな決まりになってるのかとか、トイレに行きたくなったら手を挙げればいいのかとか。いちおう答えが気になったときのために言っとくと、手を挙げるので正解。何時間もそうしているうちに脚がつってきた。新入りの〈真珠〉のひとりで、多分メキシコから来た子がいきなり、すごいヒステリー起こして泣きだしたかと思ったら、わめきだした。小母がふたり彼女のところに駆け寄って外に連れ出した。その子、〈侍女〉にされたってあとから聞いた。わたしはずっと口を閉じていたおかげで命拾いした。

つぎの日、あのださい茶色い服を渡されたかと思うと、あれよあれよという間にスタジアムに追い立てられて、みんな並んでシートに腰をおろした。ギレアデのスポーツなんて聞いたことがない――スポーツなんて存在しないと思ってた――でも、スポーツじゃなかった。そこで行われたのは〈集団処置〉だった。そういうことは学校でも習ってたけど、そんなに細かい説明はされなかった。きっと生徒に精神的ショックを与えたくなかったんだと思う。今なら先生たちの気持ち、よくわかる。

その日は二件の処刑が行われた。男がふたり、逆上した女の群れに文字通り八つ裂きにされていた。叫び声があがり、蹴ったり、嚙みついたり、そこらじゅうに血が飛び散って、〈侍女〉はとくに血まみれになっていた。だれかがなにかの一部を――髪の毛の塊とか指みたいに見えるものを――かかげて見せると、どよめきや歓声があがった。

おぞましい光景だった。血の気が引いた。このことで、わたしの〈侍女〉のイメージはある面、まったく刷新されてしまった。お母さんもあんな風だったんじゃないか。あんなむごたらしい。

証人の供述369Aの書き起こし

54

ベッカとわたしはリディア小母の要請に従い、新入りの〈真珠女子(パールガールズ)〉ジェイドの指導に最善を尽くしたものの、それは宙に向かって話しかけているようなものだった。彼女は背筋を伸ばして、両手を膝に重ね、じっと座っているというマナーすら知らず、もぞもぞしたり、ごそごそしたり、足をそわそわ動かしたりした。「女性の座り方はこう」ベッカはそう言って何度もやって見せた。「はい、イモーテル小母」ジェイドはきまってそう答えて、努力するそぶりは見せるものの、それは長続きせず、じきにまた背を丸め、脚を組んだりする。

ひどく無頓着な子なので、初めてアルドゥア・ホールで夕食をとるときには、彼女自身のためを思って、わたしとベッカの間に座らせた。それでも、彼女はまずいことばかりやらかした。その晩の献立は、パンと具材のよくわからないスープ——月曜日はよく残り物をごった煮にして玉ねぎをくわえたものが出てきた――それからサヤエンドウと蕪のサラダ。「このスープ、かび臭い洗い桶の水みたい。食べるの無理」と、ジェイドは言ってのけた。

「シーーーッ……出されたものを感謝して食べなさい」わたしは小声で言い返した。「栄養満点よ」

デザートはまたタピオカだった。「これ、無理だって」ジェイドはスプーンをガチャンと放りだした。「魚の目玉、糊で固めたみたい」

「食べ物を残すのは不敬にあたります」ベッカは言った。「断食でもしてないかぎりは」

「わたしのも、あげる」ジェイドは言った。

「みんなに見られてますよ」わたしは言った。

着いたばかりのジェイドの髪は緑がかっていた――どうやらカナダで流行っている人体改造の一種らしい――けれど、彼女は寮の部屋の外では、被り物で頭髪を隠すことになっていたので、周囲に気づかれずにすんでいた。ところが、そのうち、うなじのあたりの毛を引っぱりはじめたのだ。こうすると考えに集中できると言っていた。

「いつもそんなことしてたら、禿ができてしまいますよ」ベッカが注意した。〈ルビーズ結婚予備校〉のクラスでも、リーザ小母にそう教えられたものだ。しょっちゅう毛を抜いていると、生えてこなくなりますよ。眉毛と睫毛にも、同じことが言えます、と。

「わかってる」ジェイドは言った。「でも、ここでは髪の毛なんてだれにも見られないよね」それから、こっそり打ち明けるようにこう言った。「そのうち、丸坊主にしちゃおうかな」

「だめです、そんなの！　髪は女性の誇りです」ベッカが言った。「髪はあなたを守るものとして与えられている。『コリントの信徒への手紙一』より」

「誇りってひとつしかないの？　髪の毛だけ？」ジェイドは言った。ぶっきらぼうな口調だったけれど、べつに反抗しようとしているのではなかったと思う。

「どうして髪の毛を剃って、自分を辱めようとするんですか？」わたしはなるべくやさしく尋ねた。女性であれば、髪の毛がないのは恥辱の印だ。聞き分けがないとか口うるさいとか、夫から苦情申し立てをされた〈平民妻〉が、小母に髪の毛をざん切りにされてから、街中のさらし台に固定されることが時々あった。

「つるっぱげになるのって、どういう感じかなと思って」ジェイドは答えた。「わたしのバケツリスト（死ぬまでにやりたいこと百のリスト）の一つだから」

「ほかの人には、よく考えてから話すようにね」わたしは彼女に言い聞かせた。「ベッカ――じゃなくて、イモーテル小母とわたしは寛容だし、あなたが堕落した文化圏から来たばかりだとわかっているので、助けになろうと努めています。でも、ほかの小母たちは――とくにヴィダラ小母のような年かさの人たちは、過ちがないか、四六時中目を光らせているの」

「うんうん、だよね」ジェイドは言った。「じゃなくて、わかりました、ヴィクトリア小母」

「バケツリストとはなんですか？」ベッカが訊いた。

「死ぬまでにやりたいことのリスト」

「なぜそのように呼ばれるんですか？」

「〝バケツを蹴る〟から来てるんじゃない？　ただの決まり文句でしょ」とジェイドは言ったものの、わたしたちがぽかんとしているので、つづけて説明した。「人を木に吊るしてた昔の言い回しから来てると思う。バケツの上に立たせて首を吊ると、足をばたばたするじゃない。それで、自然とバケツを蹴る。てきとうに考えただけだけど」

「ここの吊るし首はやり方が違うのですよ」ベッカが言った。

証人の供述369Bの書き起こし

55

C号棟に暮らす若い小母ふたりに認められてないことは、すぐにわかった。でも、わたしにはこのふたりしかいなかった。ほかには話し相手なんてぜんぜんいなかったから。ベアトリス小母はトロントでわたしを改宗させるときはすごくやさしかったのに、こっちに来たら見向きもされなくなった。彼女とすれちがうことがあっても、わたしによそよそしく笑いかけて、それっきり。

ふっとそういうことを考えるとなんだか怖くなってきたけど、不安に呑み込まれないようにしてた。すごく孤独でもあった。こっちに友達はひとりもいないし、カナダにいる人たちと連絡を取る手段もない。エイダとイライジャは遠く離れた場所にいたし。どうすればいいか聞ける人がだれもいなかった。マニュアルなしで、自力でなんとかしないといけないって状況。ガースに会いたくてたまらなかった。彼と一緒にしたことを思い浮かべた。墓地で寝たなあとか、路上で物乞いの真似をしたよねとか。あのころ食べていたジャンクフードまで恋しくなった。もしあそこに舞い戻ったとしたら？　ガースにはきっと彼女がいるだろうな。いないなんてありえないし。答えを知るのが怖くて、そういう人がいるのかどうか彼に聞いてみたことはないけど。

でも、わたしが不安でたまらなかったのは、エイダとイライジャが〝情報源〟と呼んでいた人物のこと――ギレアデ側の通信相手だった。その人って、いつになったらわたしの人生に現れるんだろう？　もし存在しない人だったら？　〝情報源〟がいなかったら、わたしはこのままギレアデにはまって抜け出せなくなる。外に出してくれる人がだれもいないんだから。

証人の供述369Aの書き起こし

56

ジェイドはだらしがなかった。自分の私物を共用の居間におきっぱなしにする――靴下とか、新入り〈誓願者〉見習いの制服のベルトとか、ときには靴まで脱ぎ捨ててあった。トイレを流し忘れることもあった。バスルームに入ると、床には梳かしたあとの髪の毛が散らばっていたし、シンクには歯磨き粉がついていた。許可されていない時間帯にシャワーを使い、何度もきつく注意されてようやくやめた。一つ一つは些細なことだろうけど、狭い空間では不満が積み重なりやすい。

左腕に彫られたタトゥーの問題もあった。GODとLOVEの字が刻まれ、十字架を形作っていた。改宗して真の信心をもった証だと、本人は言い張ったけれど、わたしは怪しいと思っていた。あるとき、「神さまって、想像上の友だちじゃん」と口を滑らせたから。

「神さまは実在の友だちであって、想像上のものではありません」ベッカが言った。その口調には表明できるかぎりの怒りがこめられていた。

「ここの文化的信念に失礼があったら、申し訳ないけど」と、ジェイドは言ったけれど、ベッカにしてみれば、なんの言い繕いにもなっていなかった。神が〝文化的信念〟だと言うのは、想像の産物だと言うよりひどい。なるほど、ジェイドはここの信仰をくだらないと思っているんだ。ここの宗教は迷信の類だと思っているに違いない。わたしたちはそう気づいたのだった。

「そのタトゥーは消してくるべきでしたね」ベッカが言った。「神を冒瀆するものです」

「うん、そうかもね」ジェイドはそう言ってから、「じゃなくて、はい、イモーテル小母、教えてくださり、ありがとうございます。とにかく、このタトゥー、痒すぎて地獄」

「地獄は痒いどころではないですよ」ベッカは言った。「あなたの贖いのために祈りましょう」

ジェイドが上階の自室にひっこんだ後、ドスンドスンという音と、押し殺した叫び声が聞こえてくることがよくあった。未開人流のお祈りのスタイルなんだろうか？ わたしはしまいに、部屋でなにをやってるのか訊くことになった。

「ワークアウトだよ」ジェイドは答えた。「エクササイズみたいなもの。身体はつねに鍛えておかなきゃ」

「男性は身体も強くあるべきです」ベッカが言った。「もちろん、心も。女性にあるべきは精神の強さです。女性も子どもを産む年齢になったら、散歩などの控えめな運動は許されていますが」

「どうして身体を鍛える必要があると思うの？」わたしはジェイドに尋ねてみた。彼女の異端信仰にますます興味が湧いていた。

「まんいち男に攻撃されたときのため。目玉に親指、突っこむとか、タマに膝蹴り食らわすとか、あと、心臓止めるパンチのやり方とか、知っとく必要があるよ。見せてあげる。こうやって拳を固めるでしょ——指を丸めて、親指を包みこむように握ったら、腕をまっすぐに突きだす。心臓を狙って」ジェイドは拳をソファに叩きこんだ。

ベッカは度肝を抜かれて、へなへなと座りこんでしまった。「女性は男性を殴りません」ベッカは言った。「だれも殴りません。〈集団処置〉など、法で求められた場合を除いて」

「はっ、それは都合がいいね！」ジェイドが言った。「じゃ、男には好き放題やらせろってこと？」

「そもそも男性をその気にさせてはいけないのです」ベッカは言った。「その結果なにが起きても、半分は女性の責任です」

ジェイドはわたしとベッカの顔を交互に見た。「それ、被害者非難ってやつじゃない？　まじで？」と、彼女は言った。

「いま、なんと？」ベッカは聞き返した。

「まあ、いいや。どっちにしろ、女性に勝ち目はないってことね」ジェイドは言った。「どうあがいても、やられちゃう」わたしたちふたりは無言で彼女の顔を見返した。リーザ小母に教わったとおり、返事が無いのはひとつの返事なのだ。

「了解」ジェイドは言った。「でも、わたし、ワークアウトはつづけるから」

ジェイドが到着して四日後、ベッカとわたしはリディア小母の執務室に呼ばれた。「新入りの〈真珠〉はうまくやっていけそうですか？」小母は尋ねてきた。わたしが答えをためらっていると、「はっきりおっしゃい！」と一喝した。

「彼女、行儀作法を知らないんです」わたしは言った。

リディア小母が相好を崩すと、しなびた蕪みたいな皺くちゃの顔になった。「いいですか、あの子はカナダから来たばかりなのです」小母は言った。「だから、ものを知らないのは仕方ないでしょう。国外から着いたばかりの入信者は往々にしてそんなものですよ。当面、より穏当なふるまい方を教えるのが、あなたがたの任務です」

「これまでもそう努めてきました、リディア小母」ベッカが言った。「でも、彼女はたいへん――」

「強情だと」リディア小母は言った。「驚くにあたりません。時間が解決するでしょう。最善を尽くしてください。では、もう行ってよろしい」わたしたちはリディア小母の執務室を出るときのつねで、横向きに歩いて退室した。背中を向けるのは無礼だから。


〈ヒルデガード図書館〉のデスクには、引き続き犯罪ファイルが出現していた。わたしはどう考えればいいのか決めかねていた。ある日は、正式の小母になるのはおめでたいことだと感じた――小母ががっちりと仕舞いこんでいる秘密のすべてを知り、隠密の権力をふるい、それぞれに仕返しをしていく力をもつんだから。しかし翌日には、自分の魂のことを考え――魂というものがあると信じていたから――そんな行動をとったら、魂がどんなにねじけて腐敗してしまうかと怖くなった。柔らかくもやもやしたわたしの脳みそは、しっかり固まってきているんだろうか？　わたしは石のように冷たく、鋼のように固く、無情になってきているんだろうか？　わたしの女性らしく思いやりあるすなおな性質は、切っ先鋭く容赦ない男性の性質の不完全版コピーに変換されようとしているんだろうか？　それはわたしの望むことではなかったけれど、小母になろうというなら、避けては通れない道だった。

そんなとき、この世の自分の立場について考えなおし、神の慈悲深い思召しの働きに改めて感謝する出来事が起きた。

完全版の聖書を読む許可はすでに与えられ、さらに何冊もの危険な犯罪ファイルを見せられてもいたけれど、〈血統系図公文書保管室〉への入室許可はまだもらっていなかった。つねに鍵のかかった部屋で、入室したことのある人たちによれば、ホルダーのぎっしり詰まった書棚が何列も並んでいるという。地位ごとに分類されているが、見出しの名前は男性のみ。〈平民男性〉、〈保護者〉、〈天使〉、〈目(アイズ)〉、〈司令官〉となる。これらのカテゴリーのもと、ファイルは住所と苗字でさらに分類される。女性の記録は男性のホルダーの中にある。小母のホルダーはない。小母は子どもを持たないので、血統図を記録されないから。それは、わたしの密かな悲しみだった。わたしは子どもが好きだし、前々から子どもがほしいと思っていた。そのために必要な行為を望んでいなかっただけで。

〈誓願者〉は全員、この〈公文書保管室〉の存在と目的について、ブリーフィングを受けている。この資料には、〈侍女〉が〈侍女〉になる以前、どんな人物だったか、どの子が彼女たちの子どもか、その子どもの父親はだれか、そうした事実が含まれている。公言されている父親のみならず、法に反した父親も——〈妻〉も〈侍女〉も、子ども欲しさに破れかぶれになり、可能な限りどんな手段でもとる女性が大勢いたから。それでも、どんなケースであれ、小母は血統を記録した。ギレアデ国では年配の男性がいたって幼い少女と結婚するため、危険で罪深い父と娘の近親交配が起きる可能性があり、そのリスクを避けなくてはならない。記録しておかないと、そういう事態が起きかねないのだ。

しかし、〈公文書保管室〉への入室許可がおりるのは、〈真珠女子〉の伝道任務を終えてからになる。わたしは系図をたどって、実の母――タビサではなく、〈侍女〉だった産みの母――を見つけだせる時を心待ちにしてきた。あそこの内密のファイルを見れば、彼女がどんな人なのか、どんな人だったのか、わかるだろう――まだ生きていたりしないだろうか？　そこにリスクがあるのはわかっていた――発覚した内容にがっかりするかもしれない――が、ともかくやってみる必要があった。実の父にもたどり着くかもしれない。司令官ではないはずだから、可能性はより低いけれど。もし実の母を見つけられれば、少なくともなにか歴史をもてる。いまのゼロの状態ではなく。自分が誕生する前の過去をもてるのだ。その中にいる見知らぬ母との未来があるとは限らないが。

ある朝、わたしはまたデスクに〈血統系図公文書保管室〉のファイルが載っているのを見つけた。表紙に、小さな手書きのメモがクリップで留められていた。〈アグネス・ジェマイマの血統〉。わたしは息を呑んで、ファイルをひらいた。その中には、カイル司令官の記録があった。そこには、ポーラと息子のマークが載っていた。わたしはその血統に属していないから、マークの姉として載ってはいなかった。でも、カイル司令官の血統をたどると、お産で亡くなった気の毒な〈侍女〉オブカイルの本名「クリスタル」が見つかった。マークが彼女の血統にも属しているからだ。マークが将来、〈侍女〉の母の話を聞かされることはあるだろうか。黙っていられるなら黙っているだろうと、わたしは思った。

ついにわたしの血統図が出てきた。それは、あるべきところ――カイル司令官のホルダー内の、一人目の〈妻〉タビサと結婚していた時期のページ――にはなかった。ファイルの最後に、独立したサブファイルとして付いていた。

実の母の写真があった。逃亡した〈侍女〉の指名手配ポスターに見るような二枚組の写真だった。真正面からの顔と、横顔。明るい色の毛を後ろにひっつめている。あどけない。まっすぐにわたしの目を見つめてきた。わたしになにを伝えようとしているんだろう？　笑顔ではないけれど、どうして笑顔になれるだろう？　この写真は、小母か、〈目〉の職員に撮られたに違いない。

写真の下の氏名欄は濃い青インクで塗り消されていた。でも、その後に変更の記載があった。アグネス・ジェマイマ、現ヴィクトリア小母の母。カナダへ逃亡。現在、〈メーデー〉の諜報テロリストとして働く。二度に亘る抹殺計画（未遂）。目下、居場所不明。

その下には、生物学上の父という欄があったが、彼の氏名も読めないようになっていた。写真の添付はなく、このような記載があった。目下、カナダ在住。〈メーデー〉の工作員とされる。居場所不明。

わたし、お母さんに似ている？　似ていると思いたかった。

お母さんのこと覚えてる？　わたしは思いだそうとした。できるはずだと思ったけれど、過去は暗い暗い闇に包まれていた。

なんと残酷なものだろう、記憶というのは。なにを忘れてしまったのか、思いだせないのだから。なにを忘れさせられたのか。なにを忘れなくてはならなかったか。この国でともかくもまともに生きている振りをするために。

ごめんなさい、とわたしはつぶやいた。あなたを呼びもどせない。いまはまだ。

わたしは片手をお母さんの写真の上においた。温もりが感じられる？　そうあってほしかった。この写真から愛情と温もりが伝わってくると思いたかった――胸ときめくような写真ではなかったけれど、そんなことはかまわない。この愛がわたしの手に流れてくると思いたかった。いま思えば、子どもっぽい空想だった。それでも、そう思うと少しは慰められたのだ。

わたしはページをめくった。そこにはもう一つの文書があった。わたしの実母は二人目の子を産んでいた。その子は幼いころ、カナダに連れ去られたという。名前はニコール。さらに、その赤ちゃんの写真が添付されていた。

〈幼子ニコール〉……。

〈幼子ニコール〉じゃないの。アルドゥア・ホールにおける厳粛な場ではきまって祈りを捧げるあの聖なる子。国際舞台でギレアデが不当に扱われているシンボルとして、始終テレビに映しだされるあのほがらかな天使のような顔。もはや聖人であり気高い殉職者であり、間違いなく一つの偶像である〈幼子ニコール〉――あの〈幼子ニコール〉はわたしの妹だったのか？

文書の最終段落の下に、青インクのためらいがちな字でこう書かれていた。極秘事項：〈幼子ニコール〉はここギレアデにいる。

信じられない気がした。

それから、感謝の念が湧きあがってきた――わたしに妹がいたなんて！　そう思うと同時に、恐ろしくもあった。〈幼子ニコール〉がギレアデ国内にいるのなら、なぜ国民に知らされていないのだろう？　歓喜の波が広がり、盛大な祝典が開かれたはず。なぜわたしだけに知らされたんだろう？　見えない網にからめとられた気分だった。妹は危機に晒されている？　彼女が国内にいるのを、あとはだれが知っていて、彼女になにをしようというのか？

このとき、すでにわたしはこうしたファイルをデスクにおいているのはリディア小母に違いないと確信していた。とはいえ、どうしてこんなことを？　わたしのどんな反応を求めているのだろう？　わたしの実の母は生きているものの、死刑を宣告されていた。犯罪者とみなされていた。いや、それよりひどいテロリストだ。わたしは母の性格をどれぐらい受け継いでいるだろう？　わたしもある意味、汚（けが）れているんだろうか？　このファイルはそういうメッセージなの？　裏切り者のわたしの母をギレアデは殺そうとして、失敗した。このことをわたしは喜ぶべきなのか、無念に思うべきなのか？　わたしの忠誠心はどこにある？

　そのとき、わたしは衝動的にひどく危険な行動に出た。だれも見ていないのを確かめると、写真が糊付けされた二枚のページを〈血統〉ファイルからそっと抜きとり、何度か折りたたんで、袖の中に隠したのだ。どういうわけか、この二ページと別れるのは耐えがたかった。独りよがりの馬鹿げた行動だったけれど、独りよがりの馬鹿げたことをしたのは、なにも初めてではなかった。

証人の供述369Bの書き起こし

57

それは悩み多き水曜日のことだった。いつもの腐ったような朝食がすんだころ、リディア小母の執務室にすぐに来るようにということづけがあった。「どういうことだろう?」わたしはヴィクトリア小母に尋ねた。

「リディア小母のお考えはだれにもわからないのよ」

「わたし、なんかまずいことしたのかな?」まずいことならたくさんしているから、よりどりみどりのはず。それだけは間違いない。

「そうとも限らないでしょう」ヴィクトリア小母が言った。「なにか良いことをしたのかもしれないし」

リディア小母は執務室でわたしを待ち受けていた。ドアが少し開いていて、ノックをしないうちに、入りなさいと声をかけられた。「ドアを閉めて、そこにお座りなさい」リディア小母が言った。

わたしは腰をおろした。リディア小母がわたしを見て、わたしも彼女を見た。目の前にいるのはアルドゥア・ホールで絶大な権力をふるっている陰険な老女王バチのはずなのに、なぜかそのときは怖いと思わなかった。彼女の顎には大きなほくろがついていた。なるべくそこばっかり見ないように気をつけた。どうして除去しないままなんだろうって思いながら。

「ここでの暮らしを楽しんでいますか、ジェイド？」リディア小母が話しはじめた。「もう慣れましたか」

「はい」とか「おかげさまで」とか、教えられたとおりに答えるべきだったんだけど、わたしはつい「あんまし」と答えてしまった。

リディア小母は微笑み、黄ばんだ歯をのぞかせた。「最初は後悔する者も多いのですよ。カナダに戻りたいのですか？」

「戻るってどうやって？　空飛び猿（『オズの魔法使い』に出てくる西の魔女の手下）のまねでもして？」

「そのような軽率な発言は人前では慎むように。あとで痛い目にあうかもしれませんからね。ところで、なにかわたしに見せるものがあるのではないですか？」

わたしはきょとんとして、「え、なにを？」と尋ねた。「わたしなにも持ってきて――」

「例えば、あなたの腕になにかあるでしょう。その袖の下に」

「ああ、腕のこと」わたしは言って袖をまくった。いまいち冴えないGOD／LOVEのタトゥーが姿を現した。

リディア小母はそれを食い入るように見つめた。「わたしの指示どおりにしてくれましたね。ありがとう」

えっ、指示したのはこの人ってこと？　「あなたが例の情報源なんですか？」わたしは尋ねた。

「例の、なんですって？」

なんかまずいこと言ったかも。「あの、ほら、つまり――」

リディア小母はわたしの言葉をさえぎった。「自分の考えを校閲する癖をつけなさい。思考を止めるのです。それでは、つぎの段階に進みましょう。カナダで聞いていると思いますが、あなたは〈幼子ニコール〉なのです」

「うん、正直、困ったなと思ってます。あんまりなじめないし」

「それはそうでしょうね。しかし、ここの人たちはたいてい今の自分になんらか不満をもっているでしょう。そういう面では選択肢が無限にあるわけではありませんからね。さて、カナダにいる仲間を助ける準備はできていますか？」

「なにをすればいいんですか？」

「こちらに来て、机の上に腕をのせて」リディア小母が言った。「痛くありませんからね」

彼女は細身の刃物を取り出して、わたしのタトゥーの〝O〟の底の部分に切りこみを入れた。それから、虫眼鏡と小さなピンセットを使って、なにかとても小さいものをわたしの腕に埋め込んだ。痛くないなんて嘘だった。

「GODの内側をのぞこうとする者はいないでしょう。さあ、これであなたは伝書鳩になりました。あとはわたくしたちがあなたを運ぶ段です。以前より困難な状況ではありますが、なんとかやり遂げましょう。ああ、それから許可が出るまではこのことは他言無用です。〝口がすべると船が沈む、船が沈めば人が死ぬ〟と言いますね。そうでしょう？」

「はい」わたしは答えた。わたしの腕のなかには、破壊力抜群の兵器(リーサル・ウェポン)が埋め込まれたらしい。

「はい、リディア小母とおっしゃい。ここではどんなことがあっても礼儀作法に抜かりがあってはなりません。ささいなことでも咎められます。ヴィダラ小母は〈矯正〉がお好きですからね」

証人の供述369Aの書き起こし

58

自分の〈血統〉ファイルを読んだ二日後、わたしはリディア小母の執務室へ呼びだされた。ベッカも同席するよう指示されていたので、ふたりそろって出向いた。きっとまた、ジェイドの調子はどうかと尋ねられるのだろうと思っていた。わたしたちと一緒の生活に満足しているか、読み書きのテストを受ける準備はできているか、信仰は揺らいでいないか。ベッカは、ジェイドをよその棟(ユニット)に移してください、と頼むつもりでいた。彼女にはなにも教えられません。まったく聞く耳をもたないんです、と。

ところが、ふたりでリディア小母の部屋に行ってみると、そこにはジェイドの姿があった。すでに着席していた彼女はわたしたちを見ると、にこっと笑った。不安そうな笑みだった。

リディア小母はわたしたちを請じ入れると、廊下の左右を見てからドアを閉めた。「ごくろうさま」小母はわたしたちに言った。「座ってよろしい」わたしたちはジェイドを挟んで用意された二脚の椅子に、それぞれ着席した。リディア小母もデスクに両手をつきながら腰をおろした。その両手は微かに震えていた。この方も年をとってきたな。そう思っている自分に、ふと気がついた。でも、あり得ないことに思えた。リディア小母は年齢なんて超越しているはずだ。

「ふたりに知らせたいことがあります。ギレアデの未来に実際的な影響のあることです」リディア小母は言った。「あなたがた自身が重大な役割を果たすことになります。それだけの勇気がありますか？　覚悟はできていますか？」

「はい、リディア小母」わたしがそう答えると、ベッカも同じ文言を繰り返した。若い〈誓願者〉には果たすべき重大な役割があり、遂行には勇敢さが欠かせないことを、つね日頃から言い聞かされていた。それはおおかた、自分の時間や食べ物を諦めることを意味した。

「よろしい。手短に話しましょう。イモーテル小母、あとの二人がすでに知っていることをあなたに知らせておかなくてはなりません。〈幼子ニコール〉はここギレアデ国内にいます」

わたしは面食らった。そんな重要なニュースが、どうしてこの新入りのジェイドにまで知らされているんだろう？　そんなに尊い人物が国内に現れたらどんな影響があるか、彼女にわかるはずがないのに。

「本当ですか？　主に感謝を、リディア小母」ベッカが言った。「なんてすばらしいお知らせでしょう。ここに？　ギレアデにいるんですか？　でも、どうしてわたしたち全員に知らされていないんでしょう？　夢みたいです！」

「ご静粛に、イモーテル小母。もう一つ、〈幼子ニコール〉はヴィクトリア小母の義妹だと付け加えねばなりません」

「わっ、やっぱ（シット）！」ジェイドが声をあげた。「信じらんない！」

「ジェイド、いまのは聞かなかったことにします」リディア小母は言った。「自尊、自覚、自制」

「すいません」ジェイドは口ごもった。

「アグネス！　じゃなくて、ヴィクトリア小母！」ベッカは言った。「妹がいたのね！　なんて喜ばしい！　しかも、それが〈幼子ニコール〉だなんて！　なんて幸運でしょう、あんな愛らしい〈幼子ニコール〉が妹なんて！」リディア小母の執務室の壁には、〈幼子ニコール〉の普及版の絵が飾られていた。絵の中の子は実際、愛らしかったが、赤ちゃんというのはだれでも可愛いものではないか。

「ハグしてもいい？」ベッカはわたしに言った。必死で前向きな態度をとろうとしている。わたしには世に知られた親族ができたのに、ベッカにはだれもいないのだから、落ちこんだに違いないのに。しかも父とされた人も、屈辱的な処刑で死んだばかりなのに。

「落ち着きなさい、イモーテル小母」リディア小母は言った。「〈幼子ニコール〉が幼子だったころから時が経ちました。彼女もいまや成長してるはずです」

「おっしゃるとおりです、リディア小母」ベッカは椅子に腰をおろすと、両手を膝の上に重ねた。

「でも、〈幼子ニコール〉がここギレアデにいるなら」と、わたしは言った。「具体的にどこにいるんでしょう？」

　ジェイドが笑いだした。笑うというより、吠えたようだった。

「アルドゥア・ホールですよ」リディア小母は微笑んだ。まるで推理ゲームだ。リディア小母はそれを楽しんでいる。わたしたちがよほどきょとんとした顔をしていたのだろう。アルドゥア・ホールの住人なら、ひとり残らず知っている。そのどこに〈幼子ニコール〉がいるんだろう？

「彼女はこの部屋にいます」と、リディア小母は告げた。手をさっと振り、「ここにいるジェイドが〈幼子ニコール〉その人です」と言った。

「えっ、まさか！」わたしは思わず言った。ジェイドが〈幼子ニコール〉？　ということは、わたしの義妹というのはこのジェイドなの？

ベッカは口をあんぐり開けて、ジェイドに見入っていた。「うそ」とつぶやいたベッカは悲痛な顔をしていた。

「わたし愛らしくなくて、ごめん」ジェイドは言った。「そうなろうとしたんだけど、さっぱりでさ」このとき、彼女は冗談で言ったのだと思う。雰囲気を軽くしようとして。

「あっ、そんな意味で言ったんじゃ……」わたしは言った。「その……あなたが〈幼子ニコール〉に似てないってことよ」

「それは、そうでしょう」リディア小母は言った。「でも、あなたには似てますよ」ある一点では、確かにそうだった。眼は似ている。でも、鼻は似ていなかった。ジェイドの手をちらりと見ると、このときばかりは膝の上で揃えられていた。自分の指と比べたいから、指を伸ばしてみてと言いたかったけれど、失礼になりそうなのでやめた。彼女が本物の妹だという証拠を過剰に要求しているか、そうでなければ拒絶しようとしていると思われたくなかったから。

「妹ができて、すごくうれしい」わたしはショックが収まってくると、礼儀上、ジェイドにそう言った。このぶきっちょな子はわたしと同じ母親から生まれたんだ。受け入れるには最大限の努力が必要になりそう。

「ふたりともたいへんな運の巡り合わせね」そう言うベッカの声には羨みがにじんでいた。

「ベッカ、あなたはわたしの姉妹も同然なんだから」わたしは言った。「ジェイドもあなたの妹みたいなものよ」仲間外れの気分をベッカに味わわせたくなかった。

「ハグしてもいい？」ベッカはジェイドに尋ねた。いや、もうジェイドではなく、ニコールという名で呼んだほうがいいだろう。

「うん、そうだね」ニコールは答え、ベッカから慎ましいハグを受けた。わたしもベッカに倣った。

「ありがとう」ニコールは言った。

「感謝しますよ、イモーテル小母、ヴィクトリア小母。あなたがたは他者を分け隔てなく受け入れるりっぱな精神を示してくれました。さて、これからの話をよく聴いてもらいたいのですが」

わたしたち三人はそろってリディア小母のほうを向いた。「ニコールはここには長くはいられません」小母はそう切りだした。「アルドゥア・ホールをじきに発って、カナダにもどることになります。重要なメッセージを運んでもらうのです。その彼女の仕事を、あなたがたふたりに手伝っていただきたい」

わたしは肝をつぶした。なぜリディア小母はこの子がカナダに帰るのを許すんだろう？ 改宗した者は二度と帰れないものだし――反逆罪となる――それが〈幼子ニコール〉となれば、十倍もの重い罪になるのでは。

「でも、リディア小母」わたしは言った。「それは、法と神のご意思にも背くことです。司令官の方々がそうおっしゃっています」

「その通りです、ヴィクトリア小母。しかし、あなたとイモーテル小母はすでに、わたしがデスクにおいた極秘ファイルをずいぶんと読んでいるのですから、現在のギレアデ国に嘆かわしいほど腐敗が蔓延していることに気づいていますね？」

「はい、リディア小母、でも、決して……」わたしはそれまで、ベッカもあんな犯罪ファイルを読まされているかどうか確信がなかった。わたしたちはどちらも〈極秘文書〉という表示を重んじ、口を閉ざしていたのだ。いや、それより、相手にはこんな重荷を負わせたくないという気持ちがおたがいにあった。

「ギレアデ共和国は表向き、純真、高潔を掲げています。そこはいいですね」小母は言った。「しかしながら内実は、身勝手で権力に狂った人々により、荒廃し恥辱にまみれているのです。歴史上しばしば起きてきたようにね。あなたがたはそれが正されるのを見たいはずです」

「はい」ベッカが頷きながら答えた。「ぜひ見たいです」

「自分がした誓いも忘れないように。あなたがたは女性と娘たちの力になると誓いましたね？　あれは掛け値なしの本心だと信じていますが」

「はい、リディア小母。本心です」わたしは答えた。

「今回の活動は女性と娘たちの救済につながるものです。さて、なにごともあなたがたの意思に反して押しつけたくありませんが、立場というものを明確にしておくべきでしょう。あなたがたはこの秘密を――〈幼子ニコール〉がここにいて、まもなくわたしたちの密使として活動することを――知らされたからには、これを〈目〉に伏せていれば、刻一刻が国への背信行為となるでしょう。しかしこれを〈目〉に漏らしたとしても、あなたがたは厳しく罰せられます。秘密保持の罪で――そう、一瞬でもです――下手をすれば命がないでしょう。言うまでもなく、わたしも処刑されます。それに、ニコールも即刻、籠の鳥のように監禁されるでしょう。忍従しなければ、どのみち殺されるのです。彼らは容赦がありません。それは犯罪ファイルを読んできたからわかりますね」

「ちょっと、このふたりにそれはないでしょ！」ニコールが口を挟んだ。「フェアじゃない。心理的な脅迫じゃないですか！」

「ご意見ありがとう、ニコール」リディア小母は言った。「しかし、あなたの青臭い公正理念はここでは通用しないのです。甘ったるい感傷は胸に留めること。もう一度生きてカナダの地を見たいなら、これを命令と捉えることが賢明かと」

リディア小母はわたしたちふたりの方を向いた。「ふたりにはもちろん、自分で決断する自由があります。わたしは部屋を出ていましょう。ニコール、一緒に来なさい。あなたのお姉さんとお友だちが選択肢を検討できるよう、しばし二人きりにしてあげましょう。では、五分でもどります。そのときには、〝イエス〟か〝ノー〟か、それだけを訊きます。その他、ふたりの任務に関する詳細は追って知らされます。いらっしゃい、ニコール」リディア小母はニコールの腕をとって、部屋から連れだした。

ベッカはおびえた目を大きく瞠って(みは)いた。わたしも同様だったろう。「引き受けなくちゃ」ベッカは言った。「ふたりを死なせるわけにはいかない。ニコールはあなたの妹なんだし、リディア小母は……」

「なにを引き受けるというの？」わたしは言った。「なにを要求されるかわからないのに」

「リディア小母が求めるのは従順と忠誠」ベッカは言った。「わたしたちふたりを救ってくれたときのこと、覚えているよね？　〝イエス〟と言うしかない」

リディア小母の執務室をあとにすると、ベッカは日課をこなしに図書館へ行き、ニコールとわたしは寮の部屋にもどった。

「わたしたち、姉妹になったのだから」わたしは言った。「ふたりだけのときは、アグネスって呼んで」

「了解。やってみる」ニコールは言った。

わたしたちは居間に入っていった。「あなたに見せたいものがあるの。ちょっと待ってて」わたしはそう言って、階上にあがった。〈血統〉ファイルから抜きとってきた二ページは、小さく折りたたんだまま、寝台のマットレスの下に隠してあった。ニコールのもとに戻ると、わたしはその二枚を慎重にひらいて広げた。それがテーブルにおかれたとたん、ニコールもわたしと同様、母の写真に手を当てずにはいられなかった。

「びっくりだね」ニコールは言った。写真から手を離し、改めてまじまじと見つめ、「わたしに似てると思う？」と言った。

「わたしも同じこと思った」わたしは言った。

「なんか覚えてないの？　わたしは幼すぎて記憶ないけど」

「どうだろう」わたしは言った。「なにか思いだせる気がするときもあるの。なにか覚えている気は絶対にするんだけど。べつな家に住んでいたような？　どこかに移動したような？　でも、希望的想像かもしれない」

「おたがいの父親のことは？」ニコールが言った。「名前はどうして消してあるのかな？」

「おそらくなんらかの理由で、わたしたちを守ろうとしたんでしょう」わたしは言った。

「これ、見せてくれてありがとう」ニコールは言った。「でも、そのへんに仕舞っておかないほうがいいと思う。持ってるのがばれたら、どうなる?」

「わかってる。もとに戻そうと思ったけど、そのファイルが消えてしまって」

結局、わたしたちはその二ページを小さくちぎってトイレに流すことにした。


この先待ち受ける任務のために心を強くもつようにと、つねづねリディア小母から言われていた。その一方で、わたしたちはニコールに関心が集まったり、疑いを呼んだりする言動は慎み、ふだん通りの生活をつづける必要があった。それは懸念したとおり、むずかしいことだった。一つには、恐怖心を抱えての生活だから。ニコールのことが露見したら、ベッカとわたしは責を負うんだろうか?

ベッカとわたしが〈真珠女子〉の伝道の旅に出発する日は迫っていた。わたしたちは予定通りの場所に旅立つのか、それともリディア小母はべつな目的地を考えているのか? 待ってみるしかなかった。ベッカはすでに〈真珠女子〉のためのカナダ標準ガイドを熟読し、むこうの通貨、習慣、クレジットカードを含む買い物の仕方について学んでいた。わたしよりはるかに準備ができていた。

〈感謝の儀〉まで一週間を切ったある日、わたしたちはまたリディア小母の執務室に呼ばれた。「あなたがたには、こうしてもらいます」小母は言った。「ニコールのために、〈静修の家〉の一つに部屋を予約してあります。書類手続きは整っています。しかし、実際にニコールの代わりにそこへ行くのは、あなたです、イモーテル小母。ニコールがあなたの代わりに〈真珠女子〉としてカナダへ行くのです」

「では、わたしは旅に出ないのですか？」ベッカは肩を落としていた。
「あとから行ってもらいます」と、リディア小母は言った。
嘘なんじゃないか。そのときから、もうそんな気がしていた。

XXI

鼓動は速く、強く

アルドゥア・ホール手稿

59

なにもかも準備が整ったと思っていたが、よく練られた計画もしばしば失敗する（ロバート・バーンズの詩「ハツカネズミに」からの引用）と言うし、トラブルは三ついっぺんにやってくるとも言う。今日のわたしの執務室はさながらグランドセントラル駅のよう――「マンハッタンの戦い」で瓦礫と化す前のあの荘厳な大建築のよう――に、じつに多くの人々が行き交った。

最初に登場したのはヴィダラ小母で、朝食後すぐにやってきた。粥が胃にもたれているところにヴィダラ出現とは、拷問のような組み合わせだ。あとで、極力早いうちにミントティーを淹れて飲もうと誓った。

「リディア小母、至急お目に留めてもらいたい件があるんです」

わたしは内心、ため息をついた。「お聞きしますとも、ヴィダラ小母。お座りください」

「そんなにお時間はとりません」ヴィダラ小母はそう言って、そのために用意された椅子に腰をおろした。「ヴィクトリア小母のことです」

「どうしました？　彼女はじきに〈真珠女子〉の任務で、イモーテル小母とカナダに発つ予定ですね」

「まさにそのことでご相談したいんです。あのふたりには、本当に準備ができているとお思いですか？　年齢のわりに幼い子たちです——同じ年ごろの〈誓願者〉と比べると、より際立ちます。より広い世界での経験がないのはどちらも同じですが、少なくともほかの〈誓願者〉たちには気持ちの強さが備わっています。それがあのふたりにはないんです。流されやすいと言いますか。カナダで差しだされる物質的な誘惑に過度に影響される恐れがあります。それから、これはわたしの私見ですが、ヴィクトリア小母には背信の危険があると思いますね。このところ、問題のある文献を読んでいます」

「聖書を〝問題のある文献〟と言っているのではありませんよね」わたしは言った。

「めっそうもない。わたしが言いたいのは、〈系図公文書保管室〉にある本人の〈血統〉ファイルです。危険思想を与えかねません」

「ヴィクトリア小母には、〈血統系図公文書保管室〉への入室権はまだないのでは」わたしは言った。

「だれかがファイルを入手し、彼女にまわしているに違いありません。ヴィクトリア小母のデスクにおかれているのを目にしたことがあります」

「わたくしの許可なく、だれがそんなことをするのでしょう？」わたしは言った。「取り調べをしなくては。不従順は容認できません。しかし、いまではヴィクトリア小母も危険思想に抗する強さを持っていると思いますよ。未熟とお考えのようですが、なかなかどうして見あげた成熟度と精神的な強さを備えていると、わたしは見ています」

「薄っぺらな見てくれですよ」ヴィダラ小母は言った。「彼女の神学体系はひどく頼りないものです。祈りの概念はおめでたいものですし。かつての学業でも、幼子のように浮わついていて、扱いにくい子でした。とくに手芸の時間は。しかも彼女の母親は——」

「母親がだれかはわかってますよ」わたしは言った。「だったら、ごく地位の高い若い〈妻〉にも〈侍女〉の子はたくさんいるんですから、同じことが言えるじゃありませんか。しかしその種の堕落は必ずしも遺伝しません。それに、ヴィクトリア小母の養母は公正と忍耐強さにおいては鑑でしたよ」

「タビサに関する限りはそのとおりです」ヴィダラ小母は言った。「しかし知ってのとおり、ヴィクトリア小母の実母はことさらに悪名高い罪人です。自分の任務を顧みず、職務放棄して、神聖な権威に逆らったばかりか、ギレアデから〈幼子ニコール〉を盗みだした首謀者なのですから」

「そんなのはもう大昔の歴史ですよ、ヴィダラ」わたしは言った。「わたしたちの使命は救済であり、たんなる偶発的な論拠でもって人を断罪することではありません」

「ヴィクトリア小母に関しては、おっしゃるとおりです。しかし彼女のあの母親は十二片に割かれてしかるべきです」

「それは、そのとおり」わたしは言った。

「数々の反逆罪にくわえ、目下はカナダで〈メーデー〉の諜報部員として活動しているという噂が信頼できる筋から入ってきています」

「勝ったり、負けたりね」

「その喩えはいかがなものかと」ヴィダラ小母は言った。「スポーツじゃあるまいし」

「節度ある言葉づかいについて、親切にご意見いただきありがとう」わたしは言った。「ヴィクトリア小母に関するあなたの見解については、論より証拠といきましょう。わたしとしては、彼女の〈真珠女子〉の任務はいたって満足のいく結果となると思いますよ」

「まあ、見てみましょう」ヴィダラ小母は薄ら笑いを浮かべた。「しかし仮に失敗しても、わたしが事前に警告したことをお忘れなく」


つぎに現れたのは、ヘレナ小母だった。図書館から足を引きずりながら、息せき切ってやってきた。ますます足がいうことをきかなくなっているらしい。

「リディア小母」彼女は言った。「最近、ヴィクトリア小母が〈系図公文書保管室〉にある自分の〈血統〉ファイルを許可なく読んでいるんですよ、お知らせしておいた方がいい気がして。彼女の生物学上の母親の問題がありますから、非常に危険だと思います」

「そのことは、たったいま、ヴィダラ小母からも聞いたところです」わたしは言った。「ヴィクトリア小母の道徳心の脆弱さについては、あなたと意見を同じくしていました。しかしヴィクトリア小母は良い環境で育てられ、国内でも有数のヴィダラ・スクールの一つで学んでいます。あなたは育ちより生まれが勝るという考えの持ち主なのですか？　となると、わたくしたちはいくらアダムの原罪を踏み消す厳しい努力を重ねても、罪の血は争えず、われわれギレアデの計画も失敗に終わる運命ということになりますね」

「いいえ、そうじゃないんです！　そういう意味で言ったのではありません」ヘレナは焦った顔で打ち消した。

「アグネス・ジェマイマの〈血統〉ファイルはあなたも読んでいますね？」わたしは尋ねた。

「ええ、かなり前のことですが。当時、彼女のファイルは〈創始者小母〉にしか閲覧を許可されていませんでした」

「われわれのくだした判断は正しかったと思いますよ。〈幼子ニコール〉がヴィクトリア小母の義妹だと世間に広く知れわたっていたら、子ども時代の彼女の精神発達を歪めることになったでしょう。ギレアデ内の節操のない人々が姉妹の関係に勘づいていたら、〈幼子ニコール〉の奪還をもくろんでヴィクトリア小母を取引材料として利用していたかもしれません」

「それは考えてもみませんでした」ヘレナ小母は言った。「おっしゃるとおりです」

「これもご興味をひくかと思いますが」と、わたしは切りだした。「〈メーデー〉はふたりの姉妹関係をすでに感知しているのですよ。〈幼子ニコール〉はしばらく彼らの手の内にありましたからね。彼女を堕落した母親のもとに返そうとしてるとも考えられます。なにしろ、養父母は急死しましたから。爆発事故で」と、わたしは付け足した。

ヘレナ小母は鳥の鉤爪のような両手をひねりまわしていた。「〈メーデー〉は情け容赦がありません。〈幼子ニコール〉をあの実母のような思想犯に託そうが、それどころか、罪もない若い命を犠牲にしようがなんとも思わない連中です」

「しかし、〈幼子ニコール〉の身はいたって安全です」わたしは言った。

「主に感謝を！」ヘレナ小母は言った。

「本人は自分が〈幼子ニコール〉だという事実は、いまのところ知りませんが」わたしは言った。「まもなくギレアデ国内のしかるべき地位についてくれることを願いましょう。いまが好機かと」

「それを聞いて、うれしく思います。でも、あの子がいよいよこの国にやってくるなら、真の身元に関しては、慎重にことを進めなくてはなりませんね」ヘレナ小母が言った。「本人にも明かすときも繊細さが必要です。こんなことを告げられたら、壊れやすい心はただではすみません」

「同感です。ただ、一方で、ヴィダラ小母の動きについては、あなたに監察をお願いしたいんですよ。ヴィクトリア小母に〈血統〉ファイルをわたしているのは、ヴィダラ小母ではないかと懸念しています。目的は皆目見当がつきませんが。もしや、両親が謀反者だという事実を突きつけて、失意で打ちのめし、不安定な精神状態に追いこんで、早まった過ちを犯すのを待っているのかもしれない」

「ヴィダラはむかしからあの子が嫌いですもの」ヘレナ小母は言った。「学校にいるときから」

ヘレナ小母は仕事を任されたので、足を引きずりながらもほくほくして帰っていった。

午後も遅く、〈シュラフリー・カフェ〉でミントティーにありついていると、こんどはエリザベス小母が飛びこんできた。「リディア小母！」彼女はわめかんばかりだった。「アルドゥア・ホールに〈目（アイズ）〉と〈天使〉の職員がおります！　押し入ってきたも同然！　こんなことは認可されていませんよね？」

「落ち着いて」わたしは言った。じつはわたしの心臓も鼓動が速まり、どくどくと打っていた。「ホールのどこにいるのです？」

「印刷所です。うちの〈真珠女子〉のパンフレットを残らず押収しました。ウェンディ小母が抗議しましたが、ひどいことに逮捕されました。力ずくでですよ！」エリザベス小母は身震いをした。
「こんな事態は過去に例がありません」わたしは言って立ちあがった。「ジャド司令官との話し合いを即刻、要請します」

わたしは赤いホットライン電話を使おうと、自分の執務室に向かったが、その必要はなかった。ジャドはわたしの目の前にいたからだ。緊急事態だといって、ずかずか押しかけてきたのだろう。神聖な男女の住み分け社会の合意も、これまでだ。「リディア小母、わたしのこの行動に対する釈明がまず必要だろう」司令官の顔に笑みはなかった。

「ええ、さぞ納得のいく釈明がおありかと存じます」わたしは少しばかり声に冷たさをにじませた。「〈目〉と〈天使〉たちはすでに良識の枠を大きく踏み越えております。慣行と法の枠は言うまでもなく」

「あなたの佳き名に仕えて、リディア小母。座ってもよろしいかな？」わたしは手で椅子を指し、自分も腰をおろした。

「捜査は数々の行き詰まりを見せたが、とうとうこのような結論に達した。先日あなたにも話したマイクロドット画像が、やはり〈メーデー〉とここアルドゥア・ホールの知られざる連絡員の間でやりとりされていたようなのだ。〈真珠女子〉の配布するパンフレットを媒介とし、知らぬ間に授受されていた」司令官はここでわたしの反応を見るために間をおいた。

「それは驚きましたね！　なんと厚かましい！」わたしは、やれやれ、気づくのになんでこうも時間がかかるのかと思いながら、そう答えた。とはいえ、マイクロドット画像はごく微細だし、うちの魅力的で正統派の勧誘材を、だれが疑おうと思うだろう？　〈目〉の捜査員たちは靴だの下着だのの検査にばかり時間を費やしてきたに違いない。「証拠はあがっているのですか？」わたしは尋ねた。

「もしそうであれば、われわれの樽に紛れこんだ〝腐ったリンゴ〟とはだれなのです？」

「アルドゥア・ホールに踏みこんで捜索を行い、ウェンディ小母の身柄を確保して尋問した。それが真相への最短ルートと思われたのでね」

「ウェンディ小母が関与しているとは思えません」わたしは言った。「そんな計略を案じられるような女性ではありませんよ。熱帯魚並みの頭脳なんですから。即時釈放をご提案します」

「わたしたちもそう結論した。〈なごみとなぐさめクリニック〉に送りこんだから、そのうちショックから回復するだろう」司令官は言った。

ひとまず安堵した。不必要な痛みを与えるなかれ、しかし必要とあらば痛みを。ウェンディ小母は便利なお馬鹿さんであって、豆粒のように無害なのだ。「それで、なにが出てきました？」わたしは尋ねた。「あそこで刷りたてのパンフレットに、あなたの言うマイクロドット画像が紛れていましたか？」

「いいや。ただし、最近カナダから返ってきたパンフレットを検分したところ、〈メーデー〉によって付加されたとおぼしき地図などの資料のドット画像が何点か見つかっているのだ。われわれのなかに潜む知られざる謀反人は、〈ザ・クローズ・ハウンド〉側の壊滅により、この作戦ルートが無効になったことにきっとすでに気づいており、ギレアデの機密情報を〈真珠女子〉のパンフレットに盛りこむ手口は打ち切りにしたのだろう」

「わたくし、かねてよりヴィダラ小母には疑念をもっておりますし」わたしは言った。「ヘレナ小母とエリザベス小母も印刷所への入所権は持っています。かく言うわたし自身も、旅立つ〈真珠女子〉

たちに新しいパンフレットを手わたす役割を務めてきました。ですから、わたしも同様の疑いがかけられてしかるべきですね」

これを聞いてジャド司令官は微笑み、「リディア小母、こんな時にまで、またお得意のジョークか」と言った。「まあ、印刷所への入所権を持つ者はほかにもいる。印刷工見習いの娘たちも何人か。しかし、そのなかのだれかが悪事を働いた証拠はなく、そもそもこのケースでは、代理の実行犯に任せるわけにもいかないだろう。とにかく、犯人を野放しにしてはおけん」

「暗中模索ということですか」

「残念ながらそのようだ。わたしにとって大いに困ったことであり、すなわち、あなたにとっても大いに困ったことだな、リディア小母。議会でのわたしの株はがた落ちだ。成果を出すと約束してきたからな。近ごろ、左遷や突然の通知の気配、差し迫った粛清の兆候が感じられるのだ。ここアルドゥア・ホールの鼻先で、〈メーデー〉にまんまとやられたのだから、この職務怠慢は背信罪にすら値すると、あなたもわたしも糾弾されるだろう」

「危機的状況ですね」わたしは言った。

「われわれにも挽回の道がひとつだけある」と、司令官は言った。「〈幼子ニコール〉の存在をただちに公にし、国民にしっかりアピールすべし。テレビ、ポスター、一般参加の大規模な集会」

「そのことの利点は理解できますが」わたしは言った。

「さらに、効果を上げるため、わたし自身が彼女との婚約を発表し、それにつづく結婚式をテレビで放映してはどうだろう。そこまでいけば、あなたもわたしも何者にも手出しはされまい」

「いつもながら冴えてらっしゃる」わたしは言った。「とはいえ、司令官はご結婚されている身では？」

「わたしの〈妻〉の体調はどうなのだ？」司令官は咎めるように眉を吊りあげた。

「以前よりは改善しています」わたしは言った。「しかし思ったほど回復していません」殺鼠剤を使うなんて、よくもそうあからさまなことができたものだ。たとえ少量でも、かんたんに探知できる薬物なのに。学校時代のシュナマイトはいけ好かなかったが、死んだ花嫁としてジャドの〝青ひげ〟の部屋に入ってほしくはない。彼女は良くなってはいたものの、ゆくゆくジャドの愛する腕にもどされると思うと不安らしく、回復の度合いは捗々しくなかった。「病気がぶり返す心配があります」

司令官はため息をつき、「〈妻〉が苦しみから解放されることを祈ろう」と言った。

「あなたの祈りはきっとすぐに聞き届けられると思いますよ」わたしたちはデスクを挟んで見つめあった。

「どれぐらいすぐにかね？」訊かずにはいられなかったのだろう。

「充分なぐらいすぐにです」わたしは答えた。

XXII 心臓止め

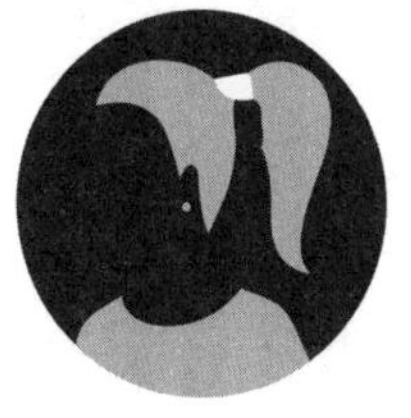

証人の供述369Aの書き起こし

60

〈真珠女子(パールガールズ)〉の真珠の首飾りを受けとる二日前、ベッカとわたしが寮の部屋で夕べの祈りを捧げていると、リディア小母の思いがけない訪問があった。ベッカがドアを開けた。

「これは、リディア小母」ベッカの表情がいくぶんかげった。「主に感謝を」

「ちょっと通してもらえますか。あ、ドアを閉めて」リディア小母は言った。「急ぎの用なんです。ニコールはどこにいます？」

「上階(うえ)におります、リディア小母」わたしは言った。ベッカとわたしが祈りを捧げているあいだ、ニコールはいつも部屋を出て、例のエクササイズをやりにいくのだった。

「呼んでください。緊急事態です」リディア小母は言った。いつになく息が荒かった。

「リディア小母、だいじょうぶですか？」ベッカが心配そうに訊いた。「お水を一杯、持ってきましょうか？」

「心配なく」小母は言った。ニコールが部屋に入ってきた。

「なんか問題ある？」ニコールは訊いた。

「実のところ、ありますね」リディア小母は答えた。「窮地です。ジャド司令官が背信の証拠を探して、さきほど印刷所を強制捜査しました。ウェンディ小母をそうとう痛めつけたものの、罪を裏づけるものはなにも出てこなかった。ところが、あいにく捜査の途中で、司令官はジェイドというのは本当の名前ではないと気づいたのです。彼女こそが〈幼子ニコール〉だと見抜き、自分の威光を高めるために、なるべく早急に彼女と結婚する気でいます。しかも、結婚式をギレアデ放送局に中継させたいと」

「三重（トリプル）のクソみ（シット）！」ニコールは言った。

「頼みますよ、言葉づかい」リディア小母が言った。

「あんなやつと結婚させようったってそうはいかない！」ニコールが言った。

「なんとしても、させるものはさせるのよ」ベッカが言った。顔が真っ青になっている。

「ひどすぎます」わたしは言った。ジャド司令官のファイルを読むかぎり、ひどいどころではなかった。死刑宣告と同じだ。

「わたしたち、どうすればいいんでしょう？」

「アグネス、あなたとニコールは明日ここを発ちなさい」リディア小母はわたしに言った。「なるべく早い時間に。ギレアデの外交便は使えないでしょう。ジャドが聞きつけて、飛ばさないでしょうから。空路以外のルートをとることになります」

「でも、わたしたちまだ準備ができていません」わたしは言った。「真珠の首飾りも、制服のドレスも、カナダの通貨も、パンフレットも、白銀のバックパックも、まだいただいておりません」

「必要なアイテムは今夜あとで、わたしが持ってきます」リディア小母は言った。「ニコールをイモーテル小母だと証明するパスもすでに作らせてあります。残念ながら、イモーテル小母の逗留する〈静修の家〉の予約をとりなおす時間はなさそうです。いずれにせよ、こんな身元偽装は長くもたないでしょうけれど」

「ニコールがいなくなれば、ヘレナ小母に気づかれます」わたしは言った。「小母はいつも頭数を数えていますから。それに、どうしてベッカが――イモーテル小母が――ここに残っているのか怪訝に思うのでは」

「そのとおり」リディア小母は言った。「ですから、あなたに特別な役割を果たしてもらいたいのです、イモーテル小母。このふたりが発ってから、最低四十八時間は姿を隠していてください。たとえば、図書館にでも？」

「あそこは無理です」ベッカは言った。「本が多すぎて、人が隠れる余地はありません」

「きっとどこか思いつくでしょう」リディア小母は言った。「ヴィクトリア小母とニコールの身の安全はもとより、今回の任務全体の成功は、あなたにかかっているんですからね。たいへん重い責任がありますーーギレアデ国の再生はあなたがいてこそ可能になるのです。それに、ふたりに捕まって絞首刑になってほしくないでしょう」

「はい、リディア小母」ベッカはかすれるような声で答えた。

「では、しっかり考えて！」リディア小母は明るい声で言った。「頭を使うこと！」

「彼女にいろんなこと押しつけすぎだと思う」ニコールがリディア小母に言った。「どうしてわたし独りで行っちゃいけないんですか？　そうすれば、イモーテル小母とアグネスは――いや、ヴィクトリア小母は――ちゃんとした時期にふたり一緒に旅立てるのに」

「とんでもない」わたしは言った。「無理に決まってます。ただちに逮捕されてしまいます。〈真珠女子〉はつねに二人組で行動するものだし、学校の制服を着ていなくても、その年の娘は同伴者なしで旅行なんてできないのよ」

「ニコールは〈壁〉を越えて逃げたと見せかけてはどうですか」ベッカがそう言いだした。「そうすれば、アルドゥア・ホールの内部を捜査されずにすみます。わたしは構内のどこかに隠れることになりますけど」

「なかなか賢いアイデアですね、イモーテル小母」リディア小母は言った。「そう見せかけるためには、ニコールが書置きを残してくれるといいでしょう。自分は小母には向いていないとわかったなどと書いて。ありそうなことです。〈平民男性〉――この館の修理作業を受け持つ下働きの職員――と駆け落ちしたということにして。そう、その男性が結婚して家庭をもとうと約束した。そういう決意であれば、少なくとも子どもを産むというりっぱな望みを示すことができます」

「嘘くさいけど、まあ、いいか」ニコールは言った。

「まあ、なにがいいんですか？」リディア小母がぴしっと聞き返した。

「問題ありません、リディア小母。書置きを書かせてもらいます」ニコールは言いなおした。

その夜の十時、外が暗くなった後に、リディア小母がふたたび部屋に現れた。大きくふくらんだ黒の布製バッグを一つ、手にしていた。ベッカが中に招きいれた。「主のお恵みを、リディア小母」と、彼女は言った。

リディア小母は形式ばった挨拶などすっ飛ばした。「ふたりに必要なものはすべて買いそろえました。明朝、六時三十分きっかりに、東門から出るんですよ。門の右手に、黒い車が待機しています。その車でこの街を出て、ニューハンプシャー州のポーツマスまで行きます。そこでバスに乗り換える。この地図をお持ちなさい。ルートに印がついています。Xのついた停留所でバスを降りること。そこでのパスワードは〝メーデー〟と〝ジューン・ムーン〟です。連絡員がふたりをつぎの目的地に連れていってくれます。ニコール、この任務が成功したら、あなたの養父母を殺した人々がだれか明らかになるでしょう。即刻責を問われて消されていなければですが。ふたりとも、未知の障害の数々を乗り越えて実際カナダへ辿りつけたら、少なからぬチャンスがあります。実のお母さんと再会できるかもしれない——あえて〝かもしれない〟と言いますが——チャンスです。むこうは、しばらく前からその可能性にそなえているはずです」

「ああ、アグネス。主に感謝を——会えたらどんなに良いでしょうね」ベッカが小さな声で言ってから、「ふたりにとっても」と、付け足した。

「心より感謝します、リディア小母」わたしは言った。「そんな日が来るのをずっとずっと祈ってきました」

「もし成功したら、と言ったのですよ。これは大きな〝もし〟です」リディア小母は言った。「成功というのは、予定調和ではありません。ちょっと失礼」小母は部屋を見まわし、ソファにどっかりと腰をおろした。「水を一杯、いただけますか」ベッカが用意しにいった。

「だいじょうぶですか、リディア小母？」わたしは尋ねた。

「加齢によるちょっとした不調ですよ」小母は言った。「あなたがたもこういうものを味わえるほど長生きなさいね。それから、もうひとつ。ヴィダラ小母には、早朝、わたしの石像の近くを散歩する習慣があります。あなたがたを見かけたら――しかも〈真珠女子〉の出で立ちですから――止めようとするでしょう。彼女が騒ぎ立てる前に、すばやく行動しなくてはなりません」

「でも、どうすればいいんですか？」わたしは尋ねた。

「あなたは腕っぷしが強いでしょう」と、小母はニコールのほうを見て言った。「力というのは神からの賜りものです。戴いたものは使わないと」

「つまり、わたしにぶん殴れってことですか？」ニコールは訊いた。

「ごく直截な言い方をすれば、そうなりますね」リディア小母は答えた。

リディア小母が帰っていくと、わたしたちは黒い布製のバッグを開けてみた。制服のドレスが二着、真珠の首飾りが二本、白い帽子が二つ、白銀のバックパックが二個入っていた。それから、パンフレットの束と、ギレアデで食糧を入手するための代用紙幣（トークン）、カナダの紙幣の束、クレジットカードが二枚。ゲートや検問所を通るためのパスも二枚。それから、バスの切符が二枚入っていた。

「さて、書置きを書いたら、寝ようかな」ニコールが言った。「じゃ、あしたの早朝ね」さも心配なさげに、気丈に振る舞っていたけれど、緊張しているのがわかった。

ニコールが部屋を出ていくと、ベッカが言った。「わたしも一緒に行ければどんなにいいか」

「一緒に来てもらえたらどんなにいいか」わたしも言った。「でも、ベッカの助けがあるから、わたしたち行けるのよ。ベッカが守ってくれるから。わたしはあとで必ず、あなたを救いだす方法を見つける。約束する」

「方法なんてあると思えないけど」と、ベッカは言った。「でも、見つかることを祈ってる」

「リディア小母は四十八時間と言ったよね。たったの二日間よ。それだけの時間、隠れていられれば……」

「場所は思いついた」ベッカが言った。「屋上の、貯水タンク」

「あそこはだめよ、ベッカ！　危険すぎる！」

「まず、水はぜんぶ抜いておくつもり」彼女は言った。「配管を通じて、C号棟のバスタブに流しておく」

「それは気づかれるでしょう、ベッカ」わたしは言った。「ぜんぜん水が出なかったら、A号棟とC号棟の人たちに。同じタンクを共有してるんだから」

「しばらく気づかないよ。そんな早い時間帯に、入浴したりシャワー浴びたりしてはいけないんだから」

「ねえ、そんなことやめて」わたしは言った。「わたしが行かなければいいんじゃない？」

「選択の余地はないって。ここに留まっていたら、ニコールはどうなる？　リディア小母だって、〈目（アイズ）〉の尋問を受けたあなたに自分の計画を話されたら困るでしょうね。あるいは、ヴィダラ小母がみずから尋問をやりたがるかもしれない。そんなことになったらお終いだよ」

「ヴィダラ小母に殺されると言ってるの？」

「最終的にはね。あるいは、べつのだれかが殺す」ベッカは言った。「それがあの人たちのやり方だから」

「あなたを連れていく方法があるはずよ」わたしは言った。「車のトランクに隠すとか……」

「〈真珠女子〉の行動は、むかしから二人組と決まってるの」ベッカは言った。「三人じゃ、すぐに捕まっちゃう。わたし、心はアグネスと一緒に行くから」

「ありがとう、ベッカ」わたしは言った。「やっぱり、わたしのシスターよ」

「あなたたちふたりのことは飛んでいく鳥だと思うことにする」ベッカは言った。「空飛ぶ鳥が声をはこび……でしょ」

「あなたの無事を祈ってる」わたしは言った。こんな言葉で事足りるとは思えなかったけれど。

「わたしも祈ってる」ベッカはうっすら微笑んだ。「これまでに愛したのって、アグネスだけだよ」

「わたしも愛してる」と、わたしは言った。それから、わたしたちは抱きしめあい、少しだけ泣いた。

「ちょっとは寝たほうがいいよ」ベッカが言った。「明日は体力いりそうだから」

「ベッカもね」わたしは言った。

「わたしはずっと起きてるつもり」ベッカは言った。「アグネスのために寝ずの行をするんだ」そう言うと、自室にひきあげていき、ドアを静かに閉めた。

61

翌朝、ニコールとわたしはC号棟のドアをそっと滑りでた。東の空にかかる薄桃色の雲に黄金色が射し、どこかで鳥がさえずって、早朝の空気はまだ清々しかった。まわりに人の気配はなかった。わたしたちはアルドゥア・ホールの前の小径を、リディア小母の石像の方向へ、静かに急ぎ足で歩いていった。ちょうどその前に来たところで、隣接した建物の角のむこうからヴィダラ小母が現れ、決然とした足取りで近づいてきた。

「ヴィクトリア小母!」彼女は言った。「なぜそのドレスを着ているのです? つぎの〈感謝の儀〉は日曜日までありませんよ!」そう言うと、ニコールの顔を覗きこんだ。「それに、一緒にいるのはだれです? あっ、新入りの子、ジェイドじゃないの! この子はまだこれを着ける資格は——」小母が手を伸ばし、ニコールの真珠の首飾りをつかむと、それはちぎれてしまった。

ニコールが拳でなにかをした。速すぎて目にも留まらぬ動きだったけれど、ヴィダラ小母の胸部を殴ったのだ。小母は地面にくずおれた。顔はパン生地みたいに生白く、目は閉じられていた。

「どうしよう——」わたしが言いかけると、

「手伝ってよ」と、ニコールが言った。彼女はヴィダラ小母の両足を持ち、石像の土台の陰に引きずっていった。「見つかりませんように」ニコールは指を交差させ、「さあ、行こう」と言って、わたしの腕をとった。

地面にオレンジが一つ、ころがっていた。ニコールはそれを拾いあげると、〈真珠女子〉のドレスのポケットに入れた。

「死んだの？」わたしは小声で訊いた。

「どうかな」ニコールは答えた。「とにかく、急がないと」

東門に着いてパスを提示すると、〈天使〉たちが通してくれた。ニコールはマントの前を合わせ、真珠の飾りがないのを見られないようにしていた。門の右手を見ると、先のほうに、リディア小母から聞いたとおり、黒い車が停まっていた。わたしたちが乗りこんでも、運転手は顔を振り向けなかった。

「準備はいいですか、ご婦人がた？」運転手は言った。

わたしは「ええ」と答えたが、ニコールは「わたしたち、ご婦人がたじゃないし」と言った。わたしは彼女のことを肘でつついた。

「この人に、そんなこと言わないの」わたしは小声で言った。

「本物の〈保護者〉じゃないよ、この人」ニコールは言った。「リディア小母がそんなマヌケなことするわけない」そう言うと、ポケットからオレンジをとりだして、皮をむきはじめた。みずみずしい香りが車内に充ちた。「少し要る？」ニコールは訊いてきた。「半分あげる」

「よしとく」わたしは言った。「それ、食べてはいけないものよ」やはり、ある種、神への捧げものなのだから。ニコールは独りでぜんぶ食べてしまった。

この子はなにかしくじるだろう。わたしはそう考えていた。そして、だれかに気づかれる。この子のせいで、ふたりとも捕まるのではないか。

証人の供述369Bの書き起こし

62

ヴィダラ小母をぶん殴ったのはわるかったけど、そんなに後悔していたわけでもなかった。どっちみち、もしあのとき殴ってなかったら、騒がれていただろうし、そしたらわたしたちは脱出できなかったから。それでもわたしの心臓はバクバクしっぱなしだった。もしヴィダラ小母が死んじゃっていたら？　でも、生死にかかわらず彼女が倒れているのが発見されたら、すぐにだれかが追ってくるはずだ。エイダが言ってたみたいに、わたしたちはもうギレアデにどっぷり関わっていた。

いっぽう、アグネスは口をつぐんで黙りこみ、何かまずいことをしたと相手に思い知らせるときの小母特有の不機嫌な態度をとっていた。きっとわたしがオレンジを失敬したのが気に入らなかったんじゃないかな。取っちゃいけないものだったのかも。それから、いやなことを思いついた。犬に追跡されたらどうする。オレンジは香りがきついし。剝いた皮の始末のことも気になりだした。

左腕の０のあたりがまた痒くなってきた。この傷、なんでいつまでも治らないんだろう。リディア小母がマイクロドットをわたしの腕に埋め込んだときはとびきりの計画だと思ったけど、そうでもなかったかも。わたしの身体とメッセージが一体なら、もしわたしの身体がカナダ側に到達しなかったらどうなる？　腕だけ切り取って郵送するわけにもいかないじゃない。

わたしたちを乗せた車は検問所をいくつか通過した――パスポートを差し出すと、〈天使〉が窓の外からわたしたちが本人かどうか確認した。でも、対応は運転手に任せておけばいいってアグネスが言うから、彼に任せておいた。この子たちは〈真珠女子〉でとか、どれだけ崇高な志を持って自らを犠牲にしているのかとか説明してた。ある検問所では、「伝道の成功をお祈りしています」と〈天使〉に声をかけられた。またある検問所では――街からだいぶ離れた検問所だったけど――内輪のジョークのネタにされた。

「ブスやズベを連れてこないといいけどな」

「きっとどっちかだろう」検問所の〈天使〉がふたりでゲラゲラ笑っていた。

アグネスはわたしの腕に手を置いた。「言い返してはだめよ」

田園地帯に出てハイウェイに乗ると、運転手がサンドウィッチをよこした。ギレアデのニセチーズが挟んであった。「これが朝食ってことだよね」わたしはアグネスに言った。「なんだか、白いものに垢みたいなものが挟まってるけど」

「感謝すべきです」アグネスがいかにも小母っぽい信心深い声で言ったので、まだ機嫌が直ってないんだなと思った。彼女がわたしの姉さんだなんて、へんな気分。わたしたちはちっとも似てないし。

でも、そんなことをゆっくり考えている暇はほとんどなかった。

「お姉さんができてうれしいな」わたしは和平交渉を試みた。

「わたしもうれしく思います」アグネスが言った。「それに、感謝もしています」でも、感謝しているようには聞こえなかった。

「わたしも感謝してる」わたしは言った。そこで会話は途切れてしまった。いつまでこんなギレアデ流の会話をつづけるのか、聞いてみたくなった――わたしたち、もう逃亡の身なんだし、こういうのはやめてもっと自然に話さない？　って。でもそのときは、それが彼女にとってはごく自然な振舞いだったし、それ以外にどういう態度をとればいいのか、きっと見当もつかなかったんだと思う。

ニューハンプシャー州のポーツマスまで来ると、運転手が長距離バスの発着所でわたしたちを降ろした。「あなたがたの幸運を祈ってます。あいつらに地獄を」と、彼は言った。

「ほらね？　ほんものの〈保護者〉じゃなかったじゃん」アグネスとまた会話がしたくて、わたしは言ってみた。

「違うに決まってます」彼女はそう答えた。「ほんものの〈保護者〉なら〝地獄〟なんて言いません」

発着所は古くていまにも崩れそうな見た目の建物で、女子トイレはばい菌の巣窟という感じだし、ギレアデの食料トークンとなにかめぼしい物と交換できるような店はなかった。オレンジを食べといてよかったと思った。でも、アグネスはアルドゥア・ホールで食事と称される気色わるいものに慣れていたから、当たり前みたいな顔で、トークン二枚といんちきドーナツみたいなのとを交換していた。

時が刻一刻と流れ、わたしはそわそわしてきた。長いこと待ってようやくバスが来た。わたしたちが乗り込むと、乗客の何人かがわたしたちに会釈した。軍人にたいするように頭をさげて敬意を表した。ある年配の〈平民妻〉なんて、「神さまのご加護がありますように」とまで言ってきた。

十五キロぐらい行くとまた検問所があって、そこの〈保護者〉はすごく丁寧な態度をとってきた。そのうちのひとりが話しかけてきた。「ソドム（旧約聖書「創世記」に出てくる街の名で、悪徳と退廃の象徴）に行かれるとは、勇気がおありですね」もしわたしが内心びくついてなかったら、そんなの笑い飛ばしていたところ——だいたい、カナダなんてどこも変わったところのない退屈な国だし、そんな国がソドムだなんて爆笑もの。乱交パーティが全国いたるところで年がら年中繰り広げられているわけじゃあるまいし。

アグネスがわたしの手をぎゅっと握り、自分が対応するから黙っててと伝えてきた。表情をぴくりとも変えずに落ち着き払って、アルドゥア・ホール仕込みの態度を崩さなかった。「わたくしたちはただギレアデに奉仕しているだけです」そっけない、ロボットのような小母の口調で彼女がそう言うと、その〈天使〉は「主に感謝を」と返した。

バスはガタガタ揺れた。道路の修繕費は通行量の多い道に回されているんだと思う。近ごろではカナダとの交易も事実上の停止状態で、住民以外で北ギレアデを訪れようとする人なんていない。

バスは混んではいなかった。乗客は〈平民階級（エコノクラス）〉の人たちだけだった。海岸線に沿って曲がりくねった、わりと景色のいい道を走っていたけど、眺めたくなるような景色ばかりではなくて、道沿いには閉鎖されたモーテルやレストランがいくつもあったし、にっこり笑った赤い巨大ロブスターがばらばらになりかけているのを見かけたのも一度ではなかった。

北に向かうにつれて、友好的な雰囲気が薄れていった。渋い顔をする人もいて、〈真珠女子〉伝道やギレアデじたいがうけてないんだなと感じた。さすがにつばを吐きかけられることはなかったけど、いまにも吐きたそうなしかめ面をされた。

どれぐらい遠くまで来たんだろう。アグネスはリディア小母が印をつけた地図を持っていたけど、それを出してとは言いにくかった。ふたりして地図をのぞき込んでたら、あやしまれるから。バスはのろのろとしか進まず、不安になってきた。わたしたちがアルドゥア・ホールにいないと気づかれるまで、あとどれぐらい猶予があるんだろう？　わたしが書いたあのニセの書置きは信じてもらえる？もしかして、行く先に連絡が入って、バリケードが張られ、バスが通れなくなっているかも。わたしたち、すごく目立ってるし。

それからバスは迂回路に入り、一方通行になった。アグネスが手をもぞもぞしだした。わたしはひじで彼女をつついた。「ちょっと、落ち着いた態度をとるんでしょ？」アグネスは弱々しく笑って、ひざの上で両手を重ねた。彼女が深く息を吸って、ゆっくり吐き出すのがわかった。アルドゥア・ホールでは実用的なこともいちおう教えられていて、セルフコントロールはそのひとつだった。自らを制御することができないものは、務めの道もまた制御できません。渦巻く怒りの感情に抗おうとするのではなく、その怒りを自らの燃料として燃やしなさい。はい、吸って。吐いて。かわす。よける。そらす。

わたしは本物の小母としてはとてもやっていけなかったと思う。

アグネスの口から「ここで降ります」という言葉が出たのは、午後五時ごろのことだった。「国境なの？」わたしが訊くと、彼女からは、そうではなくて、そこでつぎの車に乗ることになっているという答えが返ってきた。わたしたちは棚からバックパックを下ろしてバスを降りた。その町には、戸口に板を打ちつけた、窓の割れた店が並んでいたけど、燃料補給所としょぼいコンビニだけはあった。

「元気の出る町並みだね」わたしは暗い気分になってきた。

「黙ってわたしについてきて」アグネスが言った。

コンビニの店内は焦げたトーストと臭い足のにおいがした。棚にはほとんどなにもなかったけど、ラベルの文字が塗りつぶされた保存食品が一段だけ並べてあった。缶詰やクラッカー、クッキーなど。アグネスはコーヒーカウンター――バースツールのついたよくある赤いカウンター――に寄っていくと、その席に座った。わたしも彼女と同じようにした。無愛想な〈平民階級〉のおじさんがカウンターの中で働いていた。これがカナダだったら、無愛想なおばさんがいそうなところ。

「注文は？」おじさんは訊いてきた。わたしたちの〈真珠女子〉の服装を見ても明らかになんとも思ってないらしい。

「コーヒーをふたつ」アグネスが言った。

彼はコーヒーをマグカップに注いでカウンターの向こうからこちらに押し出してきた。コーヒーは朝からずっとそこにあったやつだろう。それまでに飲んだなかでいちばん不味いコーヒーだった。カーピッツで飲んだものよりもまずいぐらい。でも、飲み残したらおじさんが気を悪くするかもと思って砂糖を一袋入れた。そのせいでかえってまずくなったけど。

「五月の日（メーデー）にしては暑いですね」アグネスが言った。

「今は五月じゃねえよ」おじさんはそう返してきた。

「あら、そうですね。うっかりしていました。六月の月(ジューン・ムーン)が出ていますね」

いきなりおじさんは笑顔になった。「トイレを使いたいんだろう。あんたらふたりとも。あのドアのむこうだ。鍵を開けよう」

わたしたちはドアを通り抜けた。そこに現れたのはトイレじゃなくて物置小屋で、漁に使う古い網や、壊れた斧や、バケツなんかが重ねて置いてあり、屋外に通じる裏口がついていた。「いったいなんでこんなに遅くなったんだ」おじさんが言った。「いいかげんなバスめ。しょっちゅう遅れやがる。ここにあんたらの着替えを用意してある。懐中電灯も入っている。その服はそっちのリュックサックに入れておいてくれ。あとで始末しておくから。俺は外で待ってる。大急ぎで出発だ」

ジーンズ、長袖シャツ、ウールの靴下、ハイキング・ブーツが用意されていた。チェック柄の上着、フリースの帽子、防水ジャケットもあった。わたしはシャツを着ようとしてちょっと手こずった。タトゥーのOのところでなにかに引っかかった。「クッソ痛い」とつい口走ってから、すぐに「ごめん」と撤回した。これまでの人生でそんなに素早く着替えたことはなかった。でも、銀色のワンピースを脱ぎ捨てて用意された服を着ると、素の自分に戻ったみたいな気がした。

証人の供述369Aの書き起こし

63

供給された衣類は、わたしには不愉快の極みだった。下着はアルドゥア・ホールで着けているような飾り気がなく丈夫な類とはずいぶん違っていた。やけにつるつるして、ふしだらなものに思えた。その上に男性物の服を着る。そのごわごわした生地が、間にペチコートもなく、足の素肌に触れるのが気持ちわるかった。こんな衣類を着けるのは、性別における背信行為だし、神の掟に反することなのに。前年も、〈妻〉の下着を身に着けたかどで、ある男性が絞首刑になっていた。現場を目撃した〈妻〉が、みずからの務めとして通報したのだった。

「こんなの、着ていられない」わたしはニコールに言った。「男性物の服でしょう」

「違うよ、それ」ニコールは言った。「レディースのジーンズだって。男物とはカットが違うじゃない。それに、この小さい銀色のキューピッドを見て。間違いなく女物だよ」

「ギレアデではぜったいそう思われない」わたしは言った。「鞭打ちの刑か、もっとひどいことになる」

「ギレアデではね」ニコールは行った。「これから行くのはそこじゃないでしょ。外で待ってるおじさんと速攻で合流だよ。さくさくやってよ」

「いま、なんて(パードゥン)？」ときどき妹がなにを言っているんだかわからないことがある。

ニコールはぷっと吹きだすと、「がんばっていきましょうって意味」と言った。

わたしたちが向かっているのは、ニコールが言葉を理解できる場所なんだ。わたしはそう思った。わたしにとっては、その逆。

その男性が用意していたのは、使い古されたピックアップトラックだった。わたしたちは前の座席に、無理して三人で乗りこんだ。小ぬか雨が降りだしていた。

「いろいろとありがとうございます」わたしが言うと、彼はふんとうなり、

「そのぶんの金はもらってる。縛り首の縄に首を入れるような仕事だ。この年のおやじがやることじゃない」と言った。

わたしたちが着替えているあいだ、お酒を飲んでいたに違いない。アルコールの臭いがした。わたしが幼いころ、ときおりカイル司令官が家で開いた晩餐会で、こんな臭いを嗅いだのを覚えていた。ときどきローザとヴェラがグラスの底に残った酒を飲み干していた。ズィラも控え目に。

これで永遠にギレアデをあとにするんだと思うと、ズィラ、ローザ、ヴェラのことが懐かしく、かつて暮らした家とタビサのことが恋しくなった。あの幼少期、わたしは母のない子ではなかった。で

も、いまはそんな気分だった。リディア小母が厳しくも母のような存在だったけれど、その人とも金輪際、会えないんだ。リディア小母によれば、ニコールとわたしの実の母は健在で、カナダで待っていると言うけれど、その途上で自分が死んでしまうんじゃないか。そうなったら、現世では一度も会えなかったことになる。そのときのわたしにとって、母はちぎれた写真にすぎなかった。母は不在のもので、わたしの中の空隙だった。

お酒を飲んでいるわりに、男性は運転がうまく、機敏だった。道路は曲がりくねり、しとしと降る雨のせいで滑りやすかった。何マイル走ったんだろう。雲の上にはすでに月が昇り、樹幹の黒い輪郭を白銀に照らしていた。たまに民家が現れても、真っ暗か、一つ二つ明かりがついているだけだった。わたしは不安を押し殺そうとしているうちに、寝入ってしまった。

ベッカの夢を見た。トラックの前の座席にわたしと並んで座っていた。姿は見えなかったけれど、そこにいるのはわかった。夢のなかで、わたしは彼女にこう言った。「やっぱり、いっしょに来られたのね。よかった」でも、ベッカは答えなかった。

証人の供述369Bの書き起こし

64

夜は静まり返って過ぎていった。アグネスは眠りこけてるし、運転手役のおじさんもおしゃべりとは言えなかった。きっと、わたしたちのことは積荷ていどに思ってたんじゃないかな。積荷に話しかける人なんていない。

しばらくして車は角を曲がって狭い道に入っていった。きらきらする水面が前方に現れた。プライベートドックみたいな場所に車が横づけにされた。モーターボートがあって、だれか人が乗っていた。

「彼女を起こしてくれ」おじさんが言った。「荷物を持って、あのボートに乗れ」

わたしが脇腹をつつくと、アグネスは目を覚ました。

「さあ、元気におはよう」

「いま何時なの？」

「ボートに乗る時間だよ。行くよ」

「気をつけてな」運転手が声をかけてくれた。アグネスは感謝の言葉を言いかけたけど、彼にさえぎられた。おじさんは新しいバックパックをトラックから放り投げてくると、わたしたちがボートに向かってるうちにいなくなった。わたしは足元を照らすために懐中電灯をつけていた。

「明かりは消して」ボートに乗っている人が小声で言った。男の人で、防水ジャケットを着てフードをかぶっていたけど、声で若い人だとわかった。「大丈夫、見えるから。ゆっくりきて、真ん中のシートに座るんだ」

「これは海ですか？」アグネスが尋ねた。

彼は笑いだした。「まだ海じゃない。ペノブスコット川（メイン州バンゴアを流れる川でペノブスコット湾に注ぐ）だ。じきに海に出られるよ」

ボートのモーターは電動で音がすごく静かだった。ボートは川の中ごろを下っていった。空には三日月が輝いて、水面にも映っていた。

「見て」アグネスが小声で話しかけてきた。「こんなにきれいな景色って、見たことない！　まるで光の道みたいね」その瞬間、わたしのほうが年上に思えてきた。もうすぐギレアデを脱出するところで、いろんなルールが変わりつつあった。彼女がこれから向かうのは右も左もわからない未知の土地だけど、わたしにとってはよく知った故郷だ。

「うちら、丸見えじゃない。だれかに見られたらまずくない？」わたしは男の人に尋ねた。「あいつらに通報されたらどうする？　〈目〉（アイズ）とかいうのに」

「このあたりの人間は〈目〉とは口をきかないさ」男性は言った。「スパイみたいな真似は好きじゃない」

「あなたって、密輸人ってやつ？」エイダが話してくれたことを思い出して訊いてみた。姉がわたしをつついた。しまった、またマナー違反。ギレアデではあからさまな質問はＮＧなのに。

彼は笑った。「国境というのは地図上に引かれた線にすぎない。ものは行き来しているし、人間だってそうだ。俺は単なる配達屋だよ」

川幅がだんだん広くなってきた。霧が出てきて、川岸がぼんやりとしか見えなくなった。

「ほら、あの船だ」しばらくして男が言った。水に浮かぶ黒い影が見えた。「〈ネリー・Ｊ・バンクス〉号。楽園（パラダイス）への片道切符だ」

XXIII

壁

アルドゥア・ホール手稿

65

ヴィダラ小母はわたしの石像の後ろに昏睡状態で倒れているところを、年配のクローバー小母と七十代のふたりの庭師によって発見された。救急隊員らは心臓発作と結論し、この診断は医師によって裏づけられた。噂がアルドゥア・ホールを駆けめぐり、小母たちは悲し気に首を振りあい、ヴィダラ小母の回復への祈禱が約束された。彼女が倒れていた近辺で、〈真珠女子〉のちぎれた真珠の首飾りが見つかった。いつかだれかが落としたのだろう。不注意でものを無駄にしている、などと言われた。こうした物品の厳重な取り扱いを喚起し、これらを大切にするのはわれわれの義務であるというプリントを配布しておこう。真珠は自然と木に生るものではありません。たとえ、人工真珠であってもです、と。豚に真珠を与えるべからずと申します。いえ、アルドゥア・ホールに豚がいるというのではありません。と、ちょっと茶目に付け足して。

集中治療室に入ったヴィダラ小母を、一度わたしは見舞った。彼女は目を閉じて仰向けに横たわり、鼻に管が一本、腕にもう一本入っていた。「わたしたちの大切なヴィダラ小母の容態はどうなのです？」わたしは当直の看護小母に尋ねた。

「ずっとお祈りしています」ナントカ小母は答えた。看護師の名前はちっとも覚えられない。それが彼女たちの運命なのだろう。「昏睡状態です。それが治癒の過程を助けるかもしれません。麻痺がいくらか残ることがあります。医師たちは、発話に障害が出るかもしれないと」

「意識がもどれば、ですね」わたしは言った。

「意識がもどったときに、です」看護師は咎める口調で言った。「患者さんの聞こえるところでネガティヴなことを口にしたくありません。眠っているように見えても、往々にしてはっきり意識があるものです」

わたしはずっとヴィダラ小母のベッドサイドに付き添っていたが、そのうち看護師が出ていった。とたんに、どんな医療補助装置が使えるか、すばやくチェックした。麻酔薬を増量するのがいいか？腕に刺されている管をちょっといじってやるか？酸素供給を切ってやるか？だが、どれも実行しなかった。わたしは尽力というものを信奉しているが、不必要な手間を割く必要はない。ヴィダラ小母はおそらく、どうにかしてこの世から自力で退場していくだろう。集中治療室を出るとき、わたしはモルヒネの小さなアンプルをポケットに入れた。先々に備える力というのも、枢要徳（古代ギリシャで言われた主要な四つの徳）の一つなのだから。

昼食のために〈食堂〉に着席していると、ヴィクトリア小母とイモーテル小母がいないと、ヘレナ小母が言いだした。「あのふたりはきっと断食中ですよ」わたしは言った。「きのう、〈ヒルデガード図書館〉で聖書講読をしているのを見かけました。来る任務に際して、主の導きを求めているのでしょう」

「見あげた心映えですね」ヘレナ小母は言って、またそっと頭数をかぞえはじめた。「あら、新しい入信者のジェイドは？」

「あの子は体調がわるいようです。女性特有の……」わたしは言った。

「ようすを見てきます」ヘレナ小母は言った。「湯たんぽが要るかもしれませんね。C号棟ですよね？」

「それはご親切に。ええ、あの子の部屋は三階の屋根裏だったかと」わたしは言った。例の駆け落ちの書置きを、ジェイドは目立つところにおいてありますように。

C号棟を見舞ったヘレナ小母は、とんでもないものに出くわし、慌てふためいてもどってきた。あの子、駆け落ちしたようです。「ガースという配管工と」ヘレナ小母は言った。「恋に落ちたのだと言っています」

「それはまたやっかいな」わたしは言った。「そのふたりの居場所を特定し、譴責をくわえ、正式に結婚させねばならないでしょう。ジェイドはいたってがさつな娘です。まともな小母にはなれそうにありません。しかし明るい面を見ましょう。このふたりの結婚により、ギレアデの人口は増加する可能性がある」

「しかし、そんな配管工とどこで出会えたんでしょうね？」エリザベス小母が言った。

「今朝、浴室の水が出ないとか、A号棟から苦情がありました」わたしは言った。「それで、配管業者を呼んだんでしょう。どうやら、ひと目惚れというものではないですか。若い子たちは衝動に駆られやすい」

「しかしホールでは、午前中の入浴などしないはずです」エリザベス小母は言った。「館内の法規を破らない限り」

「これが、残念ながら、問題外とは言えないのですよ」わたしは言った。「肉体（生身の人間の意）とは弱いものです（新約聖書「マタイによる福音書」第26章41節より）」

「そうですとも、たいへん弱いものです」ヘレナ小母が同意した。「それにしても、あの子はどうやって門を通過したのでしょう？　パスを持っていませんから、通してもらえなかったはずですが」

「あの年の娘たちはじつにはしこいですからね」わたしは言った。「〈壁〉をよじ登ったのでは」

それで話が済むと、昼食の時間は進んでいき——ぱさぱさしたサンドウィッチと、トマトを投入した壊滅的な食べ物と、デザートにどろどろのブランマンジェが出た——、質素な食事の終わりごろには、ジェイドの若気のいたりの駆け落ちと、壁越えのアクロバティックな離れ業と、果敢な〈平民男性〉の配管工の腕に飛びこみ、女性としての使命を全うしようという一途な決意については、小母たちの間でおおむね知られることになった。

XXIV

〈ネリー・J・バンクス〉号

証人の供述369Bの書き起こし

66

　わたしたちの乗ったボートはその船に横づけにされた。デッキの上に人影が三つ見え、懐中電灯が一瞬ぱっとついてあたりを照らした。わたしとアグネスは縄ばしごをよじのぼった。

「へりに座って、脚をこっちに回して」という声が聞こえ、だれかがわたしの腕をとった。つぎの瞬間、わたしたちはデッキの上に立っていた。

「ミシメンゴ船長だ」という声がした。「さあ、船のなかへ」

　ブーンと低くうなる音がして、船が動いているとわかった。

　わたしたちは狭苦しいキャビンに足を踏み入れた。窓には分厚いカーテンが引かれ、制御装置や船舶レーダーみたいなものがあったけど、じっくり見てはいられなかった。

「よくここまでたどり着いたな」ミシメンゴ船長はそう言って、わたしたちそれぞれと握手をした。

その手は指が二本欠けていた。船長は六十歳ぐらいのがたいのいい男の人で、よく日焼けしていて無精ひげを生やしていた。「それでは、この船について話しておく。だれかに質問されたとしてな。本船はタラ漁を行う帆船で、動力は太陽光だが予備燃料も備えてある。便宜上の船籍はレバノン。特殊免許をもち、タラとレモンを積荷として運搬している。おおっぴらにはできない灰色市場の商品だがな。現在は帰港の途上だ。きみたちは、日中は人目のつかないところにいてもらう。きみたちをドックまで送ったのはバートっていうおれの連絡員なんだが、彼からの情報によれば、追手はじきにやってくる。船倉に眠れる場所を用意してある。沿岸警備隊の立ち入り検査があったとしても、形ばかりだ。よく知っているやつらだからな」彼はここで指と指をこすり合わせた。それがお金を意味していることぐらいはわたしにもわかった。

「なにか食べ物は？」わたしは尋ねた。「朝からろくに食べてなくて」

「そうだったな」船長はそこで待っているように言うと、お茶を注いだマグカップとサンドウィッチを持ってきてくれた。サンドウィッチにはチーズが挟んであったけど、ギレアデチーズじゃなくて、ほんもののチーズだった。メラニーが好きだった、山羊乳チーズとチャイブのサンドウィッチ。

「ありがとうございます」アグネスが言った。わたしはもうサンドウィッチにかぶりついていたので、ほおばりながらもごもごお礼を言った。

「あんたの友達のエイダがよろしく伝えてくれってよ。もうすぐ会おうと」ミシメンゴ船長がわたしに言った。

わたしはサンドウィッチをごくりと飲み込んだ。「なんでエイダを知ってるの？」

船長は笑いだした。「みんなつながっているんだ。このあたりじゃあ、なにかとな。昔はノヴァスコシアで一緒に鹿狩りをしたもんさ」

わたしたちが寝る場所には、はしごを使って降りた。ミシメンゴ船長が先に入って明かりをつけた。そこは船倉で、冷凍庫や金属製の長方形の大きな箱がいくつか置いてあった。その箱は一面が蝶番で開けられるようになっていて、中にはあまり清潔そうじゃない寝袋が二つ入っていた。どうやら、わたしたちの前にもそれを使った人がいるみたいだった。船倉全体に魚のにおいが充満していた。

「問題がなければ箱の扉は開けておいても大丈夫だ」ミシメンゴ船長が言った。「ぐっすり眠って、虫に嚙まれないようにな」船長の足音が遠ざかっていった。

「ここ、ちょっとつらくない？」わたしはひそひそ声でアグネスに言った。「魚くさいし。それにあの寝袋ときたら。ぜったいシラミがいるって」

「感謝を忘れずに」アグネスが言った。「さあ、寝みましょう」

わたしはタトゥーが痛むので、その部分を押しつぶさないように右向きで寝た。敗血症になってないか心配だった。もしそうなら、やっかいだな、と。だって、この船に医者なんか間違っても乗ってないだろうから。

まだ暗いうちにわたしたちが目を覚ましてしまったのは、船が大きく揺れていたからだった。アグネスが金属の箱から出てはしごをのぼり、ようすをうかがいに行った。わたしも行こうとしたけど、なんだか気分がわるかった。

お茶の入った魔法瓶とゆで卵を二つ抱えてアグネスが戻ってきて報告した。外洋に出たんですって、と。波のせいで船が揺れているのだと。こんなに波が高くなるなんて思ってもみなかったと言ったら、ミシメンゴ船長にたいした波じゃないと言われたらしい。

「冗談きつい（オー・ゴッド）」わたしは言った。「これ以上荒れないといいな。吐きたくないし」

「悪態をつくのに気安く神さまの名前を出さないで」アグネスが言った。

「ごめん。でもさ、気を悪くしないでほしいんだけど、神さまがいたとして、その神さまに、わたしの人生めちゃくちゃにされてるんだけど！」

　きっとアグネスが怒るだろうなと思ったら、彼女はただこう言った。「そんなの、この世界であなただけじゃないのよ。人生を楽に過ごせる人なんていない。でも、あなたが言うように神さまがあなたの人生をめちゃくちゃにしたとしたら、それは理由あってのことなのよ」

「じゃ、その理由とやらがわかるのが、クソ待ちきれないね」腕が痛くて、わたしはやたらとイライラしていた。そんなふうに嫌味を言ったり、彼女につっかかったりするなんて、どうかしてた。

「わたしたちに課せられた使命の真の目的を、あなたにはちゃんと理解できていると思っていたのに」アグネスが言った。「ギレアデの救済。浄化。再生。それこそが理由でしょう？」

「あんな腐りかけたゴミだめみたいな国が再生できるって、まじめに思ってるの？　あんな国、燃やしちゃえばいい」

「どうしてそうやって大勢の人を傷つけようとするの？」アグネスが穏やかな口調で問いかけてきた。

「ギレアデはわたしの母国よ。生まれ育った場所よ。それが、指導者のせいで自滅しようとしている。わたしはギレアデをなんとかしたいの」

「そうだよね、わかった」わたしは言った。「よくわかったよ。ごめん。べつにアグネスをわるく言うつもりじゃなかった。わたしのお姉さんだもん」

「謝罪を受け入れます」アグネスが言った。「理解してくれてありがとう」

暗闇のなかのわたしたちはそのまましばらく無言のままでいた。アグネスが呼吸をする音、何度かため息をつく音が聞こえてきた。

「この計画、うまくいくと思う？」わたしはだいぶしてから口を開いた。「無事にあっちにたどり着けるかな？」

「それは、わたしたちには決められることじゃないの」アグネスは答えた。

証人の供述369Aの書き起こし

67

二日目が始まるころには、わたしはニコールのことがかなり心配になっていた。具合はわるくないと本人は言うものの、発熱していたから。わたしはアルドゥア・ホールで教わった看病の仕方を思いだし、充分に水分を摂らせようとした。船内にはレモンがあったので、これの絞り汁に、紅茶と塩と少量の砂糖を加えて混ぜることができた。いまでは、わたしたちの〝船室〟につづく梯子を昇り降りするのもさほど苦ではなくなり、確かにこれは長いスカートではるかに大変だったろうと思った。

海は霧にけぶっていた。わたしたちはまだギレアデ国の領海にいて、正午ごろには、沿岸警備隊の検問があった。ニコールとわたしは金属ボックスに入りこみ、内側から扉を締めた。ニコールが手を握ってきたので、わたしも握りかえし、ふたりともひたすら息をひそめていた。あたりをずかずか歩きまわる足音、話し声がしたけれど、次第に物音は遠ざかり、わたしの心臓の鼓動もおさまってきた。

ところが、その日は、エンジントラブルが起きた。レモン汁を作りに、上の甲板にあがっていったときに気がついた。ミシメンゴ船長は思案顔をしていた。このあたりの海域は潮が非常に高く、流れが速いという。船に馬力がないと、外海へ押し流されてしまうか、そうでなければ、ファンディ湾に引きこまれて難破した挙句、カナダの岸辺に乗りあげ、船は押収され、乗組員は逮捕されることになる、と。船は南へと流されていた。これでは、ギレアデへまっすぐ逆戻りすることになるのでは？

ミシメンゴ船長はわたしたちを引きうけたことを後悔しているんじゃないか。わたしはそう思った。〝もし船が追われて拿捕され、きみたちが見つかりでもしたら、おれは女を密輸した罪に問われることになる〟と、前に言っていた。この船は没収され、船長はもともとギレアデの国民で、ギレアデの国営自治区からカナダとの国境を越えて逃亡したのだから、ギレアデ国は彼を自国民であると主張し、密輸の罪人として裁判にかけるだろう。そうなったら、おれはおしまいだ、と船長は言った。

「わたしたちのために、そんな危険に晒されているなんて、あんまりです」わたしはこれを聞いたとき、そう言った。「沿岸警備隊と話をつけていないんですか？　灰色市場の関係で？」

「やつらは繫がりを否定するだろうよ。書面での契約があるわけじゃなし」船長は言った。「収賄の罪で射殺されたいやつなんかいないだろう？」

夕食にはチキンサンドが出たのに、ニコールはお腹がすかない、寝ていたいと言った。

「そんなに具合がわるいの？　ちょっとおでこを触らせて？」触ると、燃えるように熱かった。「これだけは言わせて。あなたには一生、感謝する」わたしはニコールに言った。「あなたが妹でいてくれてよかった」

「わたしもだよ」ニコールは言った。少しおいて、彼女はこう尋ねてきた。「ねえ、わたしたち、いつかお母さんに会えるかな？」

「会えるって信じてる」

「わたしたちのこと、好きになってくれると思う？」

「好きどころか、愛してくれるでしょう」わたしはニコールを慰めるために、そう言った。「わたしたちもお母さんのことを愛する」

「血の繋がりがあるからって、愛せるとはかぎらないよ」ニコールはぼそっと言った。

「愛は祈りに似て、苦しいものなの」わたしは言った。「わたしはあなたのために祈りたい。きっとあなたも気分が良くなると思う。祈られたら迷惑？」

「だって、効かないよ。祈っても気分なんか良くならない」

「けど、わたしは少しほっとする」わたしは言った。だったら、いいよ、と彼女は言った。

「親愛なる神さま」と、わたしは祈りの言葉を始めた。「これほど瑕疵の多い過去を、わたしたちが受け入れられますよう。お赦しと慈愛を得て、より良い未来へと進んでいけますよう。姉妹がたがいに感謝し、ふたりとも実の母に再会し、それぞれの父にも会うことができますよう。それから、リディア小母を忘れませんように。そして、リディア小母の罪と過ちが赦されますように。わたしたちが自分の罪と過ちを赦されたいと願うように。そして、わたしたちの姉妹ベッカがどこにいようと、わたしたちがつねに感謝の気持ちをもてますように。彼女たちみんなに、どうぞご加護を。アーメン」

わたしがお祈りを終わるころには、ニコールは寝入っていた。

わたしも眠ろうとしたけれど、船倉の中はそれまでにもまして暑苦しかった。そのうち、鉄の梯子を降りる足音が聞こえてきた。ミシメンゴ船長だった。「すまないが、きみたちを下船させることになった」と、船長は言った。

「いまですか？」わたしは言った。「こんな夜中に？」

「すまない」ミシメンゴ船長は繰り返した。「エンジンは動いたんだが、パワー不足だ。もうカナダの海域には入ったが、きみたちを連れていく目的地にはほど遠い。この船では港にたどりつけそうにない。危険すぎる。潮の流れに逆らうことになる」

船長によれば、船はファンディ湾の東岸沖にいると言う。ニコールとわたしはその海岸にたどりつけさえすれば、助かると。一方、彼は自分の船と乗組員を危険に晒すわけにはいかない。

ニコールはぐっすり眠っていたので、揺り起こすことになった。

「起きて、わたしよ、あなたの姉よ」

目を覚ましたニコールに、ミシメンゴは同じ説明を繰り返した。たったいま、〈ネリー・J・バンクス〉を下船しなくてはならない、と。

「つまり、わたしたちに泳げってこと？」ニコールは言った。

「ゴムボートに乗せる」船長は言った。「カナダ側には前もって連絡してある。きみたちを待っているはずだ」

「彼女、具合がわるいんです」わたしは言った。「あしたまで待てませんか？」

「無理だ」ミシメンゴ船長は言った。「潮の流れが変わりだしてる。このチャンスを逃したら、きみたちは外海に流されるぞ。めいっぱい暖かい格好をして、十分後にデッキへ」

「めいっぱい暖かい格好って？」ニコールが言った。「極寒用のウェア一式でも持ってきてると思ってる？」

わたしたちは持ってきた衣類をすべて着こんだ。ブーツを履き、フリースの帽子を被り、レインコートをはおった。ニコールが先に梯子を昇った。少しふらついていたし、右腕しか使えていなかった。デッキに出ると、ミシメンゴ船長が乗組員の一人とともに待っていた。二人ぶんのライフジャケットと、魔法瓶を一つ、用意してくれていた。船の左手から、厚い壁のような渦巻く霧が迫ってきていた。

「ありがとうございます」わたしはミシメンゴ船長に礼を言った。「いろいろ良くしてくださって」

「計画どおりに行かず、すまないね」船長は言った。「道中、気をつけて」

「ありがとうございます」わたしはもう一度言った。「船長も、道中、お気をつけて」

「なるたけ霧には巻きこまれるな」

「霧か、最高だね」ニコールが言った。「それさえあれば、ばっちりだよ」

「そう、恵みの霧になるかもしれない」わたしは言った。

わたしたちはゴムボートに降ろされた。ボートには小さなソーラーエンジンが付いていた。操作はじつに単純で、ミシメンゴ船長が手短に教えてくれた。ここがエンジンのスイッチ、アイドリング、前進、後退だ。オールも二つ、付いている。

「よし、ぐいっといけ」ニコールは言った。

「なんですって？」

「わたしたちのボートをネリー号から押しだしましょうって言ったの。違う、手でやるんじゃなくて！　これ、このオールを使うんだよ」

わたしはなんとかオールで押しだしたものの、あまりうまくいかなかった。オールなんて、ふだん握ったこともない。自分がものすごくぶきっちょに思えた。「さよなら、〈ネリー・J・バンクス〉号」わたしは言った。「神さまのご加護を！」

「手なんか振らなくていいよ、どうせむこうから見えないんだから」ニコールは言った。「あの人たち、わたしたちを厄介払いできて、ほっとしてるだろうな。とんでもないお荷物だったから」

「でも、親切にしてくれたじゃない」わたしは言った。

「その見返りに大金がころがりこまないと思うの？」

〈ネリー・J・バンクス〉号はわたしたちからどんどん離れていった。どうぞ幸運を、とわたしは祈った。

ゴムボートが潮に流されているのを感じた。潮には斜めに切りこんでいけ、とミシメンゴ船長に教わっていた。真正面から入っていくのは危険だ。ボートが転覆する恐れがある、と。

「この懐中電灯、かざしてくれない」そう言いながら、ニコールはエンジンボタンを右手でいじっていた。エンジンが始動した。「この潮、まるで川みたい」ボートはたしかに見る見る流されていた。

わたしたちの左手にいくつか灯りが見えた。はるか遠くに。寒かった。何枚も重ねた衣類を射抜くような寒さだった。

「このボート、あそこに向かってる？」しばらくしてわたしは疑問を口にした。「あの岸辺に？」

「と思いたいね」ニコールは言った。「もし違ったら、たちまちギレアデに逆戻り」

「そのときは海に飛びこみましょう」わたしは言った。なにがあっても、ギレアデには戻れない。いまごろはもう、ニコールが行方不明になったこと、〈平民男性〉と駆け落ちしたのではないことが発覚しているに違いない。わたしたちのために力を尽くしてくれたベッカを裏切るわけにはいかない。そんなことをするなら死んだほうがまし。

「くっそう」ニコールが言った。「エンジン、死んだ」

「えっ」わたしは言った。「どうにかでき……」

「だから、いまやってるってば。クソッたれ！」

「なに？　いったいどうしたの？」声を高くしないと聞こえなかった。あたりは霧と波の音に包まれていた。

「電気系のショートだと思う」ニコールは言った。「それか、バッテリーが上がりかけてるか」

「もしかして、わざと？」わたしは言った。「わたしたちを死なせようとして」

「そんなわけないでしょ！」ニコールは言った。「なんで顧客を殺すのよ？　ここからは漕いでいくしかない」

「漕ぐって？」

「そう、このオールでね」ニコールは言った。「わたしは痛くない方の腕しか使えない。左手は綿あめみたいなんだから。頼むから、〝わたあめってなに？〟って訊かないで！」

「そういうこと知らないのは、わたしの落ち度じゃない」わたしは言った。

「こんな会話、いまやりたい？　クソ申し訳なかったけど、うちら、これでもかってぐらい、めちゃくちゃ追いつめられてるんだよね、いま！　いいから、オールを摑んで！」

「わかった」わたしは言った。「はい、摑みました」

「それをオール受けに挿す。おー・る・う・け、だよ！　これのこと！　そしたら、それを両手で持って。オーケイ、わたしがやるから見てて！　わたしが〝ゴー〟って言ったら、オールを水に入れて引く」ニコールは言った。怒鳴り声になっていた。

「どうやればいいの。わたし、ほんと役立たずの気がして……」

「泣くの、やめて」ニコールは言った。「そっちの気分なんて知らないよ！　いいから、やって！　はい！　わたしが〝ゴー〟って言ったら、オールを自分のほうに引きつける！　あの灯り、見える？　近くなってきてるよ！」

「そうは思えない」わたしは言った。「こんな沖にいるんだもの。そのうち流されてしまう」

「そんなことないから」ニコールは言った。「アグネスががんばれば。行くよ、ゴー！　もう一度、ゴー！　そうそう！　ゴー！　ゴー！　ゴー！」

XXV　目覚め

アルドゥア・ホール手稿

68

ヴィダラ小母が目を開けた。しかしまだなにも言葉を発していない。心はそこにあるのだろうか？

　白銀の《真珠女子》のドレスを着た少女ジェイドに出くわしたことは憶えているだろうか？　彼女をノックアウトしたはずのブローを憶えているだろうか？ そのように言うだろうか？ 一番目の問いにイエスと答えるなら、つぎの答えもイエスだろう。きっと、二と二を足して——こんなシナリオを実行できるのはリディア小母以外にいないと結論する。わたしに関してなにか看護師に言いつければ、その弾劾は一直線に〈目(アイズ)〉の耳に入るだろう。そこで時計はストップする。予防策をとっておかなくては。とはいえ、なにを、どのように？

アルドゥア・ホールには、すでにこんな噂が流れていた。ヴィダラ小母の心臓発作は自然の発症ではなく、なんらかの衝撃、もっと言えば、襲撃の結果だそうだ。地面に残っていた靴の踵の跡からして、石像の裏側まで引きずっていかれたのではないか。ヴィダラ小母が集中治療室を出て、回復期病棟へ移されると、エリザベス小母とヘレナ小母が交替でベッドサイドに付き添い、互いに疑心を抱きながら、ヴィダラ小母が発する第一声を待ちかまえた。そんなわけで、わたしはヴィダラとふたりきりになることができないでいるのだ。

駆け落ちの書置きは、大いに憶測を呼んだ。配管工というのは絶妙なタッチで、文面は細部までじつに信憑性があった。わたしはニコールの文才を誇らしく思うし、これは近い将来、大いに彼女の役に立つはずだ。もっともらしい嘘を並べる能力というのは、見くびられないために必要な才なのだ。

今後の正式な手順について、当然ながらわたしは意見を求められた。〝捜索隊を出すべきではありませんか？〟という問いに、あの子の現在の居場所などたいした問題ではないでしょう、とわたしは答えた。結婚と子作りが目的なのであれば。しかし、とエリザベス小母が横やりを入れてきた。その男はわいせつ目的の詐称者か、へたをすると、アルドゥア・ホール構内に身元を偽って潜入している〈メーデー〉のスパイかもしれません。いずれの場合も、男はジェイドという娘を悪用したのちに棄てるでしょう。そうなったら、その娘は〈侍女〉として生きていく以外なくなります。ですから、彼女をいますぐ見つけだし、男は逮捕して尋問すべきです。

駆け落ちの相手が実在するなら、それはうなずける展開だろう。分別ある娘はギレアデ国では駆け落ちなどしないし、善意の男性もそういう娘と駆け落ちしないのだから。結局、わたしはしぶしぶながら、〈天使〉の捜索隊を出し、近隣の家や通りをしらみつぶしに当たらせた。彼らはあまり意欲的ではなかった。たぶらかされた小娘の追跡などというのは、武勇伝にならない。言うまでもなく、ジェイドという娘も見つからなかったし、配管工に偽装した〈メーデー〉の工作員が発見されることもなかった。

　エリザベス小母は、自分としては、この件自体にかなり怪しいものがあると思います、と述べた。わたしも同意し、あなたと同じくわたしも面食らってますよ、と付け足した。とはいえ、これ以上どうしようがあるでしょう？と問うた。足取りがつかめないものは仕方ありません。今後の成り行きを見るしかないでしょう、と。


　ジャド司令官はそう簡単にごまかされなかった。緊急会議をひらくと言って、わたしを自分の執務室に呼びつけた。「〈幼子ニコール〉に逃げられたそうだな」司令官は押し殺した怒りと、そして恐れで震えていた。〈幼子ニコール〉を一度は手中に入れながら、みすみす取り逃がしたとなれば――これは、議会が容赦するはずがない。「彼女の真の身元を知る者は、ほかにだれがいるんだ？」

「ほかにはおりません」わたしは答えた。「あなたと、わたしだけです。それから、当然ながらニコール本人と。この事実は本人に知らせておくのが適切と思いました。自分の高貴な運命を認識させるために。この三人以外にはおりません」

「決して知られるな！　どうしてこんな事態が起きたのだ？　ギレアデに運びこんでおきながら、あっさりさらわれるとは……〈目(アイズ)〉の名聞(みょうもん)にも傷がつく。小母たちのそれは言うまでもなく」

　ジャドがしおたれているのを見るのは、筆舌に尽くしがたい歓びだったが、わたしは沈痛な面持ちを湛えて言った。「わたくしたちもあらゆる警戒策はとっておりました。あの子は本当に自分から出ていったのか、誘拐されたのか。もし後者なら、かどわかしたのは〈メーデー〉のメンバーに違いありません」

わたしはなんとか時間を稼ごうとしていた。人はつねにそうやってなにかを手に入れようとするものだ。

わたしは過ぎていく時間を数えた。一時間ごとに、一分ごとに、一秒ごとに。自分の放った伝令はギレアデ共和国崩壊の種子を手にしているのだ。着々と目的地へ近づいていることを祈るのは当然だろう。アルドゥア・ホールにある最高幹部の犯罪ファイルを、かくも長年にわたり、マイクロドットで撮影してきたのは伊達ではない。

二名の〈真珠女子〉のバックパックが、ヴァーモント州の閉鎖されたハイキングコースの入口脇で発見されていた。中からは、〈真珠女子〉のドレス二着と、オレンジの皮と、真珠の首飾りが一つ、出てきた。探知犬を導入して、近辺の捜索が展開されたが、なにも成果はあがらなかった。

目くらましが、たいそううまく行ったようだ。

寮のA号棟とB号棟に住む小母たちからまともに水が出ないという苦情を受け、〈整備課〉が調査を行ったところ、貯水タンクの中で、排水口をふさいでいるイモーテル小母の痛ましい姿が発見された。この倹約家の娘は自分のつぎにこの制服を着る人のことを考え、衣服はすべて脱いできちんとたたみ、梯子の最上段においていた。慎みの点から下着だけは着けていた。じつにこの子らしい振る舞いだった。彼女を失ってわたしが悲しんでいないなどと思わないでほしい。しかし、彼女はみずからの意志で犠牲になったのだと、自分に言い聞かせている。

このニュースによってまた一気に憶測が噴出した。イモーテル小母は殺害されたのだという噂が流れた。あの行方をくらましたカナダ人のジェイドとかいう新人がいちばん怪しいのではないか？　多くの小母は——そのなかにはジェイドを嬉々として迎え入れ、ご満悦だった人々もいたが——いまや、あの子にはどこか胡散臭いところがあると、最初から思っていたなどと言っていた。

「ひどいスキャンダルです」エリザベス小母は言った。「体面が傷つくことこの上ありません！」

「表沙汰にならないようにしましょう」わたしは言った。「わたしとしては、イモーテル小母はたんに貯水タンクの故障を自分で調べようとしたという見解をとりたいと思います。雑用にかかる貴重な人力を省こうとしてくれたのです。そこで、足を滑らせたか、ふっと気が遠くなって倒れた。無私無欲の務めのさなかの事故でした。これから執り行われる荘厳で讃美に充ちた葬儀の場で、そのようにスピーチするつもりです」

「天才的ひらめきですね」ヘレナ小母が訝し気に言った。

「そんな話をだれが信じると思います？」エリザベス小母が言った。

「それがアルドゥア・ホールにとって最善の利であるなら、小母たちはなんだって信じますよ」わたしはきっぱりと言った。「それは自分にとっての最善の利と同じなのですから」

ところが、憶測はますます広がった。二人組の〈真珠女子〉が東門を通って出ていき——それは、当直だった〈天使〉たちが誓言した——、書類手続きも整っていたという事実がある。二名のうちの一人は、いまだ食事に姿を見せないヴィクトリア小母ではないのか？　もしそうでないなら、彼女はどこにいるのか？　また、そうであるなら、なぜ彼女は〈感謝の儀〉も済まないうちに、予定より早く任務に発ったのか？　イモーテル小母は同行していなかった。だったら、もう一人の〈真珠女子〉

はだれだったのか？　もしや、ヴィクトリア小母は二つの逃亡事件に関わっているのでは？　そう、これはだんだん〝逃亡〟にしか見えなくなっていた。駆け落ちの書置きもその作戦の一部ではないかと結論づけられた。まわりの目を欺き、追跡を遅らせるための。若い娘というのは、ふとどきなずる賢いことを考えるから。小母たちは囁きあった。とくに外国の子たちは。

そんなとき、ニューハンプシャー州ポーツマスのバス発着所で、二人組の〈真珠女子〉が目撃されたという情報が入ってきた。ジャド司令官は捜査線を張り、その詐称者どもを――と、彼はふたりを呼んだ――とっ捕まえて、尋問のため連れもどせと命じた。このわたし以外と話すことは許さん。逃走しそうになった場合は撃ち殺すこと、という命令が出された。

「それはいくぶん厳しすぎます」わたしは言った。「まだ未熟な子たちです。きっと何者かに唆(そそのか)されたのでしょう」

「現状、〈幼子ニコール〉は生きているより死んでいるほうが、われわれにとってははるかに有益なのだ」司令官は言った。「それはあなたも気づいているはずだ、リディア小母」

「判断が甘く、申し訳ありません」わたしは謝った。「本物だと信じていました。つまり、ギレアデに入信したいという気持ちは本物だと。そうであれば、めざましい活躍をしていたでしょうに」

「あれは明らかに、身元を偽装してギレアデに送りこまれてきた囮(プラント)だ。生かしておけば、われわれを破滅させかねん。もし彼女がだれかに捕まり、自白させられたら、われわれがいかに脆い立場に立たされるか、わからんのか？　わたしはあらゆる信用を失うだろう。刺客が送られてくる。それはわたしにだけではない。アルドゥア・ホールでのあなたの御代も最期を迎える。率直に言って、あなた自身もだ」

ジャドはわたしを愛してる、愛してない。わたしは花占いのように胸のうちで唱える。わたしはただの道具になりかけているのか。使い捨てられるだけの。しかし、ゲームは二人で行うものだ。

「おっしゃるとおりです」わたしは言った。「わが国には、残念ながら、怨念の仇討ちにとり憑かれている人々もおります。あなたがつねに最良のために行動してきたと言っても、信じやしないでしょう。とくに人を篩(ふるい)にかける選別戦略においては。とはいえ、あなたは今回も例によって、最も賢明な選択をしてきたのです」

それを聞くと、ジャドの顔に、張りつめた笑みではあったが笑みが浮かんだ。わたしはフラッシュバックに襲われた。それが初めてではなかった。褐色の麻袋のような長衣を着たわたしが、銃をかまえ、狙いをつけ、発砲する。弾入り、それとも弾なし？

弾は入っていた。

わたしはふたたびヴィダラ小母を見舞った。エリザベス小母が付き添い当番の日で、未熟児のための小さなキャップを編んでいた。最近の流行りなのだ。わたしは編み物を習わなくて本当によかったといまも思っている。

ヴィダラの目は閉じていた。呼吸は規則正しい。残念なことに。

「彼女、なにか話しましたか？」わたしは尋ねた。

「いいえ、ひと言も」エリザベス小母は答えた。「わたしが付き添っている間は」

「こんなに手厚い付添いをありがとう」わたしは言った。「でも、疲れたでしょう。しばらくわたしが代わりますよ。お茶でも飲んでらっしゃい」エリザベス小母は猜疑の目を向けてきたが、病室を出ていった。

彼女が部屋を出ていくや、わたしは屈みこんで、ヴィダラの耳に大声で呼びかけた。「目を覚まして！」

彼女の目がひらいた。その焦点がわたしに合った。いきなりヴィダラはよどみなく、低い声で言いたてた。「これ、あなたがやったんですね、リディア。絞首刑になりますよ」その表情は復讐に燃えていると同時に、勝ち誇っていた。とうとう致命的な罪をつかんでやった。あんたの仕事はじきにわたしのものになるんだ、と。

「お疲れでしょう」わたしは言った。「またおやすみなさい」ヴィダラはふたたび目を閉じた。

わたしはポケットを探り、持参したモルヒネのアンプルを取りだそうとしたところで、エリザベスが病室にもどってきた。「編み物を忘れちゃって」彼女は言った。

「ヴィダラが口をききましたよ。あなたがいない間に」

「なんと言ったんですか？」

「どうも脳に障害が出ているようです」わたしは言った。「あなたに殴られたと言っていました。あなたは〈メーデー〉と組んでいるんだと」

「でも、だれが彼女の言うことを信じますか」エリザベスは真っ青になって言った。「もし殴った人間がいるなら、あのジェイドという娘に決まってます！」

「信じる心は予見しがたし」わたしは言った。「あなたが弾劾されるのをこれ幸いと思う人たちもいるかもしれません。司令官の皆が皆、ドクター・グローヴの不名誉な最期を正当と感じたわけではないでしょう。あなたは油断ならないという意見も耳にしています——グローヴを訴えるなら、ほかにだれを訴えるかわかったものじゃない、と。そういう人たちは、あなたを告発するヴィダラの証言を信じるでしょうね。人間というのは、スケープゴートを作るのが好きだから」

エリザベスは椅子に座りこんだ。「とんだ災難だわ」彼女は言った。

「わたしちは窮地に追いこまれたことが何度もありますね、エリザベス」わたしは穏やかな声で言った。「〈感謝房〉を思いだして。わたしたちはあれを切り抜けたんです。以来、必要なことはなんでもやってきましたね」

「ねぎらいの言葉ですか、リディア」エリザベスは言った。

「ところで、ヴィダラのアレルギーはお気の毒ですね」わたしは言った。「眠っている間に喘息の発作が起きないといいけど。さて、わたしは会議がありますので、急いで失礼しないと。ヴィダラのことはあなたの慈愛の手にゆだねていきますよ。おや、枕の位置を少し変えてあげたほうがよさそうです」

一石二鳥。もしそうなれば、美的観点からも実際面からも、満足のいく結果になるだろう。新たな見世物が現れて、人びとの目はそちらに逸れる。とはいえ、最終的には、わたしの首をしめることになるだろうけれど。カナダのテレビにニコールが登場し、彼女が運んでくれた知られざる証拠の数々が表沙汰になったとたんに、さまざまな暴露が始まれば、わたしがそこから無傷で逃げきるチャンスは無きに等しいのだから。

時計が時を刻む。一分、また一分と。わたしは待つ。ひたすら待つ。

無事に飛んでいきなさい、わたしの伝令よ、わたしの白銀の鳩よ、わたしの破壊の天使たちよ。そして、無事の着地を。

XXVI 上陸

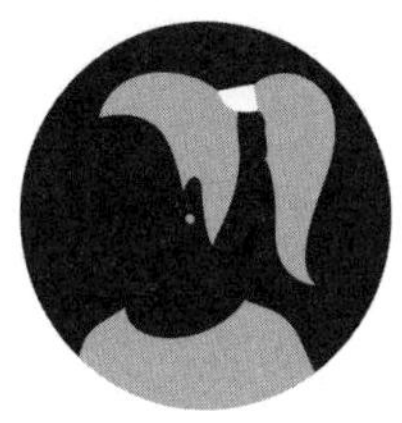

証人の供述369Aの書き起こし

69

　どれぐらいゴムボートに乗っていたのか、わからない。何時間にも感じられた。残念ながら、これ以上正確には思いだせない。

　霧が出ていた。波が異常に高く、飛沫と海水が降りかかってきた。死ぬほど寒かった。潮の流れは速く、ボートを外海へ押し流そうとする。怖いなんていうものじゃなかった。ふたりして死ぬんだと思った。ボートがひっくり返って、わたしたちは海に放りだされ、水の底へ底へと沈んでいく。リディア小母のメッセージは失われ、あらゆる犠牲は無に帰すのだと。

　愛する神さま、わたしは胸のうちで祈った。どうか、わたしたちを無事に上陸させてください。もしだれかが死ぬことになるなら、わたし一人だけにしてください。

　ニコールとわたしは漕いだ。ひたすら漕いだ。オールを一本ずつ持って。わたしはそれまでボートに乗ったことがなく、漕ぎ方もわからなかった。不甲斐なく、疲れきって、両腕が痛みで痙攣していた。

「もう漕げない」わたしは言った。

「あきらめないで！」ニコールは怒鳴った。「もうすぐだから！」

岸辺に打ち寄せる波の音が近くなっていたけれど、あたりは真っ暗で、どこに岸辺があるのか見えなかった。そこへものすごく大きな波が来て、ボートはそれをもろにかぶり、ニコールは叫んだ。

「漕げー！　命がけで漕げ！」

ガリガリという音がし——いま思えば、砂礫をこすった音だろう——と思うと、また大波が来て、ゴムボートは横転し、わたしたちは放りだされて、海岸に投げだされた。わたしは浅瀬で四つん這いになったものの、また波が来てひっくり返り、でもなんとか立ちあがると、ニコールの手が暗闇から伸びてきて、わたしを引っぱっていった。大きな岩がそばにあった。わたしたちは海の波が届かない陸地に立っていた。全身が震え、歯の根も合わず、手足がしびれていた。ニコールが抱きついてきた。

「やった！　着いた！　死ぬかと思ったよ！」彼女は声をあげた。「ここが目的の岸辺であってくれ、頼む！」と、大声で笑いながらも、苦しそうに喘いでいた。

わたしは心のうちで、愛する神さま、ありがとう、と感謝を捧げた。

証人の供述369Bの書き起こし

70

ほんとぎりぎりだった。もう少しでそれこそバケツを蹴るところだった。波にさらわれてそのまま南米まで流されてたかも。それか、もっとありそうなのが、途中でギレアデ人たちに捕まって〈壁〉に吊るされるとか。わたし、アグネスをすごく誇りに思う――あの晩を境に、わたしたちは本物の姉妹になった。アグネスはもうだめって言いながら、漕ぎつづけた。わたしひとりの力では、どうあがいても漕ぎ進められなかった。

岩場は危険だらけだった。海藻が張りついていて、ぬるぬるして滑りやすくて。あたりは真っ暗でよく見えなかったし、アグネスがそばにいてくれて助かった。そのころにはもう意識がもうろうとしてたから。左腕が自分のものじゃないみたいで――わたしの身体とは別物で、袖にくっついているだけって感じだった。

大きな岩をいくつもよじのぼり、こけたり滑ったりしながら、岩間の海水の溜まりをじゃぶじゃぶ歩いて渡った。いったいどこに向かっているのかわからなかったけど、上へ上へと登りさえすれば、波からは離れられるはずだった。わたしはいまにも眠りそうで、疲れきっていた。ようやくここまでたどりついたっていうのに、このままばったり倒れて頭をかち割るなんて。そのとき、ベッカの声が聞こえた。そんなに遠くないから。ベッカはゴムボートには乗ってなかったはずだけど、なぜか海岸ではわたしたちと一緒にいた。暗すぎて姿までは見えなかったけど、それからまた彼女の声がした。あの上を見て。明かりがあそこに見えるでしょう。

頭上の崖の上からだれかが大声で呼んでいた。てっぺんで明かりがいくつも動いていて、だれかがこう叫んだ。「ふたりがいるぞ！」別の人が大声で「あそこだ！」と。叫び返す気力はわたしに残っていなかった。足元の感触が砂っぽくなってきたと同時に、明かりがいくつも斜面を下って右手からこっちに向かってきた。

明かりのひとつを持っていたのは、エイダだった。「やったね」彼女がそう言ったので、わたしは「うん」と答えて、倒れこんだ。だれかがわたしの身体を抱き上げてどこかに運んでいってくれた。ガースだった。「なんだよ。やるじゃないか！　おまえならやれると思ってたけどな」その言葉を聞いて、わたしはにんまりした。

丘の上に到達すると、あたりがこうこうと照らされていて、テレビカメラを構えた人たちが待ち受けていた。だれかに「こっちに笑顔、お願いします」と声をかけられた。つぎの瞬間、わたしは意識を失った。

わたしたちはカンポベロ難民医療センターに空輸され、わたしは抗生物質を投与された。そのおかげで、目が覚めたら腕の腫れはだいぶ引いて、痛みもほとんどおさまっていた。

わたしの姉さん、アグネスがベッドの傍らにいた。ジーンズを穿いて、〝RUN FOR OUR LIFE, HELP FIGHT LIVER CANCER〟（肝臓がんとの闘いに全力をあげて（ラン・フォー・アワ・ライフ）支援を）という文字のついているスウェットシャツを着ていた。まさにわたしたちのやってきたことだから、笑いだしそうになった。命がけで逃げる（ラン・フォー・アワ・ライフ）こと。アグネスはわたしの手を握っていた。そのとなりにはエイダがいて、イライジャとガースもいた。みんな、馬鹿みたいににやにやしていた。

姉さんがわたしに話しかけてきた。「奇跡ね、あなたがわたしたちの命を救ったのよ」

「ふたりともほんとうによくやった」イライジャが言った。「だが、ゴムボートに乗せたのはすまなかった——あの船できみたちを港まで送り届ける約束だったんだが」

「ニュースはあんたたちのことでもちきりだよ」エイダが言った。「〝姉妹、逆境からの脱出〟とか〝〈幼子ニコール〉、ギレアデから大胆逃亡〟とかね」

「それから機密文書のことも」イライジャが言った。「報道されている。すさまじい破壊力だ。ギレアデの上層部は犯罪行為の温床だった——われわれの期待をはるかに上回る規模でね。カナダのマスコミが衝撃的な秘密をひとつまたひとつと暴露している。じきにトップの首がつぎつぎと飛ぶだろう。ギレアデの〝情報源〟はわれわれの願いに応えてくれた」

「ギレアデは倒れたの？」わたしは尋ねた。うれしいけれど、現実ではないような気がして。なんだかひとごとみたいに思えた。どうしてわたしたち、こんな危ない計画を引き受けられたんだろう。どうしてやり遂げられたんだろう。

「いや、倒れてはいない」イライジャが答えた。「でも、そのきざしが見えはじめている」

『ギレアデ日報(ニュース)』はぜんぶフェイクニュースだと反論してる」ガースが言った。「〈メーデー〉の陰謀だってね」

エイダがしゃがれた短い笑い声をたてた。「いかにも、あいつらの言いそうなことだよ」

「ベッカはどこ？」わたしは尋ねた。またくらくらしてきたので、目を閉じた。

「ベッカはここにいないのよ」アグネスがやさしく言った。「彼女はわたしたちと一緒には来られなかったじゃない。覚えているでしょう？」

「一緒に来たよ。海岸にいたんだから」わたしはかすれた声で言った。「声が聞こえたもん」

きっとそのまま寝てしまったんだと思う。わたしはまた目を覚ました。「この子の熱はまだ下がらないの？」と、だれかが言っている声が聞こえた。

「どうしたの？」わたしは尋ねた。

すると、姉さんに「しーっ」と言われた。「心配しないで。わたしたちのお母さんが来ているのよ。あなたのこと、とても心配してる。ほら、すぐそばにいる」

わたしは目を開けた。すごくまぶしかったけど、そこに女の人が立っているのがわかった。その人は悲しがっているようにも、うれしがっているようにも見えた。涙ぐんでいた。〈血統〉ファイルの写真で見た女性がそのまま年をとったようだった。

直感でこの人だとわかったから、わたしは腕を伸ばした。無傷のほうの右手と、治りかけの左手を。すると、お母さんはベッドの上にかがみこんで、わたしと片腕だけでハグをした。片腕だったのは、もういっぽうの腕をアグネスに回していたからで、その姿勢で「わたしの大切な娘たち」とつぶやいた。

そう、このにおい。それはよく聞き取れない声の残響みたいな、ほんのかすかなものだった。

それからその人は少し笑って言った。「もちろん、わたしのことは覚えていないでしょうけど。あなたたちはとても小さかったから」

わたしは言った。「うん、覚えてない。でも、仕方ないよね」

姉さんが言った。「まだ思い出せない。でもきっと思い出す」

それから、わたしはまた眠りに落ちていった。

XXVII 送別

アルドゥア・ホール手稿

71

わが読者よ、あなたと共に過ごせる時間も残り少なくなってきた。わたしが綴ってきたこの手記を、あなたは壊れやすい宝箱のように思うかもしれない。開けるには、細心の注意が必要だと。あるいは、びりびりに引き裂くか、燃やしてしまうのかもしれない。言葉というものは、しばしばそういう仕打ちを受けてきた。

あるいは、あなたは歴史学専攻の学生だろうか。その場合は、わたしのことをなにがしか役立ててもらいたい。この手記は欠点もすべてさらけ出した肖像画だ。わたしの生涯とその時代の確かな記録。適切な〝脚注〟も付いている。とはいえ、これを裏切り行為と言われないなら、こちらが仰天するだろう。いや、それはないか。わたしはもう死んでいるだろうし、死者は仰天したりしないから。

わたしの想像するあなたは若い女性だ。聡明で、志の高い。その時代にもまだ学術界というものが存在しているなら、谺の反響するその薄暗い洞穴のどこかに、自分の小さな地歩を確立しようと努力しているだろう。わたしは思い描く。デスクについているあなたを。髪の毛を両耳の後ろにかけ、ネイルはちょっと剝げている——そう、そのころには、例によってネイルの習慣が復活しているだろう。あなたは微かに眉をひそめている。この癖は歳とともに頻度をますだろう。わたしはあなたの背後にいて、肩越しに覗きこむ。あなたの詩神（ミューズ）となり、見えないひらめきの泉となって、あなたの筆をうながす。

　あなたは評伝を書くために、わたしのこの手稿に取り組んでいる。読みこみ、読みなおし、読みながらあら探しをし、そうして手記の筆者に魅入られつつもうんざりして嫌悪を募らせる。伝記の作者というのは研究対象にそういう複雑な気持ちを抱くようになるものだ。どうしてこうも邪悪に、残酷に、愚かに振る舞えたんですか？　あなたは問うだろう。わたしなら決してこんなことはしなかった！と。とはいえ、あなたはそうせざるを得ない状況をみずから経験することはないでしょう。

　さて、わたしたちはいよいよ終局にたどりついた。もう遅い。ギレアデが来る（きた）国の崩壊を防ごうにも手遅れだ。それを——その大火炎上と瓦解をこの目で見られないのが口惜しい。わたしの人生も終わりに近づき、また一日も終わりかけている。ここまで歩いてくるときに眺めた夜空は、雲ひとつなかった。満月が昇り、屍（しかばね）の発する鬼火のような怪しい光をあたりに投げていた。〈目（アイズ）〉本部の前には職員が三名おり、わたしが通りかかると敬礼した。月影に照らされた彼らの顔は骸骨のようだったが、わたしの顔も彼らにはそう見えていたのだろう。

　彼らが踏みこんできたときには、もう手遅れだろう。わたしの伝令たちはすでに飛び立った。最悪の時が来たら――もうすぐ来るだろうが――わたしは素早く退場するつもりだ。注射針に一滴か二滴のモルヒネがあれば充分だ。それがいちばんいい。もしも生きることをみずからに許せば、あまりに多くの真実を吐きだしてしまうだろう。拷問はダンスのようなもの。わたしの歳ではもうこなせない。果敢な行動は若い人たちにまかせよう。とはいえ、彼女たちにはそれ以外の選択肢はないかもしれない。わたしのような特別手段を持っていないのだから。

さて、いよいよこの会話も締めくくりだ。さようなら、わが読者よ。わたしのことをあまり悪く思わないようにしてほしい。自分でも重々悪く思っているので、その程度に。

筆を置いたら、すぐこの手記をニューマン枢機卿の書物に嵌めこみ、本棚に挿しもどしておこう。わが終焉に、わが始まりはある、とだれかが言ったように。あれはだれだったか？　そう、スコットランド女王メアリーだ。史書に嘘がなければ。処刑を前にした彼女は壁掛けの織物に、おのれの灰塵から甦る不死鳥の絵柄に添えて、このモットーを刺繍したのだ。女性というのは、なんと卓抜な縫い取り師だろう。

足音が近づいてくる。長靴（ちょうか）の音が重なりあいながら。ひとつ息を吸い、つぎに吸うまでに、ノックの音が響くだろう。

第十三回シンポジウム

歴史的背景に関する注釈
以下はギレアデ研究の第十三回シンポジウムの議事録の一部である。このシンポジウムは二一九七年六月二十九日、三十日両日にメイン州パサマクォディで開催された国際歴史学会内で行われた。

司会――アニシナアベ大学（オンタリオ州コバルト）学長、マリアン・クレスント・ムーン教授

基調演説――英国ケンブリッジ大学〈二十及び二十一世紀古文書保管所〉所長、ジェイムズ・ダーシー・ピークソート教授

クレスント・ムーン　はじめに、このシンポジウムをペノブスコット族伝統の地で開催できたことに感謝の意を表明いたします。今日ここにわたくしたちが集うことをお許しくださった一族の長老や祖先の方々に感謝を。また、かつての名をバンゴア、すなわち現在の当地パサマクォディは、ギレアデ

からの逃亡を図る難民にとって重要な出発点であったのみならず、今から三百年あまりを遡る南北戦争前の時代においては逃亡奴隷を助ける「地下鉄道」の主要な拠点であったことも指摘しておきたいと思います。「歴史は繰り返すのではなく韻を踏むのだ」と申しますね。

第十三回ギレアデ研究シンポジウムに皆さんをお迎えすることができ、大変嬉しく存じます。当学会がこれほど会員数を伸ばすとは。もちろん、それなりの理由あってのことでしょう。我々が過去に犯した過ちは、将来それを繰り返さないために今後も肝に銘じておかなければなりません。

ここで、ちょっとした事務連絡を。ペノブスコット川での釣りを希望される方向けに、ディトリップが二回予定されています。日焼け止めと虫よけスプレーをお忘れなく。釣りとギレアデ時代の都市建築ツアーの詳細は、お手元のシンポジウム案内冊子のなかにあります。聖ユダ教会で地元の学校を代表する三合唱団とともにギレアデ時代の讃美歌を歌うレクリエーションも追加で企画いたしました。また、明日は「ギレアデ時代の衣裳を再現する日」となっております。衣裳のご用意のある方はふるってご参加ください。ちなみに、第十回シンポジウムのときのように羽目を外しすぎることのないようくれぐれもお願いいたします。

それでは、数々の著作や最近放映されておりますす興味深いＴＶシリーズ、「ギレアデ潜入――ピューリタン神権国家の日常」でも皆さんおなじみの講演者をお迎えいたしましょう。世界じゅうの博物館の収蔵品についての発表、とりわけあの手織りのテキスタイルのお披露目でも、わたしたちを魅了してやみません。皆さん、ピークソート教授です。

ピークソート　ありがとうございます、クレスント・ムーン教授。いや、学長（マダム・プレジデント）殿とお呼びしなければなりませんね。ご就任おめでとうございます。ギレアデだったら起こりえないことでした。（拍手）女性陣が恐るべき勢いで支配的立場を簒奪するこのご時世ですから、お手柔らかにお願いいたしますよ。第十二回シンポジウムで私の口からこぼれたささやかな冗談にたいする教授のコメントはしかと胸に刻んであります――いささか悪趣味なものも混じっていたと認めましょう――ふたたび過ちを犯さぬよう気を引き締める所存です。（控えめな拍手）

これほど多くの方にお越しいただけるとは喜ばしいかぎりです。何十年と顧みられることのなかったギレアデ研究が突如としてこれほどまでの注目を集めるようになると、だれに想像できたでしょうか。陽の射さない薄暗い学術界の片隅で長年にわたり地道に成果を産み出そうとしてきた我々には、この脚光はまぶしすぎて戸惑うばかりです。（会場の笑い声）

数年前にギレアデの〈侍女〉、「オブフレッド」のものだとされるテープのコレクションを収めた小型トランクが発見されたときの興奮は皆さん忘れられないでしょう。その発見の舞台となったのがここパサマクォディの地であり、それらは偽装壁の裏側から出てきたのです。前回のシンポジウムではそのテープにたいする調査と暫定的な結論についての発表を行いましたが、以降かなりの数の査読付き論文が世に出ております。

この史料の正当性と年代について疑問をお持ちの方に、今なら自信をもってお伝えできますが、我々の当初の見立ては何本もの独自研究論文によって裏付けられました。とはいえ、若干注意が必要な点もありますが。二十一世紀初頭に保存データの破損が進み、大量の情報が消滅した〈デジタルブラックホール〉には、自分たちの記録と矛盾するいかなる記録も抹消せんと執念を燃やしたギレアデ工作員によるサーバーファームや図書館への破壊工作に加え、世界各地で起こった、抑圧的なデジタル監視体制に反対する大衆蜂起が関与していますが、そのためにギレアデ時代の資料の多くは年代測定が正確にできない事態に陥っているのです。十年から三十年の誤差を見ておかなくてはなりません。しかし、その幅の範囲内であれば、歴史学者がつねにそうある程度には我々も確信をもっております。

（笑い声）

例の驚天動地のテープが発見されて以降、刮目すべき発見がさらに二件ありました。それらがもし本物であれば、我々のいわば集合歴史において遥か昔に過ぎ去ったこの時代への理解は飛躍的に深まるでしょう。

第一の発見は、「アルドゥア・ホール手稿」として知られる文書です。この直筆の手稿はニューマン枢機卿の『わが生涯の弁明』という十九世紀の古書のなかに隠されていました。本書は、マサチューセッツ州ケンブリッジの故J・グリムズビー・ダッジ氏が一般のオークションで手に入れたものです。氏のコレクションを相続した甥がそれを売り、売った先の古美術商がその価値に気づいたことから、我々の注目するところとなりました。

これが一ページ目のスライドです。古風な筆記体を解読する訓練を受けた人であれば、この手書き文字が読めるでしょう。ニューマン枢機卿の著書の中身をくり抜いた凹みに収まるように、手稿の端が切り詰められています。使われている紙を放射性炭素年代測定にかけたところ、ギレアデ時代末期の可能性は捨てきれないという結果が出ました。さらに、最初のほうのページで使われているインクはこの時代のごく一般的な黒の製図用インクですが、先に進むと青色のインクが使われています。年代を問わず、小母以外の女性には文字を書くことが禁じられていましたが、特権階級家庭の娘たちには学校でドローイングを教えられていました。そのため、そうしたインクが入手可能だったのです。

アルドゥア・ホール手稿は「リディア小母」なる人物によって書かれたとされていますが、この人物は小型トランクから見つかったテープのなかにいささか好ましからざる人物として登場しています。内部証拠によるとこの人物は、ギレアデ崩壊から七十年後に養鶏場の廃墟で発見された、お粗末な出来の巨大な群像型彫刻作品の主要モデルと考古学者が同定した、「リディア小母」その人である可能性があります。中央の彫像の鼻はもげ、その傍らの彫像も一体頭部がなくなっているものがあり、故意に破壊されたことがうかがえます。これがその像のスライドです。光の加減がいまひとつで申し訳ない。この写真は自分で撮ったのですが、私は世界屈指のカメラマンではありません。しかも予算不足でプロのカメラマンを雇うことは叶わなかった。（笑い声）

この「リディア」という人物は、〈メーデー〉の潜入工作員による報告にも何度か登場していて、冷酷かつ狡猾な性格だとされています。時代の波をくぐりぬけて現存する、ごくわずかな同時代の放送史料のなかに彼女の姿を見つけるには至っておりませんが、裏に「リディア小母」と手書きされた、額縁入りの肖像写真が、ギレアデ崩壊期に爆撃された女子校の瓦礫のなかから発掘されています。

この人物が、我々の手稿の著者である「リディア小母」と同一人物だと示唆する点は枚挙にいとまがありません。ですが、いつもながら我々は慎重に検討を進めなければなりません。例えば、この手稿が偽造されたものだったとしたら？　今の時代によくあるような、ずさんな詐欺行為ではなく――そのような試みは紙とインクを鑑定すればたちまちバレますから――ギレアデ国内での偽造だったとしたら？　それどころか、偽造がアルドゥア・ホール内で行われていたら？

かのスコットランド女王メアリーを死へと追いやった「小箱の手紙」のように、手稿がかの人に濡れ衣を着せるための罠としてでっちあげられたものだったとしたら？　本手稿にも詳しく述べられている、「リディア小母」の敵と目される人物、リディア小母の権力をうとましく思い、その地位を妬み、彼女の筆跡と口調をよく知るエリザベス小母やヴィダラ小母のような人物が、〈目〉に見つかることを願って、罪に陥れるような文書を作成していた可能性もあります。

これはまったくありえない話ではありません。ですが、私はこの手稿が本物であるという見方におおむね傾いています。アルドゥア・ホール内のだれかが、これからその足跡を検証する、ギレアデから逃亡したふたりの異父姉妹に決定的打撃となるマイクロドット資料を渡したことは事実なのです。その人物は「リディア小母」だと主張しています。ふたりの証言を疑う理由があるでしょうか。

ただし、もちろん姉妹が証言した「リディア小母」の物語じたいが、〈メーデー〉から内報などの裏切りが生じた場合、〈メーデー〉に潜む本物の二重スパイの正体が露見しないよう仕組まれた陽動であれば別です。その可能性はつねにあります。我々の仕事では、謎の箱を開けたと思ったら、そのなかにまた別の謎の箱が入っているというのは珍しいことではありません。

ここで、ほぼ本物と見て間違いない一対の資料が登場します。それは、「証人の供述の書き起こし」と銘打たれた文書ですが、証人とはふたりの若い女性のことで、彼女たち自身の供述によると、小母によって管理されていた〈血統系図公文書保管室〉の資料から、自分たちが異父姉妹だと判明したということです。「アグネス・ジェマイマ」を名乗る証人は、自分はギレアデ育ちだと語っています。いっぽう、「ニコール」を名乗る証人は、彼女よりも八、九歳ほど年下のようです。「ニコール」はこの供述のなかで、まだ乳飲み子のときにギレアデから密かに連れ出された経緯を、ふたりの〈メーデー〉工作員から聞かされたと述べています。

このふたりの女性は結局ミッションを上首尾にやってのけたと見られますが、「ニコール」という少女はこのような危険きわまりないミッションを引き受けるには、ずいぶん歳若く経験も足りないように思われます。ですが、彼女と変わらない年齢の若者がここ何世紀かレジスタンス活動やスパイ活動に身を投じています。歴史家のなかには、その年ごろの若者こそ大胆不敵な任務に適しているのだと主張する者もいます。若者というのは、心に理想を抱き、命に限りがあるという自覚も未だおぼつかず、正義というものに激しく飢えているものですから。

供述のなかで述べられているミッションは、ギレアデ崩壊の最終局面がはじまるきっかけを作ったものだと考えられます。というのも、妹のほうがタトゥーの傷に埋め込んでマイクロドットを持ち出したのですが——実に斬新な情報伝達の手段ですね（笑い声）——それによって何名ものギレアデ高官にかかわる個人的醜聞が大々的に暴露されたのです。なかでも特筆すべきなのは、司令官たちがほかの司令官を排除しようとして企てたいくつかの陰謀です。

この情報の流出が、世にいう〈バアルの粛清〉につながり、特権階級層が薄くなって国家体制が弱体化し、軍部の反乱と民衆蜂起を招きました。その結果生じた内戦と混乱に乗じて、レジスタンス組織〈メーデー〉が協働した破壊工作が活発になり、旧アメリカ合衆国内各地からの波状攻撃も確実にダメージを与えました。ミズーリ丘陵地帯、シカゴおよびデトロイトとその周辺、州内で起きたモルモン教徒虐殺事件に遺恨を抱いていたユタ、テキサス共和国、アラスカ、そして西海岸の大部分がこの攻撃に参加しています。ですが、この話は別な機会に譲りましょう——軍事史研究者の手で歴史のピースをつなぎ合わせる作業が現在も進行中です。

私が注目したいのは証人の供述そのものです。おそらく、〈メーデー〉のレジスタンス活動に利用するために録音され、書き起こされたものでしょう。これらの文書はラブラドール地方シェシャチウのインヌ大学図書館に収蔵されていました。それまでその存在に気づいた者はだれもいませんでした――ファイルに「ネリー・J・バンクス年代記　ふたりの冒険者」というまぎらわしいタイトルが書かれていたせいでしょう。そういう言葉が並んでいるのを見れば、だれだってそれが古い時代の酒の密輸についての物語だと思うはずです。なにしろ、〈ネリー・J・バンクス〉号といえば、二十世紀初頭にラム酒密輸に使われた有名な帆船ですからね。

我々が指導する大学院生で、論文の題材を探していたミア・スミスがこのファイルを開いてはじめて、その実際の内容が明るみに出たのです。その史料についての意見を聞かせてほしいと、彼女からそれを受け取ったとき、私は色めきたちました。ギレアデ内部の一次資料はほとんど存在しないと言っても過言ではありません――少女や女性の日常生活を記したものとなるとなおさらです。文字の読み書きを禁じられた女性たちがそのような記録を残すのは至難の業ですから。

ですが、最初の見立てを疑ってかかるのが我々歴史学者の習い性となっています。この両刃(もろは)の語りは巧妙な偽造ではないだろうか？　そこで、大学院生チームがこの証人とされる少女たちが供述したルートを探ることになりました。手はじめに、可能性のある経路を陸海両方の地図に記入して、現存する手掛かりがなにか見つかるかもしれないという期待を胸に、実際に経路をたどってみたのです。腹立たしいことに、文書そのものには日付が記してありませんでした。ここにお集まりの皆さんであれば、このような逃亡劇の当事者になったら、何年何月の出来事なのかきちんと書き残して、後世の歴史家を助けてくれるものと信じていますよ。（笑い声）

幾度も袋小路に迷い込み、ニューハンプシャー州のロブスター缶詰工場の廃墟でネズミに悩まされる一夜を過ごしたのちに、院生チームはここパサマクォディにたどりつき、住民の老婦人に聞き取り調査を行いました。このご婦人は自分の曾祖父がかつて、釣り船に人を――その多くは女性だったそうですが――のせてカナダに送っていた話をしてくれたと語ってくれました。婦人は曾祖父が遺した地域一帯の地図を私たちにくれました。自分の死後、片付けの手間が省けるよう、古いガラクタを処分しようと思っていたところだと言って。

地図のスライドを映しましょう。

若き逃亡者二名がたどった可能性が高いルートをレーザーポインターで示します。この地点まではモーター自動車で、この地点まではバスで、この地点まではピックアップトラックで、この地点まではモーターボートで、それから〈ネリー・J・バンクス〉号に乗船してノヴァスコシア州ハーバーヴィルにほど近いこちらの岸辺に到達しました。そこからは、ニューブランズウィック州カンポベロ島にあった難民医療センターまで空輸されたようです。

院生チームはつぎにカンポベロ島に赴き、フランクリン・ルーズベルト大統領の一族ゆかりの、十九世紀に建てられた夏の別荘を訪れました。この邸内に一時期、難民センターが入っていたからです。ギレアデはこの難民の殿堂への逃走路を断ち切ろうと、ギレアデ本土から伸びる橋を爆破し、民主的な暮らしを切望する人たちが陸伝いに逃亡するのを阻止しました。当時はこの別荘にとっても不遇の時代でしたが、以降は修復されて博物館に生まれ変わっています。もともとあった家具の大半が散逸しているのは残念ですが。

うら若き姉妹は、少なくとも一週間はここに滞在したものと思われます。彼女たちの供述から、ふたりとも身体が冷え切っていて低体温症の治療を受ける必要があり、さらに妹のほうは感染から来る敗血症の治療も受けなければならなかったことがわかります。意欲あふれる我らが若者チームは、建物を探索していて、二階の木製の窓枠に気になる文字が刻まれているのを発見しました。

このスライドをご覧ください——上からペンキが塗られていますが、読めますね。

これはおそらく「ニコール」のNでしょう——ここに上向きのはねが確認できます——そして、AとG。「エイダ」と「ガース」のことでしょうか？ それとも、Aは「アグネス」を指しているのでしょうか？ その少し下にあるVは「ヴィクトリア」？ こちらにはALと刻んでありますね。供述に登場する「リディア小母」をおそらく指しているのでしょう。

この異父姉妹の母親はどんな人物だったのでしょうか？ 〈メーデー〉の現地工作員として数年間活動していた、逃亡〈侍女〉がいたという情報は我々も把握しています。彼女は少なくとも二度暗殺されかかっており、それからはオンタリオ州バリー近郊にある有機麻製品農場を装った諜報ユニットに移されて、厳重な警護のもと数年間働いていました。この人物が小型トランクから見つかった『侍女の物語』のテープを吹き込んだ本人であるという可能性も捨てきれないと我々は考えております。テープの語りのなかで、この人物は子どもが少なくとも二人いると告白しています。ですが、結論に飛びつくと、道に迷う可能性がありますからね。この件のさらなる追究は、できることなら将来の研究者の手に委ねることにいたしましょう。

興味を持たれた方がいらっしゃいましたら、同僚のノトリー・ウェイド教授との共同作業でこれら三つの史料をコピーして復元した冊子をご用意しています。現時点ではシンポジウム参加者限定ですが、予算が確保でき次第、将来的により多くの読者に届く形にしたいと考えています。まあ、だいたいこんな筋の語りだろうと思う順番で並べております。そう、物語作家は必ずしも歴史学者ではないが、歴史学者は本質的に物語作家ですからね！（拍手と共に笑い声）研究や参照にご活用いただけるように、各セクションに番号を振ってあります。念のため、もとの文書にそのような番号は振られておりません。こちらの復元版の冊子は受付で配布しています。部数が限られていますので、おひとり一冊ということでお願いいたします。

過去への旅をどうぞお楽しみください。そして、過去を体験しながら、窓枠に刻まれた謎めいた文字の意味について考えてみてはいかがでしょう。書き起こしに登場する何人かの主要登場人物のイニシャルとの一致は控えめに言って瞭然としておりましょう、私からはそれだけ申し上げておきます。

最後に、興味深いパズルの一片をもうひとつご紹介してこの講演の結びといたします。

これからお見せする一連のスライドには、現在ボストンコモン園内に設置されているある彫像が映っています。その来歴から、これがギレアデ時代のものではないとわかります。作者である彫刻家の名前がギレアデ崩壊から数十年後にモントリオールを拠点に活躍した芸術家の名前と一致しており、彫像じたいもポスト・ギレアデ期の混乱とそれにつづくアメリカ合衆国の再建期を経て、その後、今の場所に移されたものだと思われます。

彫像の銘には、我々の史料に登場する主要人物の名が刻まれているようです。もし同一人物であれば、若き使者ふたりは生き延びて自分たちの物語を後世に伝えたのみならず、母親はもちろんそれぞれの父親との再会も果たし、子を産み、孫にまで恵まれたことになります。

私個人の見解としては、この銘こそが二種類の供述の書き起こしが本物であるという確固たる証（あかし）だと考えています。集合記憶が当てにならないことはよく知られており、過去の大半は時の大海に沈み二度と浮かび上がりません。ですが、時折その海が真っ二つに割れて、秘宝がほんの一瞬その姿をあらわにすることがあります。歴史は陰影に満ちており、我々歴史家のあいだで満場一致の結論など望めませんが、この件にかぎっては、私の意見に皆さんも賛成していただけるものと確信しています。

ご覧のように、この彫像は〈真珠女子（パールガールズ）〉の衣裳を着たひとりの若い女性を模したものです。特徴的な帽子、真珠のネックレス、バックパックが見えますね。彼女が手に持つ小ぶりな花は、民族植物学者に助言を求めたところ、忘れな草だということでした。右肩には、あれは鳩でしょうかね、二羽の鳥が止まっています。

こちらが銘文です。文字は風雨にさらされており、スライドでは読みづらいので、誠に勝手ながらつぎのスライドに書き起こしました。こちらを読み上げてわたしの発表の締めくくりとしたいと思います。

ベッカ、イモーテル小母の愛しき思い出に
この記念碑は彼女の姉妹、アグネスとニコール、
その母親、父親ふたり、
彼女たちの子と孫たちによって建立された
A・Lのたぐいまれなる献身をたたえる
　空飛ぶ鳥が声をはこび
　翼あるものがことを告げるだろう
愛は死ほどに強し

謝辞

本書『誓願』の執筆はさまざまな場所で行われました。土砂崩れのために待避線に停車中の列車の展望席で、船旅の途中でも何度か、いろいろなホテルの部屋で、森のなかで、街中で、公園のベンチで、カフェで、文字どおりペーパーナプキンに、ノートに、ノートパソコンに文字を書きつけました。土砂崩れは私にはどうすることもできませんでしたし、その他のいくつかの執筆場所を選ばざるをえなかったいきさつも然り。それ以外はまったくの自己責任ですが。

とはいえ、私が実際にページの上に言葉を連ねる前から、本書の前篇である『侍女の物語』の読者の頭のなかではすでに物語がある程度できあがっていました。私のもとには、前作の結末のあと一体なにが起こったのかという質問が絶えず寄せられていました。三十五年という年月は、見込みのある答えを吟味するには充分すぎるほど長い時間でしたし、そのあいだに社会そのものが変化して見込みが現実へと変わるにつれて、私の答えもまた変わっていきました。現在では、アメリカ合衆国を含む多くの国で市民がさらされているストレスは、三十年前と比べてより深刻なものとなっています。

『侍女の物語』について繰り返し訊かれた質問のひとつに、「ギレアデはどんなふうに滅んだのですか?」というものがありました。本書はその答えとして書かれたものです。全体主義国家は、支配者が権力を得るために利用した約束を果たせなくなり内部から崩壊することがありますし、外部から攻撃されることもありますし、その両方が起こることもあります。決まった法則というのは存在しないのです。歴史に必然などないに等しいのですから。

なによりもまず、『侍女の物語』の読者に心から感謝します。読者の興味と好奇心から私もおおいに刺激を受けました。数々の賞を受賞したMGMとHuluの共同制作テレビドラマシリーズは見る者の心を捉えて離さない美しい仕上がりになっていますが、そのような形でこの小説に新しい命を吹き込んでくださった大所帯の制作チームの皆さんにも感謝を。プロデュース部門のスティーヴ・スターク、ウォーレン・リトルフィールド、ダニエル・ウィルソン。製作総指揮のブルース・ミラーと才能あふれる脚本執筆チーム。優秀なディレクターたち。そして、このドラマがまごうかたなき傑作となるのに貢献してくれた素晴らしい俳優陣に。エリザベス・モス、アン・ダウド、サミラ・ワイリー、ジョセフ・ファインズ、イヴォンヌ・ストラホフスキー、アレクシス・ブレデル、アマンダ・ブリューゲル、マックス・ミンゲラ、その他大勢のキャストの方々。このテレビシリーズでは原作小説のある基本方針が引き継がれています。それは、「人類史上前例のないできごとは作中に登場させない」というルールです。

出版され世に出る本は例外なくチームの努力のたまものです。ですから、この思考実験を多岐にわたる方法で支えてくれた、大西洋両岸の選りすぐりの編集者集団と最初の読者に多大なる感謝を。「面白いです!」だとか、「それは無理な話ではないでしょうか」、「よく理解できないので、もっと説明を」など、さまざまな有益なコメントを頂戴しました。ここにお名前を挙げる方以外にもいらっしゃいますが、チャット・ペンギン・ランダムハウスUKのベッキー・ハーディー、ペンギン・ランダムハウス・カナダのルイーズ・デニーズとマーサ・カーニャ・フォーストナー、ペンギン・ランダムハウス・アメリカのナン・テリーズとルーアン・ウォルサー、情け容赦のないジェス・アトウッド・ギブソン、まだ間違いになる前の間違いまで見逃さない鬼のような原稿整理編集者、ストロング・フィニッシュ社のヘザー・サングスター。そして、ペンギン・ランダムハウス・アメリカのリディア・ブシュラーとロレーン・ハイランド、ペンギン・ランダムハウス・カナダのキンバリー・ヘサース率いる校正および制作チーム。

ペンギン・ランダムハウス・アメリカのトッド・ドーティとスザンネ・ヘルツ、ペンギン・ランダムハウス・カナダのジャレド・ブランドとアシュリ・ダン、ペンギン・ランダムハウスUKのフランス・オーウェン、マリ・ヤマザキ、クロエ・ヒーリーにもお世話になりました。

すでに引退した私の元エージェント、フィービー・ラーモアとヴィヴィアン・シュースターにも感謝を。カーティス・ブラウン社のカロリーナ・サットン、ケイトリン・ライドン、クレア・ノジュール、ソフィー・ベイカー、ジョディ・ファブリに。アレックス・フェイン、デイヴィッド・サーベルとフェイン・プロダクションのチームにも。そして、ICMのロン・バーンスタインに。

特殊知識の専門家にもお世話になりました。スコット・グリフィンには航海に関するアドバイスをいただきました。オーベルロ・ゼル・レイヴンハートとキルステン・ジョンセンにも感謝を。拷問被害者の支援団体、「拷問からの自由（Freedom from Torture）」を援助するためのオークションで、作中に氏名を登場させる権利を獲得したミア・スミス、第二次世界大戦時にフランス、ポーランド、オランダ各地でレジスタンス活動に関わった、長年の知り合い数名。本書に登場するエイダの名前は、私の義理のおば、エイダ・バウワー・アトウッド・ブラネンからもらいました。彼女はノヴァスコシア州で女性としてはじめて狩猟と釣りのガイドになった人物です。

私に日々執筆を続けさせ、今日が何曜日なのか思い出させてくれる人たちにも感謝を。O・W・トード・リミテッドのルシア・チーノ、ペニー・キャバナー。ウェブサイトのデザインと管理をお願いしているV・J・バウアー。ルース・アトウッドとラルフ・シファード、イヴリン・ヘスキン。マイク・ストイヤンとシェルドン・ショイブ、ドナルド・ベネット、ボブ・クラーク、デイヴ・コール。

私が執筆用の穴ぐらから出てきて公道に姿を現したかどうか確認してくれる、コリーン・クイン。シャオラン・ジャオとヴィッキー・ドン。いろいろ整えてくれるマシュー・ギブソン。照明器具がちゃんとつくようにしてくれるテリー・カーマンとショック・ドクターズのスタッフ。

最後に、いつものように、不思議と驚きに満ちた冒険を五十年間共にしてくれているグレアム・ギブソンに感謝を。

訳者あとがき

二十世紀前葉、マーガレットの名をもつアメリカ作家が南北戦争と奴隷制を背景とした大長篇を書き、空前のベストセラーとなった。しかしその結末が「オープン・エンディング」であったため、別れたあの夫婦はその後どうなったんだという問い合わせと、続篇を熱望する声が、作者のもとに殺到した。作者は「物語は書かれたところまでで終わりであり、その先はわたしにもわからない」と言い通して亡くなった。

二十一世紀前葉の二〇一八年、北アメリカの文学界を代表するもうひとりのマーガレットは、三十三年前に発表した『侍女の物語』（一九八五）に読者から無数に寄せられた問いへのある種、「アンサー」として、その続篇執筆にとりかかった。それが、この『誓願』（*The Testaments*, 2019）である。

アトウッドとミッチェル、ふたりのマーガレットによる一見正反対の作風に見えるこの二作品（『風と共に去りぬ』と『誓願』）は、後者が前者を暗示的に批評するものであると同時に、共通するものも意外と多い。ひとつに、どちらも公的制度としての人種隔離政策とその社会を描いていること。『誓願』（と『侍女の物語』）はゆがんだ管理監視社会を描くディストピア文学だが、『風と共に去りぬ』もディストピア小説としての側面をもつとわたしは考えている。戦後の再建時代には、軍政下の上層部に汚職が横行し、不当逮捕、リンチ、支配者による言説の抑圧などが横行し、一方、忠誠を宣誓すれば、安泰と特権が約束されるという、ギレアデさながらの側面が描かれた。なお、ディストピア文学の興隆については、小川公代さんの解説を読まれたい。

二つめの共通点は、どちらも〝シスターフッド〟が物語の中心にあることだ。血のつながった姉妹に限らない、女性同士の絆、友情、愛情、苦境を戦う同志の親愛。『誓願』では、片親をたがえる姉妹、小母社会での見習いたち、ときに殺るか殺られるかの緊張感をはらんだ小母たち、ゴシップで連帯した〈妻〉たち、司令官の家に仕える女中の〈マーサ〉らが、カルト国家ギレアデで生き抜くために、密かに手をとりあい、静かに、毅然と進んでいく。

そして三つめに、二作の符合はアトウッド自身によって、『誓願』のテクスト内部に刻まれている。作中にずばりタイトルもさりげなく埋めこまれているが、第五十二章にはリディア小母がつぶやく〝Tomorrow is another day.〟というフレーズがある。新約聖書マタイ伝第六章にある「明日のことは明日自らが思い悩む」が下敷きと言われるこの諺は、『風と共に去りぬ』のラストシーンの科白として、あまりにも名高い。同作は米国南部を痛烈に批評する諷刺作品だが、その底流には南部への愛情がある。こうした心理的な両義性は、『誓願』でアグネス・ジェマイマが供述のいちばん初めに、「わたしたちはみんな、なんであれ子どものころにふれた優しさにちょっとしたノスタルジアを抱いています。そうした子どものころの境遇が、他の人たちにはどんなに奇異に感じられたとしても。ギレアデは消滅すべきだという意見には、賛成です――あそこには悪い面が多々あるし、間違いが多々あるし、神さまのご意思に間違いなく逆らうことが多々あるから――けれど、この先喪われていく善き人たちをいくらか悼むことはご容赦いただきたいのです」と告白するあたりにも、そこはかとなく投影されているのではないか。とはいえ、アトウッドはこれまでの歴史に鑑み、ギレアデ的な人種隔離政策や、家父長制度、全体主義にはっきり「ノー」を突きつけている。

◆

『誓願』は『侍女の物語』の続篇として書かれたが、ナラティヴのスタイルや語り口、物語のトーンや方向性はがらりと変わったと言っていい。違いについては後述するとして、ひとつの独立した物語としても読めるという点は明確にしておきたい。アトウッドは『侍女の物語』に新たな光をあて、そこから新たな物語を彫りだした。このような変化が起きた背景には、混迷を深める世界の情勢があるだろう。作者はこれ以上、出口も希望もない続篇は書きたくない、書けなかったのだと思う。

正篇から十五年を経た『誓願』において、ギレアデ共和国はアメリカ合衆国を母体とする「ランプ・ステート」（残存国家）として登場する。西海岸の州は反乱を起こし、テキサス州はギレアデと戦争の末に共和国として独立し、メイン州、ヴァーモント州、ノースダコタ州などもカナダへの逃走ルートを提供しているのが現状であり、神政国家としての基盤は揺らいでいる。

ギレアデ国の説明を少ししておくと、ギレアデ誕生以前のアメリカは、長くつづく「負のスパイラル」に陥っていた。本文中によれば、「洪水、森林火災、トルネード、ハリケーン、旱魃、水不足、地震……。これが多すぎ、あれが少なすぎる。インフラの老朽化——どうして手遅れになる前に、あいう原子炉をだれか廃炉にしておかなかったんだ？　悪化する一方の経済、失業問題、下がりつづける出生率」という状況だった。「人々は不安になっていた。そのうち怒りだした。希望のある救済策は出てこない。責める相手を探せ」と言いだし、思い切った策に出るカリスマ指導者を求めた。独裁国家を生む土壌がそろっていたと言えるだろう。

ここで、キリスト教原理主義の超保守勢力のクーデターによって政権が転覆する。ギレアデ共和国が誕生し、家父長制全体主義のもと、女性の人権をことごとく剝奪し、利用したい能力だけを搾取する社会が形成された。〈ヤコブの息子〉という宗派および政党が独裁する政教不分離のこの神権国家では、カトリックが異端とされ、独自の新興キリスト教の教義が「法」でもある。こうした政教不分離のディストピアを、じつはアトウッドは先行作「マッドアダム三部作」の二作目にあたる『洪水の年』（二〇〇九）でも描いている。政府は力を失って、カルト教団〈神の庭師〉が支配力を拡大し、巨大な製薬会社と、秘密警察という名の軍隊が社会を牛耳っているのだ。一教団または宗派が事実上国家レベルの軍事力を有するのは、『侍女の物語』と『誓願』も同じである。〈神の庭師〉は〈ヤコブの息子〉の子孫といえるだろう。

ギレアデでは、すべての女性はたった四つの階級に分類される。一つは、女性隔離社会の指導・教育者であり幹部階級である〈小母〉。この国で読み書きを許される女性は〈小母〉のみである。二番目は、支配層〈司令官〉または〈平民男性〉の〈妻〉（および〈妻〉候補）。つぎに、子どもを産む見込みがなく手仕事に秀でていれば、女中役の〈マーサ〉になる（Martha は聖書由来の名前かと思うが、Mother や Mammy からの連想もあるだろう）。最後に、「ふしだら」と目され且つ出産の見込みがある女性は〈侍女〉の烙印を押される。かつて「女性は産む機械」と失言した日本の政治家がいたが、〈侍女〉はまさに妊娠、出産のための機械と化すのである。宗教の教えに反するため人工・体外授精ではなく、代理母と子の父親が〈儀式〉という名の性交をおこなう。本作と代理母問題との関連についても、小川公代さんの解説をお読みいただきたい。

ギレアデ建立創成期のこの「振り分け」場面で、専門職（プロフェッション）についていた学識ある女性たちが暴力的な手段によって、ギレアデの家臣として「転向」させられていく描写は、正視に耐えなくなる読者もいるのではないかと訳者が危惧するほど凄絶であり陰湿だ。

また、ギレアデの女性の結婚年齢は低く、十三歳、十四歳になれば、「傷もの」にならないうちにと縁談が持ちこまれる。性教育は正しい知識を伝えるより、少女たちの恐怖心を煽る面があり、縁組みの決まった幼い女性たちが性生活への嫌悪と怯えから、みずから命を絶つケースも少なからずある。

◆

『誓願』には三人の語り手がいる。ギレアデの女性社会の最高指導者である「リディア小母」(正篇では侍女を痛めつける恐ろしい教育係として異彩を放っていた)、地位の高い司令官の娘「アグネス・ジェマイマ」、カナダのトロントで古着屋の夫婦のもとに育った「デイジー」。文体・語り口と視点にもそれぞれの個性が際立ち、リディア小母の手記はブラックジョークを忍ばせたおごそかな文体、アグネスの供述は喪失の哀しみと時にリリシズムを湛えた語り、デイジーは今どきの高校生らしい潑剌としながら強靭な精神を感じさせる語りである。これら三つのパートが時間を行き来しながら、ギレアデの闇を立体的に浮かびあがらせていく。

侍女「オブフレッド」の単独視点で展開していく『侍女の物語』には、俯瞰的視点はもちろん、他者の視点がないため、暗く狭い地下道を手探りで進んでいくような閉塞的な不安感と、視野狭窄感を読み手にあたえる効果があった。『侍女の物語』が closure「とじる」物語であるとすれば、本作『誓願』は revealing「ひらく」物語だといえるだろう。『誓願』に登場する女性たちは、目を開き、蒙を啓かれ、思考や意識を拓いていく。また、内実が固く秘されていたギレアデ国の暗部が、外部の目に開示されていく。それは、民主国家の未来を再びひらくことにも繫がっていく。

アトウッドは長年「声を奪う・奪われる」という主題を書いてきたが、読み書きの禁止もその一部である。女性の就学を十三、四歳で止める——愚民政策はディストピアの基本だが——抑圧社会で、アグネスやベッカたちが「ひらかれていく」のは、文字を読み、思考し、それを言語化するという行為によってである。アトウッドは『侍女の物語』だけでなく、『またの名をグレイス』（一九九六）では声を封じられた女性の冤罪を、『昏き目の暗殺者』（二〇〇〇）で実際に舌を抜かれる生贄を描いたが、こうした作品群は後世の作家たちにも直接的・間接的に多大な影響をあたえただろう。近年邦訳されたものを見ても、現実を逆転させた女性支配社会を描いたナオミ・オルダーマンの『パワー』、女性に所定の数の単語しか発語させない管理社会を描いたクリスティーナ・ダルチャーの『声の物語』、またヴァージニア・ウルフの講演「自分ひとりの部屋」の現代版ともいえるメアリー・ビアードの『舌を抜かれる女たち』（女性が公の発言を禁じられてきた口封じの歴史と真相を告発する）などが目を引く。

　西洋において雄弁術をもたぬ者が政に与ることはまずない。言葉を的確に操れることは知性と理性の証左であり、これを奪うのは社会的存在として否定し抹殺することなのだ。

　そしてまた、アトウッド作品において復讐をはたすのは言葉である。奴隷、女性、幼年者ら弱者への虐待と搾取を浮彫りにした『昏き目の暗殺者』にしろ、〝水のない洪水〟である疫病のパンデミックを描いた『洪水の年』にしろ、学内でのいじめとそのトラウマを語る『キャッツ・アイ』（一九八八）にしろ、本作『誓願』にしろ、それは言えることだ。

◆

　ギレアデにおける、不従順な女性の〈侍女〉としての酷使や公開処刑、女性の幼年婚、学業の抑制、識字の禁止……。おぞましいことを羅列したが、これらはアトウッドの完全な創造の産物ではない。頭部を覆う布を被った〈侍女〉たちの姿からもイメージされるように、いまもって中東、アフリカ、アジアなどの地域にも見られる掟や慣わしが想起される。アトウッドはつねづね、「自分はこれまでの歴史上や現実社会に存在しなかったものは一つも書いたことがない」と言っている。ディストピア文学とは、過去の歴史劇や未来のSF小説に姿を変え、あるいは仮想の場所に舞台を移すことで、いま現在、世界の抱えている問題を顕現させ、可視化するものなのだ。

邦題についても説明しておきたい。『誓願』では『侍女の物語』で窺い知れなかった〈小母〉や司令官の〈妻〉〈娘〉の生活も、読者は詳らかに知ることにもなるが、〈小母〉の幼年部ともいえそうな〈誓願者〉（小母見習い）の内実について書かれていることも興味深い。小母たちの暮らす「アルドゥア・ホール」は、そのトップに君臨するリディア小母の密かな思惑により、若い女性の駆け込みシェルターおよび養育機関としての機能を裏ではたしているのだ。誓願者の原語は supplicant であり、動詞の supplicate には「神に誓って願いをかける」という意味をもつ。本書邦題には、小さくゆらめく光を頼りに、抑圧下で生きた誓願者＝女性たちへの思いもこめられている。

また、原題 ***The Testaments*** の Testaments とは、旧約聖書（The Old Testament）、新約聖書（The New Testament）にも、神と人との「誓約」にも、裁きの場での「誓言」、また「遺言」にも掛けた言葉である。透徹した目で人間の行動を見つめてきた作者アトウッドの「証言」という意味も感じられる。邦訳を考える際には、前述のとおり、「誓う」ことにくわえて、「願うこと」「希望をもつこと」を意味にこめた。

思えば、一九八五年に刊行された ***The Handmaid's Tale***（『侍女の物語』原著）を、世界の読者はどのように読んだろう。まだ「ディストピア」という語が人口に膾炙する以前であり、どこか架空世界のファンタジー寓話のように読まれていた記憶がある。その後、『侍女の物語』が描きだした世界は、アメリカで保守勢力が巻き返し、共和党政権のもとで人種と階層間の分断が露わになるにつれ、ますます現実味を増し、人々は迫りくるなにかをそくそくと感じながら、リアルな物語として読むようになったのではないか。

アトウッド自身も作品に対する自分の解釈が変わってきたと言っている。インターネットテレビHuluで『侍女の物語』がドラマ化され、二〇一七年にテレビ界最高峰の「エミー賞」の「ドラマ・シリーズ部門」で、作品賞、監督賞、主演女優賞を含む主要五部門を総なめにし、原作小説の読者が爆発的に広がったことも、作者の続篇執筆の意思に強く働きかけたようだ。ちなみに、ドラマは『侍女の物語』の内容の先を描いており、アトウッドはドラマの製作総指揮のブルース・ミラーと連携をとりながら続篇の創作にあたったという。そのため、ドラマと『誓願』との齟齬はほんのわずかに留められている。

最後に『侍女の物語』とは訳し方が変わった語がいくつかあることをお伝えしておきたい。多くはドラマなどによって意味が拡張・変化したためである。たとえば、〈女中〉は〈マーサ〉、〈便利妻〉は〈平民妻〉とした。

本書の翻訳は急遽お引き受けすることになったため、さまざまな方々からご協力をいただいた。とくに、文芸翻訳家の竹内要江さん、担当編集者の永野渓子さん、堀川夢さんほか、一丸となって走ってくださった早川書房の『誓願』チームの皆さまに、篤くお礼を申し上げたい。本作は聖書の壮大なパロディでもあり、作中に出てくる讃美歌や祈りの言葉にはほぼすべて〝本歌〟がある。こうした膨大な調べものにも、多くの時間と労力を費やしていただいた。本当にありがとうございました。

二〇二〇年九月

解説

マーガレット・アトウッド『誓願』――ヒロインたちの逃走とサバイバル

小川公代（英文学者）

昨今のディストピア小説の世界的な潮流の高まりは目を見張るものがある。それはドナルド・トランプ政権が誕生するに至った米国大統領選挙以降に突如として顕著になったといえるが、その渦の目にいる作家の一人は、まちがいなくマーガレット・アトウッドであろう。ここ数年、全体主義や恐怖政治への危惧を描いた彼女の代表作『侍女の物語』（一九八五）が、ジョージ・オーウェルの『一九八四年』と共にリバイバル・ブームを巻き起こしている。この小説には、環境汚染などで女性の出産率が激減した未来社会で新たな監視国家ギレアデ共和国が誕生し、子供が産める女性は権力者の所有物として「侍女」の役割を負わされるというディストピア世界が描かれている。

二〇一九年のブッカー賞を受賞している本書『誓願』（*The Testaments*）は『侍女の物語』の待望の続篇で、一五年後が舞台となっている。三〇年以上も待ちわびた続篇の刊行とあって、昨年九月十日にロンドンで行われたその出版記念イベントは、世界中の一〇〇〇以上もの劇場でライブ配信され、その反響は他に類を見ないほどであった。アトウッド自身がコンサルティング・プロデューサーとして参加しているテレビドラマシリーズの『ハンドメイズ・テイル／侍女の物語』も、二〇一七年四月のHulu配信開始と共に社会現象となっている。ドラマの内容が続篇のインスピレーションになったことも想像に難くない。

アトウッドは、カナダ国内のみならず、世界的に高い評価を得ているカナダを代表する作家で、一九六九年の長篇デビュー作『食べられる女』以来、『浮かびあがる』（一九七二）、『青ひげの卵』（一九八三）、『キャッツ・アイ』（一九八八）、『昏き目の暗殺者』（二〇〇〇、ブッカー賞）などにおいて、つねに「パワー・ポリティックス（力関係）」や男女差の意味を問うてきた。また、『侍女の物語』のディストピア世界に連なる作品として知られる『オリクスとクレイク』（二〇〇三）では、人間の命を弄び、生殖やセクシュアリティに介入する資本家や権力者たちの愚行がいかに現実世界にも連続性を持ちうるかという恐怖を表現した。

1. 『侍女の物語』――魔女狩りの歴史は円環する

『侍女の物語』では、アメリカがキリスト教原理主義のクーデターにより独裁政権になり、ギレアデ共和国として徹底した男尊女卑を人々に強制する異常な社会が描かれる。アトウッドはなぜその舞台をカナダではなく、アメリカにしたのだろうか。[*1] 二〇〇六年のインタビューでアトウッドは、全体主義がアメリカで実現するとしたら「神政国家（theocracy）」になると考えたからだと答えている。[*2] 科学者であった父に倣い、最初から価値判断を下さず、どんどん仮説を立てながら思考実験を進めていった結果がこの小説であるという。

アトウッドにとって、女性の生殖に関する選択権が奪われるというフィクションの世界は現実世界と地続きである。史実でも、一九七三年のアメリカ連邦最高裁の「ロー判決（ロー対ウェイド事件）」で、中絶禁止を違憲として人工妊娠中絶を認めるようになっていたし、アトウッド自身、創作メモに、ルーマニアでの中絶や避妊の非合法化について書き留め、[*3]『侍女の物語』でも、国家権力の介入の一例として言及している。[*4]ギレアデ以前の旧社会にも存在したが認められていなかった「代理母」がこの小説でなぜ合法化されるのかというと、それもやはり宗教に関係している。「人工授精」と「妊娠促進クリニック」が反宗教的であるとして禁止される一方で（五四九頁）、「聖書」に前例があると見なされた代理母制は、神政国家のイデオロギーとして機能するからである。

また、アトウッドは「歴史は円環する」とも考えており、未来の仮想社会だけでなく、過去にも同様の例証を見出していた。イギリスからアメリカに入植した清教徒（ピューリタン）たちは宗教的に厳格で、いわばキリスト教原理主義である。アトウッドの両親も実は一七世紀にアメリカに移住してきたイギリス人の子孫なのだが、[*5]当時は規範から外れる行動をすると、集団から疎外されたり、「魔女」として処刑されたりする女性もいた。『侍女の物語』の舞台をアメリカにしたのは、その過度にピューリタン的な伝統を批判する意味も込められていたという。

アトウッドによれば、諸説あるが、彼女の先祖にも「魔女」として迫害された「メアリー・ウェブスター」という女性がいる。彼女は一六八四年にフィリップ・スミス裁判官に首吊りの刑に処せられたにもかかわらず、奇跡的に生き残った。[*6]『侍女の物語』も、「オブフレッド」（フレッドという司令官のものという意味）という名前を付けられた侍女の声を通して語られるサバイバルの物語であるが、アトウッドはこの小説をメアリー・ウェブスターに捧げている。それは、「魔女」として虐げられた彼女と小説世界で犠牲(スケープゴート)になる侍女のイメージとを重ね合わせているからだろう。アトウッドは、『侍女の物語』は「自分の先祖についての本である」とも述べている。[*7]

この首吊りのモチーフがちりばめられているせいか、読了後、血の粛清という強烈なイメージが残る。反逆行為を行った侍女たちが首吊りの刑に処せられたりもするし（『侍女の物語』五〇四頁）、侍女の待遇のあまりの過酷さに自ら首を吊る女性もいる。「白い天井には花輪模様の浮き彫りがほどこされている。（中略）かつてはあそこからシャンデリアがぶら下がっていたにちがいない。彼ら（司令官たち）はロープを結べるものはすべて取り外してしまったのだ」（同、一九頁）。侍女たちは、夫や子供からも引き離され、生殖能力を失った特権階級の女性の代わりに出産する代理母として司令官たちに差し出されるのである。自然分娩という選択肢しか与えられない彼女たちは生命を落とすこともある。『誓願』には、出産中に血塗（まみ）れで息たえる侍女も描かれている。

前近代的な魔女狩りは二一世紀にも起こったとアトウッドは言う。トランプが選出された大統領選挙以降にヒラリー・クリントンに対する悪口が集中した現象のことだ。「ヒラリーが悪魔の力を持った悪魔崇拝者だというウェブサイトもある（中略）これがあまりに一七世紀的なので信じられないけれど」。[*8] また、トランプ大統領は就任後すぐに海外で人工妊娠中絶を支援する非政府組織（NGO）に対する連邦政府の資金援助を禁止する大統領令に署名し、二〇一八年には、性的暴行疑惑があるブレット・カバノーを最高裁の判事に任命した。生殖に関して女性が選択する権利が脅かされる現在のアメリカでは、『侍女の物語』はもはや「ありえない架空のディストピア」ではなくなっている。[*9]『誓願』の語り手たちがジャド司令官やグローヴ歯科医ら男性権力者による虐待や性暴力について幾度となく告発するのだが、そのことは本作が書かれるべくして書かれた小説であることを裏付けている。伊藤詩織さんの性被害事件に権力者らが介入したことも含め、世界各国で女性が直面する現実が#MeToo運動によってようやく可視化されるようになった。それでも、昨年五月に米国で中絶規制の動きが強まったときには、女性たちが赤い服に白い帽子の「侍女」の装いで抗議デモに参加した。これは、反逆の象徴としての「侍女」がいかに人口に膾炙しているか、そして女性の連帯（シスターフッド）がいかに重要かをメディアの報道を通じて印象づけたケースである。*10

2.『誓願』——アルドゥア・ホールと小母たち

ギレアデ社会で白眼視される侍女の視点から語られる『侍女の物語』では、教育係の「小母」や家政婦の「マーサ」といった役職についている登場人物は多かれ少なかれ類型化されていた。侍女以外の人間が語り手となる本作では、小母やマーサでさえ、等身大の人間として生き生きと描かれており、読者はギレアデの人々との精神的距離がぐっと縮められるのを感じる。

この小説には三人の語り手がいる。司令官の家庭に育ったアグネス・ジェマイマは将来良き妻になることを期待されている。アグネスが意地悪な義母ポーラや彼女に仕えるマーサたちに向ける不信感は、『侍女の物語』のオブフレッドの敵意の感情とも重なるが、母タビサは娘アグネスを慈（いつく）しんで育て、彼女らに仕えるマーサたちもどこか憎めず、快活で人間味溢れる女性たちとして描かれている。カナダの古着屋の娘として育ったデイジーは両親の不可解な死をきっかけに、危険に満ちた冒険に乗り出す。そして、三人のなかでひときわ存在感を放つのがリディア小母である。ギレアデの女性幹部の聖域であるアルドゥア・ホールの最高権力者で、小母や侍女を「教育」し、処罰を与える女性統制機関で指導者的役割を担ってきた。

『誓願』は、ある意味でギレアデ国の解説書にもなっている。リディア小母を主たる語り手に据えたことによって、家父長的な全体主義体制をより強固なものにした裏舞台の秘密が明かされる。つまり、女性を〝レイプ〟することを合法化するような国家支配を下支えする集団が、同じ女性によって統制されていたというカラクリである。リディア小母たちが立ち上げた〈ラケルとレアのセンター〉というのは、小母たちが「侍女たちのことを祈り、まずは説諭して、改心の余地があるか探る」場所であるが（一三〇頁）、その「ラケル」の由来は、聖書の創世記に登場するヤコブとその妻ラケルの名前である。ヤコブとの間に子供ができなかったラケルは自分の女奴隷にヤコブの子供を産ませ、自分の子供としたという逸話を、ギレアデ国が利用しているのだ。

このような宗教の教えを積極的に取り入れるリディア小母だが、彼女は信仰の厚い人間ではない。むしろ彼女の手記からは、生き残るためには利用できるものは何でも利用する「現実主義者」という人物像が浮かび上がる（一六五頁）。たしかに宗教が果たす偽善的な役割は暴露されているが、宗教に対してシニカルな視点しか描かれないというわけでもない。[*11] タビサやアグネスの真正な信仰も人間の尊い性質として描かれている。善か悪かという道徳倫理では割り切れないさまざまな感情や駆け引きが錯綜するリディア小母の手記は、他でもない我々「読者」に向けて綴られており、キリスト教原理主義的な考え方はかえって根幹から揺らいでいる。「この手記を読む人よ、あなたにどんなふうに思われるかはよくわかっている。そう、わたしの〝名声〟が先々まで残っていて、わたしが何者か、何者であったかをあなたがすでに読み解いているならば」（四六－四七頁）という語り口からは、人を従わせようとする権威者の声というより、その時々で人生の選択をしてきた一人の女性が自分と同じように不安や迷いを抱えながら生きているだろう読者に向けて発する声――アトウッドの声――が聞こえてくる。

3. オーウェルへのオマージュ――むすびにかえて

七九歳を迎えていたアトウッドが――比較的若い侍女ではなく――リディア小母の俯瞰する視点から全体主義社会の全貌を明らかにしようとする物語を歓待する読者は多いだろう。アトウッド自身は、もちろん前作のオープンエンディングを悲観していない。「侍女のオブフレッドが、（ギレアデを）脱出した」ことを度々強調しているのだから。[*12] それでも、『誓願』が詳らかにするギレアデについての新たな真相は、一五年前にオブフレッドに何が起きたのか知りたいと思っていた読者には祝福である。勿論「女の脳みそは男性より小さくて、大きな問題を考える能力はない」（二三頁）という教えを説き、家庭における妻の役割、生殖機能を担う侍女の役割を全うするよう〝布教〟活動に専念する小母たちの言葉を真に受けるべきでない。しかし、本作を読み進めていくと、アルドゥア・ホール内の図書館に所蔵された禁書にアクセスできる権限を持ち、女性統制機関の城壁を守り続けた小母たちこそ、女性の無知、無教養というプロパガンダを打ち砕くために存在してきたのかもしれないと気づくのだ。

アトウッドが『侍女の物語』を書き始めたのが、ジョージ・オーウェルのディストピア小説が舞台となる一九八四年だった。『誓願』に描かれる〈ザ・クローズ・ハウンド〉はデイジーの両親が営む古道具店だが、「昔のお気に入り」と呼ばれていることを見ても、これはオーウェルが描いたチャリントン店への古道具店へのオマージュであることは明らかだ。オーウェルの描く未来社会は絶望的だと考えられがちだが、アトウッドはそのことに異を唱えている。彼が巻末に注釈を附したのは、「物語の完結性（closure）」を回避し、「微かな光（glimmer）」を残すためであると述べた。[*13] その注釈の意味するところは、旧社会の言葉（オールドスピーク）で綴られた手記の発見だからだ。小説にそういう「逃げ道」を作っておく――それがオーウェルの、そしてアトウッドの希望の表し方であるという。『侍女の物語』の巻末に附されたシンポジウムの記録によると、その登壇者はオブフレッドの声をたしかに聞き届けている。複数の女性の語りが基調をなす『誓願』もまた、未来の「読者」である我々に同じ役割を委ねている。

ヒロインたちがいかに逃走し、生き延びるかというテーマが鮮やかに描かれた本作はアトウッドの著書『サバイバル――現代カナダ文学入門』（一九七二）の主題とも共鳴し合う。歴史を振り返ると、カナダは宗教や言語などをめぐって対立や葛藤を繰り返してきた。最初はフランスの植民地として、続いてイギリスの政治的支配下に置かれ、さらにはアメリカからの軍事的、あるいは文化的な脅威にもさらされてきた。カナダが近代化の一つの大きな転機を迎え、フェミニズム運動が広がりを見せ始めた一九六〇年代にちょうどアトウッドが多感な二〇代を迎えていたことを考えると、彼女の作品には必ずといっていいほど、闘争心に溢れ、政治的嗅覚の鋭い語り手たちが登場することにも合点がいく。アトウッドにとってカナダ人の自己意識を形容するのにふさわしい「サバイバル」という言葉は『侍女の物語』や『誓願』では、逆説的ではあるが、地域性を越境し、弱者が逆境のなかを「生き延びる」という、より普遍的なテーマに迫っているといえるだろう。

注

1. Mervyn Rothstein, "No Balm in Gilead for Margaret Atwood," The New York Times, February 17, 1986.

https://www.nytimes.com/1986/02/17/books/no-balm-in-gilead-for-margaret-atwood.html

2. "Bill Moyers: On Faith & Reason—Margaret Atwood" (PBS) https://www.youtube.com/watch?v=ZizSbDupwis
3. Rebecca Mead, "Margaret Atwood, the Prophet of Dystopia," New Yorker, April 10, 2017. https://www.newyorker.com/magazine/2017/04/17/margaret-atwood-the-prophet-of-dystopia
4. マーガレット・アトウッド『侍女の物語』斎藤英治訳、早川書房、二〇〇一年、五四九頁。
5. 伊藤節編著『マーガレット・アトウッド』、彩流社、二〇〇八年、七六頁。
6. Thomas Hutchinson, ***The History of the Province of Massachusets-Bay: From the Charter of King William and Queen Mary, in 1691, Until the Year 1750***, Vol.2 (Boston; New England, Thomas & John Fleet,1828), p.18.
7. Rothstein, "No Balm in Gilead for Atwood."
8. Mead, "Margaret Atwood, the Prophet of Dystopia."
9. 渡辺由佳里「30年以上の時を経ていま明かされる、ディストピアSF『侍女の物語』の謎」https://www.newsweekjapan.jp/watanabe/2019/10/30sf.php
10. https://www.afpbb.com/articles/-/3226417
11. Ken Derry, "Blood on the Wall: Christianity, Colonialism, and Mimetic Conflict in Margret Atwood's *Cat's Eye*," Religion & Literature, vol.48, No.3 (Autumn 2016), p.92
12. Rothstein, "No Balm in Gilead for Margaret Atwood."
13. Jesse Kinos-Goodwin, "We're all reading ***1984*** wrong, according to Margaret Atwood," CBC, May 9, 2017. https://www.cbc.ca/radio/q/blog/we-re-all-reading-1984-wrong-according-to-margaret-atwood-1.4105314

訳者略歴　英米文学翻訳家・文芸評論家　訳書『恥辱』『遅い男』『イエスの幼子時代』『イエスの学校時代』J・M・クッツェー（以上早川書房刊），『嵐が丘』エミリー・ブロンテ，『風と共に去りぬ』マーガレット・ミッチェル，『昏き目の暗殺者』（早川書房刊）『獄中シェイクスピア劇団』『ペネロピアド』マーガレット・アトウッド他多数
著書『謎とき『風と共に去りぬ』』他多数

誓願（せいがん）

2020年10月10日　初版印刷
2020年10月15日　初版発行

著者　マーガレット・アトウッド

訳者　鴻巣友季子（こうのすゆきこ）

発行者　早川　浩

発行所　株式会社早川書房
東京都千代田区神田多町2－2
電話　03－3252－3111
振替　00160－3－47799
https://www.hayakawa-online.co.jp

印刷所　星野精版印刷株式会社
製本所　大口製本印刷株式会社

Printed and bound in Japan

ISBN978-4-15-209970-9 C0097

乱丁・落丁本は小社制作部宛お送り下さい。
送料小社負担にてお取りかえいたします。